A COSTA NEGRA

KEVIN EMERSON

A COSTA NEGRA

LIVRO DOIS DA TRILOGIA OS ATLANTES

Tradução
Débora Isidoro

Copyright © 2014 by Kevin Emerson
Tradução para a Língua Portuguesa © 2015 by Débora Isidoro, LeYa Editora Ltda.

Título Original: *The Dark Shore*

Todos os direitos reservados e protegidos pela Lei 9.610, de 19.2.1998.
É proibida a reprodução total ou parcial sem a expressa anuência da editora.
Este livro foi revisado segundo o Novo Acordo Ortográfico da Língua Portuguesa.

Preparação: Gabriel Demasi e Carolina Vaz
Revisão: Jorge Luiz Luz de Carvalho
Diagramação: Filigrana
Capa: Rico Bacellar

DADOS INTERNACIONAIS DE CATALOGAÇÃO NA PUBLICAÇÃO (CIP)
(Angélica Ilacqua CRB-8/7057)

Emerson, Kevin

A costa negra / Kevin Emerson; tradução de Débora Isidoro. – São Paulo: LeYa, 2016.

368 p. (Os Atlantes; 2)

ISBN 978-85-441-0407-1
Título original: *The Dark Shore*

1. Literatura norte-americana 2. Literatura fantástica 3. Ficção I. Título II. Isidoro, Débora

16-0186   CDD 813

ÍNDICES PARA CATÁLOGO SISTEMÁTICO:
1. Literatura norte-americana

Todos os direitos reservados à
LEYA EDITORA LTDA.
Av. Angélica, 2318 – 13º andar
01228-200 – Consolação – São Paulo – SP
www.leya.com.br

Para Bryan, que será um grande parceiro quando percorrermos os terrenos baldios do futuro em uma velha máquina voadora

Depois da cisão e do dilúvio
Os mestres e sua magia consumidos pela terra faminta
Houve uma jornada
Por eras de escuridão, enquanto o mundo se curava
Os refugiados procuravam um novo lar, mas estavam perdidos,
[muito perdidos
E quando os mares se acalmaram e a terra se aquietou
E voltou a ser suportável olhar para as estrelas
A lembrança desceu em naves de luz azul
Para subir novamente
Na esperança de, dessa vez, chegar à altura dos mestres
Sem ressuscitar seus horrores.

PARTE I

Chamado: *Escute! Tente escutar a canção!*
Resposta: *Para onde foi aquela música doce?*
Chamado: *Desapareceu com o rio, desapareceu com as árvores.*
Resposta: *Desapareceu e nos deixou de joelhos.*

Chamado: *Escute! O que você escuta?*
Resposta: *O vento da mudança, o retumbar do medo.*
Chamado: *Ouça nossos passos, ouça nossos corações.*
Resposta: *Isso é o fim, ou só o começo?*
– Canção Tradicional de Migração da Grande Ascensão.

Estes ossos são velhos, mais velhos do que você sabe,
Você se lembra de mim como se fosse de ontem,
Mas foi há anos.
– The Trilobytes, "CANÇÃO PARA O CRIO".

1

Amanhecia quando descemos para a primeira cidade dos mortos: Gambler's Falls, que um dia fora Dakota do Sul, no extremo oeste do Grande Deserto do Mississippi. Voamos sobre outras cidades durante a noite longa. Todas pareciam iguais: fantasmagóricas formas geométricas ao luar, os prédios intactos, os carros em filas organizadas nas ruas ou estacionados perfeitamente na entrada das garagens. Era quase possível imaginar as pessoas ainda dormindo em paz, exceto pelas lâmpadas escuras nas ruas, os capôs e tanques de combustível abertos e, acima de tudo, a grossa crosta de areia marrom.

O que tornava Gambler's Falls diferente era a muralha.

E o cadáver.

Descíamos de um céu azul e vazio. O sol havia acabado de nascer atrás de nós, laranja e intenso, e apesar de o vento ainda soprar o frio da noite em meu rosto, eu quase podia sentir o calor letal na nuca. Lilly dormia encolhida ao meu lado. Sanguessuga estava sentado na frente da nave triangular.

Viajamos quatorze horas desde a fuga de Éden Oeste e precisávamos de um lugar para nos esconder da luz do sol e da Corporação Éden. Vi um cânion estreito do outro lado da cidade, talvez servisse.

Quando pousamos, olhei para trás procurando algum sinal das forças de Paul, mas, como havia feito durante a noite toda, o horizonte guardava seus segredos. No início pensei que a Éden seguiria nosso rastro imediatamente, mas Sanguessuga e eu conversamos e concluímos que, na verdade, Paul ia precisar de um tempo para reunir uma equipe e vir atrás de nós. Suas aeronaves precisariam passar por modificações para enfrentar o sol de verdade, e também de combustível e suprimentos. Agora eles já deviam estar a caminho, mas tínhamos uma boa vantagem, e deduzi que podíamos descansar por algumas horas.

– Tem certeza de que temos tempo para isso? – perguntou Sanguessuga, desconfiado quando sobrevoávamos a periferia da cidade.

– Já estamos correndo riscos demais.

– Eu preciso dormir – respondi. Estava acordado havia mais de 24 horas, e fazia tempo que não tinha uma boa-noite de sono. – ou não vou conseguir levar a nave até seu marcador.

Com o passar da noite, essa era apenas a tensão mais recente entre mim e Sanguessuga. Ele havia desenhado mapas e, usando as linhas que vimos gravadas no topo do Monte Aasgard, em Éden Oeste, determinado uma localização que nos guiava para o sudoeste. Sanguessuga acreditava que essa rota nos levaria a algum tipo de marcador Atlante, a próxima parada em nosso caminho para o Coração da Terra, o lugar onde tínhamos que chegar antes de Paul. Eu confiava na ideia de Sanguessuga. Ele era o navegador. Sua função era planejar o que faríamos, e a minha, como Aeronauta, era nos levar até lá. Mas, em vez de seguir a orientação de Sanguessuga, eu voava para o oeste, em direção a Yellowstone, o lugar de onde eu vinha. Durante toda a noite Sanguessuga havia notado que nos afastávamos mais e mais da rota e aumentávamos o tempo de viagem. Na minha opinião, nosso primeiro passo deveria ser ir ao centro, porque sabíamos que lá tínhamos meu pai e conseguiríamos suprimentos para abastecer a nave para a viagem mais longa.

– Sei que precisa do seu sono da beleza – falou Sanguessuga, relutante –, mas... Ei! – Ele se debruçou na lateral da nave. – Olha aquilo ali.

Olhei para baixo e vi a muralha nas sombras entre os prédios. Devia ter dez metros de altura, uma pilha irregular de móveis, sacos de areia, tijolos e pedaços de concreto, tudo amarrado com arame farpado e cabos de telefone. A parte de cima tinha cacos de vidro. O muro seguia serpenteando pelas ruas, passando pelos esqueletos escuros de caminhões e carros tombados, pelos destroços e móveis descartados, e às vezes atravessando prédios caídos.

– Cara, olha ali! – gritou Sanguessuga.

Eu me distraí com a cena. Meu cérebro exausto funcionava em câmera lenta, e naquele momento estávamos voando muito baixo. Bem à nossa frente, a muralha atingia seu ponto mais alto. No topo do muro havia uma torre de vigilância, uma plataforma quadrada de madeira coberta por uma lona azul. A lona havia sido rasgada pelo vento, mas os postes de alumínio ainda estavam em pé, inclusive o que ficava bem no meio da torre.

E era lá que estava o corpo.

Pisei nos pedais da aeronave. O motor de vórtice, um triângulo preto de pedra polida com uma luz azul giratória no centro, roncou forte. A luminosidade aumentou e eu senti uma vibração de bater os dentes quando a propulsão antigravidade entrou em ação. A arrancada vertical aconteceu um instante antes da colisão com o corpo.

Lilly acordou assustada.

– O que aconteceu? – Ela apareceu atrás de mim.

– Homem morto – anunciou Sanguessuga.

Lilly virou para trás e murmurou:

– Jesus.

– Acho que Jesus não teve nada a ver com aquilo – falou Sanguessuga.

O corpo era puro osso, com alguns pedaços de carne endurecida como couro cobrindo as articulações. Restos da roupa marrom balançavam ao vento.

– Tem mais – continuou Sanguessuga. E apontou para uma pilha de ossos e roupas escuras na base da muralha de escombros. – Parece que estavam tentando entrar.

– Acha que os corpos são avisos? – Lilly, atrás de mim, olhava para o prédio mais alto da cidade.

Era de tijolos e tinha cerca de doze andares. Letras incompletas na lateral sugeriam que houvera um banco ali. Raios de sol enfatizavam o contorno de esqueletos, um em cada janela.

Uma mureta decorativa havia sido construída em torno do telhado, o que fazia com que o prédio parecesse um castelo, mas as pequenas de ameias eram, na verdade, pilhas de crânios. Muitos crânios.

– Esses, eu interpretaria como um aviso – falei.

– Parece que é aquilo que eles tentavam proteger – opinou Sanguessuga, apontando na direção contrária.

A muralha seguia desenhando um círculo irregular, e em seu centro, logo além dos quarteirões no coração da cidade, havia um prédio enorme, uma área gigantesca de telhado coberto de areia. Uma placa branca na lateral do edifício anunciava em letras azuis e desbotadas:

WALMART SUPERPLUS GAMBLER'S FALLS

– Eu costumava fazer compras em um desses antes de ser crionizado – contou Sanguessuga. – Tinha de tudo. Faz sentido que tenham defendido o lugar.

Havia outro corpo preso ao mastro de bandeira na entrada da frente, e todas as portas de vidro eram bloqueadas com chapas de compensado. O corpo, como os outros, parecia velho, a pele tinha aspecto de couro.

Estabilizei a aeronave e segui para fora da cidade, na direção do cânion que tinha visto antes.

– O que aconteceu aqui? – perguntou Lilly em voz baixa, observando as ruas por onde passávamos.

A maior parte dos prédios e casas havia sido demolida e aplainada. Algumas vigas e sobras de paredes brotavam da areia, junto com os troncos esqueléticos de árvores queimadas.

Ela dormiu a noite toda, exceto por um período de agitação em que resmungou baixinho. A única palavra que consegui entender foi "Anna". Ela a repetia de um jeito desesperado que me remeteu imediatamente ao laboratório secreto embaixo do Acampamento Éden, onde Lilly encontrou a melhor amiga aberta e transformada em um cruel experimento científico que fazia parte da busca pelo código Atlante que tínhamos dentro de nós. A imagem de Anna, de suas costelas e seus órgãos, dos tubos e de seus grandes olhos aterrorizados... eu não conseguia esquecer.

Lilly continuou:

– Sabe, quem eram essas pessoas? – Lembrei que ela havia perguntado a mesma coisa na nave do acampamento: daqui a mil anos, o que os seres do futuro vão pensar sobre essa sociedade perdida do século XXI, esses *nós*? É claro, na nave ela se referia a uma piscina vazia no quintal de sua casa em Las Vegas. Agora estávamos falando de um massacre.

Talvez fosse mais do que Lilly esperava. Definitivamente, era mais sombrio e violento que tudo que já vi em Yellowstone Centro, mas eu pelo menos já havia escutado histórias sobre as coisas que aconteciam nas terras selvagens.

– Resistência, sem dúvida – disse Sanguessuga. – Era assim que os chamavam na época da Ascensão.

– Sim – respondi, contendo uma onda de irritação. Apesar de estarmos fora do Éden e de volta à minha parte do mundo, Sanguessuga ainda gostava de agir como se fosse o especialista em tudo. Mas nesse caso ele estava certo, então não discuti.

Toda aquela parte do continente foi terra agrícola fértil um dia, mas, na metade da Grande Ascensão, os rios secaram. Uma das piadas cruéis da mudança climática. Quanto mais quente ficava a atmosfera, mais vapor de água ela podia reter, e assim, embora os oceanos subissem, a terra secava.

Houve tempo para evacuar a população, mas não sobraram muitos lugares para onde ir. Além dos poucos sortudos que podiam pagar para chegar ao Éden Oeste, os outros tinham opções desanimadoras. Uma família podia ir para o litoral e se espremer em um tanque a caminho dos distritos de trabalhadores de Coca-Sahel, ou migrar para o norte, para as Fronteiras da Zona Habitável, onde os vistos para a Federação América-Canadá já eram raros, e doenças e crimes, comuns.

– Em vez de ir embora – explicou Sanguessuga a Lilly –, eles se protegeram em fortalezas e tentaram viver assim, como no Centro ou na Praia de Dallas. Esses grupos às vezes conseguem apoio da FAC.

– Mas muitos morrem – acrescentei – por causa de pragas, lutas internas ou fome. Às vezes as três.

– Hummm – disse Lilly, ainda olhando para os destroços lá embaixo.

Ela balançou a cabeça e se inclinou na minha direção. O calor da aproximação penetrou o frio da longa noite.

– Oi – falei, e olhei para Lilly. Ela estava encolhida no meu pullover Radiação-baixa, os cabelos escuros e longos embaraçados por causa das horas de sono. Os olhos eram claros e lindos como sempre, azuis como o céu, com filamentos de branco-perolado. Um padrão curvilíneo de linhas descia pela face cor de amêndoa, marcas deixadas pela bolsa impermeável vermelha que ela usou como travesseiro. Estendi a mão e tracei uma dessas linhas em um S lento que ia do olho até o queixo. – Marquinhas de sono – comentei.

Ela sorriu e beijou meu rosto, o nariz encostando na minha bochecha. Senti os cílios na minha têmpora. A sensação já era familiar. Apesar de só termos beijado pela primeira vez havia apenas dois dias, eu tinha a sensação de conhecer cada detalhe dela, os lábios, a respiração, seu cheiro meio salgado, e não conseguia imaginar que um dia nada disso fizesse parte do meu mundo. Cada beijo era como uma tempestade de areia em minha mente varrendo todo o resto.

Mas ela se afastou bruscamente.

– Ai – gemeu. E massageou o pescoço na região das linhas vermelhas e finas de suas guelras.

– Que foi? – perguntei.

– Estou sentindo dor. As guelras estão secas.

– As minhas também estavam antes de eu ir ao lago ontem à noite – respondi. – Como se precisassem de água. – Quase nem havia vestígio das minhas guelras. Nem dois dias desde que pararam de funcionar, e agora era como se nunca houvessem existido. Mais uma da série de mudanças tão radicais que eu mal conseguia lembrar como tinha sido antes. Eu realmente passava horas nadando no escuro do Lago Éden? E me sentia em casa na pressão e na água fria, mais forte até do que me sentia na terra? E agora o ar era meu lar. Em vez de água corrente, reagia à velocidade do vento. Em vez de pressão de diferentes profundidades, era a tensão das velas contra a brisa.

Lilly deslizou um dedo sobre as linhas que já desapareciam do meu pescoço. O contato provocou apenas um eco fraco.

– Quase nem consigo ver as guelras. – Ela franziu o cenho e se virou.

– Ei – falei, querendo tocar seu ombro, mas a brisa termal matinal ganhava força, por isso eu precisava manter os braços, que já estavam doloridos, nas cordas das velas. Desde que minhas guelras desapareceram, as coisas haviam mudado entre nós. Não estavam piores, só... diferentes. Perdi as guelras porque era um Atlante, um dos Três. Sanguessuga também era, mas Lilly...

Era pouco provável. Suas guelras não haviam desbotado como as nossas. Ela também mentiu sobre ver a sereia, mas Sanguessuga também não a viu, então isso não provava nada.

Ainda não sei por que eu vi a sereia. Fico me perguntando se foi, talvez, porque o crânio embaixo do Éden era meu. Também pode ter sido por isso que minhas guelras apareceram e sumiram tão depressa. As de Sanguessuga deviam ter desaparecido por causa do contato prolongado. Ele havia passado anos bem próximo, trabalhando no templo subterrâneo bem em cima dele. Estar aqui na nave com meu crânio podia ter sido o suficiente para fazer as guelras de Lilly desaparecerem...

Ou ela simplesmente não era uma de nós. E, nesse caso, o que isso significava para o resto da nossa jornada? Eu já havia pensado que talvez chegasse um momento em que eu seria capaz de continuar, e ela, não, quando as diferenças em nossos destinos nos separariam. Talvez ela também sentisse a mesma coisa, como se houvesse uma nuvem sobre nós, apesar do céu limpo. Pensar nisso provocou em mim uma descarga gelada de adrenalina.

– Vai ficar tudo bem – falei. Não sabia se me referia à dor em suas guelras, a nós ou ao desconhecido na nossa frente. De qualquer maneira, me preocupava a possibilidade de estar mentindo.

Lilly suspirou.

– É. – E massageou as guelras de novo. O olhar permanecia distante, como se ela também não acreditasse nisso.

O sol ficava mais quente a cada minuto e fazia minha pele arder, apesar do moletom grosso que eu usava. Era um produto do Éden

Oeste, mas não tinha proteção contra Radiação UV, e aqui fora ele não seria suficiente. Passamos algumas horas sob o sol de fim de tarde ontem, e eu já sentia o couro cabeludo dolorido e via preocupantes vergões rosados em minhas pernas e mãos.

– E se formos descansar dentro daquele Walmart? – sugeriu Sanguessuga, olhando para trás. – Podemos ver se encontramos suprimentos.

– Não tem lugar para esconder a nave – respondi. – Acho que aquele cânion é mais seguro, e em dez horas chegamos ao Centro. Só precisamos aguentar mais um pouquinho.

– Sim, mas estou com fome agora – insistiu Sanguessuga. – E por que acha que seu pai pode ajudar a gente?

– Quem mais podemos procurar? – perguntei.

Nossa única opção para conseguir suprimentos parecia ser rastrear uma tribo nômade, mas não tínhamos nem ideia de onde encontrar nenhuma, e Sanguessuga ainda gostava de discursar sobre como eles eram selvagens, embora Lilly e eu soubéssemos que não era bem assim. Antes de finalmente sucumbir ao sono ontem à noite, Lilly escaneou o link gama procurando o Sinal Livre Nômade, mas não o encontrou.

No entanto, Sanguessuga tinha razão sobre meu pai. Porque, francamente, era difícil imaginar como ele reagiria à minha história: "Pai, escuta, sei que fui para o Acampamento Éden na semana passada, mas voltei e algumas coisas... mudaram. E agora preciso de ajuda para conseguir suprimentos sem alertar ninguém sobre nossa presença aqui porque, ah, sim, eu mencionei que estamos fugindo da Corporação Éden? Eles estão atrás de mim porque sou descendente genético dos antigos Atlantes, um descendente que pode ajudá-los a encontrar a Brocha de Dioses –, desculpa, o Pincel dos Deuses – uma tecnologia antiga que pode reverter o curso da mudança climática. Sabe como é, salvar o mundo.

"Não, eu sei que salvar o mundo é incrível! Mas tem um problema: não confiamos em Paul, em seu conselho de diretores e em seu Projeto Elysium, porque eles fizeram coisas horríveis com nossos amigos, sem mencionar como vêm mantendo em segredo há mais de cinquenta anos a pesquisa sobre Atlântida e sobre nós, os Atlantes. Eu sei, entende? Se o motivo deles fosse mesmo tão simples quanto salvar o planeta e a população, por que tanto sigilo? Sim, isso é bem suspeito.

"O quê? Ah, sim. Você quer saber qual, exatamente, é o meu plano. Vamos encontrar o Pincel dos Deuses e depois decidimos o que deve ser feito. Seja como for, vamos protegê-lo da Corporação Éden.

"Essa nave? É minha. Legal, eu sei. Sim, consigo pilotá-la. Como? Aprendi com um garoto morto chamado Lük, a consciência dele... Bom, tecnicamente, sua força vital Qi-An estava presa dentro de um crânio de cristal.

"Então... tudo certo? Ótimo, legal! Agora só precisamos de comida, uma barraca e alguns outros suprimentos, e depois preciso que você me deixe decolar ao pôr do sol sem dizer nada sobre onde estou indo...

"O mesmo que a mamãe fez."

Eu provavelmente não acrescentaria essa última frase. Mas, mesmo sem ela, como meu pai reagiria? Só conseguia imaginar que ele ia surtar.

E mesmo que, de algum jeito, ele aceitasse toda essa história – e não visse problema nenhum em me deixar voar para sabe-se lá onde enquanto era perseguido pela Corporação Éden – e daí? Eu estava presumindo que meu pai, alguém que tinha problemas com os dois lances de escada do calçadão da caverna para o nosso apartamento por causa de problemas respiratórios, alguém que mal conseguia torcer pelo time de futebol da Ilha Helsinki sem ter ataques de tosse carregada, poderia carregar suprimentos para nós sem sofrer um colapso?

Pouco provável.

Mas eu não havia contado tudo isso a Sanguessuga. Não queria dar a ele mais munição, fortalecer seus argumentos para passarmos direto pelo Centro e seguirmos para o sudoeste. Ir ao Centro podia ser idiotice, mas ainda assim era o que eu queria.

E era mais que buscar suprimentos: eu também queria muito ver meu pai. O sentimento me surpreendia. Não éramos tão próximos, mas, mesmo assim, durante a noite passada, fiquei com muita saudade. Muita coisa aconteceu na última semana, desde o afogamento até meu despertar Atlante e nossa fuga. Tudo isso se repetia em minha cabeça como um sonho impossível e de cores vibrantes, e era como se eu nem soubesse mais como havia sido minha vida no Centro. Parecia tudo distante, o que era ridículo, porque eu conseguia lembrar nitidamente as noites tranquilas no sofá com meu pai, os dias solitários quando ia a pé para a escola e me sentava em silêncio na salinha de aula, a sombria luz subterrânea, o cheiro de enxofre e pedra. Estava tudo bem ali, dentro da minha cabeça... mas parecia existir um golfo, um espaço imenso entre aquela velha versão de mim mesmo e esta nova. E apesar do novo Owen, com um objetivo e com Lilly, ser muito melhor que aquele que eu costumava ser antes, eu não conseguia deixar de me sentir sem raízes, de algum jeito, como se houvesse deixado minha antiga realidade e agora flutuasse fora dela, meio sem sintonia com tempo e espaço.

Eu brincava com a pulseira de couro que havia feito no acampamento. Relevos grosseiros formavam a palavra "pai" seguida por um desenho rústico do que, naquele momento, eu pensava que fosse só um símbolo legal para o Acampamento Aasgard, mas agora sabia que era um símbolo Atlante, talvez da própria Atlântida.

Era o velho e o novo eu. E talvez eu só quisesse alguma conexão concreta entre os dois, como se antes de começar essa loucura, essa coisa de Aeronauta, eu precisasse ter certeza de que ainda era o velho Owen também. Uma semana atrás eu não teria imaginado que desejaria isso, mas agora descobria que queria.

E foi por tudo isso que disse a Sanguessuga:

– Não perdeu seu senso de orientação, perdeu?

– É claro que não – respondeu ele.

– Então, depois de Yellowstone, vamos corrigir nossa rota.

Sanguessuga me olhou de um jeito estranho: menos irritado, mais sério.

– Escuta, eu acho que isso é perda de um tempo precioso. – Ele soava quase preocupado.

– Bom – manifestou-se Lilly –, eu voto na proposta de Owen. Então, está decidido. – Ela começou a coçar as costas. – Está esquentando depressa. É para lá que estamos indo?

– Sim. – Estávamos chegando perto do pequeno cânion. Era estreito e sinuoso, as paredes listradas de todos os tons de marrom.

– Parece aconchegante – resmungou Sanguessuga.

– É escondido – respondi. – Essa é a intenção.

Na margem da garganta havia o que devia ter sido um parque. Vi uma grande extensão de calçamento quebrado, uma área plana com mesas de piquenique cobertas de montes de areia, o esqueleto de um playground brotando dos montes. Ao lado dessa área, o cânion se abria numa boca larga, como se ali tivesse existido uma cachoeira. Lá embaixo havia uma área vazia e redonda; podia ter sido um lago. Crianças podiam ter nadado ali.

Mas quando passamos por cima do parque, vimos que o lago seco se tornara algo bem diferente.

– Ah, cara! – reagiu Sanguessuga.

– Ai... – gemeu Lilly, e parecia nauseada.

A depressão seca era preenchida por uma pilha de corpos.

2

Eram muitos ossos enegrecidos, nem sequer dava para contar, centenas de pessoas, todas empilhadas, a pilha toda queimada. Marcas profundas deixadas por pneus, um rastro que a água não havia aparecido para apagar, levavam a um enorme caminhão de lixo estacionado atrás da muralha da cidade.
– Acha que foi praga? – perguntou Sanguessuga.
– Provavelmente gripe – respondi. – Era sempre muito grave em lugares fechados e cheios. Também pode ter sido EP dois.
– O quê? – perguntou Lilly.
– Elevação pandêmica dois – expliquei. – As pessoas chamavam de maré vermelha. Um dos sintomas era vasos sanguíneos estourados no rosto da vítima. Eu era pequeno quando aconteceu, e tivemos sorte no Centro. Foram só dez casos, mais ou menos, e todos foram para a quarentena a tempo.
– Maré vermelha? – Sanguessuga parecia achar a ideia estúpida.
– Bem, o que você acha que foi, então?
Sanguessuga me olhou por um segundo, depois deu de ombros.
– Não importa. O que quer que tenha sido, provavelmente matou a maior parte da cidade, mas aposto que foi só o começo. Existe uma coisa, a síndrome pós-traumática da população, um quadro em que os sobreviventes perdem contato com a realidade. Talvez tenha sido nesse estágio que eles começaram a construir ameias com crânios e espetar corpos em estacas.
– Algum motivo para os garotos saberem tantos detalhes sobre pragas e morte? – questionou Lilly.
– É interessante – falei.
– Concordo – respondeu Sanguessuga, e compartilhamos um raro esboço de sorriso.
– Não deve ter mais perigo de contágio depois de tantos embaixo deste sol escaldante – comentei, descendo com a nave sobre os corpos.

Notei que não havia crânios. Todos haviam sido usados na cidade.

Lilly olhou para o emaranhado de membros e falou, baixinho:
– Por que devemos salvar este mundo, se coisas assim podem acontecer?

Dei de ombros, mas não respondi. Lilly tinha razão, mas me surpreendi com seu tom. De todas as pessoas no acampamento, ela havia sido a que mais defendeu que fizéssemos algo para tentar melhorar as coisas.

– Devíamos seguir viagem – resmungou Sanguessuga. – Não vou conseguir descansar perto disso.

– Preciso dormir – respondi. – Vou pousar o mais longe possível deles.

Conduzi a aeronave por cima das cataratas secas e para dentro da boca do cânion estreito. Flutuamos por curvas sombrias.

O leito do rio era uma faixa de areia clara com alguns pedregulhos. As paredes rochosas pareciam ter sido alisadas à mão.

– Tudo bem, agora vamos tentar – falei.

Pisei fundo nos pedais, e descemos lentamente até pousar na areia. Vi o vórtice perder luminosidade. Já havíamos perdido o balão termal na fuga do Éden. Se o vórtice apagasse completamente, a nave seria inútil.

Fechei os olhos e me recolhi, a sensação foi a de cair de costas na água, deixei o mundo exterior desaparecer. Senti perto de mim a vibração do crânio de cristal que estava na bolsa de Lilly.

À minha volta estava o cenário que eu já tinha visto: uma praia cinzenta em torno de um lago alpino azul e cristalino, tudo cercado por montanhas escarpadas de picos nevados. Atrás de mim estava a cidade Atlante em um fiorde que, de acordo com Paul, ficava em Greenland, uma cidade que também seria o último posto avançado deles. Torres estreitas pareciam querer tocar as nuvens altas. O teto plano da alta torre central era iluminado por globos brancos.

"Tem certeza de que isso vai funcionar?", perguntei a Lük, que estava sentado de pernas cruzadas perto das cordas das velas. Ele tinha a minha idade, mas uma aparência idosa e, estranhamente, semelhante à minha, nossos genes ligados, embora separados por centenas de gerações.

Nossas naves estavam amarradas a estacas na areia. Elas balançavam sobre a água, eram sacudidas por ondinhas que faziam ruídos baixos nos cascos de madeira. Não havia outros estudantes por ali.

Ele falou: "Uma carga no motor de vórtice de mercúrio deve durar uns dois mil quilômetros em condições amenas de voo. Ele quase não usa energia no ponto morto."

"Tudo bem, ótimo", respondi. "Em algum momento vamos precisar construir um termal novo."

Lük fechou os olhos por um momento e pensou. Uma sombra passou por seu rosto.

"O que é?", perguntei.

Ele olhou em volta com o cenho franzido. "Precisamos reconectar com o cérebro para ter acesso a essa informação. Ele deveria... deveria estar aqui, mas não está."

"Ah, tudo bem", falei. Ele ainda olhava para mim. "O que é?", repeti.

"Não sei. Estou percebendo outras lacunas na informação. O crânio deveria ter criado uma fusão mais completa entre nós. Temos que nos reunir outra vez."

"Certo, depois que eu descansar um pouco, podemos fazer outra sessão com o crânio."

Nadei de volta à superfície e tirei os pés dos pedais. O vórtice adquirira o brilho mais fraco que já vi, mas continuava aceso e emitia uma vibração baixa.

– Tudo bem – anunciei, e peguei a mochila preta que a Dra. Maria havia deixado com a gente.

Lilly também pegou sua bolsa e fomos todos para um local perto da muralha, para a segurança das sombras onde a areia era fina e macia. Quando caí de joelhos, senti todo o meu corpo desligar.

Lilly estendeu seu cobertor. Sentamos formando um triângulo e eu peguei duas barras de farelo de soja que sobraram do pacote da Dra. Maria, além de uma garrafa de água. Tínhamos só mais uma barra, um pacote de cereais vegetarianos sintéticos e mais nada de água.

Abri as embalagens e comecei a partir as barrinhas em pedaços.

– Dois terços para cada um – falei.

Quando ofereci dois pedaços a Sanguessuga, pensei no momento da competição de predador/presa quando ele não me deu os créditos da comida, quando o empurrei e começamos uma briga que nunca terminamos. Nós nos encaramos, e eu me perguntei o que faríamos com aquele ódio não resolvido, agora que éramos parceiros. Ele levantou as sobrancelhas e pegou os dois pedaços, como se também reconhecesse o que eu sentia: podemos nos irritar um com o outro, mas também estamos muito longe daquelas identidades que ainda fingíamos ter na Reserva.

Os pedaços de barrinha só me deixaram com mais fome. Abri a garrafa de água e bebi um gole antes de passá-la adiante.

– Sabe – falou Sanguessuga enquanto comíamos –, considerando que quase todo mundo nesta cidade parece ter morrido de repente e de um jeito horrível, talvez ainda tenha comida no Walmart.

– Não vamos lá – falei. – Se você fosse daqui e conhecesse o protocolo da maré vermelha, saberia que ela pode ser transmitida por ratos e baratas, e deve haver montes deles lá dentro, especialmente se tiver comida velha.

– Ouça o cérebro – respondeu Sanguessuga.

– Estou ouvindo, na verdade.

Sanguessuga riu.

– Maré vermelha... Desculpe, não dá para ficar ouvindo muito tempo.

– O que você sabe? – perguntei, irritado. – Foi crionizado por... o quê? Trinta anos?

– Quarenta e sete e meio – corrigiu Sanguessuga. E parou de rir.

– Certo. Aqui fora é o meu mundo.

– Até onde você sabe – acrescentou Sanguessuga. Enfiou os pedaços de barrinha na boca, levantou-se e começou a andar pelo cânion, chutando areia. – Eu fico com o primeiro turno da vigília.

– Eu sei! – falei em voz alta enquanto ele se afastava, e odiei imediatamente meu tom defensivo. Lembrei que era, no mínimo, igual a ele.

Sanguessuga acenou, de costas.

– Tanto faz. O banheiro dos meninos é por aqui. – E desapareceu depois de uma curva, mas ainda continuou perto o bastante para ouvirmos enquanto ele se aliviava.

– Legal – resmungou Lilly.

– Não acredito que temos que aguentar esse cara – comentei. Deitei de costas na areia, entrelacei os dedos atrás da cabeça e olhei para a rocha curvada sobre nós, para o trecho estreito de céu visível. O cheiro da areia dava a impressão de que ela havia sido lavada. Uma camada baixa de ar frio pairava sobre ela. Senti as pálpebras pesadas, as pernas duras como cimento.

Ouvi um ruído baixo de estática ao meu lado. Lilly segurava o computador portátil. Deslizava o dedo de um lado para outro, causando um chiado de frequências vazias do link gama enquanto tentava localizar novamente o Sinal Livre. Quando saímos do Éden tínhamos o telefone de Paul, mas ele se autodestruiu quando Lilly tentou usá-lo como vimos Aaron fazer. Ela o jogou da nave.

Lilly sentiu que eu olhava para ela.

– Durma um pouco.

– Certo. – Queria conversar mais com ela, porém o sono era mais forte que eu.

Eu me afastei do som da estática do computador, comecei uma jornada pela noite escura, passei pelos espaços de ventilação, voltei ao Céu-real do Éden Oeste, além das aeronaves, desci ao laboratório e aos corpos que vimos, entrei na água verde-escura com sua sereia azul fantasmagórica e finalmente mergulhei no sono negro.

Por um tempo.

Owen.

Emergi das profundezas escuras, do atraente canto da sereia. Estava novamente no lago e tinha guelras outra vez, flutuava de um jeito mágico. A forma azul cintilante flutuava na minha frente.

"Quem é você?", perguntei, como na última vez que a vi na câmera de crânios embaixo do Éden.

E como na última vez, a sereia não respondeu, só virou e desapareceu nadando na água escura.

Tentei segui-la, mas o cenário à minha volta começou a mudar. Água deu lugar a paredes: o revestimento barato de metal do nosso apartamento no Centro. De repente eu era muito mais jovem, estava em minha cama, enrolado em cobertores e encolhido contra a parede.

"Owen, eles chegaram. Quer ver?" Minha mãe estava parada ao lado da cama, em cima de mim, e usava seu chapéu de cowboy.

Era a noite em que o Incêndio Trienal alcançou Yellowstone. Ela estendia a mão, mas eu não queria ir porque tinha certeza de uma coisa: *sair para ver o fogo faz você ir embora*. Mas me levantei assim mesmo, como havia feito na vida real.

Por que voltei aqui? Era a segunda vez que fechava os olhos em dois dias, e nas duas vezes revivi a mesma noite. Novamente, subimos até a beirada da caldeira para ver as nuvens pirocúmulos se movendo como as naves de guerra de um exército conquistador, as chamas transbordando, eu tentando ser corajoso porque minha mãe apreciava o espetáculo, mas, por dentro, sentindo-me apavorado e vulnerável, certo de que, se soubesse o que eu sentia, minha mãe nos deixaria.

Mas então uma luz começou a brilhar à minha volta, embora a noite real continuasse negra. De repente era a manhã seguinte, o céu cinzento, o mundo de uma tonalidade morta de cinza em volta dos esqueletos pretos das árvores. As cinzas eram macias e apagavam as linhas e os contornos do mundo. Uma tela para começar novamente. Flocos delas ainda caíam do céu, como na cidade Atlante onde Lük e eu nos conhecemos.

O mundo tinha um cheiro azedo como de madeira queimada e eletricidade. Tudo tremulava no calor e havia pontos de brasa vermelha aqui e ali. E...

Alguém gritava. Uma garota. Eu não conseguia decidir se isso também era uma lembrança, ou um novo sonho envolvendo a realidade. Só sabia que precisava encontrá-la, tinha que correr, então virei e pulei. Desci flutuando sobre a paisagem queimada, os braços abertos.

Aterrissei de joelhos sobre as cinzas, um pó fino e ainda morno. Elas grudavam em meus braços, sujavam minhas mãos, manchavam o jeans.

Perto dali, a carcaça de uma árvore estalou e chiou, suas presas de brasas brilhando, vermelhas.

Owen.

Olhei para cima e a vi.

Não era a sereia.

Uma garota. Ela era pequena, tinha cabelos vermelhos que caíam sobre seus ombros e pele branca de quartzo, pele translúcida como... *como o crânio...* que refletia a cor das cinzas. As cinzas e a pele eram quase a mesma coisa. Havia alguma coisa errada com ela. Talvez alguma doença.

Se piorar, ela vai embora.

A garota olhava para mim com enormes olhos castanhos e uma expressão triste, os olhos muito sérios, a boca bem pequena. Ela vestia pijama Radiação-baixa estampado com sapos verdes sorridentes... Quantos anos? Três? E qual era o seu nome? Eu tinha a sensação de que deveria saber. De que soube, em algum momento. Era alguma coisa que eu *deveria* saber. Podia quase ver a lacuna onde essa informação deveria estar, mas a informação em si, eu não encontrava. A criança segurava um crocodilo de brinquedo, o rabo de veludo balançando em meio às cinzas...

E ela começava a afundar nas cinzas. Centímetro por centímetro, as cinzas subiam por seu pijama como se apagassem a menina.

Preciso salvá-la. Disso, eu tinha certeza. Estava preocupado com ela, aterrorizado, mas as cinzas eram como lama e resistiam aos meus movimentos... e minhas pernas de repente ficaram fracas e inúteis, como se meu sonho estivesse nas mãos de técnicos que riam cruelmente enquanto mudavam as regras.

Espere! Eu continuava tentando correr, mas minhas pernas queimavam, e então afundei na areia que se tornara também o céu e a água, e eu me afogava como no lago, tudo de novo. As árvores pretas flutuavam no lodo, os galhos como veias doentes se retorcendo nas cinzas, e eu não conseguia achar a menina.

O-wen.

Eu me debatia. Para cima. Para baixo. Qual era qual? Quem me chamava... a sereia ou a garotinha?

Mas essa voz soava diferente. Vi uma forma brilhante outra vez, mas não era a sereia. Era um retângulo de luz, e parecia haver um rosto flutuando nele.

De repente minha mente despertou o suficiente para devolver o sonho ao armário, atribuir gravidade, tempo e espaço ao real. Cinzas se tornaram água e depois ar. Senti a areia áspera no rosto, o ar quente do meio-dia.

A luz era da tela do computador ao lado de Lilly. Ela dormia deitada de lado.

Sentei e vi um rosto na tela.

– Ah, aí está você.

O rosto de Paul.

3

Paul olhava para cima como se espiasse por uma janela na areia. Os óculos espelhados cobriam os olhos, a expressão era calma. Com exceção de um hematoma escuro em um lado da cabeça – lugar onde Lilly o acertou com o crânio –, sua aparência era a mesma de sempre: misteriosa, embora, para mim, não fosse mais um mistério. Eu tinha visto seus olhos de placas de circuito elétrico, os implantes biônicos, e no momento sua quietude só me fazia pensar em um androide frio e calculista.

– Aproveitando a viagem? – perguntou ele.

Peguei o tablet e tateei as laterais procurando um botão para ligar e desligar, mas não encontrei. Devia ser um modelo antigo; Lilly contou que os pais deixaram o computador para ela quando foi crionizada.

– Owen, olhe para mim.

Continuei mexendo no equipamento.

– Owen, meu garoto...

– Cala a boca! – Estiquei o braço como se ele pudesse sair do tablet e me pegar.

– Não precisa ficar tão nervoso – respondeu Paul. – Só quero conversar antes que você cometa um erro.

– Erro? – Olhei para ele. Meu corpo todo tremia. – Meu único erro foi não ter percebido antes o que você é.

– Ah, fala sério. Você e seus amigos agora acham que sou um vilão, um monstro? Esse tipo de coisa? Porque acho que, se pensar bem sobre a nossa conversa no templo, vai perceber que sou o melhor aliado que vocês três podem ter.

– Eu me lembro do templo. Quando não quis ser seu aliado, você tentou me ligar ao crânio como se eu fosse mais uma das suas cobaias.

– Bom, vamos esclarecer essa história. – Paul sorriu. – Você era minha *melhor* cobaia. Tinha a chave para salvar a humanidade, e eu posso ajudá-lo a usá-la.

– Para! – Senti um ódio que era como uma onda arrebentando dentro de mim. – Cala a boca!

– Owen? – Lilly virou e abriu os olhos. Quando viu Paul, ela se sentou, assustada. – Desliga! Se estão transmitindo para essa coisa, eles podem rastrear nossa localização.

Paul olhou na direção de Lilly e sorriu.

– Sempre gostei dos instintos da Srta. Ishani. Owen, por favor, não deixe que ela acabe com essa conversa antes de eu ter uma chance de prevenir você.

– Dá isso aqui. – Lilly pegou o tablet.

– É sobre seu pai. Sobre sua casa. Você não pode ir para lá.

– Tchau, cretino – falou Lilly, batendo rapidamente na tela para exibir um menu lateral.

– Espera. – Eu a segurei pelo pulso.

– Owen, tudo que ele diz é mentira.

– Pelo contrário – protestou Paul. – Lembre o que eu disse, Owen. Nunca menti para você.

Eu sabia que Lilly estava certa, mas, com base no que Paul havia acabado de falar, também sabia que ele deduzira que estávamos a caminho do Centro, o que significava que podiam tentar nos interceptar lá. Se o deixasse fazer o discurso manipulador, talvez fosse mais fácil descobrir qual era sua estratégia para pegar a gente. Se havia uma coisa que não me agradou na noite passada, foi olhar para o horizonte vazio e tentar deduzir onde ficava Éden.

Peguei o tablet. Por um segundo, pensei que Lilly não ia soltá-lo. Mas ela o soltou.

– Tudo bem – falei. – Diga.

– Obrigado – respondeu Paul. – Agora ouça com atenção. Hoje de manhã, Éden Oeste mandou uma mensagem pelo link gama para toda a inteligência da federação e para agências de notícias anunciando que três suspeitos haviam fugido. A declaração contém descrições detalhadas de vocês três, e também da sua nave.

Eu sabia que pergunta ele queria que eu fizesse.

– Suspeitos?

– Sim. Três suspeitos procurados por estar ligados ao assassinato do chefe de segurança e do coordenador de comunicações do Éden Oeste.

Tentei disfarçar a surpresa, mas Paul percebeu e sorriu.

– Sim, é isso mesmo. Porque vamos pensar no que realmente aconteceu ontem, Owen. Foram divulgadas fotos de Carter morto por uma flechada, e também imagens das câmeras de segurança nas quais você empurra Aaros da sua nave para a morte.

– Ele sobreviveu à queda! Eu o vi voltar à tona.

– Engraçado. Isso não aparece nas imagens da câmera. E havia muitas testemunhas oculares quando o corpo dele foi levado à praia do Acampamento Éden hoje de manhã, durante o nado urso-polar.

Queria responder, mas estava travado, com o coração disparado, ofegante. E sabia que Paul se divertia com isso. Então fiquei quieto, tentei não dar mais nada a ele.

– Nesse momento – continuou Paul –, todas as agências da lei em todas as grandes cidades-estado têm o perfil de vocês e sabem que o Éden oferece uma recompensa substancial por sua captura. E isso inclui Yellowstone Centro. Então, talvez queira desistir dessa passadinha em casa.

– Desligue – disse Lilly. – Chega de ouvir esse cara.

– Ainda não – respondeu Paul. – Vai querer ouvir essa parte, Srta. Ishani. Também queria que soubesse que capturamos seus conspiradores quando eles tentavam escapar. Evan, Marco e Aliah foram bem... úteis na confecção dos perfis que divulgamos.

Lilly também não conseguiu disfarçar sua reação.

– Está mentindo.

– É ele?

Virei quando vi Sanguessuga se aproximar correndo.

– E acho que isso é bem interessante – continuou Paul. – Depois que Evan foi interrogado, e pouco antes que eu abrisse o peito dele em meu laboratório...

Lilly cobriu a boca com as mãos, tentando conter um grito.

Paul abriu mais o sorriso.

– Perguntei se ele queria mandar algum recado para você, Lilly, já que vocês dois têm tanta *história*. E ele falou chorando, não vou mentir, que nunca vai perdoar você por aquela noite no ancoradouro.

– Cala a boca, mentiroso! – Lilly bateu novamente com o dedo na tela e abriu o menu.

– Owen, pense nisso – disse Paul. – Você não tem opções. Portanto, é melhor sentar e esperar por nós. Prometo que estou disposto a perdoar aquela confusão de ontem.

– Ei! – gritou Sanguessuga, correndo em nossa direção. – Ei, você! – Ele apontava para o tablet.

Paul moveu a cabeça como se pudesse ter ouvido Sanguessuga.

– Você é *o cara*, Owen. – É você quem pode nos guiar para Atlântida. Mas você não pode ir sozinho, principalmente como fugitivo.

– Vai para o inferno – respondi.

Paul franziu a testa.

– Owen. Francamente. Tem mais coisas que eu poderia dizer. Mais coisas que você deveria saber. Estou escondendo informações para a sua segurança, mas, acredite, não vai querer fazer essa jornada sem mim.

Lilly abriu o menu do link gama.

– Se quiser, aceito dar um tempo para os outros dois fugirem. Eles não têm importância para mim, Owen. Só você. Essa história de *Os Três* é mito. É só você que importa.

– Tchau! – disse Lilly.

– Vou pegar você de qualquer jeito.

O dedo de Lilly deslizava para o botão de desconectar quando Sanguessuga arrancou o tablet de nossas mãos.

– Eu também sou importante, seu cretino! – E jogou longe o computador. A tela atravessou o espaço do cânion.

– Ei! – gritei.

– O que está fazendo? – berrou Lilly.

O tablet bateu na parede do outro lado e caiu na areia sob uma chuva de cacos de vidro.

Sanguessuga ficou olhando para o computador com o rosto vermelho, os ombros subindo e descendo no ritmo da respiração ofegante.

– Eles podem rastrear a gente com aquilo.

Lilly levantou e correu para o que sobrou do tablet.

– Por isso eu estava desconectando, seu idiota! – De joelhos, começou a recolher os pedaços.

– Desconectar não é o suficiente – insistiu ele. Ver Paul deixou Sanguessuga mais afetado do que eu. Ele parecia muito diferente daquele garoto arrogante que conheci no Éden. Suas mãos tremiam. Quando viu que eu o observava, cerrou os punhos. – Se hackearam o tablet, significa que têm o ID único de rede que ele cria quando se conecta ao link gama. Portanto, podem reverter o link para o tablet em qualquer lugar e determinar sua localização.

– O link gama só é identificável quando está conectado – falei, lembrando o que ouvi no Centro sobre ladrões de dados.

Sanguessuga revirou os olhos.

– Talvez no lugar de onde você vem. Como acha que ele apareceu na tela? Lilly, não desconectou o link antes de dormir?

– Sim – murmurou Lilly.

Sanguessuga olhou para mim. Esperei ver aquele sorriso vaidoso e arrogante, mas só havia uma expressão séria, como se ele realmente quisesse me fazer entender de onde vinha.

– Viu?

– Tudo bem.

– Além do mais, temos o tablet sub-rede do Aaron.

Lilly jogou as partes do aparelho quebrado na areia. Depois se levantou e foi, furiosa, até Sanguessuga, encarando-o. Ela era uns dez centímetros mais alta.

– Sim, mas para usar precisamos de uma conexão sub-rede. E onde vamos encontrar uma dessa aqui?

Sanguessuga só deu de ombros.

Lilly se virou.

– Foi o que pensei. – E se jogou no cobertor.

O silêncio nos envolveu. Ouvíamos o sussurro suave do vento passando pelos contornos do cânion. Ver Paul destruiu a pouca confiança que eu sentia e me fez lembrar de que estávamos fugindo, e o que aconteceria se nos pegassem.

Olhei para Sanguessuga e pensei em seu comportamento. Uma coisa era não querer que Paul nos rastreasse, outra era a fúria com que Sanguessuga havia reagido ao vê-lo. Talvez fosse por causa daquele comentário sobre eu ser o único que importava. O que Paul

queria dizer com isso? Sanguessuga era igualmente importante. Talvez ainda estivesse magoado com a traição de Paul, que devia saber que aqueles comentários atingiriam Sanguessuga, da mesma forma que as coisas que falou sobre Evan tinham o propósito de atingir Lilly. Ela olhava para o espaço e mordia o lábio. Pensar em Evan com o peito aberto como Anna... Independentemente do que eu sentia por ele, ninguém merecia isso. Ninguém, e...
– Foi nossa culpa – falou Lilly.
– Sim – concordei.
A ideia ganhou corpo dentro de mim. Evan, Marco e Aliah nos salvaram de Paul. Não fosse por eles, estaríamos naquele laboratório, e nesse momento eles pagavam por isso.
E é claro que isso atormentava Lilly. Pensei em me aproximar e fazer alguma coisa para confortá-la, como afagar seu ombro, mas hesitei. Não conseguia parar de pensar no que Paul dissera: uma noite no ancoradouro... Que noite foi essa? Lilly tinha a camiseta dele na bolsa...
Eu odiava a perturbação que sentia ao pensar neles. Eu tinha que me conformar. Eles nem estavam mais saindo quando apareci. Talvez isso também fosse uma evidência de que nossa conexão já não era mais a mesma, ou pior, nunca havia sido o que eu imaginava. Afinal, ela mentiu para mim sobre ter visto a sereia.
Todos esses pensamentos se acumulavam em minha cabeça, fervilhando e se alimentando uns dos outros. Talvez fosse esse o plano de Paul. Nesse caso, estava funcionando. Lilly, Evan, os comentários codificados de Paul sobre mim e, além de tudo isso, no momento não podíamos ir para o Centro. E meu pai ouviria as acusações contra mim. O que ele ia pensar do próprio filho, um fugitivo acusado de assassinato? Seria levado para interrogatório?
Paul nos tirou do mundo, nos deixou sem nenhum lugar seguro para ir. Tudo isso pesava, era demais, mas tentei superar a tempestade de dúvida e recuperar o foco.
– Se ele hackeou o tablet – falei, devagar, como se tivesse que arrancar cada palavra de um gigantesco e confuso emaranhado –, não significa que sabe onde estamos agora?
– Sim – respondeu Lilly, distraída.

– E isso quer dizer que temos que sair daqui. – olhei para Sanguessuga. – Parece que vai ser como você queria.

Sanguessuga assentiu, sério. Foi bom notar que ele não pretendia comemorar.

– Eu oriento, então?

– Sim.

– Não entendo – disse Lilly. Ela havia saído do transe. – Se ele sabe onde estamos, por que não veio nos pegar? Por que fazer contato primeiro? É quase como se ele quisesse dar um aviso.

– Ele provavelmente quer ver o que vamos fazer – respondi.

– Ainda somos seus ratos de laboratório – resmungou Sanguessuga –, mesmo fora do Éden.

– Então, e aí? Ele está brincando com a gente, é isso? – perguntou Lilly. Ela soava derrotada outra vez.

– Não – respondi, e senti uma onda de determinação. – Ele ainda não nos pegou. – Olhei para Sanguessuga. – Para onde vamos?

Sanguessuga pegou o bloquinho de desenho da cintura do short e o tablet sub-rede de Aaron, que ele havia mantido à mão a noite inteira.

– Fiz alguns desenhos novos enquanto você dormia – disse, ajoelhando-se no chão e abrindo o bloquinho.

Eu me aproximei dele. Lilly hesitou por um minuto. Vi quando ela levantou a mão, massageou as guelras e se encolheu. Finalmente, se juntou a nós.

– Olha aqui. – Sanguessuga apontou um mapa desenhado em duas páginas. – Não vai ter muita agitação, mas... – Ele apontou um círculo com um sinal de mais no canto superior direito. – Esta região é Éden Oeste, e estamos por aqui. – Sanguessuga indicou um pontinho, depois deslizou o dedo por uma linha pontilhada que partia de Éden Oeste e corria em diagonal pela paisagem em direção ao canto mais afastado para os triângulos de uma cordilheira. A linha acabava em uma estrelinha. – Essa é a direção, e esse é o marco.

– Não entendi como consegue ver esses mapas, se ainda não encontramos seu crânio – comentei.

– Estive pensando nisso – disse Sanguessuga. – Como os Atlantes não tinham como saber qual crânio encontraríamos primeiro, acho que puseram um pouco de informação para mim em todos eles, sabe, para começarmos a jornada. Foi assim que consegui usar a sala do mapa no Éden. E aqueles mapas que eu vi apontavam para esse lugar. – Ele mostrou a estrela na cordilheira.

Olhei para o mapa e tive a sensação de que alguma coisa não encaixava. Sanguessuga havia desenhado uma rosa dos ventos no canto superior esquerdo. Era isso que me desorientava. A rosa estava torta. E eu apontei para ela.

– Você vem dizendo que temos que ir para o sudoeste. Mas essa rosa dos ventos não sugere que temos que ir para o sul?

A pergunta animou Sanguessuga.

– Tudo bem, sim, seria isso, se essas fossem as direções verdadeiras da bússola, mas foi o que eu, quero dizer, nós deduzimos na sala de navegação no Éden. Os mapas que vejo em minha cabeça são orientados de um jeito diferente. Meu norte é para lá – falou ele, estendendo a mão para a mesma direção apontada pela rosa dos ventos que ele havia desenhado –, mas, na verdade, o norte fica para lá. – E moveu o braço num arco para a esquerda.

– Então – disse Lilly –, você tem o norte errado em sua cabeça.

– Não é errado, é só velho. De mais ou menos dez mil anos atrás, da época Atlante.

– Está dizendo que o Polo Norte mudou de lugar?

– Bom, ele muda o tempo todo, historicamente. Às vezes os polos até dão saltos. Mas algo maior que isso aconteceu entre a época Atlante e o presente. Não é bem que o polo mudou de lugar, mas a *Terra*, toda a crosta terrestre se moveu. Acho que foi por causa do Pincel. A questão é que qualquer mapa que a gente encontre tem que ser calibrado novamente com base na atual conjuntura. Por isso, em parte, é tão difícil encontrar os lugares Atlantes.

– Nunca pensei que você fosse um nerd – comentou Lilly, e embora seu tom ainda fosse azedo, finalmente havia um brilho suave em seus olhos.

Sanguessuga sorriu.

– A que distância estamos do marco? – perguntei.

Sanguessuga deslizou o dedo pela linha.

– Mil quilômetros, mais ou menos.

Fiz os cálculos de cabeça.

– Dezessete horas de voo. Acho que temos energia suficiente no vórtice para chegar lá. – Olhei para cima, para o topo do cânion e o reflexo do sol nas paredes. – Ainda temos mais algumas horas de luz. Vai ser fácil ver a gente. E vamos fritar lá fora.

– Pode ser mais perigoso ficar – disse Lilly.

– Sim – concordei, e fiquei em pé. – Vamos embora.

Jogamos as bolsas na nave e embarcamos.

– Toma. – Lilly ofereceu seu frasco de Radiação-zero. Cobrimos o rosto, os braços e as pernas com a loção, sentindo o ardor quando ela penetrou na pele. Guardamos um pouco para mais tarde, e eu esperava que fosse o suficiente.

O vórtice ainda girava, vibrando baixinho. Pisei nos pedais e começamos a subir.

– Olha as paredes – falei para Sanguessuga. Não tinha vento ali embaixo, por isso as velas eram inúteis. Sanguessuga se debruçou para fora da nave e empurrava a parede sempre que chegávamos muito perto dela.

Subimos devagar até sairmos do cânion. Quando vi o prédio com as ameias de crânios, procurei o pessoal de Paul.

– Está vendo alguma coisa? – perguntei.

– Nada – respondeu Sanguessuga.

– Nada – disse Lilly.

– Tudo bem. – Subimos para o calor do sol de fim de tarde. Nossa fuga não serviria para nada se sofrêssemos envenenamento por radiação. Verifiquei o vento: embaixo das correntes termais havia uma brisa constante de mais ou menos cinco nós.

Movi os pés, mas não coloquei a nave em movimento. Como se sentisse a hesitação, meu estômago roncou. Imaginei se havia sido alto o bastante para os outros ouvirem, e percebi que Sanguessuga olhava para mim.

– Dezessete horas é muito tempo – disse ele –, especialmente com apenas uma garrafa de água.

– Dezessete horas no mínimo – suspirei.

Sanguessuga olhou para baixo, para a cidade.

– Essa pode ser nossa melhor chance de encontrar suprimentos.

– Talvez tenha outra coisa no caminho – respondi, imediatamente, sentindo necessidade de sair dali, correr, e talvez por não querer concordar com Sanguessuga, mas disse a mim mesmo que precisávamos superar esse tipo de coisa, se quiséssemos sobreviver aqui fora. E ele estava certo. Já havíamos voado seiscentos quilômetros, e em todo esse território esse era o único lugar que vimos que podia ter suprimentos.

Olhei para o Walmart com uma pontada de preocupação.

– Vale a pena dar uma olhada – disse Lilly.

– Sim. – Puxei as cordas das velas e demos a volta. Estávamos a algumas centenas de metros do alvo quando houve um flash de luz. O luminoso do Walmart SuperPlus, que ficava bem em cima do estacionamento vazio, piscava e ganhava vida. Uma luz fraca, quase invisível no sol da tarde, só algumas lâmpadas dentro do plástico quebrado funcionando, mas, ainda assim, ligado.

Reduzi a velocidade da nave.

– Vocês viram aquilo? – perguntei.

– Gerador? – retrucou Sanguessuga.

Olhei em volta, tentando identificar o brilho de uma turbina de vento em algum lugar próximo.

– Lá – disse Lilly, apontando para o telhado. – Embaixo da areia. Painéis solares. Tem o suficiente exposto para acumular uma carga.

– São só cinco horas – falou Sanguessuga, olhando o computador. – O luminoso deve ser só tecnologia antiga com um *timer*. E se tem energia para acender o luminoso, ainda pode haver energia para manter ligadas as geladeiras e os balcões refrigerados.

Eram possibilidades realistas, mas eu disse:

– Ou pode ter gente lá dentro.

– Quais são as chances? – perguntou Sanguessuga.

– Tudo bem. É melhor sermos rápidos – concordei. Ignorando o nervosismo, desci em direção à loja.

4

Fiz uma curva aberta em torno do corpo no mastro da bandeira. O compensado que cobria as portas e janelas da frente da loja parecia estar intacto e ser muito forte, por isso procurei outra entrada. Havia um pequeno alçapão perto do centro do telhado. Pousei na areia ao lado dele.

Pulei da nave ao lado de Lilly e fomos dar uma olhada na porta de metal.

– Trancada – falei, sacudindo a maçaneta. – Mas não parece muito forte... – E sacudi a porta com mais força.

– Minha vez. – Lilly me puxou para trás e deu um chute violento na porta, que se abriu pendurada em uma dobradiça.

– Legal – falei, e virei para sorrir para Lilly, mas ela já havia voltado à nave. Passei pela porta. – Escada para a escuridão – comentei. Comecei a descer, mas Lilly agarrou meu braço.

Ela empunhava sua faca, a que havia tirado do corpo de um Nômade no Éden.

– Devia ficar – disse ela. – Não podemos deixar a nave sem proteção. Estaríamos perdidos sem ela, e só você sabe pilotar.

– Faz sentido – concordou Sanguessuga, aproximando-se de Lilly.

– Você também vai ficar – disse ela a Sanguessuga. – Vocês são os dois que têm que ir a Atlântida. – E prendeu a faca na parte de trás do cinto. – Eu sou a dispensável.

– Ei, não temos certeza de... – comecei.

– Não – interrompeu-me Lilly. Ela massageou as guelras e fez uma careta. – Vou dar uma olhada em tudo e volto com um relatório. – E começou a descer a escada.

Sanguessuga assentiu para mim e desceu atrás dela.

Quando Lilly virou para trás, ele disse:

– Vou proteger sua retaguarda.

– Não preciso...

Sanguessuga passou por ela.

– Tudo bem, você protege a minha. Entrar lá sozinha é idiotice, sabe disso.

Lilly segurou Sanguessuga pelo ombro e passou na frente dele.

– Tudo bem, mas você me segue.

Sanguessuga foi atrás dela. Quando virou para descer o segundo lance da escada, ele olhou para mim. Assenti, compreendendo que dessa vez ele entendia a situação como um pacto entre nós, não como um desafio.

Seus passos ecoavam nos degraus de concreto. O som foi se afastando, e logo eu fiquei sozinho com o vento vazio e seco da tarde, a pele castigada pelos grãos de areia.

Chutei a lateral da nave, odiando pensar em Lilly lá embaixo no escuro, e sem mim. Cogitei descer atrás deles, mas ela estava certa. Se acontecesse alguma coisa com a nave, seria o fim para nós. Mesmo assim... Eu me perguntava se ela pensava em mim nesse momento, ou se todos os seus pensamentos eram para Evan. Sabia que estava sendo injusto, que provavelmente isso nem era verdade, mas não conseguia me controlar.

O sol me castigava. Pensei em ficar à sombra da porta, mas primeiro percorri o perímetro do telhado, estudando o horizonte. As distantes colinas de pedra estavam tranquilas, mas eu não conseguia me livrar da sensação de que o Éden estava por ali em algum lugar, de que nos observavam. Olhei para baixo, para as ruas que formavam ângulos retos, cada uma delas terminando em um trecho da muralha, meio que esperando ver forças de paz com suas viseiras douradas pulando o parapeito de ameias.

Passei perto da frente da loja e parei para olhar o corpo no mastro da bandeira. Ele havia sido amarrado ao mastro com grossas cordas roxas, como aquelas usadas para mergulhar em cavernas ou escalar montanhas. Eram dois grandes nós esquisitos, um na cintura, outro no pescoço, e o corpo estava caído para um lado. O cadáver usava camisa e calça brancas. Havia manchas nas roupas, pedaços vermelhos e pretos, mas, no geral, corpo e roupas pareciam estar em um estado melhor que aquele que vimos sobre a muralha. Talvez este não fosse tão velho.

Pensei no que Lilly dissera de manhã: *Por que devemos salvar este mundo, se coisas assim podem acontecer?* Queria saber o que levava as pessoas a fazerem essas coisas. Loucura, talvez. Ouvi histórias sobre massacres, suicídio em massa e genocídios que aconteceram quando os recursos se esgotaram. E coisas estranhas também haviam acontecido na época em que Éden Sul se filiou ao culto Helíade-Sete, boatos de sacrifício humano e até canibalismo, mas nunca prestei muita atenção aos noticiários que meu pai acompanhava de manhã. Com exceção do bloco de esportes, a maior parte das notícias era só sombria e deprimente.

Deduzi que esses corpos deviam ser avisos. E o que foi feito das pessoas que mataram essas outras? Foram embora? Mataram-se? Ou ainda estavam aqui, em algum lugar? Provavelmente não, considerando o estado das coisas. Mas eu ainda sentia meus nervos vibrando e queria ir embora.

Cuidado com os horrores.

Eu me encolhi. A voz havia soado ao meu lado. Não havia ninguém ali... Espere, havia sim. Uma impressão fraca, tremulante, como um borrão de luz. Agora eu podia vê-la: o rosto primitivo, o corpo baixinho, a pele azulada e cintilante, cabelo preto, vestido marrom. Ela usava um colar com um tigre esculpido em pedra-sabão, a cintura e a testa eram enfeitadas por cordões de cobre forjado e turquesa, rubi e jade.

A sereia.

– Você – falei. – Ainda existe.

Ela brilhava como uma projeção, os olhos cor de âmbar se sobrepondo ao horizonte. *Existo desde o princípio. E o visitaria mais vezes, mas alcançá-lo exige um grande esforço,* disse ela, *mesmo que seja rapidamente.*

– Quero saber se ainda está em minha cabeça, ou alguma coisa assim.

Em sua cabeça, não. Ela levantou o dedo e apontou para mim. O dedo se aproximou do meu peito e brilhou através da minha camisa e da pele. Senti uma leve queimadura na região. *Em você.*

– Como assim?

A sereia se virou para o corpo no mastro.

Segui a direção de seu olhar.

– Sabe quem fez isso?

É um sinal. Um aviso.

– De quem?

"Quem" não importa. "Quando" é a chave. É o jeito como cada ciclo chega ao fim; ordem e intenção se dissolvem; Qi e An se separam, a harmonia entre eles se perde. Essa discórdia desencadeia horrores. Mas também é o jeito como o equilíbrio retorna, e o ciclo recomeça.

– Não está fazendo sentido – falei.

Depois pensei que a sereia poderia ficar furiosa com isso, mas estava cansado de todas essas declarações em código.

No momento em que olhou para mim de novo, no entanto, ela parecia sorrir.

Quando a música da Terra se perde, eles criam deuses para dar voz à escuridão. Mas esses deuses só sabem o que os humanos sabem. O que é dessa terra não pode controlá-la, e assim os horrores são desencadeados.

A voz dela se tornava mais alta em minha cabeça, se sobrepondo aos outros sentidos. *Você deve tomar cuidado com os deuses e seus horrores.*

As palavras ficaram gravadas a fogo em meu cérebro, e eu pensei: *vou tomar cuidado*. Senti um momento de leveza, depois percebi que meus olhos estavam fechados. Eu estava totalmente imóvel. Parei até de respirar. Abri os olhos. A sereia havia sumido.

O momento de quietude parecia ter eliminado uma camada de estática, como se meus sentidos estivessem mais limpos. O mundo voltou ao lugar, e eu senti a brisa entre os pelos do braço, senti o calor forte e penetrante do sol em minha cabeça. Senti o cheiro da terra seca, porém de algo mais também. Alguma coisa meio azeda e metálica...

E escutei um barulho. Uma vibração baixa que não tinha escutado antes. Às vezes soava baixinha, mas ficou mais alta quando uma rajada de vento soprou no meu rosto. O cheiro também ficou mais forte. Vinha de algum lugar à frente.

Olhei para o corpo e me aproximei da beira do telhado. Vi um movimento rápido em torno dos membros. O barulho ganhou intensidade. Outra nuvem de odor ácido me atingiu. Passei a reconhecer o som, vi a origem dele.

O que eu pensava que fossem manchas pretas eram moscas. Milhares de moscas. Elas voavam em torno do cadáver. Braços e pernas ganhavam vida com os insetos em movimento, uma camada ondulante de corpos negros e asas vibrando.

Pequenos flashes atraíram meu olhar. Pequenos movimentos, não as moscas, mas fagulhas de luz que pareciam cair do corpo para o chão.

Olhei por cima do parapeito do telhado para o concreto lá embaixo. Havia uma luz cintilante na base do mastro. Era diferente da luz simples do sol na areia. Um reflexo sobre algo líquido. Água? Não, embaixo da superfície brilhante a substância era escura, opaca demais.

Respirei fundo e tive dificuldade para encher os pulmões com o coração galopando no peito. Olhei mais para cima. Vi um flash e segui outro rastro de luz. Era o reflexo de uma gota. Ela caiu na poça lá embaixo.

Uma poça de sangue.

E apesar de saber exatamente o que isso significava, tudo o que isso significava – a constatação me atingia como socos no peito – eu continuava ali parado, olhando...

Sangue significa que o corpo é fresco. Se é fresco, alguém acabou de colocá-lo ali, onde não estava hoje de manhã... Alguém que ainda...

Um grito agudo interrompeu meus pensamentos.

Lilly.

O grito terminou em um estrondo metálico distante.

Virei e corri para a porta.

5

Desci o primeiro lance da escada correndo, as pernas se movendo depressa demais, perdi o controle e bati na parede de cimento. Virei e continuei descendo o segundo lance, desta vez agarrado ao corrimão, pulando os degraus de dois em dois. A luz da porta lá em cima começava a desaparecer. No terceiro lance, a escuridão era total e torci o tornozelo. A dor subiu pela perna.

Manquei em direção à porta aberta ao pé da escada. Havia uma luz fraca do outro lado. Recuperei o fôlego e passei por ela. A escada que desci era parte de uma coluna no centro da loja. Havia duas lâmpadas pequenas no teto. Mais um pouco de luz entrava pelas frestas do compensado nas portas da frente, mas sombras sinistras pairavam no labirinto de corredores que seguiam em todas as direções.

Ouvi um estalo alto, alguma coisa metálica batendo no piso de cerâmica. Depois um murmúrio como cochichos. Comecei a andar na direção do som.

Cheguei a um corredor principal. Muitas prateleiras estavam vazias, mas seções como material de arte e louça eram tão cheias e organizadas que era como se a loja houvesse acabado de encerrar o expediente. Passei por fileiras de vitrinas de vidro quebradas, algumas vazias, outras ainda cheias de coisas que se tornaram inúteis, como perfumes e esmaltes. Na seção de roupas, as araras caídas pareciam carcaças, os membros esqueléticos salientes e estendidos, as roupas que sobraram parecendo pele enrugada e dobrada.

Muitos eletrônicos haviam sido poupados, coisas como câmeras de ajuste de retina para serem penduradas sobre o olho. Os aparelhos pequenos e finos pareciam mais modernos que as coisas que eu via no Centro. De início fiquei surpreso por ainda estarem ali, mas lembrei que não havia como recarregar as baterias, e que, provavelmente, ninguém ia querer registrar este mundo para a posteridade.

Vi outro objeto que seria inútil para a maioria, mas de que nós precisávamos: um leitor para a videopágina que imprimimos no laboratório da Dra. Maria. Rasguei a embalagem de plástico e guardei o equipamento fino e cilíndrico no meu bolso.

Lá na frente havia uma luminosidade azul e sinistra. Um luminoso anunciava o SUPERMERCADO. Ouvi uma vibração. Sanguessuga estava certo: pelo menos um dos freezers estava ligado.

Queria chamar Sanguessuga e Lilly, mas não podia correr o risco de revelar minha presença antes de saber o que estava acontecendo. Ouvi outro som abafado, depois um estalo atrás de mim. Segui apressado para um corredor lateral. Meu coração batia tão forte que tive medo de alguém ouvir.

O barulho crescia, um ruído metálico e repetitivo como uma máquina em movimento, e havia também o som de passos.

– Cuidado! – sussurraram.

Agora eu ouvia risadas.

Lilly passou em alta velocidade. Ela estava ajoelhada dentro de um carrinho de quatro rodas de plástico azul. Sanguessuga empurrava o carrinho. Ele alcançou a velocidade máxima e pulou dentro do carrinho, de forma que seus pés ficaram na parte de trás.

– Uhuuu! – gritou Sanguessuga.

– Cuidado! – preveniu-o Lilly.

Eles passaram por mim voando e houve um forte estrondo. Vi que haviam colidido com uma prateleira no fim do corredor, derrubando um expositor de lâmpadas.

Lilly e Sanguessuga riam, ele de um jeito rude e rouco, ela com gargalhadas altas e intensas. Nunca a ouvi rir daquele jeito antes. Lilly saiu do carrinho.

– Muito bom, foi bem rápido. Sua vez.

Eu queria gritar. Mas continuei escondido por mais um segundo porque também tive uma sensação repentina, desanimadora. Lilly estava se divertindo, parecia muito diferente de como estivera o dia todo, e eu odiava não ser incluído nesse momento. Lutei contra o impulso de sair dali, voltar à nave, e me aproximei deles.

– Ei! – sussurrei. – O que estão fazendo? Deviam estar correndo.

– Estamos correndo – respondeu Lilly, ofegante, e seu sorriso desapareceu, tipo, chegou o sem graça do Owen. – Por isso íamos depressa. Acontece que também era divertido – acrescentou ela, olhando distraída para o espaço perto do meu ombro e coçando o pescoço.

– E os suprimentos? – perguntei.

– Temos os suprimentos – anunciou Sanguessuga, apontando para o carrinho.

Vi uma estranha coleção de itens: um cobertor cor-de-rosa e felpudo combinando com um travesseiro decorado com arco-íris e cavalos, um estojo empoeirado de plástico transparente com uma etiqueta onde estava escrito BOCHA contendo bolas coloridas, e até uma caixa de luzes brancas de Natal.

– O que é isso?

– Um pouco de conforto para nossa palaciana máquina de voar – explicou Lilly.

– Não se preocupe, Papai, também temos comida – acrescentou Sanguessuga, retomando a atitude arrogante do acampamento. – O que sobrou dela, pelo menos. – E mostrou uma lata de ensopado e um pacote de macarrão seco de milho. – Por isso estávamos correndo para os freezers.

– Tudo bem – sussurrei, odiando como Sanguessuga me chamou de Papai. Na verdade, eu me comportava mais como minha mãe, imitava o jeito como ela brigava com a gente quando fazíamos muito barulho na cozinha. – Mas temos que sair daqui agora.

– Por que está cochichando? – perguntou Lilly.

– Porque tem alguém aqui!

Isso a fez sussurrar também:

– Quê?

– Não, não tem... – começou Sanguessuga.

– O corpo! – cochichei. – O que está preso no mastro. É recente. Moscas, sangue, tudo isso.

Os dois olharam em volta.

– Mesmo assim, devíamos olhar os freezers – cochichou Sanguessuga. – Vale a pena correr o risco, se tiver comida em um deles. Vamos lá.

– Não temos tempo – concluí.

– Ainda não encontramos ninguém aqui – argumentou Sanguessuga. – Quem pendurou o corpo no mastro pode estar em outra parte da cidade. Ou eles nem sabem como entrar. Quero dizer, a gente usou o telhado.

– Sanguessuga tem razão – opinou Lilly. – Precisamos dar uma olhada nos freezers, pelo menos.

– Só vai levar um minuto – insistiu Sanguessuga. – E prefiro não morrer de fome lá fora.

– Tudo bem – concordei. – Depressa.

Sanguessuga começou a empurrar o carrinho, cujas rodas faziam muito barulho. Eu segurei a lateral de plástico.

– Isso é muito barulhento.

Ele assentiu e deixamos o carrinho, seguimos pelo corredor olhando para os dois lados a cada intersecção.

Chegamos ao primeiro corredor de freezers verticais com portas de vidro. Estavam escuros, e algumas portas estavam abertas. Embalagens haviam sido espalhadas pelo chão, amassadas e rasgadas, algumas cobertas de uma camada escura de lama seca.

O corredor seguinte tinha freezers iluminados por uma luz azul. O ar vibrava com a eletricidade e o cheiro de umidade. Os freezers à direita estavam vazios, o vidro limpo, mas à nossa esquerda todos estavam embaçados pela condensação salpicada de cristais de gelo.

Olhamos o primeiro deles. Caixas de comida congelada ocupavam todo o espaço. Havia refeições embaladas, coisas de que nunca ouvi falar antes, como NegaGorda, Magrela!Magrela!, e uma linha ridícula chamada Cozinha Pré-Ascensão da Sra. Martina, cujo rótulo exibia uma mulher gorda de avental convidando o comprador para se aproximar de um forno aceso, como se ela quisesse enfiá-lo no forno e cozinhá-lo. Também havia outras coisas. Waffles de arroz, suplementos de suco concentrado para garrafas de água HydraPark em mais sabores do que eu jamais vi...

– Ah, cara – disse Sanguessuga. Ele abriu a porta do freezer seguinte e liberou uma cascata de ar gelado. De lá tirou uma embalagem pequena e redonda. – Sorvete. Laticínio Greenland Pastures. – Sanguessuga arrancou a tampa, enfiou os dedos na embalagem e devorou uma porção enorme de sorvete de chocolate amargo. – Hummm... tem gosto de velho, mas não é ruim.

Lilly enfiou a mão no freezer e pegou uma caixa de burritos congelados. Ela rasgou a embalagem, pegou um burrito e o aproximou das guelras. O frio a fez fechar os olhos e seus lábios se distenderam num sorriso relaxado.

– Alguém esteve aqui, com certeza – comentou Sanguessuga. – Tudo isso é relativamente novo. Tinha Greenland Pasture em Éden Oeste.

– Então, vamos correr – falei.

Lilly passou por Sanguessuga e foi olhar o conteúdo do terceiro freezer. A condensação deixava o vidro da porta opaco. Ela puxou a porta, que se abriu com um chiado. Lilly cambaleou para trás e balançou a mão para dispersar a névoa gelada.

– Vamos levar comida para um ou dois dias, só o que for de fácil conservação, porque isso vai descongelar e... AH!

Lilly pulou para trás e se chocou com a porta de vidro do freezer do outro lado. Ela escorregou para baixo com os olhos arregalados. E olhou para mim. Ia dizer alguma coisa, mas não disse. Não conseguia falar.

A porta balançava, as dobradiças rangiam. Sanguessuga olhou para dentro do freezer.

– Tudo bem...

Eu olhei.

Tinha um corpo lá dentro. Um homem de meia-idade. Sua pele era azul, os olhos estavam fechados, cabelo e barba, brancos, cobertos de cristais de gelo, e o corpo havia sido contorcido para caber no espaço retangular. Ele vestia um macacão branco fechado por um zíper frontal. Ao contrário do corpo lá fora, ainda não havia sido coberto de sangue, moscas ou areia. Tinha alguma coisa lisa e sólida em sua boca.

– Aquilo é cera? – Lilly levantou-se e chegou perto de mim. – Parece um lacre. Dá para ver os dentes dele do outro lado.
Sanguessuga abriu a porta seguinte.
– Aqui tem outro. – E ele passou à próxima porta. – E mais um.
Vi os rostos de uma mulher e de outro homem. Macacões brancos, olhos fechados, bocas lacradas. Senti meus nervos vibrando, tensos. Corpos em estacas, em freezers. Pessoas de verdade usadas como sinais, guardadas como carne...
– Que símbolo é aquele na roupa deles? – perguntou Sanguessuga.

Uma voz atrás de nós respondeu:
– É o sinal da filha do sol.
Eles se aproximaram sem fazer nenhum barulho. Um homem e uma mulher de cerca de cinquenta anos. O homem era alto e magro, tinha cabelo branco e arrepiado, traços angulares e olhos verdes. A mulher era mais baixa, meio quadrada, com cabelo preto cheio de mechas brancas. Ambos vestiam longas túnicas vermelhas presas

por faixas pretas. As túnicas tinham o mesmo símbolo que os macacões, todos bordados em dourado. Eles usavam sandálias de tiras pretas. Já vi roupas como aquelas antes. Eram parecidas com as que os Atlantes usavam em minha primeira visão, aquela em que os Três tiveram as gargantas cortadas.

Mas esses dois eram, definitivamente, produtos deste mundo, não do antigo. Os dois tinham o rosto bronzeado e manchado de sardas e verrugas pretas. O homem tinha uma mancha roxa do tamanho de uma moeda na têmpora: uma lesão de radiação. Ambos pareciam ter passado muito tempo ao sol sem nenhum tipo de proteção. A mulher sorria, e percebi que ela havia perdido alguns dentes e as gengivas tinham manchas marrons.

– Quem são vocês? – Lilly apontou a faca para eles.

– Eu sou Harvey – disse o homem –, e esta é minha parceira de vida, Lucinda. Sei que os corpos são um pouco assustadores, mas servem de aviso para possíveis ladrões ou saqueadores.

– E cada um dos voluntários sabia que o recipiente poderia ser usado para esse propósito – acrescentou Lucinda. Ela sorria para nós com simpatia.

Lilly olhou para os freezers.

– Você chamou essas pessoas de voluntários?

Lucinda assentiu.

– Sim, sua essência divina foi liberada de acordo com o costume oficial do Helíade-Sete.

– Certo – disse Sanguessuga, como se entendesse o que eles diziam. – E vocês vieram de Desenna?

– Sim – confirmou Harvey. Ele levantou a mão direita, a palma voltada para nós, os dedos levemente separados. Lucinda fez o mesmo. E tinha alguma coisa estranha em seus dedos.

– Vocês não têm o dedo mindinho? – perguntou Lilly.

– Um sacrifício da carne – explicou Harvey, sorrindo. – Porque o corpo é só uma casca, um abrigo temporário para o interior divino, que é eterno.

– Tuuudo bem – resmungou Sanguessuga. Vi que ele cerrava os punhos. Lilly empunhava sua faca.

Harvey baixou a mão.

– Por favor, perdoem por termos demorado tanto para cumprimentá-los. Vocês nos pegaram de surpresa e queríamos fazer os preparativos para a ocasião.

– O que estão fazendo aqui? – perguntou Lilly.

– Somos os zeladores desta estação de monitoramento – respondeu Harvey. – Fomos mandados aqui para ouvir a palavra.

– Que palavra? – perguntei.

– A palavra sobre vocês, é claro – disse Lucinda. – Sobre os Três. – E olhou para Lilly. – Pode guardar a faca, benzinho. Nômade, não é? Da equipe que tentou resgatá-los.

– Sim – confirmou Lilly, mas manteve a faca apontada para eles.

– Vocês sabem disso? – perguntei, estranhando.

– É claro que sabemos, Owen. – E ele sabia meu nome. – Aquela equipe Nômade atuava em conjunção com a Mãe Benevolente e Desenna. Nós ajudamos a monitorar a operação. Não se deixe surpreender por essas coisas. Vai ter que se acostumar com sua importância. Depois que aquela operação deu errado, nem imaginamos que teríamos a sorte de encontrar vocês. Mas depois ouvimos a notícia sobre sua fuga, e imagine nossa surpresa hoje de manhã, quando vimos a luz azul vindo do leste, bem ao amanhecer, exatamente como nos Épicos!

– Foi como um sonho – disse Lucinda.

Ela piscou, e pensei ter visto lágrimas.

– Reportamos sua passagem – continuou Harvey – e penduramos um totem novo do lado de fora, de forma que Chaac pudesse levar sorte à sua jornada. Depois começamos a nos preparar para partir, sabe? Missão cumprida. Os Três a caminho! Mas, olha só, ouvimos barulhos no telhado, e vocês apareceram!

– E a Memória desceu em naves de luz azul – falou Lucinda com ar sonhador. – Somos abençoados. – Ela olhava para nós como se fôssemos astros holográficos, saltitava no lugar e fazia tilintar os brincos e braceletes. E mexia com nervosismo no colar, uma corrente prateada com um pequeno pingente preto.

– O quê? – perguntou Sanguessuga.

– Ah, desculpe – resmungou Lucinda.
– Ela está falando sobre os Épicos dos Três – explicou Harvey. – Você sabe, "Três guardiões da memória do primeiro povo", e por aí vai.
– Eu ouvi essa parte – falei –, mas não aquela outra coisa que você disse.
– Não, é claro que não – respondeu Lucinda. – Ninguém ouviu todos os Épicos. Mas tem uma passagem inscrita nas paredes do templo Atlante perto de Desenna.
– Tem um templo em Desenna – comentei, verificando a informação em minha cabeça. – Como ele é?
– Bem, nunca entramos lá – explicou Harvey. – Ninguém entrou, exceto a Mãe Benevolente e sua equipe, e Helíade, é claro, aquela que pode falar com a mente feita de cristal.
– Espere – falei –, tem uma garota em Desenna que se comunica com um crânio de cristal?
– Sim, Helíade. A Filha do Sol – confirmou Harvey. – Ela tem a memória do primeiro povo.
– Entendi. – Senti um pequeno desânimo ao ouvir isso. Olhei para Lilly, mas ela não me encarou. Os Nômades haviam mencionado um crânio no sul e uma garota, mas eu ainda esperava que o terceiro Atlante pudesse ser Lilly. Isso praticamente oficializava que não, ela não era. Lilly não reagiu. Era como se ela soubesse desde sempre.
– O que mais diz essa passagem dos Épicos? – perguntou Sanguessuga.
– Primeiro ela fala sobre a jornada dos Atlantes – respondeu Harvey –, depois do dilúvio que destruiu a civilização deles. O povo tentou reconstruir, mas a perda foi tão grande que a sociedade Atlante nunca recuperou sua grandeza anterior. Com o tempo, ela evoluiu para outras civilizações: suméria, egípcia, chinesa, olmeca, que por sua vez evoluíram para outras, e assim por diante até agora.
Parte disso era familiar, batia com o que Lük me falou no crânio.
– E isso é só o começo – disse Harvey. – Tem...

– Harvey... – Lucinda puxou o braço dele. – Esses garotos devem estar morrendo de fome. – E sorriu para nós com bondade. – Não estão?

– É, estamos – reconheci.

– É claro – disse Harvey. – Desculpem. Luce tem razão. Temos muito para contar, mas não enquanto estão de estômago vazio. Vocês nos acompanham?

– Estamos com um pouco de pressa – falei. – Éden está a caminho.

– Sim, tenho certeza disso – confirmou Harvey –, mas, como eu disse, esta é uma estação de monitoramento. Temos sensores instalados. Se alguém estiver a trinta quilômetros deste lugar ou menos, vamos saber e sair daqui. Vou mostrar os textos. Por aqui. – Harvey pegou a mão de Lucinda e eles começaram a percorrer o corredor.

Lilly, Sanguessuga e eu nos olhamos.

– Eles não parecem ser perigosos – falei.

– Paul também não parecia – resmungou Sanguessuga.

– Por um lado... – Lilly parou de falar e olhou para os corpos nos freezers. – Mas, por outro, vocês dois são deuses na religião deles. Além do mais... – Ela esfregou a barriga. – Fome. E eles têm informação.

Meu estômago também queria confiar neles.

– Se o terceiro Atlante está em Desenna – falei –, provavelmente teremos que ir até lá.

Sanguessuga suspirou.

– Se eu votar não, vou perder de novo, então... – Ele começou a seguir o casal.

Olhei novamente para os corpos congelados, para a comida, e respirei fundo.

– Aqui vamos nós – disse a Lilly, e seguimos as pessoas de túnica pelo corredor escuro.

6

Harvey e Lucinda nos levaram pela loja, Lucinda empurrando nosso carrinho até chegarmos a uma área ampla embaixo de uma placa que anunciava UTENSÍLIOS DOMÉSTICOS. Eles haviam empurrado tudo para os lados, criando um apartamento improvisado com paredes feitas de caixas e móveis empilhados. Um abajur de cúpula âmbar projetava luz aconchegante sobre dois sofás, um par de poltronas recicláveis e uma tela de monitor, tudo arranjado de forma a criar um quadrado em volta de um tapete azul e felpudo e de uma mesinha de vidro no centro. Atrás desse ambiente havia uma cama, algumas mesas que formavam uma cozinha e uma mesa com um computador que parecia bem primitivo.

– Sentem – convidou Lucinda.

Nós sentamos, os três no mesmo sofá mole, instintivamente próximos como uma unidade. Imediatamente eu me concentrei na mesinha de centro. Estava coberta de pratos coloridos de comida. Havia coisinhas redondas que pareciam almôndegas, pequenas carolinas de massa folhada, rolinhos fritos e pedaços de uma fruta amarela.

– Algumas dessas coisas estão aqui há anos – contou Lucinda. – Algumas há décadas, mas tudo ainda está bom. Kroger e as grandes indústrias alimentícias desenvolveram conservantes incríveis durante a Ascensão. Quase como se soubessem que as pessoas iam guardar alimentos por longos períodos!

Experimentei um folhado carolina. O exterior morno e quebradiço desmoronou em torno do recheio pegajoso, picante. Tinha algum tipo de carne ali.

– Isso é caranguejo de casca mole do Ártico, o verdadeiro, dos anos 2050 – contou Harvey –, depois que o Oceano Ártico ficou livre do gelo e antes das ondas anóxicas matarem toda a vida marinha que havia lá.

Ele colocou um aparelhinho quadrado na mesa. Nele havia uma grade de linhas com um ponto branco e brilhante no centro.

– Esta é uma leitura dos sensores de proximidade. O ponto branco somos nós. Se mais alguma coisa aparecer nesta tela, podemos nos preocupar. Foi assim que soubemos que vocês estavam chegando. Agora, de volta à comida. Também temos alimento fresco. – Ele se aproximou de uma estrutura preta na altura de sua cintura, levantou a tampa e girou um botão. Ouvi um barulho de jato de ar e chamas explodiram lá dentro. Era uma espécie de churrasqueira conectada a um tanque redondo e branco. Ele amarrou na cintura um avental de estampa floral, depois destampou um prato. Um cheiro picante invadiu minhas narinas. Harvey começou a colocar espetos de carne rosada sobre a grelha. Cada espeto que tocava o metal provocava um chiado alto e uma nuvem de fumaça. Ele abaixou a tampa.

– Bebidas? – Lucinda pôs três garrafas de vidro na nossa frente, todas contendo um líquido cor de âmbar. O vidro estava opaco, coberto de condensação. – É orchata. Feito com a nova cepa de arroz da Mãe, que sobrevive em nosso solo salino, e adoçado com agave. Vocês vão gostar. – Ela sentou no sofá diante de nós e nos estudou cheia de expectativa.

Bebi um gole. Era cremoso, salpicado de tempero. De longe muito melhor do que aquele suco de gosto falsificado que era servido no acampamento.

– É bom – falei.

– Que bom que gostou. – Lucinda sorriu afetuosa. Sua mão livre tocava novamente o pingente. Nós a deixávamos nervosa? – Enquanto esperam... – Ela pegou um controle remoto preto e estreito e ligou o monitor.

A tela ganhou vida exibindo a Rede de Notícias do Norte. Uma apresentadora vestindo terninho preto falava de uma rua moderna, movimentada. Prédios envidraçados enchiam a linha do horizonte. Bondinhos deslizavam sobre trilhos. Pessoas passavam vestindo ternos, todas bem-arrumadas, carregando bolsas e pastas e segurando guarda-sóis prateados.

– ... *estão aqui na Ilha Helsinki pelo segundo dia para a reunião da Federação do Norte.*

Tive a mesma sensação que sempre me invadia quando vislumbrava a vida na Zona Habitável. Parecia tão fácil, tão *vital*. Como se a vida tivesse um motivo para quem morava lá. Nem sempre era assim no Centro. Helsinki não era parecida com uma cidade Éden; não havia Ruas-sensação ou pessoas esquiando na água, vivendo uma vida indiferente ao mundo real, mas, ainda assim... Parecia legal: viver na superfície, frequentar uma escola com janelas de verdade.

– *Hoje a Fed-N tratará da solicitação da Corporação Éden de redução das tarifas de comércio com a Oceania do Sul. Como noticiamos antes, uma das principais questões é que a Corporação Éden não revela por que, exatamente, está direcionando todos esses recursos para a região.*

– É claro que Éden vai contar a eles – comentou Sanguessuga, sarcástico. Ele falava como se pensasse o mesmo que eu: isso tinha alguma coisa a ver com o Projeto Elysium?

– *Também hoje, a Fed-N vai considerar o clamor da Federação América-Canadá por sanções mais rigorosas contra a cidade-estado de Desenna em resposta ao que eles descrevem como práticas "bárbaras". Mais informações ao vivo das Fronteiras.*

A imagem foi substituída pela de um homem no meio de um mar de tendas e lonas, cercado de pessoas de aparência decidida reunidas em grupos sob cada triângulo de sombra.

– *A situação aqui está piorando. Apesar da propagação contínua do cólera D resistente ao Supermycin, muitos refugiados recusam a vacina e, em vez dela, preferem a filosofia de Vida Brilhante do Helíade--Sete. Em resposta, a FAC pede novas sanções de largura de banda e embargos comerciais contra Desenna.*

Ouvi um choramingo ao meu lado e, quando virei, vi Lilly com os olhos cheios de lágrimas.

– Que foi? – perguntei.

– Odeio pensar nos meus pais naquele lugar – respondeu ela –, saber que eles passaram seus últimos dias de vida naquele inferno.

– Bárbaro – debochou Lucinda. Depois desligou a tela. – Posso garantir que Helíade-Sete não é nada disso.

Pensei em como isso podia ser verdade, considerando o corpo lá fora e os *voluntários* no freezer.

Harvey abriu a churrasqueira e uma nuvem de fumaça subiu para o teto. Ele tirou os espetos da grelha e os trouxe para nós.

Estava na metade do caminho quando ouvimos um baque pesado e distante vindo de cima. Olhei para as sombras no teto. O barulho veio do telhado?

Harvey me viu olhando para cima.

– Não se preocupe, é só o sistema de ar-condicionado – disse, revirando os olhos ao se virar e deixar o prato com a carne em cima da mesa. – Não funciona direito há anos, às vezes liga, depois desliga, mas sabe como é, mais ninguém aqui sabe como funciona essa tecnologia velha.

– Tudo bem – respondi. – Estou nervoso, só isso.

– É claro, mas não precisa se preocupar. Veja... – Harvey apontou para o monitor. Não havia nenhuma perturbação. Só nosso pontinho branco no monitor.

Assenti e, como não ouvi mais nenhum barulho lá em cima, descobri que minha preocupação era bem menor que a atração magnética da carne grelhada diante de nós.

– Provavelmente vocês nunca comeram anta – comentou Lucinda. – É maravilhoso.

– É uma espécie de porco tropical, não é? – perguntou Sanguessuga.

– Sim – confirmou Harvey. – Estão extintas em quase todos os hábitats originais, mas a Mãe foi capaz de criar essas espécies por sua resiliência e Desenna agora tem um estoque próprio.

– Essa sua Mãe parece pensar em tudo – disse Lilly.

– Ela é inspiradora – respondeu Lucinda.

O cheiro da carne era agridoce. A saliva inundou minha boca como se os técnicos estivessem abrindo válvulas.

– Vão em frente – convidou Harvey.

Cada um de nós pegou um espeto. Mordi a carne selada. Ela se abriu, e sucos de sabor marcante invadiram minha boca. Era a melhor coisa que eu já havia experimentado.

– Uau – falei.

Sanguessuga gemeu, concordando comigo.

– E não precisam se preocupar. – Harvey continuou rindo. – Sei que existem esses boatos horríveis, mas definitivamente não estamos servindo carne humana.

Minha boca paralisou. Quase cuspi o pedaço.

– Nnn – gemeu Lilly, baixinho, ao meu lado.

Fiz um esforço para engolir a carne.

– Não pensamos nada disso – falei com voz fraca.

– Bom – disse Lucinda. – Toda essa bobagem não poderia estar mais longe da realidade. Não somos parecidos com o que se tornaram essas pessoas de Gambler's Falls.

– O que aconteceu aqui? – perguntou Lilly depois de outra mordida.

– Ah, eles ficaram bem por alguns anos depois do grande êxodo americano – contou Harvey. – A FAC pensou que aquelas pessoas eram pequenas demais para serem levadas em consideração, então se comprometeu com a Helíade e começou a receber apoio de Desenna. Mas a pandemia os dizimou.

– Foi a maré vermelha? – perguntei.

– Ah, não – respondeu Lucinda. – Acho que foi algo posterior. Maré vermelha foi a pandemia dois, não foi?

Harvey assentiu.

– Acho que essa foi a seis.

– Eu disse – falou Sanguessuga.

– Seis? – perguntei, ignorando o comentário. – Eu nem ouvi falar em três, quatro ou cinco. Foram pequenas?

– A três e a cinco foram pequenas, outras variações da gripe – disse Harvey –, como a seis, acho. Mas a pandemia quatro foi brutal.

– Sangue preto – disse Sanguessuga.

– O que é isso? – perguntei. Estava surpreso por não ter ouvido falar nessas coisas. Por outro lado, se não atingiram o Centro, eu não tinha muitos motivos para saber sobre elas.

– Uma forma de praga septicêmica que afeta os glóbulos brancos – explicou Harvey. – Um dos sintomas do estágio final eram as veias pretas. Essa foi feia.

– Que nojo. – Surpreso, percebi que sentia uma onda de náusea. Normalmente esse tipo de conversa não me incomodava. Talvez eu houvesse comido depressa demais.

– Aqui a coisa foi bem feia no final – continuou Harvey. – As pessoas ficaram meio malucas... mas suprimentos foram deixados para trás, ainda havia energia, e nós escolhemos este local como estação de monitoramento. O que nos traz de volta ao presente. – Ele uniu as mãos e as esfregou. – É incrível que tenham conseguido sair do Éden.

– Acho que sim – respondi. Provei uma almôndega e bebi mais um pouco de orchata.

– Sabem para onde vão a seguir? – perguntou Lucinda.

– Ainda estamos decidindo – falou Sanguessuga imediatamente. Percebi que era uma decisão inteligente não revelar as poucas coisas que sabíamos. Porque, por mais bondosas que essas pessoas parecessem, ainda não sabíamos ao certo em quem podíamos confiar.

– Vocês correm perigo, certamente – disse Harvey –, e é por isso que temos uma mensagem da Mãe para vocês. – Ele pegou um pedaço de papel e pigarreou de um jeito formal. – Em nome do povo de Helíade-Sete, a Mãe Benevolente gostaria de convidá-los para ir a Desenna, onde se reunirão com sua irmã de lembrança. Além disso, a Mãe pode oferecer proteção contra as forças do Éden e todo apoio que precisarem para concluir sua jornada. Temos uma equipe Nômade a caminho agora, e eles podem escoltá-los até a cidade em segurança.

– Isso é muito excitante! – exclamou Lucinda. – Primeiro Helíade volta, e agora os Três se reúnem! Tudo é exatamente como a Mãe previu!

– O que quer dizer com "previu"? – perguntou Sanguessuga. Ele olhou para Lilly e para mim. – A "Mãe" deles é uma versão de Paul no Éden Sul. Liderou uma derrubada de lá de dentro.

– Uma revolução – disse Harvey. – A primeira liberação.

Fiquei preocupado com essa novidade. A Mãe Benevolente podia não fazer parte do Éden agora, mas já havia feito. Isso significava que, em algum nível, ela era como Paul?

– Durante anos a Mãe Benevolente previu o retorno da filha de Tona – explicou Lucinda. – Tona é a divindade sol. Mãe disse que quando a filha do sol voltasse, ela seria a conexão direta com o primeiro povo, cujas maneiras imitamos, com base na tradução que a Mãe fez dos textos antigos dentro do templo Atlante. Todos esperamos ansiosos por sua volta, mas, depois de uma década, a esperança começou a desaparecer. E quando tudo parecia perdido... lá estava ela! Todos nós nos reunimos na praia e a vimos emergir das profundezas, sair do mar em um vestido branco e leve, a bela Helíade entre nós. E desde então nos regozijamos.

– Aquilo foi incrível – falou Harvey, fechando os olhos e sorrindo. Ele tocou o peito e inspirou profundamente pelo nariz.

Eu quase não conseguia acompanhar tudo isso. Pensava que o culto da Helíade-Sete tinha poucos anos, mas era claro que eles já existiam bem antes de terem derrubado o Éden Sul.

– Por que tudo parecia perdido? – quis saber Lilly. – Helíade é a religião mais popular fora da Zona Habitável e dos Édens, não é?

– Bem, sim – confirmou Lucinda, e uma sombra passou por seu rosto –, mas havia uma semente de dúvida. Um boato...

– Uma heresia, você quer dizer – corrigiu-a Harvey, o rosto se transformando como se houvesse comido alguma coisa estragada.

– As pessoas começaram a temer que, em vez de ser o retorno dos deuses, como a Mãe previu, eles estivessem *partindo*, na verdade. Começou a circular um boato de que os deuses haviam abandonado a Terra e o fim dos tempos havia chegado. Tudo isso apesar dos ensinamentos da Mãe Benevolente, apesar da magia que ela podia nos mostrar e de sua profecia sobre o retorno de Helíade.

– É compreensível em um tempo como aquele – disse Harvey.
– As pessoas têm o direito de temer pelo futuro. Quero dizer, pense no que fizemos com este planeta. É tão difícil acreditar que a humanidade foi abandonada, que os deuses se cansaram de tudo? Mesmo em Desenna, a Ascensão pode ter acabado, mas a vida é difícil e só piora. Há mais esperança agora que Helíade voltou, e agora que os Três chegaram... mesmo assim, até nós pensamos de vez em quando que ninguém poderia culpar os deuses por irem embora, começarem tudo de novo em outro lugar.

Harvey e Lucinda se olharam, espantados, Harvey esfregando as mãos, Lucinda mexendo no pingente.

– Foi por isso que pensamos... – começou Lucinda em voz baixa, mas parou e balançou a cabeça. – Não posso.

Harvey afagou a perna dela numa demonstração de apoio.

– O que Luce ia dizer era que pensamos, já que vocês estiveram no Éden... – Ele engoliu em seco e continuou, num sussurro temeroso: – Por acaso sabem sobre as Estrelas Ascendentes?

Olhei para Lilly e para Sanguessuga. A expressão deles combinava com o que eu pensava.

– As o quê?

– Estrelas Ascendentes – repetiu Harvey no mesmo tom. – As luzes que se erguem do oriente para os éteres do espaço. Pessoas afirmam que as viram. Rumores chegam do sul sobre luzes que partem na noite.

– Como lançamentos de satélites, ou alguma coisa assim? – perguntou Lilly.

– Não – disse Lucinda. – Não são de nenhum dos países que controlam o lançamento espacial. São de lugares distantes, locais considerados inabitados.

– Essas visões – continuou Harvey – alimentaram a lenda dos deuses indo embora. Em Desenna, as pessoas que espalharam esses boatos dizem que as estrelas sobem de Tulana, o lugar de descanso das almas onde moram os deuses. É claro que Tulana é só um mito. Ainda assim, as pessoas acreditam... e até Helíade retornar, foi esse boato sobre as Estrelas Ascendentes que ameaçou derrubar Desenna.

– Nunca ouvi nada disso – falei, e Lilly e Sanguessuga balançaram a cabeça, concordando comigo.

Harvey suspirou.

– Algumas pessoas acreditam que, de alguma forma, eles estão ligados ao Éden, são parte do Projeto Elysium. Pensamos que vocês pudessem saber. – Ele soava desapontado.

– Não – respondi. – Vocês sabem alguma coisa sobre o Projeto Elysium?

Harvey deu de ombros.

– Sabemos que é sigiloso, e que é um plano do Éden para criar um novo paraíso depois que suas cúpulas caírem. Essa é a teoria padrão. E sabemos que procurar Atlântida faz parte do plano.

Harvey parou e olhou para Lucinda. Os dois pareciam ficar mais nervosos com o transcorrer da conversa.

– Sabemos de muitas pessoas que gostariam de poder fazer parte dos planos do Éden, mesmo em Desenna, embora seja traição dizer tal coisa.

– Querem ser parte do novo paraíso brilhante – afirmou Sanguessuga.

– Sim, seria ótimo – respondeu Lucinda. Ela falava como se pudesse ser uma de muitos.

O silêncio caiu sobre nós. Lucinda mexia no colar, esfregava o polegar sobre o pingente. Olhei para ele com mais atenção e vi um desenho, três círculos em relevo. Ela e Harvey olhavam para o espaço. Tive a impressão de que havia mais que preocupação neles. Havia tristeza também. Teriam perdido os filhos para a pandemia? O câncer plástico os tornou estéreis? As pessoas que amavam haviam morrido prematuramente? Havia muitas causas possíveis para a tristeza de uma pessoa neste mundo.

Ao mesmo tempo, nessa pausa, comecei a tomar consciência de um relógio marcando a passagem do tempo dentro de mim. Essas pessoas não eram perigosas, realmente; de fato, nos últimos minutos me senti quase seguro. A comida colaborava para essa sensação. Era a primeira vez em dias que eu baixava a guarda, mas Paul ainda estava lá fora, e viria atrás de nós.

Outro baque ecoou lá em cima. Pensei no que Harvey falou sobre o ar-condicionado. Lembrei como era o som do ar percorrendo os dutos quando o calor aumentava no Centro. Eram estrondos ocos, vazios. Estes pareciam mais pesados. Olhei novamente para o sensor.

– Nada aí? – perguntei.

Acho que arranquei Harvey de um devaneio. Ele olhou para a tela.

– Nada.

Mesmo assim, eu estava preocupado com a nave. Havia recolhido e amarrado as velas? Se o vento enchesse uma delas, a nave poderia se chocar contra a parede ou despencar.

– Devíamos seguir viagem – falei.

– Seguir? – questionou Harvey, estranhando. – Ah, mas e quanto à nossa oferta da Mãe Benevolente? – Ele olhou o relógio. – O grupo Nômade deve chegar em quinze minutos, mais ou menos. Por que não ficam e terminam de comer?

– Humm... – Hesitei. Olhei para Lilly e Sanguessuga querendo poder ler seus pensamentos. Lilly deu de ombros.

– É um ótimo convite – falou Sanguessuga, olhando para mim como se, novamente, quisesse ter certeza de que estávamos na mesma frequência –, mas tínhamos um plano, por isso precisamos de um minuto para conversar sobre isso, sabe, só nós. – E começou a levantar.

– Isso – concordei. Mais uma boa ideia do Sanguessuga. – Planejamos tudo há dias, então acho que vamos conversar lá em cima, no telhado, depois contamos o que decidimos.

– Ah – disse Harvey. – Bom... – Ele trocou outro olhar preocupado com Lucinda, quase como se tentasse enviar a ela mensagens mentais. – Acho que alguns minutos... tudo bem?

Pensei se eles não teriam problemas com essa Mãe Benevolente se fôssemos embora, se deixar de nos convencer era o tipo de coisa que podia levar alguém para dentro do freezer.

Lucinda assentiu para Harvey e olhou para nós.

– Sim, é claro. – A voz dela começou a tremer, combinando com os movimentos agitados das mãos. Ela baixou o olhar, aparentemente para estudar o pingente preto que movia entre os dedos. – Tudo bem. Só não lembro... me ajudem, qual de vocês é, não é, vocês sabem, um dos...

– Quer saber quem não é Atlante? – Lilly apontou o polegar para ela mesma. – Eu. – Por quê?

Odiava ouvi-la dizer isso. Mas alguma coisa na pergunta de Lucinda soou estranha. *Só não lembro... me ajudem.* Ela já havia perguntado isso antes? Eu não lembrava. Talvez fosse só o nervosismo, ou ela se expressou mal.

Ouvi um estalo. Um ruído baixo, plástico. Levei um segundo para encontrar a origem: o pingente de Lucinda. Imaginei que ela o havia quebrado com toda aquela agitação. Ela encarava Lilly, viu que eu olhava para ela e desviou o olhar, quase como se quisesse disfarçar.

– Com licença. – Lucinda levantou do sofá, mas seus movimentos eram erráticos. Ela bateu com o joelho na mesa e as garrafas caíram, derrubando orchata para todos os lados. – Ai, não!

Minha garrafa rolou de cima da mesa e caiu no tapete. Seguindo um instinto aleatório de cortesia desencadeado pelo nervosismo, abaixei para pegá-la e espiei embaixo da mesa. Notei um par de sapatos nas sombras. Só vi de relance, mas identifiquei que eram tênis...

Tênis pequenos com desenhos de pôneis cor-de-rosa.

Muito pequenos.

Levantei, olhei para os pés enormes e quadrados de Lucinda nas sandálias apertadas.

– O que foi isso? – perguntou Harvey, mas seus olhos se arregalaram como se ele soubesse o que eu havia acabado de perceber.

– Nada – respondi. Segurei o cotovelo de Lilly e comecei a levantar. – Temos que conversar. – Tentei soar calmo, mas falava depressa. – Então, a gente já volta.

Mas eu não tinha intenção de voltar, nem de esperar a chegada dos Nômades, porque agora sabia.

Tinha mais alguém aqui. Alguém que usava aqueles tênis, alguém que Harvey e Lucinda escondiam de nós. Alguém pequeno. Uma filha, talvez... e aqueles barulhos no telhado...

– Ei! – gritou Sanguessuga, e levantou com um pulo.

Lilly me puxou de volta para o sofá. Virei e a vi cair revirando os olhos, fazendo ruídos horríveis de ânsia enquanto uma espuma branca borbulhava de sua boca.

7

— Lilly! – Eu a segurei pelos ombros. Seu corpo todo se convulsionava, os dedos se contorciam, os olhos estavam fechados, a espuma branca que borbulhava da boca escorria para o rosto e o queixo.
— O que está acontecendo? – perguntou Sanguessuga.
— Tudo bem, é... É só uma dose, então...
Virei e vi Harvey em pé, apontando um garfo de churrasco para nós. Lucinda segurava uma faquinha de serra em uma das mãos, mas mantinha a outra no colar.
— O que você fez? – perguntei, e minha voz vibrou com os espasmos de Lilly. Mas ela se acalmava, e ouvi o ar passando com esforço barulhento por sua garganta.
— Liberei uma dose da neurotoxina que todos vocês ingeriram. — Lucinda olhou para as garrafas de orchata. – É seiva da árvore curare contida em nano cápsulas. Foi uma apólice de seguro para o caso de vocês se recusarem a cooperar. – Ela mostrou o colar. – Um botão para cada um. Eu aperto, e v... vocês são envenenados. – Ela nos encarava, mas vi que a faca tremia em sua mão.
— Agora vocês dois. – Harvey movimentou o garfo. A mão e a voz dele também tremiam. – Vocês a carregam e vamos juntos para o telhado. E se formos agora, Luce não machuca mais a garota.
— Qual é? – retrucou Sanguessuga. – Está nos forçando a ir para Desenna? Nós...
— Não vamos levá-los para Desenna! – Harvey ficou nervoso. – Vamos trocar vocês por passagens nas Estrelas Ascendentes. Foi o que negociamos.
— Negociaram? – estranhei.
— Com a Corporação Éden – explicou Harvey.
— Lamentamos muito – declarou Lucinda. – De verdade, mas t... tivemos nossas razões. – Ela deslizou o dedo pelo pingente. – Agora peguem a garota e andem!

Olhei para Sanguessuga, tentando ler seus pensamentos. Não íamos voltar para o Éden. Podíamos dar conta desses dois? Olhei para o cabo da faca na cintura de Lilly. Porém, um movimento seria suficiente para Lucinda nos envenenar.

Sanguessuga começou a se abaixar.

– Você pega as pernas – disse ele.

– Ah, tudo bem... – Talvez ele estivesse pensando que devíamos esperar até estarmos na escada. Lá seria um bom lugar para tentarmos pegar o colar, era escuro e apertado.

– Luce, pegue nossa bagagem – falou Harvey.

Pelo canto dos olhos, vi Lucinda virar e abaixar para pegar alguma coisa atrás das poltronas reclináveis. Ela pendurou nos ombros duas mochilas de trilha bem cheias.

Segurei as pernas de Lilly, meus braços envolvendo a pele arrepiada das panturrilhas. Notei que Sanguessuga abaixava sobre Lilly, e vi quando, rápido, ele pegou a espuma branca de sua boca e a espalhou sobre os próprios lábios e queixo. Seus olhos sérios encontraram os meus, o rosto coberto de espuma. Eu me preparava para perguntar o que ele estava fazendo, quando Sanguessuga entrou em ação.

– Humm... – gemeu ele, agarrando a barriga. Depois começou a tremer e moveu os lábios, espirrando a espuma que havia recolhido da boca de Lilly.

– Ei! – Harvey olhou nervoso para Lucinda. – Luce! Desliga isso! Liberou a dose do garoto por engano!

– Quê? – Lucinda soltou as mochilas e começou a mexer no colar. – Eu não... não mexi...

– Aaaaaai... – Sanguessuga produziu um convincente gemido sufocado e cambaleou para trás, bateu no nosso carrinho de compras, virou e caiu em cima dele fazendo mais ruídos de ânsia.

– Desliga isso! – gritou Harvey.

– Estou tentando!

Coloquei Lilly sentada para passar seu braço sobre meus ombros.

Sanguessuga levantou do carrinho de compras e virou para mim com um olhar determinado. Ele levou o braço para trás, e vi em sua mão um objeto verde-escuro. Uma das bolas de bocha. Com um uivo gutural, ele arremessou a bola.

O arremesso acertou Lucinda no meio do peito. O barulho foi brutal, e ela caiu no chão encolhida, tentando respirar e apertando o peito.

– Luce! – O olhar de Harvey era transtornado, e ele ficou paralisado. Nem viu quando a segunda bola de bocha foi arremessada. Se a pontaria de Sanguessuga fosse melhor, podia tê-lo matado, mas a bola raspou um lado de sua cabeça e ele revirou os olhos. Harvey foi cambaleando para trás até bater na churrasqueira, que caiu com um barulho horrível, depois cambaleou para a frente e caiu em cima da mesinha de centro, provocando uma explosão de cacos de vidro.

Ouvi um *tump* de ar e luz. As chamas da churrasqueira se espalharam pelo tapete.

– Pegue o colar! – gritou Sanguessuga. Ele me viu olhando para Lilly. – Eu cuido dela.

Corri para o outro lado da mesinha de vidro, onde Lucinda se debatia no chão como uma tartaruga virada em cima do casco. O esforço para respirar resultava em um apito seco, agudo. Os olhos estavam arregalados, as mãos apertavam o peito, a boca abria e fechava como a de um peixe fora d'água.

Caí de joelhos ao lado dela e senti uma indecisão momentânea. Eu me odiei por isso, mas não conseguia deixar de pensar que essa mulher precisava de ajuda, que havia sofrido um ferimento grave...

– Aaaaah! Aaaaaah! – Virei e vi Sanguessuga no sofá, debruçado sobre Lilly, que sofria outra convulsão. Ele segurava o rosto dela entre as mãos. Os braços dela batiam nas costas dele.

– O que está fazendo? – gritei, mas ele não respondeu.

Virei para Lucinda e afastei para os lados o tecido solto das roupas, toquei a pele flácida e úmida embaixo da túnica, senti as bolhas das lesões e, finalmente, meus dedos encontraram a corrente em seu pescoço. Puxei a corrente com força, o fecho resistiu por um instante e levantou o pescoço de Lucinda, mas se abriu e a cabeça dela caiu no chão com um baque surdo.

A luminosidade chamou minha atenção e vi as chamas se espalhando rapidamente pelas paredes de caixas e móveis.

Guardei o colar no bolso e corri para perto de Sanguessuga e Lilly. Quando me aproximei, Lilly se dobrou para a frente e vomitou nas pernas dela e nas minhas, uma mistura de espuma branca e líquido marrom e denso com pedaços ainda reconhecíveis de massa e carne de anta.

Sanguessuga virou o rosto para o outro lado e ficou em pé, respirando com dificuldade.

– Tudo bem, agora é minha vez. – Ele olhou para o teto, respirou fundo e enfiou dois dedos na garganta.

Então entendi. Ele estava tentando se livrar da neurotoxina. Sanguessuga se inclinou para a frente e vomitou um fluido marrom e granuloso. Não havia espuma branca, porque suas cápsulas ainda não haviam sido ativadas.

– Sua vez – falou Sanguessuga com voz rouca. E começou a tossir. A fumaça era densa à nossa volta.

– Nunca fiz isso antes mesmo... – Olhei para cima e enfiei o dedo na boca. Onde tinha que apertar? Eu não fazia ideia...

Um peso esmagou minhas costas e uma dor horrível rasgou meus ombros. Harvey gemeu quando me puxou para o chão.

– Bastardos! – rugiu ele no meu ouvido, seu hálito quente em meu rosto. – Temos que fazer isso por Ripley! Não fosse por isso, eu mataria você, juro por Tona...

– Saia daí!

Harvey foi interrompido por um baque surdo. Não senti mais seu peso. Rolei e vi Sanguessuga segurando mais uma bola de bocha.

Harvey se arrastou para o lado. Vi o sangue escorrendo por sua testa. Ele o limpou, os olhos virando de um lado para o outro como se não houvesse mais sincronia entre eles.

– Acha que pode me usar? – gritou Sanguessuga, cuspindo, a voz entrecortada pelo esforço de vomitar. Nos estranhos ângulos de luz projetada pelo abajur caído e pelas chamas ele parecia uma criatura insana, selvagem. – Acha que pode usar a gente? – E correu para cima de Harvey.

Eu levantei e vi Sanguessuga montar sobre o corpo de Harvey.
– Quer negociar a gente como carne? – gritava Sanguessuga.
– Acha que não valemos nada?
– Nnn... – Harvey gemeu baixinho.
A mão de Sanguessuga se levantou sobre sua cabeça. A bola de bocha, já brilhante com o líquido do último ataque, cintilou à luz do abajur.
– Sanguessuga, não! – gritei.
Ele abaixou o braço.
Ouvi aquele barulho horrível de alguma coisa úmida e fibrosa se partindo. Ouvi o ruído dos respingos nas superfícies, depois um terrível gemido abafado viajando na escuridão.
Fiquei paralisado, meus joelhos tremiam. Meu ombro queimava. Vi o garfo de churrasco no chão, os dentes cobertos com meu sangue.
Sanguessuga agora estava em pé ao lado de Harvey. Seus ombros subiam e desciam no ritmo da respiração pesada, a cabeça estava abaixada. Ele virou e cambaleou para perto de nós, ainda segurando a arma ensanguentada.
– Uuuhhh – gemeu Lilly ao sentar. E limpou o rosto. – Eca.
Eu mal conseguia pensar. Tínhamos que sair dali. Olhei para o teto enfumaçado e comecei a enfiar os dedos na garganta. Eles tocaram a parte de trás da língua, o fundo resistente, mas macio da garganta, e ali meus dedos pareciam estranhos, errados, irritantes e invasivos. Resisti ao impulso de removê-los e empurrei os dedos mais para o fundo, senti ânsia, mais ânsia, e finalmente minhas entranhas sofreram uma convulsão e eu me dobrei ao meio, pondo para fora o líquido escuro em cima dos cacos do que havia sido a mesinha de vidro. Pedaços azedos entupiam minhas narinas, e eu tossi e vomitei mais e mais. Olhei para toda aquela sujeira e, por um momento, tive o mais estúpido pensamento, me senti culpado por toda aquela comida desperdiçada... Era como se meu cérebro quisesse pensar em qualquer coisa que não fosse a terrível realidade que me cercava.
– Depressa – disse Sanguessuga com voz baixa e letal –, vamos logo, antes que o Éden chegue.

O fogo se espalhava pelo tapete e se aproximava de nós, e ouvi estalos estridentes marcando seu progresso ávido pela loja. Sanguessuga se aproximou do carrinho de compras, pegou o macarrão, a lata de ensopado, o cobertor e o travesseiro. A bola de bocha continuava em sua mão.

Virei e estendi a mão para Lilly.

– Consegue ficar em pé?

– Sim – respondeu ela, meio rouca. Depois levantou do sofá, cambaleou e agarrou meu ombro. A pressão provocou uma nova onda de dor. – Desculpe – pediu Lilly ao ver que eu me encolhia.

– Tudo bem.

Uma fumaça densa nos envolvia. Quando viramos para sair dali, ouvi o gemido fraco de Lucinda. *Não sinta pena deles*, pensei. *Eles iam entregar vocês para o Paul.*

– Vamos! – gritou Sanguessuga lá na frente.

Corremos pelas nuvens de fumaça para o centro da loja. Lilly e eu nos amparávamos um no outro, seguíamos mancando e tropeçando. Eu via pontos escuros em meu campo de visão, sentia o corpo cansado, vazio. O cheiro azedo de vômito estava grudado em nós.

Subimos a escada aos tropeços, agarrando o corrimão. No último lance, vimos o retângulo de céu azul. Sanguessuga passou correndo pela porta. Lilly e eu continuamos subindo até chegarmos à abertura, mas batemos nas costas de Sanguessuga.

– Merda – disse ele.

Olhamos para a frente.

A aeronave havia sumido.

– Ah, não. – Corri para a frente mesmo assim, olhando em volta como um alucinado. O telhado estava vazio.

– Para onde ela foi? – gritou Sanguessuga.

– Não, não, a gente devia ter pensado! – falei. – Eu devia saber...

– Estudei o horizonte, mas não havia nada.

A fumaça começava a sair por frestas e grades de ventilação, prejudicando a visibilidade. Corri para a beirada do telhado. Alguém podia ter tentado voar com a nave e caído...

Foi quando ouvi a vibração sobre nós.

Olhei para cima e quase não tive tempo de fugir quando vi a nave descendo em um ângulo muito inclinado. Caí no chão um instante antes da aterrissagem assustadoramente barulhenta. A nave derrapou pelo telhado, deu uma meia-volta e bateu na mureta baixa da beirada.

Levantei e corri para lá. A nave parecia vazia.

Uma cabeça surgiu sobre um dos lados da nave. Uma menina de cabelos loiros e crespos. Ela era mais jovem que nós, devia ter 11 ou 12 anos, com o corpo reto e braços ossudos que brotavam da camiseta sem mangas. Seus ombros estavam vermelhos, queimados do sol. Ela olhou em volta atordoada.

– Ei! – Vi que uma das velas havia se soltado e o mastro estava torto.

Ela me viu e começou a olhar desesperada em todas as direções.

– Ripley!

Virei e vi Lucinda no alto da escada. Ela trazia Harvey sobre um ombro. A fumaça brotava da porta atrás dela.

– Mãe! – respondeu a menina.

– Corre, Ripley! – Lucinda arfou com a voz gorgolejante. – Eles são assassinos!

– Não! – Forcei minhas pernas fracas a correrem para a nave. Ripley me viu e gritou, os olhos arregalados, as pupilas à deriva em um mar branco.

– Por favor, não! – Atrás de mim, Lucinda caiu de joelhos, soluçando. Harvey estava deitado no telhado ao lado dela.

– Não! – Lilly agarrava o braço de Sanguessuga e o impedia de atacar outra vez.

– Ripley, corre! – gritou Lucinda.

Alcancei a lateral da nave, de onde podia ouvir a respiração chorosa de Ripley, no mesmo instante em que ela pisou nos pedais. A nave pulou para a frente. Joguei os braços por cima da lateral e a estrutura me acertou no queixo. Quase caí, mas consegui me segurar.

Subimos descrevendo um arco, com a cidade lá embaixo bem longe de nós. As velas inflaram, depois esvaziaram, e fomos lançados em uma espiral maluca.

– Não sei como isso funciona! – gritou Ripley entre soluços.

Tentei passar uma perna por cima da lateral da nave, mas ela girava depressa demais.

– Pisa no pedal esquerdo! – gritei.

Ripley pisou no pedal. O rodopio diminuiu por um segundo, e consegui me jogar dentro da nave.

Fiquei de joelhos, mas caí em cima dela.

– Sai de perto de mim! – gritou a menina. Senti alguma coisa quente e molhada através da camisa, e finalmente olhei de verdade para Ripley. Seu rosto, os braços, cada centímetro de pele era coberto por pontinhos purulentos, pequenos furos vermelhos que vertiam pus amarelo. Vi as linhas brancas embaixo da pele. Verme de calor, um parasita que vivia em reservatórios de água poluída. Havia tratamento para isso, mas não aqui. Lembrei-me de alguns casos no Centro, mas nunca vi nada parecido com isso. A pele de Ripley era literalmente viva com as pulsações ondulantes dos vermes que penetraram nela. Deviam estar agora no tecido muscular, um estado avançado. Com o tempo passariam a devorar seus órgãos, os ossos, o cérebro.

Por isso Harvey e Lucinda queriam negociar a gente com o Éden: por uma chance de salvar a filha.

Ripley me bateu. Ela pisou nos pedais novamente e começamos uma descida vertiginosa. O vento encheu as velas e nos jogou em uma espiral pior que a anterior.

– Papai, socorro! – gritou Ripley.

Tentei me recolher e encontrar Lük, pensei: *preciso escapar de um mergulho!* Mas não consegui encontrar a cidade Atlante. Tudo era confuso, sem foco.

– Sai da frente! – Agarrei os ombros magros e tentei empurrá-la para a frente da nave.

– Tira a mão de mim! – gritou ela entre ranho e lágrimas, e enquanto me defendia do ataque eu via as ondulações brancas dos vermes escorrendo de suas narinas e dos canais lacrimais. Ela se contorcia como um animal ferido, os punhos tentando me acertar.

Eu a segurei com firmeza.

– Tem que me deixar pilotar! – gritei. Com o mundo girando à nossa volta, meus olhos encontraram os dela, grandes, jovens, riscados de vermes...

E alguma coisa aconteceu. Foi como se a realidade desaparecesse, ou como se houvesse duas coisas em minha mente ao mesmo tempo. Essa Ripley na minha frente, a menina que gritava enquanto girávamos... e sobreposta a ela surgiu a estranha e cinzenta menina fantasmagórica com cabelos vermelhos e pijama de sapo que eu via nos meus sonhos. Ela também gritava e chorava aterrorizada. E eu tentava puxá-la para o mundo, mas, de novo, ela afundava em cinzas, e havia calor, ardência e...

E havia mais. Vi a cidade Atlante, o lago de treinamento, Lük em pé ao lado de sua nave.

– Pronto para outra corrida de teste? – perguntou ele em meio à ventania. As camadas se sobrepunham, de forma que o céu cinzento do mundo de Lük também era as cinzas, a espiral e os gritos de Ripley.

Era demais, e eu senti como se alguma coisa se rasgasse em minha cabeça, como se pensamentos se libertassem de seu calabouço.

– Pode usar o... – começou Lük, mas sua voz foi cortada. O lago Atlante desapareceu de repente da minha cabeça, como se alguém houvesse apagado a luz.

Ouvi um grito. Ripley escapou das minhas mãos, e a força da espiral a puxou para fora da nave. Ela se agarrou à lateral.

Menina afundando em cinzas. Menina caindo da nave. Quem era quem?

Corri e tentei me limitar a uma única linha de pensamento: *Segura a menina! Salva a nave! Não morre!* Minha mão encontrou seu braço úmido, cheio de vermes, e eu a puxei para dentro e larguei no chão.

Imagens passavam novamente diante de meus olhos... queimaduras na menina nas cinzas, sua respiração ofegante...

Rangi os dentes e tentei comandar meu cérebro, colocar tudo no lugar... *Você está na nave. Sobre Gambler's Falls. Sobe. Sobe!*

Abri os olhos e corri por ali naquela espiral maluca até encontrar as cordas das velas.

Como faço essa coisa parar de girar? Tentei gritar para Lük, mas não havia resposta. Nem tempo.

Ocupei meu assento, os pés nos pedais. Precisava entender tudo isso. Senti a força centrífuga e reduzi a potência. Esperei o vento encher uma das velas... Pronto. Eu a levantei e deixei a outra vela tremulando. O vento nos empurrava para a frente, e descrevemos uma curva em arco que finalmente nos tirou da espiral.

Fiz uma curva aberta e voltei. Tentei estabilizar a nave, mas o mastro torto nos arrastava para um lado. Consegui compensar, mas precisava trabalhar pesado para manter a nave em linha reta.

Lá na frente, a fumaça brotava de todos os cantos do Walmart. Na nave, Ripley estava encolhida no chão, choramingando.

Voltei ao telhado. A nave aterrissou desequilibrada, mas parou depois de um pulinho.

Lilly e Sanguessuga estavam ali parados, olhando atordoados para tudo. Eles caminharam em minha direção. Lilly cambaleava como se mal conseguisse ficar em pé. Seu rosto estava cinza.

– Ripley! – Lucinda andava com dificuldade para a nave, Harvey continuava deitado no telhado. As mãos dela estavam cobertas de sangue. Ela afastou o cabelo dos olhos, deixando rastros de sangue nas faces, no nariz e na boca.

Ripley conseguiu levantar, o corpo todo tremendo. Ouvi seus dentes batendo, uma mistura de medo e da febre que provavelmente a cozinhava por dentro.

– Sinto muito – falei para a menina. Nem pensei no que estava falando ou por quê. – Pode vir com a gente, se quiser. Podemos procurar ajuda para você...

– Espero que queime com o olhar de Tona! – gritou ela, espalhando respingos de saliva carregados de vermes, e saiu da nave para correr para a mãe. Em minha cabeça, vi outro flash da garota nas cinzas. Minha cabeça doía. O que aconteceu comigo lá em cima?

– Temos que ir – disse Lilly, olhando para o horizonte com ar desconfiado. Seus joelhos bateram na lateral da nave e ela se jogou para a frente, derrubando suprimentos no chão. Depois começou a andar com dificuldade, mas parou. Seus olhos varriam a nave. – Cadê minha bolsa?

Olhei em volta uma vez e soube: sua bolsa impermeável vermelha havia desaparecido. Também notei que duas das três células de calor de cerâmica haviam sumido. A mochila preta da Dra. Maria ainda estava lá, apoiada em uma das laterais.

– Droga – falei. – Deve ter sido quando giramos... Podemos procurar a bolsa. Vamos.

Sanguessuga pulou para dentro da nave.

– Não temos tempo...

– Sim, temos – respondeu Lilly, e mesmo com a dor e a fadiga na voz ficou claro que era inútil discutir com ela.

Pisei nos pedais e decolamos do telhado, mas agora a nave voava com um solavanco, como se mancasse. Quando subimos, olhei para Lucinda e Ripley ajoelhados, abraçados ao lado de Harvey. Depois de alguns minutos não os vi mais no meio das nuvens de fumaça preta.

– Vamos deixar aquelas pessoas morrerem – falei, e a ideia me esvaziou ainda mais. – Se não for por causa do incêndio, será por Desenna pela traição, ou pelo Éden por não terem conseguido nos segurar aqui. E a menina tem vermes de calor, um quadro tão sério que vai morrer logo, provavelmente.

Olhei para Sanguessuga. Ele também olhava para baixo, para aquelas pessoas, mas seus olhos estavam semicerrados e o sangue ainda tinha os respingos do sangue de Harvey.

– Problema deles – respondeu ele em voz baixa.

Olhei para o horizonte quando subimos. Ainda não havia helicópteros. A oeste, o sol ficava alaranjado e descia pelo céu sem nuvens.

Estabilizei a nave e comecei a descrever círculos largos sobre a cidade. O vórtice respondia mais lentamente aos meus movimentos. O azul era mais apagado.

– Ali – disse Lilly depois de alguns minutos.

Descemos para um terreno seco na frente de uma casa, uma em uma fileira de esqueletos no que um dia havia sido uma rua residencial. A bolsa de Lilly estava caída na terra dura sobre a grama fossilizada. Ela a pegou, nós subimos e eu segui para o sudoeste, acatando a orientação de Sanguessuga e voando o mais rápido possível.

Lilly verificou o conteúdo da bolsa. Todos os objetos ainda estavam lá dentro, mas eu soube pelo tilintar no momento em que ela pegou meu crânio de cristal, minha conexão com Lük e com o conhecimento de Aeronauta, que ele havia estilhaçado.

8

—Por ali – disse Sanguessuga, apontando para estibordo depois de verificar as primeiras estrelas que apareciam no crepúsculo. Só havíamos trocado mais quatro palavras desde Gambler's Falls.

– Como você está? – Eu havia perguntando a Lilly quando ela colocava em meu ombro o curativo tirado do kit médico da Dra. Maria. Também tínhamos encontrado em minha cabeça uma queimadura rosada de radiação que começava a virar bolha, e piorava a cada minuto.

– Bem – respondera ela, mas não era o que sugeria sua voz, que soava rouca como se tivesse sido massageada com lixa.

Ela agora estava encolhida ao meu lado na nave, a cabeça no travesseiro cor-de-rosa, o cobertor em cima dela. Uma das mãos cobria o estômago dolorido, a outra massageava as guelras.

– Você me ouviu? – perguntou Sanguessuga.

– Sim – resmunguei. Aos poucos conseguia pegar o jeito do leme e compensar o desvio do mastro torto, mas o vento ganhou força quando o sol se pôs, rajadas quentes que pareciam soprar para o espaço, e toda a nave rangia de um jeito assustador enquanto eu me esforçava para manter a rota. Meus braços tremiam de cansaço, e o estômago vazio não ajudava.

– Não sei se são as nano cápsulas que ainda estão na minha barriga ou seu jeito de pilotar – comentou Sanguessuga, e agora também segurava o estômago –, mas vou vomitar o que sobrou aqui.

– Estou me esforçando – respondi em voz baixa, e tive que resistir ao impulso de aterrissar a nave com força suficiente para derrubá-lo acidentalmente, ou pelo menos jogá-lo em cima de alguma coisa. Também me contive antes de dizer que a nave não estaria danificada se Ripley não houvesse entrado em pânico, e Ripley não teria entrado em pânico se Lucinda não houvesse aparecido gritando, segurando o pai ensanguentado... ensanguentado por causa de

Sanguessuga. Mas eu já enfrentava uma batalha grande demais só para nos mantermos no céu.

Por causa do dano, também tinha que exigir mais do motor de vórtice para manter a velocidade. Estimava que houvéssemos caído para cerca de quarenta quilômetros por hora, e não me atrevia a ir mais devagar. A luz do motor perdia o brilho. Com essa sobrecarga, ele não nos levaria ao marcador.

Eu havia tentado encontrar Lük em minha cabeça, mas ele havia desaparecido. O lago da montanha ainda estava lá, mas sua superfície era calma, sem vento. Não havia barcos, nem estudantes por perto, a cidade estava em perfeito silêncio. Todo o cenário era como o de um programa em pausa.

Segurei as cordas da vela com uma das mãos e usei a outra para puxar a bolsa de Lilly, movendo os dedos com cuidado até encontrar a lâmina afiada.

Peguei o caco de crânio em forma de meia-lua do tamanho da minha mão. O cristal era frio, pesado e escuro. Reflexos foscos das estrelas cintilavam fracos nele, mas era só isso. Seu brilho branco, toda a sua memória, tudo havia desaparecido.

Não haveria mais dicas, nem treinamento. Se queria continuar voando, teria que ser do meu jeito. E era um sentimento vazio, solitário, como se alguma coisa acesa e brilhante em minha cabeça agora se apagasse. Telas pretas, técnicos olhando para o nada em seus consoles...

Não, não havia mais técnicos. Eles também sumiram. Tinham que sumir. Foi uma boa ideia, um jeito de lidar com aquele sentimento de não me conhecer, de não estar no controle, mas agora eu sabia quanto dependia de mim. Ainda não conseguia controlar as forças contra mim ou a mudança que meu DNA atlante revelaria a seguir, mas era o único responsável por como eu lidaria com isso. Como agora: mantinha a aeronave no ar. Não era Lük, não eram os técnicos. Era eu. Tinha que fazer essas coisas, acreditar em meus poderes, ou acabaríamos voltando para Éden. Owen, garoto do Centro, descendente de Atlântida, um dos Três que tinham que defendê-la contra Paul. Esse era quem eu era e tinha que ser.

E o gemido fraco ao meu lado era outra parte disso: eu tinha que cuidar de Lilly, como ela havia cuidado de mim quando minhas guelras falharam. Eu a havia trazido para cá, mesmo depois de ela ter me dito para deixá-la, e por isso era minha responsabilidade, mas ia muito além. Eu queria ser responsável por ela. Para ela. Olhei para Lilly deitada a meu lado, com dor, e não me importei com seu passado com Evan. Não me incomodei nem por ela ter mentido sobre a sereia. Nada disso importava. Eu não podia me abalar.

Queria mostrar a ela o que eu podia fazer. Queria que superássemos tudo isso e tivéssemos um ao outro, qualquer que fosse o significado disso. Só a conhecia havia pouco mais de uma semana, mas de um sonho de encontrar um pequeno arquipélago em algum lugar a simplesmente acordar amanhã, eu não tinha nenhuma visão do futuro que a incluísse. Era como ela dissera em sua ilha, *como se já estivéssemos além de tudo isso*. Além da incerteza e da dúvida, além da preocupação com confiança. Simplesmente nos conhecíamos. Quando a conheci no deque, pensei que a amava, mas foi um pensamento estúpido, porque agora sabia que realmente a amava, e esse era um sentimento mais profundo, quase assustador. Senti uma urgência de acordá-la e dizer tudo isso... mas a deixei dormir e me concentrei no voo.

Dei mais uma olhada para o caco de crânio e o joguei na escuridão.

Lilly se mexeu meia hora depois.

– Devia comer – falei. Voar havia ficado um pouco mais fácil, os ventos enfraqueceram, dando lugar ao frio vazio do deserto. Eu precisava de ajuda, e passei para ela a lata de ensopado que havíamos encontrado.

Lilly olhou para a lata, desconfiada.

– Acho que não quero comer nada agora – falou ela com voz fraca.

– Já faz algumas horas desde que engolimos o veneno. Estamos seguros.

Lilly pensou um pouco, depois pegou a lata. Ela forçou a tampa com sua faca, os lábios e o nariz iluminados pelo brilho azul do vórtice. Enquanto trabalhava, perguntou:

– O que era aquilo lá atrás?

Olhei por cima do ombro pelo que parecia ser a milésima vez, mas tudo que vi foram estrelas até não haver mais estrelas onde a terra começava, e uma aura prateada pálida da lua se aproximando.

Pensava se Sanguessuga ofereceria respostas, mas ele não falava. Estava sentado na frente da aeronave, mastigando macarrão seco, fazendo um ruído alto quando amolecia a massa com saliva. Estava debruçado, desenhando. Notei que, quando desenhava, ele nem parecia ter consciência do resto. Tentei entender como podia estar trabalhando depois do que havia feito. A lembrança de Sanguessuga levantando aquela bola de bocha, abaixando os braços, o barulho do crânio esmagado...

– Bom – falei –, acho que toda aquela história sobre Helíade e Desenna é verdade.

– Sobre o terceiro Atlante estar lá – disse Lilly. – Uma garota. Sua "irmã de memória".

– Isso – confirmei.

– O que significa que temos que ir lá – continuou ela, sem nenhum entusiasmo.

– A menos que possamos encontrar algum outro jeito de entrar em contato com ela.

– Mesmo assim, temos que ir ao mercado primeiro – disse Sanguessuga. Então ele ouvia a conversa. – É importante.

– Tão importante quanto o terceiro Atlante? – Não queria que a pergunta soasse antagônica, mas soou.

– Sim – respondeu Sanguessuga. – É lá que meus mapas acabam. Não consigo ver nada além disso. Acho que precisamos ir lá para eu saber o que vem a seguir.

– Tudo bem – concordei. – Esse era o plano.

Sanguessuga se debruçou novamente sobre o bloco de desenho.

– E aquela família – continuou Lilly –, eles iam nos entregar para o Éden em troca daquelas Estrelas Ascendentes de que falaram?

– E para conseguir ajuda para os vermes de calor da menina – acrescentei. – Éden deve ter se oferecido para tratá-la.

– Humm – murmurou Lilly. – Se ofereceram ajuda, mentiram. Os Édens não têm conseguido remédios da Federação do Norte há anos. Ouvi no Sinal Livre que as relações estão comprometidas porque Éden se nega a revelar o que é o Projeto Elysium.

– Provavelmente não teria feito diferença no caso dela. – Lembrei dos olhos de Ripley e os vermes saindo deles e senti meu estômago protestar. E pensar nela me fez lembrar a garota do sonho ali nas cinzas. A imagem agora parecia distante, mas no momento a sensação havia sido real. Não me lembro de ter vivido outro episódio assim antes. Talvez fosse um efeito colateral do meu organismo se reorganizando, uma espécie de descarga em meu cérebro, como a iluminação por ionização dentro do Éden.

– Ei – chamou Lilly. Ela afagou meu braço. – Você saiu daqui por um minuto.

– Não é nada. – Olhei em seus olhos e, por um momento, me senti totalmente conectado a ela outra vez, tão próximo quanto havíamos estado na ilha, quando ela enfiou o brownie em minha boca e eu senti meus primeiros pingos de chuva. Aquelas haviam parecido coisas de outra vida nos últimos dias, até agora. O pensamento de antes voltou. Senti um calor me invadir, e quase quis dizer a ela...

Mas Lilly desviou os olhos, massageou as guelras.

– Não consigo tirar aquelas imagens horríveis da minha cabeça. Horrores. Isso me lembrou:

– Vi a sereia de novo.

– Viu? – perguntou ela.

– Sim. Hoje à tarde no telhado, antes de encontrar vocês. Ela disse para "ficar atento aos deuses e seus horrores".

– E o que sua amiga fantasma especial quis dizer com isso? – perguntou Sanguessuga.

– Não tenho certeza. Estava olhando para o corpo no mastro. Os únicos deuses de que ouvimos falar são parte da Helíade-Sete. Estive pensando se ela não queria prevenir a gente sobre Desenna.

— Se ela for real — apontou Sanguessuga. — Mas devíamos mesmo estar preocupados com Desenna. Quero dizer, aquelas pessoas cortaram os dedos. E quem sabe quanto os voluntários são realmente voluntários? Além do mais, para quem é membro do Helíade-Sete, aqueles três estavam se esforçando muito para entrar no Éden.

— Deuses — comentou Lilly. — Era o que eles diziam que as Estrelas Ascendentes eram. Deuses que estavam nos deixando. Gente maluca e seus deuses. Meus pais eram hindus. Grande ajuda deram os deuses das pessoas durante a Ascensão.

— Bem, o que podiam ser as Estrelas Ascendentes, então? — especulei.

— Talvez isso nos diga. — Lilly deixou de lado a lata de ensopado e pegou a mochila da Dra. Maria, de onde tirou a videopágina, que desenrolou. Era um retângulo do tamanho de uma folha de papel, flexível e transparente e riscada com fios de um circuito complexo. Olhei para aquilo e senti o nervosismo explodir. O que descobriríamos? Quase não queria saber.

Entreguei o leitor a ela. Havia uma fenda estreita no alto do aparato, uma abertura onde a página se encaixava. Lilly pôs a folha da fenda e o leitor começou a vibrar, mandando uma descarga pelo circuito, iluminando-o com um brilho branco e fantasmagórico. A luz não era diferente do crânio: dois recipientes de informações, milhares de anos distantes. A matriz de luz se fundiu, se solidificou em um quadrado radiante que parecia pairar sobre a página. Palavras apareceram:

Relatório Trimestral para o Conselho Éden

Elas se dissolveram e, no lugar, surgiu o rosto de Paul. Senti minha pele arrepiar quando o vi. "Membros do conselho", recitou, "já devem ter visto os diversos dados numéricos. Então, segue um resumo do estágio em que se encontra o Projeto Elysium".

9

Ele estava sentado atrás de sua mesa do Acampamento Éden, de óculos. O rosto parecia mais liso, como se houvesse se maquiado para a ocasião. E isso era estranho, mas, por outro lado, era mais uma prova de que Paul queria impressionar alguém: o conselho de diretores, que havia olhado para mim de um monitor na câmara do crânio como se eu fosse uma nova e complexa criação da tecnologia.

– Então, isso é de antes da nossa fuga – disse Lilly.
– Antes de sermos pegos, até – acrescentei.
– Como todos sabem – começou Paul –, cumprimos rigorosamente o cronograma da fase três do projeto de quatro partes. A seguir veremos uma atualização de cada componente.

Um gráfico substituiu o rosto de Paul, palavras brancas sobre um fundo vermelho, uma lista básica com marcadores:

Lar Éden
* Climatização
* Trânsito
* Mineração Fusão

Paul falava enquanto a lista era exibida:
– Sistemas climáticos básico existem e funcionam normalmente no Lar Éden. Nosso modelo preliminar do provável efeito do Pincel dos Deuses indica que a total recuperação do clima deverá se completar alguns meses depois da ativação. Então, nosso cronograma geral permanece intacto.

"O plano para o trânsito no Lar Éden está, atualmente, em setenta e cinco por cento. Isso significa cinco por cento de atraso em relação ao previsto, mas nossa recente ação secreta, e Operação Retomada, tem sido um sucesso e deve nos ajudar a recuperar o tempo perdido. No mais, a construção da frota está quase completa, e o tráfego dos Édens para o Egresso está pronto para utilização.

"Finalmente, como sei que têm conhecimento, a mineração de urânio está adiantada em relação ao cronograma."

Paul apareceu de novo por um momento.

– Espero que o pó de minério não esteja interferindo na visibilidade dos campos de golfe – acrescentou ele com um esboço de sorriso.

– Ai, que engraçado – falou Lilly para a tela.

Imaginei o velho e enrugado conselho de diretores, homens de poder e dinheiro, reunidos para um jogo de golfe sobre a grama verde, usando chapéus, enquanto o resto do mundo torrava. Eu os odiei ainda mais.

Mais um gráfico apareceu:

BROCHA DE DIOSES
* Atualização Equipe Salvage
* Status de Sujeitos

– As Equipes de alfa a Delta têm seguido informações do mapa obtidas pela pesquisa em cada complexo Éden, e cruzando essas informações com os mapas que conseguimos com o Teste do Sujeito Um.

– Ei, sou eu – comentou Sanguessuga, sarcástico.

– Ele me chamou de Sujeito Dois – falei.

Paul continuou:

– Imagens de satélite levaram a novas escavações, mas ainda não sabemos qual é o local exato onde está escondido o Coração da Terra. Ainda acreditamos que é a capital da cidade Atlante, e encontramos mais evidências que apontam para minha teoria inicial sobre a localização da cidade, mas, por enquanto, ainda operamos disfarçados para não despertar suspeitas na comunidade global.

– Aqui no Éden Oeste continuamos monitorando o progresso das Cobaias de Um a Onze, sendo que as Cobaias Um, Dois e Cinco são as que mais progridem. Ainda suspeitamos das afirmações de Desenna sobre haver um Atlante entre elas, com base nos dados que tínhamos do Éden Sul antes de sua queda, portanto é possível que a querida Dra. Keller tenha descoberto um novo sujeito.

– Dra. Keller é a Mãe Benevolente? – perguntou Lilly.

– Sim – respondeu Sanguessuga.

– Estamos recebendo relatórios regulares dos nossos agentes dentro de Desenna – disse Paul. – Até onde podemos dizer, pelo menos por enquanto, a Helíade-Sete continua não sendo uma grande ameaça. Com base nessa pressuposição, mandamos agentes ao Coca-Sahel para determinar se os boatos recentes são verdadeiros, mas é cedo demais para saber.

Olhei para Sanguessuga.

– Paul alguma vez falou com você sobre Helíade-Sete?

Sanguessuga fez um ruído de negação.

– Não. Mas falamos sobre o Éden Sul. – Aparentemente, a história ia além disso.

O slide seguinte apareceu:

EGRESS
* Federação do Norte
* Recrutas

– Até este momento – disse Paul – nossos agentes na Federação do Norte relatam que, embora tenha havido boatos sobre nossos preparativos, ninguém percebeu quais são nossos verdadeiros alvos, além das especulações malucas nas habituais transmissões da Aliança Nômade à margem do link gama. Continuamos certos de que ninguém leva essas informações a sério, mas, por precaução, um benefício adicional da Operação Retomada será o silêncio desse elemento. Os preparativos em Egress continuam de acordo com o cronograma. Como devem saber, notificamos todos os recrutas de que a ordem para partir é iminente. Todos concordaram com a intensificação do monitoramento nesse estágio final para podermos manter o sigilo absoluto que, vocês sabem, é de extrema importância.

Paul apareceu novamente.

– Não vai demorar, cavalheiros. Tenho certeza de que estão tão ansiosos quanto eu para se livrarem desse confinamento claustrofóbico e partirem para o novo futuro. Adoraria ir apresentar o relatório pessoalmente, mas estou prestes a fazer uma descoberta fascinante aqui no acampamento e preciso monitorar tudo de perto nas próximas vinte e quatro horas. Talvez volte a fazer contato com notícias importantes... Até lá. – A tela ficou escura.

– Acho que eu sou a descoberta fascinante – falei. Era uma alegria não ter mais que olhar para a cara de Paul.

– É – concordou Sanguessuga em voz baixa. – Acho que aquele vídeo foi feito antes de ele chegar, me arrancar de um jogo de dodgeball e me ligar ao seu crânio por dez horas.

– Deve ter sido horrível – falei.

Sanguessuga não levantou a cabeça.

– Você acha? – E continuou desenhando.

Ficou evidente para mim quanta raiva e mágoa se espalhavam logo abaixo da superfície em alguém que, no início, pensei ser só um valentão arrogante. A cara feia de Sanguessuga era só uma máscara para esconder o sofrimento, uma dor que o tornava desagradável e violento, às vezes. E descobri que queria saber mais. Percebi que aquele era o momento para tentar me aproximar dele, mas ainda não sabia bem como tentar. E não queria irritá-lo, porque já havia visto o que a raiva de Sanguessuga podia provocar.

– Aposto que o próximo relatório dele não é tão animado – disse Lilly –, depois da nossa fuga.

– Conhecendo Paul – respondi –, acho que encontrou um jeito de passar por cima disso. – Pensei no que tínhamos acabado de ouvir. – É estranho. Paul me perguntou se eu queria salvar a raça humana. Mas se o Pincel podia ajudar todo mundo, por que não contar aos países da Federação do Norte o que eles pretendiam?

– Bom, talvez porque o povo do Norte pode não gostar da ideia – opinou Lilly. – E se o Pincel fizer o Ártico voltar a ser um inóspito campo de gelo? Nesse caso, todos os povos da Federação do Norte teriam que se mudar para o Sul, e seria novamente o caos. Eles querem ficar onde estão, provavelmente, e têm os maiores exércitos.

Eu me lembrei da visão dentro do crânio, quando conheci Lük, o céu tomado por cinzas e o oceano tempestuoso.

– Paul falou que acredita que isso possa ser melhorado com tecnologia moderna, mas talvez estejam escondendo o Pincel porque ele vai devastar o planeta, em vez de curá-lo. Esse Lar Éden pode estar preparado para enfrentar a tempestade e manter o povo de Éden em segurança.

– Nem o povo todo – falou Lilly. – Quando Paul disse que você podia ajudar a salvar a humanidade, só estava falando dos recrutas, na verdade. A elite da elite. Todos os outros no Éden vão ficar para trás como o restante da humanidade, provavelmente.

– Que surpresa – respondi. – Éden escolhendo quem sobrevive e quem vai morrer.

Pensei no pessoal no acampamento, em Beaker, Bunsen, Xane e Mina. – Devíamos ter avisado todo mundo. Ninguém no acampamento sabe o que vai acontecer. E duvido que eles sejam recrutas.

– Não tivemos tempo – lembrou Lilly.

– Queria saber quem é o Sujeito de Teste Cinco – comentou Sanguessuga.

– Paul falou que são onze no total – respondeu Lilly. – Podia ser um dos corpos que vimos no laboratório. Anna... Eu ou Evan, Marco, Aliah... – Ela piscou para conter as lágrimas.

– Paul podia estar mentindo – argumentei. – Sobre Evan. Eles podem ter escapado. Ele mentiu sobre muitas outras coisas.

– Talvez – disse Lilly.

Houve um instante de silêncio. O vento havia acalmado e a lua era um disco amarelo no céu. Voamos por um tempo. Lilly mexia em uma ou outra coisa. Sanguessuga desenhava.

Alguma coisa fria tocou meus lábios. Me assustei, mas em seguida vi que era a lata de ensopado. Estava aberta.

– Come um pouco – falou Lilly. Ela a pressionou contra minha boca e inclinou. Pedaços frios, congelados escorregaram por cima da minha língua: carne mole, batatas pegajosas, caldo gelatinoso, tudo com décadas de idade, mas era alimento salgado e muito melhor que nada. Quando engoli alguns pedaços, senti a boca se encher de saliva e quis beber água, mas havíamos combinado que tentaríamos passar a noite sem usar nada da nossa última garrafa.

Empurrei a lata para longe da boca.

– Pode comer o restante – falei.

Lilly balançou a cabeça, e a mão dela voltou às guelras.

– Tentei comer uns pedaços, mas minha garganta está doendo muito, não consigo engolir. – E ofereceu a lata a Sanguessuga. – Quer?

– Não, obrigado. – Ele esmagou outro macarrão seco.

Lilly aproximou novamente a lata de minha boca e eu comi o que restava. Quando terminei, ela segurou a lata diante do rosto e a examinou. Depois deu uma risadinha.

– Vocês se lembram da reciclagem? – perguntou.

– Sim – respondeu Sanguessuga, rindo. – Aquilo era hilário.

– Ainda reciclamos no Centro – contei.

Sanguessuga suspirou e balançou a cabeça. Eu ia perguntar por que, mas Lilly continuou falando.

– Faça sua parte para salvar o planeta – comentou ela com um tom debochado, imitando uma voz oficial. – Era essa a intenção da reciclagem, não era? E, tipo, em Vegas, nos anos 50, tínhamos que fazer adubo com os restos de comida e só dar a descarga no banheiro quando ficava nojento...

– Tínhamos reciclagem de urina – contou Sanguessuga. – Muito nojento.

Percebi que Sanguessuga nunca havia falado sobre de onde ele era.

– Sim, nós também – respondeu Lilly. – Eles diziam que não dava para sentir o gosto, mas juro que às vezes eu sentia um sabor meio azedo e uma textura arenosa.

– Eca – resmungou Sanguessuga.

– E agora que a gente para e pensa naquilo tudo... Para quê? – continuou Lilly. – Fizemos todas aquelas coisas tentando preservar o meio ambiente e, no fim, não adiantou nada, não salvamos a Terra. Toda minha família acreditava na importância de reciclar nossas latas, reutilizar tudo, até de tomar banhos de luz UV, mas uma usina de energia funcionava durante dez minutos e produzia mais dióxido de carbono que jamais poderíamos economizar, e tudo se perdia do mesmo jeito.

Fiquei surpreso por ouvir Lilly fazer um comentário tão cínico. Essa não era a garota da balsa. Era como se tudo que havia acontecido desde então tivesse corroído sua esperança.

– Mas você tinha que fazer alguma coisa, não? – falei.

– Sim, mas... – Lilly começou a arrancar a pele em volta das unhas, como fazia quando se perdia em pensamentos sérios – devíamos ter partido mais cedo para o norte, ou saído de lugares como Vegas, ou escutado os avisos que o planeta estava nos dando desde o começo. Lembro bem de todos os políticos falando como podíamos impedir a Grande Ascensão, como estávamos a um passo de algum procedimento ou de uma invenção, ou de alguma coisa que a adiasse, mas era tudo mentira. Ela já estava acontecendo, sabem? Já estávamos estragando tudo havia centenas de anos, certos de que podíamos fazer tudo que quiséssemos e Deus cuidaria de nós. E quando as pessoas começaram a acordar para os perigos, já era tarde demais. A natureza já havia decidido.

– Sim, mas isso porque, basicamente, nós somos a natureza – apontou Sanguessuga.

– Como assim? – perguntou Lilly, confusa.

– Somos uma parte da natureza. Não estamos separados dela. A Grande Ascensão aconteceria, como todo o resto. O ser humano aquecendo o planeta não é diferente de um elefante derrubando todas as árvores e criando uma savana. É só a vida acontecendo.

– Nós matamos todos os elefantes – disse Lilly –, e praticamente todos os outros animais.

– Sim, mas isso ainda é a natureza. Não viemos do espaço sideral. A natureza nos fez. Não é errado, é só o sucesso. A sobrevivência do mais forte. O humano vence o elefante, a baleia e todas as outras criaturas extintas.

– Mas o "sucesso" acabou matando mais da metade da raça humana – lembrei. – Acabamos com o nosso planeta.

– Não acabamos, só mudamos. É a mesma coisa que todos os outros animais fazem – insistiu Sanguessuga. – Pensem em uma doença, em cupins, ou alguma coisa assim. Eles comem e se multiplicam até não haver mais vítimas e eles estarem se afogando nas próprias fezes, então morrem, e os que sobraram evoluem.

– E o ciclo recomeça – completei, lembrando o que disse a sereia.

– O quê? – perguntou Sanguessuga, estranhando.

– Nada.

– Então, não faz mal se humanos estão morrendo – resumiu Lilly.

– *Não faz mal* não entrou na conversa – respondeu Sanguessuga. – É assim, só isso. Dinossauros chegaram e sumiram. Humanos chegam e somem. Talvez os próximos sejam os ratos, as baratas, alguma planta inteligente. O ponto é que tudo isso é natureza.

Estava surpreso com isso. Outra coisa que não esperava de Sanguessuga era esse tipo de raciocínio sobre o mundo. E também lembrei onde havia escutado isso antes.

– Paul falava essas coisas.

– Sim – confirmou Sanguessuga. – Ele chamava de naturalismo. Paul podia ser um babaca, mas a ideia faz sentido.

– Acha que isso é suficiente para justificar como ele age, como faz tudo que quer? – quis saber Lilly.

– Não sei bem o que eu acho. Não tenho mais certeza. – Sanguessuga voltou ao desenho.

Lilly olhou para mim.

– O que acha?

– Hum. – Também não tinha certeza. – Acho que esse argumento sobre a natureza é válido. Quero dizer, o cérebro evoluiu da mesma matéria de onde saíram todas as outras coisas que já viveram.

– Que maravilha – resmungou Lilly. – Vocês, garotos, são imprestáveis. Talvez Paul esteja certo, então. Vai ver que isso tudo é "natural". Nesse caso, para que se importar com alguma coisa?

– Para, talvez haja um motivo para, sei lá, reciclar e tudo isso. Mas não é impedir o mundo de mudar. Parece que o mundo vai mudar de qualquer jeito, sejam os humanos a causa disso ou alguma outra coisa. Mas... Acho que o fato de ser parte da natureza não significa que você pode fazer tudo que quiser. É, tipo, você pode ter seu quarto, e pode fazer o quiser dentro dele, mas se fizer muita bagunça e muita sujeira, não vai mais poder ficar lá. Ou alguma coisa assim.

– Gosto disso – reconheceu Lilly, e finalmente tive a impressão de ver um brilho em seus olhos. – Faça com os outros o que faria com seu quarto. Quartonismo.

Sorri. Era bom conversar, trocar ideias à luz azul, livres na escuridão, como havíamos feito na balsa. Também era a primeira vez em dias que Lilly me chamava pelo velho apelido.

– E se bagunçar o quarto muito depressa – continuei –, vai acabar quebrando coisas, ou matando gente, nesse caso. Então, sim, talvez em uma escala de um milhão de anos a morte de alguns bilhões de pessoas não tenha importância, mas em uma escala pessoal, parte de ser humano é a moralidade, e é errado matar outra pessoa. Então talvez seja esse o limite. – Não pude deixar de olhar para Sanguessuga e me lembrar das bolas de bocha quando terminei de falar, mas ele estava atento ao desenho.

– Então nosso mandamento é Não Matarás Nem Bagunçarás Teu Quarto – disse Lilly. – E assim foi. – Ela estudou a lata em sua mão. – De qualquer maneira, não vamos encontrar um centro de reciclagem por aqui. – E jogou a lata para fora da nave.

– Espero que vocês dois suportem a culpa quando essa lata assassinar um pobre ratinho lá embaixo – comentou Sanguessuga.

– Prefiro quando você fica desenhando quiet... – Lilly foi interrompida por um violento acesso de tosse. A tosse piorou, e depois de um minuto ela estava dobrada para a frente. Toquei o meio de suas costas e senti sua caixa torácica se convulsionando.

– Caramba – disse Sanguessuga.

A tosse de Lilly fazia toda a nave tremer. Ela perdeu o fôlego, e em seguida começou a fazer aqueles ruídos secos, como se não houvesse mais espaço para o ar entrar. O corpo continuava se convulsionando... e finalmente uma inspiração longa abriu caminho até os pulmões e voltou na forma de um sopro lento.

Massageei suas costas devagar. Ela inspirou mais vezes. Deslizei a mão até seus ombros, mas a afastei. Senti alguma coisa molhada em seu pescoço. Vi o sangue em minha mão. Afastei o cabelo dela para o lado.

– Suas guelras – falei em voz baixa. As fendas estavam inchadas de sangue.

Ela as tocou, olhou para os dedos e assentiu, mas não disse nada. Só se reclinou contra a almofada cor-de-rosa, se encolheu e fechou os olhos. Pus o cobertor em cima dela.

Continuamos voando. Algumas horas mais tarde Sanguessuga se ajeitou na proa da nave e cochilou. A lua brilhava alta, cheia, e sua luz era mais brilhante que a do vórtice.

Eu observava as estrelas, fazia ajustes de acordo com o vento e tentava não pensar em nada: o longo dia de pesadelo que vivemos, o estado de Lilly, o Projeto Elysium, o que poderíamos enfrentar no dia seguinte ou o fato de estarmos quase sem água. Tudo isso era demais, e eu tinha um impulso de simplesmente parar, mas não podia. Nossa única resposta era seguir em frente.

Algum tempo mais tarde passamos sobre uma cidadezinha, uma floresta de silenciosas torres de aço, tijolos e vidro; uma rede de ruas quietas; e quilômetros de bairros poeirentos, apêndices conectados por avenidas e ruas. Por um momento pensei ter visto uma luz lá embaixo e levei a nave ainda mais para cima.

Duas horas depois disso, quando eu combatia a exaustão e fantasmas adormecidos, comecei a ver sombras brancas no solo. Eram grandes, compridas como a barriga de imensas criaturas deitadas em posições estranhas. A maioria tinha uma extremidade pontiaguda e as costas planas...

Barcos. Uma marina no que um dia devia ter sido um lago. Mastros eram como os chifres de narvais mortos há muito tempo. Mastros podiam significar velas, e velas podiam ser usadas para fazer um novo balão termal. Considerando a luz fraca do vórtice, logo precisaríamos de um.

Levei a nave para perto dos deques, entre dois prédios de concreto. Quando pousei no asfalto rachado, Lilly e Sanguessuga se mexeram, mas não acordaram.

Eu queria procurar uma vela agora, mas não conseguia resistir ao cansaço. Deitei no chão, ao lado de Lilly, e me encolhi, pensei em me aproximar embaixo do cobertor que a cobria, lembrei como ela havia me abraçado na noite em que minhas guelras mudaram, mas não me senti confiante. Então cheguei mais perto, mas não a toquei, e apoiei a cabeça no banco. Olhei para a luz azul e fraca do vórtice e fechei os olhos.

Mergulhei num sono sem sonhos até quase amanhecer, quando abri os olhos para o céu radiante. Lilly ainda dormia ao meu lado. Seu rosto estava muito vermelho e havia uma fina camada de suor em sua testa.

Levantei a cabeça e vi que Sanguessuga havia desaparecido. O vórtice estava escuro.

10

Tentei levantar, mas fui derrubado por uma onda de dor e pontinhos brilhantes. Esperei um minuto até a visão clarear. Tudo doía. Era como se minha cabeça fosse espremida, como se meu cérebro tivesse secado e sido extraído do crânio. As pálpebras grudavam e piscar não ajudava. Minha boca parecia pano seco.

Consegui ficar em pé. Examinei meu ombro. Estava dolorido e travado. Uma mancha meio marrom aparecia no curativo que cobria a ferida feita com o garfo.

Estávamos em um triângulo de sombra, mas o sol espiava pelo espaço entre os dois prédios. O ar tinha aquela eletricidade de moléculas vibrando, o mundo esquentava, e a nave não sairia do lugar enquanto não fizermos um balão termal ou invocássemos de algum jeito mágico a luz do céu.

Peguei nossa última garrafa de água, bebi alguns goles e lutei contra a urgência de beber tudo.

Sacudi delicadamente o ombro de Lilly. A respiração dela era superficial e rápida, as guelras estavam secas, rachadas, fendas vermelhas de bordas descamantes cercadas por crostas secas de sangue e vômito. A pele em volta delas estava vermelha de febre e infecção.

– Lilly – chamei em voz baixa.

– Hum. – Ela se encolheu e bateu na minha mão. Os olhos se abriram devagar. Estavam vermelhos.

– Oi. Temos que sair daqui.

Ela assentiu e sentou devagar enquanto massageava a testa. Ofereci a ela a garrafa de água. Lilly bebeu alguns goles, mas fez uma careta de dor ao engolir.

– Acho que não tem nenhuma parte minha que não doa. – Sua voz era pouco mais que um grasnado. – E Sanguessuga?

– Não sei. Talvez tenha ido procurar suprimentos.

Lilly vasculhou o conteúdo da bolsa.

– Pega – disse, oferecendo a embalagem de loção Radiação-zero.
– Obrigado. – Despejei um pouco na mão e devolvi o frasco. Cobri as pernas, o pescoço, o rosto e as mãos com a loção roxa, e depois enfiei a mão embaixo das roupas para aplicar o creme nos ombros. Esfreguei com cuidado a loção na cabeça, sentindo a queimadura arder quando a toquei. Meus dedos ficaram sujos de um pus cor-de-rosa nojento. – Isto é o suficiente para proteger a gente.

– Não... ai – gemeu Lilly. Ela tentava espalhar o creme perto das guelras.

– Acho que estão infeccionando – comentei. Abri a mochila da Dra. Maria e peguei o kit médico. Havia três pacotinhos de antibiótico.

Lilly inclinou a cabeça e afastou para o lado o cabelo embaraçado. Espremi a embalagem de pomada transparente e espalhei cuidadosamente o remédio sobre a primeira guelra. Ela se encolheu.

– Desculpe – pedi em voz baixa.

– Tudo bem – respondeu ela. – Faça o que tem que fazer.

Mas percebi que não me desculpava apenas pelo toque. Eu tinha mais coisas para dizer.

– Não, estou pedindo desculpas por tudo isso. Por tudo que fiz você passar.

Lilly me olhou de lado.

– Como assim?

– Bom, é que... – Terminei de cuidar das primeiras guelras, empurrei seu queixo com um dedo e comecei a cuidar do segundo conjunto. – É minha culpa. Tudo isso que aconteceu com você por causa do meu...

Lilly se esquivou como se eu fosse uma aranha.

– Por sua causa.

– Não, bom, quer dizer, sim, já que você não é uma Atlante... Eu só, sei lá, me sinto mal... – Fiquei quieto, porque parecia que cada palavra que eu dizia tornava os olhos dela mais escuros e comprimia ainda mais a boca.

– Eu termino – falou ela, e pegou a pomada antibiótica da minha mão.

– Quê?
– Acha que isso tem a ver com você...

Tentei entender o que eu havia dito de errado.

– Bom, não... mas isso tudo aconteceu porque Sanguessuga e eu somos parte dos Três e...

Lilly jogou a pomada em mim.

– Eu escolhi, Owen! Eu escolhi ajudar vocês e vir com vocês.

– Não quis dizer que não teve escolha, só que... Bem, você pediu para ficar no Olho, eu não concordei e agora...

– Eu estava tentando salvar você! – gritou Lilly. – Queria ir com você, estar aqui, mas na época não parecia ter outro jeito e... Tanto faz. – Ela saiu da nave com as pernas trêmulas. – Mesmo que eu só tenha as porcarias das guelras, mesmo que eu só tenha um pouco do DNA superespecial que você tem, isso não significa que não tenho uma ligação com isso. E é... Ah, não é nem por isso que estou aqui! Não acredito que você não entende! – Ela abriu os braços e se afastou.

– Lilly, espere. – Fiquei em pé, mas minhas pernas pareciam geleia. Sentei de novo e comecei a enxergar pontinhos brancos. Ouvi os passos de Lilly na areia, se afastando.

Fiquei ali sentado por alguns minutos, a cabeça girando, um gosto metálico e salgado na boca, e tentei entender o que havia falado de errado. Lilly estava deprimida desde que saímos de Éden, por que eu não me sentiria mal por isso?

Tentei levantar outra vez, e dessa vez consegui sair da área entre os prédios. Passei por um deque que havia desabado e por pilhas de mesas redondas e guarda-sóis destruídos. O sol do começo de manhã queimava meu rosto. Senti meu suor evaporando instantaneamente.

Lá na frente a terra descia progressivamente, primeiro na forma de areia branca, depois como faixas de rocha marrom e vermelha, descendo e descendo até o fundo de um lago seco há muito tempo. Os deques eram do tipo flutuante, como no acampamento. Estavam espalhados sobre a areia, retorcidos em forma de S, como a coluna de antigos dinossauros. Os barcos estavam tombados, empilhados uns sobre os outros. Outros estavam espalhados na areia, amarrados a boias, os cascos incrustados de areia virados para cima.

– Lilly! – chamei. Pulei sobre o deque mais próximo, ouvi as velhas tábuas rangerem e corri para as sombras entre os barcos. As brisas termais sopravam entre eles, balançando pedaços soltos de corda.

Ouvi a tosse lá em cima e vi Lilly debruçada na grade cromada de um barco à vela. Ela pulou na areia com uma vela enrolada embaixo do braço, e se ajoelhou na sombra embaixo do casco. Ela começou a desenrolar a vela, que era de nylon fino azul e vermelho.

– Vou precisar de tesoura e barbante – disse ela.
– Tudo bem, mas o que foi que eu disse...
– Depois. Isto aqui primeiro. – E tossiu de novo.
– Não sei como vamos projetar uma termal sem a ajuda de Lük.
– Minha mãe me ensinou a costurar – explicou Lilly enquanto esticava a vela. – Eu sei... que coisa mais pré-Ascensão da minha parte, não é? Mas ela fazia nossos sáris, e me ensinou os pontos básicos. Portanto, olha só, eu posso ser útil!

Lilly começou a trabalhar, medindo e abrindo buracos com sua faca como se eu nem estivesse ali.

Voltei ao outro lado do deque analisando os barcos, tentando decidir qual deles devia vasculhar em busca de suprimentos...

Até que ouvi um ruído baixo. Próximo. Dei alguns passos para trás... O barulho vinha de dentro de um iate alto, tombado. O motor do iate, preto e enorme, estava na linha da minha cintura. Havia uma pegada de tênis em uma das pás.

O barulho era a voz de Sanguessuga. Ele falava com alguém.

Subi no convés sem fazer barulho. Uma porta deslizante de vidro estava meio aberta. Espiei lá dentro. Sanguessuga estava sentado em um sofá pequeno na cabine de paredes de madeira escura, debruçado no computador da sub-rede, conversando com ele em voz baixa. A tela estava iluminada, mas eu não conseguia ver nada nela. Era pouco provável que houvesse uma conexão de sub-rede ali, mas... Virei a cabeça para aproximar a orelha da fresta, mas a mudança de posição fez a tábua do piso estalar. Sanguessuga levantou a cabeça.

Recuei depressa, mas sabia que ele havia me visto, por isso entrei. O ar parado lá dentro tinha um cheiro seco, queimado. Sanguessuga já havia desligado o computador.

– O que está fazendo? – perguntei.

Sanguessuga faz aquela careta típica, estreitando os olhos.

– Como assim?

Meus nervos pareciam gritar, e eu odiava como Sanguessuga conseguia provocar essa reação em mim.

– Ouvi você falando – respondi.

Sanguessuga ficou em pé.

– Ah, sim, eu falo sozinho quando estou entediado. Estava procurando comida, mas não tem nada aqui. – E começou a caminhar para a porta.

Parei na frente dele.

– Vi você falando com a tela. Com quem estava conversando?

Sanguessuga parou alguns centímetros longe de mim.

– Sabe, o fato de agora sermos "parceiros numa batalha" não significa que esqueci o que aconteceu na Reserva. Ainda tenho uma dívida com você.

– Com quem estava falando? – repeti com o coração disparado. – Era Paul? Ainda está trabalhando com ele...

Sanguessuga pulou em cima de mim antes que eu pudesse reagir. Ele me agarrou pelo pescoço e me desequilibrou. Bati em uma mesinha de café presa ao assoalho e senti uma dor aguda na perna. Caí de costas no sofá, as pernas em cima da mesa, o traseiro no chão. Tinha um corte em minha canela, e ele sangrava muito.

Sanguessuga só me encarava. Vi que ele havia abaixado uma das mãos e a aproximava da cintura, onde um pedaço comprido de rede de plástico verde pendia do cinto. Presa na rede ele levava a bola de bocha, ainda suja e coberta de manchas escuras. Agora ele podia girá-la antes do arremesso.

– Gostou? – perguntou Sanguessuga. – Lilly tem uma faca. Você tem uma nave. Achei que eu precisava de alguma coisa. –

E apontou para o corte na minha perna. – Estamos quites pela Reserva. Mas se acha que eu falaria com Paul, que eu... Não sei o que está pensando, mas se acha que eu delataria a gente, que entregaria nosso paradeiro a ele depois de tudo que ele fez... Você só pode ser maluco.

Nós nos encaramos por um segundo. Eu não sabia se acreditava nele. De repente Sanguessuga olhou para a porta.

– Cadê a Lilly?

Eu levantei.

– Fazendo uma nova termal. Ela precisa de tesoura e barbante.

– Bom, vamos procurar – decidiu Sanguessuga, já a caminho da área da cozinha.

Eu o observei por um segundo, querendo pressioná-lo de novo ou simplesmente sair dali com ele. Mas nenhuma das alternativas era possível.

Desci uma escadinha e cheguei a um quarto triangular na proa do navio. Havia uma cama grande e um beliche, e refúgio de uma família que queria se esconder do mundo. Pais, dois filhos. Todos dormiam ali, na água, ouvindo as ondas batendo no barco. Ainda havia algum deles vivo? Provavelmente não. O que haviam feito quando aconteceu a Ascensão? Migraram para o Norte? Morreram de alguma doença? Tentaram entrar em um Éden? Pensei em Harvey e Lucinda em cima daquele telhado do Walmart, as medidas desesperadas que tentaram adotar para salvar os filhos.

E me dei conta de que, para cada um daqueles esqueletos de barco, havia existido uma família. E para cada casa abandonada em cada cidade vazia que sobrevoamos... centenas, milhares, milhões dos bilhões por toda a Terra. Não eram só números, eram vidas, cada uma com beliches, lençóis especiais e férias, sonhos, talvez até missões em andamento, e todos estavam vivos antes, e agora não existiam mais. Era devastador pensar nisso.

Vasculhamos três barcos e encontramos tesouras e cordas de diferentes espessuras. Não havia comida ou água em nenhum deles. Sanguessuga também recolheu facas, e quando fomos encontrar Lilly, ele levava quatro delas na cintura.

Lilly descansava ao lado do tecido, o rosto perigosamente vermelho, as mãos tremendo.

– Eu ajudo – falei. – Vamos ter que fazer uma abertura na base para o calor...

Lilly olhou para mim com ar sombrio.

– Por favor, vai fazer outra coisa.

– Tudo bem. – Comecei a me afastar.

Ouvi passos, e pouco depois Sanguessuga me alcançou.

– Ela também não quer minha ajuda.

Voltamos à nave sem conversar. Ainda havia um pouco de sombra ali. Desamarrei o último pote de argila que restava e o prendi sobre o vórtice. Depois me ajoelhei ao lado da rodinha prateada na lateral da nave. Havia nela copinhos para recolher a água, o que a fazia girar. Braços finos cor de cobre, uma liga que não havia esverdeado em milhares de anos, ligavam as rodas ao casco. Quando as rodas giravam com a velocidade necessária, provocavam uma carga que ligava a célula de calor.

Tentei girar a roda com a mão, mas não consegui chegar nem perto da velocidade mínima antes de sentir a mão começar a latejar.

– Não vai dar certo, é óbvio – disse Sanguessuga. Ele estava apoiado à parede na sombra, assistindo a tudo.

– Comentário muito útil – respondi, e tentei de novo.

Ouvi Sanguessuga suspirar.

– Experimenta isto. – Ele se ajoelhou do outro lado da nave, tirou o tênis, enfiou a mão no calçado e começou a girar a roda com a sola.

– Boa ideia – reconheci, e o imitei. Funcionou muito bem.

Meu braço começou a doer logo, e senti um cheiro horrível emanando de nós dois, mas em pouco tempo a roda começou a zunir, e finalmente ela produziu uma fagulha branca. Um jatinho de fogo explodiu do bico de cobre sobre a célula de calor. Diminuí a intensidade até conseguir uma chama azul e baixa.

– Bom trabalho – disse a Sanguessuga. Minha cabeça rodava e, quando tentei levar, minhas pernas dobraram novamente.

– Vamos nessa. – Sanguessuga me ajudou. Vamos voltar ao iate.

Descemos da nave e caminhamos pelo deque sob o sol escaldante, dissemos a Lilly onde estaríamos e entramos na cabine quente como um forno. Abrimos as janelas, jogando longe a crosta de areia, mas a brisa quase nem fazia diferença.

Deitei no sofá. Sanguessuga deitou no chão.

– Flórida – falou ele depois de um tempo.

– Quê?

– Foi lá que eu cresci, em Inland Haven. Paul me encontrou lá quando eu tinha 11 anos.

Eu já tinha ouvido falar da Flórida. Foi uma das primeiras áreas dos Estados Unidos a submergir.

– Inland Haven era a parte mais alta do estado – continuou Sanguessuga. – A primeira pandemia aconteceu quando eu tinha 10 anos. Matou minha mãe e vários parentes. Paul me encontrou depois disso. Éden comparava as amostras de Atlantes com o banco internacional de dados genéticos. Ele me disse diretamente o que pensava que nós éramos, e disse que havia uma chance de sermos a chave para a salvação do mundo.

– Está falando de "nós", tipo a gente?

– Não. Eu e meu irmão, Isaac. Genético tem a ver com família, sabe?

– É claro que sei. Só não havia pensado nisso. Não tenho irmãos.

– Sei, bom... – Sanguessuga suspirou. – Paul se ofereceu para levar nós dois para o Acampamento Aasgard. Isso foi em 2038, quando ainda não existia o Éden Oeste, mas eles haviam encontrado o templo e pesquisavam o local. Pouco tempo depois de nos levarem para lá, desenvolvi as guelras, fui o primeiro caso, e Paul disse que queria congelar a gente até poder construir as instalações ideais e encontrar os outros Atlantes. Ele disse que isso levaria décadas, talvez mais, e que, quando acordássemos, nossas famílias estariam mortas, provavelmente.

– Isso é duro – comentei.

– Era tudo que eu queria ouvir.

– Sério?

Sanguessuga bufou.

– Meu pai não se ajustou muito bem à vida depois da morte de minha mãe. Ele nunca foi um bom pai, na verdade. Não estava no DNA dele, acho. E ficava furioso. E mostrava a fúria com os punhos e... com outras coisas. Uma vez Isaac apanhou com uma espátula de metal. Depois disso ele teve uma perda parcial da audição. Então, aceitamos a proposta de Paul. Ele parecia ser mais pai que meu próprio pai. Alguém que se importava comigo, com quem eu me importava. Mas quando você chegou, isso mudou.

– Desculpe.

– Tudo bem. Eu devia ter imaginado. Paul sempre me contava quando havia um novo sujeito de teste, como você ou os outros CETs. Garotos com potencial. Eu não sabia sobre o laboratório que você encontrou, onde Anna estava, mas sabia do resto. E me sentia como o braço direito dele. Mas não era nada para ele, nada além de um ingrediente. Uma coisa para ser coletada, medida e usada.

– O que aconteceu com seu irmão? – perguntei.

– Quando acordei do Crio, Paul disse que o DNA dele era mais compatível com um templo Atlante em outra instalação.

– Ele disse para onde o mandaram?

– Éden Sul – respondeu Sanguessuga. – Ele estava lá no Crio quando o ataque da Helíade-Sete aconteceu. Desde então a comunicação foi cortada. Ninguém sabe o que aconteceu com os Crios. Podem estar mortos, ainda congelados, podem ter sido despertados. Provavelmente estão mortos.

– Mas ele pode estar vivo – respondi.

Sanguessuga deu de ombros.

– Quais são as chances? Éden Sul foi destruído, foi o que eles disseram. O sistema Crio também devem ter sido.

– Ou eles o acordaram, e agora ele está em Desenna.

Sanguessuga deu de ombros novamente.

– É claro. – Mas ele não parecia acreditar nisso. – Você perguntou o que eu estava fazendo antes... Estava gravando mensagens para Isaac. É como um diário. Por precaução... caso eu o encontre.

É bobagem, provavelmente, mas só quero que ele saiba como tenho vivido.

Ouvir esse comentário despertou em mim novamente aquela urgência de entrar em contato com meu pai, garantir que ele soubesse que eu ainda estava vivo, onde estava. Não eram décadas, como com Sanguessuga e o irmão dele, mas eu ainda tinha a sensação de que era muito tempo. – Desculpe por ter pensado que... você sabe...

– Tudo bem. Eu entendi. Não dei muitos motivos para confiar em mim.

– Não – respondi. – Paul não queria que você me contasse que eu posso ser um Atlante, mas isso não significava que tinha que ser um cretino comigo no acampamento.

– Você também foi bem irritante. Todo deprimido e choroso... Mas, sim, eu devia ter percebido por como Paul se comportou quando você apareceu. Fico furioso quando penso nisso, é quase insuportável.

Notei que as mãos dele tremiam. Ele as mantinha abaixadas, mas cruzou os braços.

– Aquilo não era raiva – falou Sanguessuga em voz baixa.

– O que era?

– Doença criogênica. O procedimento foi aperfeiçoado nas décadas seguintes, mas o programa Crio era experimental quando fomos submetidos ao processo.

– Isso é horrível.

– Sim, e está piorando. Eles tinham alguns tratamentos no Éden, mas... – Sanguessuga agarrou o pulso trêmulo e o apertou.

Olhei para Sanguessuga e pensei que era incrível quanto eu havia me enganado. Mas ele também não havia facilitado.

Uma pergunta surgiu em minha cabeça. Hesitei, mas acabei perguntando:

– Acha que matou aquele cara? Harvey?

– Não sei – falou Sanguessuga em voz baixa. – Eu não estava tentando matar, mas... Também não estava tentando não matar. De qualquer jeito, quem se importa com isso? Ele era só mais um tentando usar a gente. – E me encarou. – Sabe o que Éden vai fazer com a gente depois que encontrarem o Pincel, não sabe?

Não havia pensado nisso.

– Como assim?

– Eles precisam de nós por um motivo, e quando conseguirem o que querem... não vai ser como o que você viu no laboratório, com Anna e os outros.

Agora eu entendia.

– Está dizendo que eles vão matar a gente – falei.

– Sem nem pensar duas vezes. Podemos ser uma parte fundamental do Projeto Elysium, mas não vamos participar do que vier depois dele. Vamos ter que fazer tudo que for necessário para sobreviver. Se pessoas têm que morrer... antes elas do que eu.

Olhei para as facas na cintura dele.

– Pode me dar uma?

– É claro. – Ele me deu uma faca serrilhada de cabo branco.

Deslizei os dedos pela lâmina.

– Não sei se teria coragem para matar alguém – falei com honestidade –, se for necessário. – Odiava fazer essa confissão.

– Ah, bom, que legal. Espero não morrer por causa disso.

Ficamos lá deitados em silêncio. Eu cochilei. Depois de um tempo Lilly apareceu, começou a abrir espaço no sofá, mas desistiu e foi para o quarto.

Esperamos até o fim da tarde deitados e em silêncio naquele caixão de calor.

– Temos que ir – falei –, se quisermos chegar ao marcador de manhã.

Voltamos à nave enfrentando um vento forte, sentindo a areia salpicar o rosto.

Lilly me entregou a termal, e eu a estendi sobre a nave.

– Fez um bom trabalho – falei. O buraco para o ar era quase exatamente do mesmo tamanho do anterior.

Lilly não respondeu, só se encolheu em um canto e puxou o cobertor sobre o corpo para se esconder do sol.

Quando o balão encheu, eu entrei e bati em Lilly sem querer. Ela saiu de debaixo do cobertor e teve um terrível ataque de tosse. Quando afastou a mão da boca, vi que estava suja de sangue. E vi o vermelho vivo brotando das guelras também. Ela deitou e se cobriu novamente.

Decolamos para o calor dourado do fim de tarde. O vento era forte e quente, a nave era mais difícil de controlar com o balanço natural da termal, e meus braços, já doloridos, queimavam. Quando virei para examinar o horizonte, que parecia derreter com o calor, a dor me fez gritar. Mais pontinhos diante dos meus olhos.

– Economize energia – disse Sanguessuga. – Ainda não entendeu? Eles não vêm.

– Do que está falando? – perguntei, embora pensasse a mesma coisa.

– Por que viriam? Vamos guiar Paul até onde ele quer ir, certo? Então, por que não ficar de olho e esperar até chegarmos lá?

Odiava essa ideia, sentia que ela ameaçava enfraquecer a pouca determinação que eu ainda tinha.

– Você fala como se não tivéssemos escapado.

– Eu sei. – Sanguessuga começou a espreguiçar.

Continuei voando, tentando pensar em um jeito de combater a sensação de dúvida que começava a se instalar. Continuava atento ao horizonte, mas ele permanecia vazio de respostas.

11

Desolado. O lago na montanha onde eu havia treinado com Lük estava quieto, a cidade Atlante, escura. A luz da manhã era pálida, o sol não se movia, era como se o mundo tivesse congelado.

Então mudou... para a paisagem lunar coberta de cinzas do lado de fora das cavernas do Centro depois do incêndio. Eu estava entre as árvores mortas. Elas pareciam animais esqueléticos prestes a ganhar vida, se dobrar com estalos de madeira seca e me atacar com seus espetos escuros.

– Owen! – Virei e vi minha mãe sobre as pedras, as mãos cercando a boca. – Owen! – Ela soava desesperada. Aterrorizada.

– Psssiu.

Agora era uma luz escura, um foco projetando sombras. Sentei e, ainda embaixo dos cobertores, olhei em volta, estudando o quartinho. Pais dormindo na cama encostada à parede triangular mais afastada. Eu estava na cama de cima de um beliche. Era o Centro? Não, eu estava naquele iate no lago seco. A voz vinha de baixo.

Olhei pela beirada da cama e vi um rostinho olhando para cima, para mim.

– Owen, vamos ver. – Um menino com olhos grandes e brilhantes.

– Isaac, não – falei para ele. – Mamãe disse para ficar aqui. Além do mais, Sanguessuga ficaria furioso.

– Quero ver a neve – explicou Isaac, e ele exibia aquela expectativa que a gente sente quando vê os presentes na manhã de Natal. O menino vestia pijama com estampa de sapos. Seu nariz arrebitado era coberto de sardas como as de Sanguessuga.

– Não é neve – cochichei. – São cinzas, e talvez ainda estejam quentes.

– Quero ver.

Olhei para meu pai e minha mãe. Eles ainda dormiam. A respiração de meu pai já era difícil à noite, mesmo há tanto tempo.

O quarto era o iate, mas também era o Centro, minha cabeça fundia os dois lugares. "Tenho que ficar de olho nele", pensei. Mas a porta se abriu e o pequeno Isaac saiu, mas agora ele tinha cabelo longo, vermelho...

Senti a mão me sacudir. Abri os olhos e vi estrelas, e os resquícios do sonho foram levados pela brisa.

Estava encolhido na frente da nave. Sanguessuga havia me acordado e estava sentado, o rosto iluminado pelo brilho alaranjado da chama da bateria. Eu dera uma aula rápida no fim da tarde para ele pilotar a nave. Ele aprendeu bem, o suficiente para nos conduzir em linha reta.

– Que horas são? – perguntei.

– Uma – disse Sanguessuga. – Estou ficando cansado. É melhor você assumir aqui.

Pouco depois do anoitecer, nós bebemos quase tudo que restava na última garrafa de água, incapazes de controlar a sede, e dividimos o último pacote de salgadinhos sintéticos de vegetais. Ainda tínhamos uma barra de farelo de soja, e mastigávamos o que restava de macarrão seco, mas era cada vez mais difícil dissolvê-los com a boca tão seca.

Decidimos que não haveria mais nenhuma parada até o marcador, a menos que encontrássemos alguma placa de um posto avançado ou suprimentos. No marcador... depois do marcador... o que aconteceria? Considerando nossa condição, não valia a pena gastar energia pensando nisso. Todos nós sofremos queimaduras de radiação durante a tarde, trechos de pele rosada onde apareciam bolhas. Eu tinha uma no ombro, embaixo do moletom. A perna de Sanguessuga tinha uma faixa comprida cujo centro era escuro, quase marrom. Lilly tinha uma bolha estourada no rosto. Esperava que o ar frio da noite trouxesse alívio, mas elas continuavam ardendo.

Levantei e, com todos os músculos enrijecidos, troquei de lugar com Sanguessuga. Lilly ainda dormia, o rosto pálido, os lábios arroxeados, o pescoço dominado por uma preocupante mistura de vermelho e marrom.

– Ela acordou alguma vez? – perguntei quando Sanguessuga deitou na frente da nave e puxou o cobertor cor-de-rosa sobre o corpo.

– Não. Vocês dois gemeram muito.

Comecei a prestar atenção ao vento, queria encontrar o ângulo certo para alcançar a velocidade máxima, mas senti que Sanguessuga olhava para mim.

– O que é?

– Você falou o nome do meu irmão enquanto dormia.

– Desculpe – pedi.

– Não precisa se desculpar, é que foi estranho. Com o que estava sonhando?

Tentei lembrar.

– Não sei, de verdade. Venho tendo um sonho estranho sobre voltar ao Centro na época do Incêndio Trienal. Ouviu falar disso quando morava no Éden?

– Sim, ouvi.

– Então, era isso, mas no sonho eu estava no barco que encontramos hoje, e seu irmão estava lá, e era como se ele fosse meu irmão, alguma coisa assim. Depois esse sonho virou aquele outro que eu tenho sempre, aquele em que estou ao ar livre de manhã depois do incêndio, nas cinzas, e tinha aquela menina afundando nas cinzas... não sei... coisa de sonho, acho.

– Sempre tem sonhos estranhos?

Tive a sensação de que Sanguessuga me estudava.

– Não sei, não que eu lembre, na verdade. – Tentei pensar melhor. No acampamento eu vivia em um estado de torpor sonolento. Talvez tenha sonhado algumas vezes com a sereia e água quente, mas foi só isso. E antes... Não conseguia me lembrar de nenhum. Novamente, tentar pensar na minha vida no Centro, há pouco mais de uma semana, era como tentar espiar através de uma janela embaçada. – Acho que é recente. Com tudo que temos vivido, acho que alguns sonhos esquisitos não são muito surpreendentes. Por quê?

Sanguessuga não respondeu. Eu o ouvi respirar, como se fosse dizer alguma coisa.

Antes, porém, um raio brilhante incidiu sobre nossos olhos. Vinha do oeste, de algum lugar entre nós e as Rochosas, cujos picos distantes e enluarados agora eram visíveis. Mais raios seguiram o primeiro, vários em uma sucessão rápida.

Os estrondos começaram a chegar balançando a nave.

– Tempestade de raios? – perguntou Sanguessuga.

– Acho que não. – O ataque rápido lembrava aquela explosão no Éden, quando os Nômades bombardearam as portas por diversão. – Parece um ataque.

As luzes ficaram mais brilhantes, os estrondos ficaram mais fortes. Vinham de um vale a poucos quilômetros dali.

Alguma coisa rasgou o ar sobre nós. Um ruído agudo de um objeto se movendo em alta velocidade. Olhamos para cima e vimos uma sombra em movimento, alguma coisa que só era visível como um brilho do luar.

– Caramba, aquilo é um drone de guerra – disse Sanguessuga.

O objeto sumiu na escuridão, mas raios gêmeos de fogo iluminaram o céu seguindo sua provável trajetória, riscando traços de luz que descreveram arcos e desapareceram no vale.

Depois aconteceu uma explosão maior ainda.

Outro jato passou sobre nós. Mais fogo ao longe. Reduzi a altitude da nave e mudei a rota mais para o sul.

– Ei, quero ver o que está acontecendo lá – reclamou Sanguessuga.

– Eu também, mas não quero ser visto... ou abatido a tiros.

Alguma coisa na nave começou a apitar.

– Nossa! – Sanguessuga se virou e pegou o tablet sub-rede. Uma luz verde piscava em um canto superior. Ele apertou um botão e o ruído parou, a tela acendeu.

– O que acontece? – perguntou Lilly, atordoada. O som da voz dava a impressão de que alguém havia revestido suas cordas vocais com cola e areia.

– Acabamos de entrar em uma zona de sub-rede – explicou Sanguessuga.

Mais estouros e explosões sacudiam a nave.

– E aquilo? – Lilly sentou e olhou para as luzes que riscavam o céu.

– Não sabemos. Segura aí – falei, passando as cordas da vela para Lilly. Olhei para Sanguessuga. – Empresta o tablet um segundo.

– Por quê? – quis saber Sanguessuga, mas me passou o equipamento.

Bati na tela e encontrei o ícone do chat com vídeo.

– Vou chamar meu pai. – Rolei a tela procurando localizações e encontrei o Centro Yellowstone.

– Não, Éden está monitorando o aparelho.

– Não me importo. – Aquele sentimento estava de volta, a necessidade de fazer conexão, e essa podia ser minha única chance. – Não se preocupe, tenho uma ideia.

Encontrei um menu com números do Centro e rolei a tela passando por links de escritórios na usina geotérmica. Não sabia que dia era, mas havia uma boa chance de meu pai estar trabalhando, especialmente quando eu não estava por perto. Além disso, se Éden esperava que eu ligasse para ele, o mais provável era que estivessem monitorando o número de nossa casa.

Toquei em conectar. Uma barrinha horizontal se encheu e esvaziou várias vezes. Uma mensagem apareceu na tela: "Conexão de vídeo indisponível." Depois soou um apito e um clique, como se alguém atendesse a ligação.

– Alô? – A conexão era instável, interrompida por estática e cortes rápidos.

– Oi! – gritei. – Quero falar com Darren Parker!

Quando a conexão estabilizava, dava para ouvir muitos barulhos, rangidos e vibrações, os sons da usina geotérmica. O barulho era horrível, pior do que eu me lembrava dos tempos em que meu pai tinha que fazer plantões noturnos.

– Alô? – repetiu a voz masculina.

– Darren Parker está no turno da noite?

– Da... você di... Como é o... rio... me?

– O nome dele é Darren Parker – falei devagar. – Não... não tenho certeza de que ele trabalha hoje à noite, mas sou filho dele, Owen, e preciso deixar um recado.

– ... arker?

– Darren Parker.

Ouvi vozes, como se a pessoa que falava ao telefone também conversasse com alguém que estava perto.

– ... você acha? Transferir para o... O que digo a ele, então?

– Eles vão nos rastrear – avisou Sanguessuga.

Mas eu tinha que insistir:

– Se ele não está aí, posso deixar um recado?

– Escuta, garoto, isso vai ser duro, m...

De repente o tablet explodiu com uivo agudo e estridente.

– CALMA, NÃO ATIRE! SOMOS UMA TRIBO NÔMADE REGISTRADA. REPITO: POR FAVOR, NÃO ATIRE! NÃO SOMOS RESPONSÁVEIS PELOS SAQUES AO ARMAZÉM CHAYENNE! SOMOS UMA TRIBO NÔMADE REGISTRADA NÚMERO SEIS OITENTA E SETE BRAVO. REPITO...

– Isso é uma transmissão de emergência para todas as frequências – explicou Sanguessuga.

– Olha lá – falou Lilly.

Finalmente conseguíamos ver o vale amplo iluminado pelo tremular das chamas e pelos raios brilhantes de tiros e foguetes. Uma coleção de veículos se movia pelo vale, andava pela estrada de areia em nossa direção. Eu via os ângulos inclinados de carrinhos à vela e uma sequência de vagões elétricos que parecia um trem. Atrás deles, ao norte, um acampamento queimava. Barracas em chamas, tremulando como aves de fogo ao vento. Silhuetas emaranhadas no caos.

Três pesados helicópteros de transporte pairavam, pareciam flutuar no céu noturno como se ele fosse de água. Eles eram alvo do fogo dos Nômades posicionados nas encostas rochosas nas laterais do vale. As aeronaves respondiam com fogo pesado.

– Isso é artilharia da FAC – disse Sanguessuga. – Força de ataque em grande escala.

Uma luz brilhante brotou da encosta da colina e descreveu um arco para o alto, atingindo um dos helicópteros. Uma coluna de fumaça se desprendeu da aeronave, que despencou para o chão do vale.

– REPITO: NÃO SOMOS RESPONSÁVEIS PELOS SAQUES AO ARMAZÉM CHEYENNE. SOMOS UMA TRIBO NÔMADE REGISTRADA. POR FAVOR, NÃO FOMOS NÓS! HÁ FAMÍLIAS DESARMADAS AQUI EMBAIXO! VOCÊS...

Outro drone de guerra zuniu sobre nós e mais foguetes atingiram a encosta. As explosões se sucediam, as chamas se juntavam às anteriores criando uma momentânea tempestade de fogo que se dissolvia em uma parede de fumaça. A transmissão foi cortada por estática. Os ruídos do tiroteio recuaram até um ou outro estalo.

Dirigi a nave mais para o sul. Antes de ultrapassarmos o vale e a batalha ficar para trás, vimos um dos helicópteros voltado para a frente da caravana em fuga, destruindo o primeiro carrinho à vela e aproximando a barriga gorda do chão enquanto os outros veículos paravam.

Depois disso voltamos à escuridão, mas ainda ouvimos os ecos de alguns tiros lá atrás.

Pensei nos Nômades que conhecemos no Éden. Era improvável que Robard, o líder da operação de resgate, fizesse parte desse grupo, mas eram outros como ele, tribos maltrapilhas tentando sobreviver com o mínimo.

– O sinal da sub-rede já era – disse Sanguessuga, que analisava a tela do tablet. – A tribo devia ter uma zona móvel, mas... não tem mais tribo.

– O que é Armazém Cheyenne? – perguntou Lilly.

– Não faço ideia – disse Sanguessuga.

– Acho que é alguma coisa militar – opinei. O som combinava. – Talvez uma base de salto para as tropas de paraquedistas.

– Aqueles selvagens devem ter encontrado alguma coisa muito valiosa para a boa e velha Federação para merecer um ataque daqueles, especialmente tão longe, tão ao sul da fronteira – comentou Sanguessuga.

– Não sei o que eles fizeram – Lilly parou e tossiu violentamente –, mas massacre não foi uma resposta apropriada.

Continuei pilotando a nave, apesar de me sentir tenso. Não era só o massacre. Eu havia perdido a chance de falar com meu pai.

E isso só aumentava a minha preocupação. Eu nem sabia por que isso era tão importante para mim. Eu nunca havia feito contato com ele do acampamento, mas não conseguia me livrar da sensação.

Voamos pela escuridão silenciosa, silêncio que era cortado apenas pela tosse aflita de Lilly.

12

Os primeiros raios de luz pintavam os picos altos e cinzentos das Rochosas à nossa volta. Eu ganhava altitude progressivamente, buscava o ar mais frio e rarefeito. O vento passava entre os picos e descia para os vales. Eu tinha que desviar para um lado e para o outro, enfrentá-los à medida que subia.

Já tinha visto fotos de como aquelas montanhas áridas foram um dia: cercadas de árvores, cobertas com mantos de neve, como geleiras que eram como pingentes em suas gargantas. Agora tudo isso havia desaparecido. Restavam apenas picos pontiagudos e vales de solo pedregoso. A grama amarela e doente encontrava nichos onde brotava. Conforme subíamos, seguindo as artérias dos vales que lembravam veias voltando a um coração, eu via a rede de trilhas de antílopes e até um trio magro e solitário cavando uma encosta árida com os cascos, fazendo um barulho parecido com o de alguém varrendo cacos de vidro.

– Esquerda – disse Sanguessuga. Faltava meia hora para o nascer do sol. Ainda havia algumas estrelas brilhando. Sanguessuga se orientava por uma estrela laranja, que dizia ser Vênus. Ele examinava os próprios desenhos constantemente. – Vamos seguir aquele vale a sudoeste até aquela área. – E apontou um V raso bem no alto. – E depois daquele trecho, acho que temos isso. – Ele examinou o último desenho. – Vamos encontrar um platô, talvez com um cânion. É muito estranho... – acrescentou. – Tenho a sensação de que já estive aqui antes. – Sanguessuga bateu com a caneta no papel. – Mesmo assim, não consigo ver o que tem além disso.

Lilly tossiu baixinho. Uma cama de suor cobria sua testa, e o vermelho intenso em torno das guelras se espalhava pelo pescoço como um colar.

Levei a nave mais para o alto. Havia uma parede rochosa gigantesca na nossa frente, e tive que entrar em uma espiral para subir além dela. Agora voávamos paralelos aos picos mais altos, com o amanhecer azul e largo se aproximando do mundo que ficava cada vez mais distante de nós em todas as direções. O horizonte era infinito ao longe. O ar era fino, delicado. Eu respirava cada vez mais fundo, mas absorvia menos em cada inspiração.

Subimos até a área indicada por Sanguessuga e entramos em um anfiteatro cercado por cinco picos escarpados. A bacia entre eles era rasa e descia até a ponta de baixo de um V.

– Lá – disse Sanguessuga apontando para baixo.

Um pequeno cânion cortava a bacia em zigue-zague, pouco mais que uma rachadura na superfície da terra. Começava como uma depressão em forma de funil, depois seguia a curva da bacia.

Desci com a aeronave.

– Não posso voar ali – respondi. O cânion tinha dez metros de largura, no máximo, e sem a precisão do vórtice eu nunca conseguiria passar por ali.

– Vamos ter que escalar a pé, acho – concordou Sanguessuga.

Baixei a intensidade da chama até quase desligá-la, e nos aproximamos da superfície da rocha. Aterrissei à sombra do pico mais próximo, esperando que ele protegesse Lilly da luz do sol.

– Lilly – chamei em voz baixa. – A gente volta. Continue descansando.

– Nnn. – O som era muito fraco.

Olhei para Sanguessuga. Ele olhava para Lilly com aparente preocupação.

– Eu sei – disse como se lesse meus pensamentos. – Temos que correr.

– Sim.

Sanguessuga pegou o bloco de desenhos, o tablet e a arma de bola de bocha. Eu encaixei a faca de cabo branco em um cordão no short. Descemos da nave e atravessamos uma encosta de pedrinhas soltas que descia até a entrada do cânion. Brotos de plantas brancas e espinhosas se agarravam à rocha aqui e ali como cactos, mas com extremidades de uma substância que parecia feltro. Quando nos aproximamos da fenda na rocha, alguma coisa se moveu perto da beirada, e eu me assustei. Era um lagarto cinza com listras brancas do tamanho da minha mão. Ele parou, olhou para nós, depois seguiu em frente e desapareceu.

Descemos pela parede rochosa para as sombras frescas, usando patamares mais largos como degraus. O cânion se abria no fundo em uma passagem curva e lisa. O ar tinha um cheiro meio doce. Embaixo de algumas saliências de pedra, vi tufos de musgo e duas pequenas explosões de plantas verdes.

Caminhamos uns cem metros. Comecei a ver pinturas nas paredes, petróglifos de silhuetas magras e encurvadas como as encontradas em algumas pedras lá em cima, perto do Centro, desenhadas por americanos nativos. Vi caçadores correndo, animais, formas parecidas com aves, tudo desenhado em tons queimados de vermelho e preto.

As paredes sob as pinturas eram cada vez mais irregulares, e agora havia gravuras entalhadas. As pinturas as cobriam em alguns trechos, como se as gravuras fossem mais antigas. Eram quadrados com símbolos dentro deles e arranjados como ladrilhos. Envelhecidos pelo tempo, tinham os cantos arredondados pelo desgaste ou lascados, e alguns trechos haviam desmoronado, mas eu conseguia ver cobras, pássaros, aranhas e algumas formas que pareciam estrelas e rostos selvagens com olhos compridos e retangulares, nariz torto e boca larga com dentes à mostra. Havia um mamute e um animal que parecia um grande felino sentado em uma tartaruga.

Notei um desenho que chamou minha atenção: parecia uma mulher flutuando sobre o chão. Linhas inclinadas explodiam do centro do peito e sugeriam raios de luz, e eu tive uma estranha certeza de que aquela era minha sereia.

Fizemos uma curva e o espaço se alargou para os lados. O topo do cânion ainda era uma fresta estreita de luz, mas as paredes desciam em arco, formando uma espécie de cúpula subterrânea. À nossa direita, um hemisfério formava um arco sobre um buraco profundo contornado por pedras desbotadas, como se ali houvesse existido água. À esquerda...

– Cara – falou Sanguessuga.

A metade esquerda do espaço era ocupada por uma cidadezinha de pedra. Eram prédios retangulares de dois ou três andares construídos com blocos de um tom de caramelo que se estendiam para o alto até quase tocar o teto. Alguns tinham escadas nas laterais. Todos tinham pequenas janelas. Havia um edifício circular no centro.

– Parece Anasazi – falei, lembrando as fotos que vi nos livros de história do colégio. – Deve ter uns mil anos de idade.

Era tudo tão silencioso, tão quieto, que eu conseguia ouvir uma vibração distante, talvez meu sangue correndo nas veias. E tinha alguma coisa naquele silêncio, naquele espaço, que quase me fazia sentir a presença de alguém ali. Uma presença anciã, como se milhares de anos fossem apenas segundos. Aquilo me dava uma sensação vertiginosa de ser infinito e, ao mesmo tempo, incrivelmente pequeno. Como se eu fosse tudo e nada.

– Que sensação esquisita – cochichou Sanguessuga.

– Também estou sentindo – respondi. – Como é a sua?

– É uma atração... como se houvesse um ímã dentro de mim.

Lembrei que havia sentido a mesma coisa embaixo do Éden.

– Segue essa atração.

Sanguessuga assentiu. Percebi os espasmos nas pernas dele, depois um tremor rápido que subiu pelo tronco e o fez fechar os olhos.

– Também fiquei nervoso – contei, tentando deixá-lo mais à vontade – quando fui atraído para abrir a câmara do crânio.

Sanguessuga me encarou.

– Não estou nervoso – disse. – É o enjoo do Crio. – A voz dele tremeu um pouco. – Droga... – Mais um tremor. Ele fechou as mãos como se tentasse controlar a reação. – Uuuhh! – resmungou, e pulou no lugar duas vezes. – Ok, tudo bem. Vamos em frente. – Ele ainda tremia quando voltou a andar.

Subimos em uma mureta de pedra e atravessamos uma plataforma estreita na frente dos primeiros prédios. Espiei o interior de cômodos escuros por portinhas entreabertas. Havia coisas lá dentro, objetos de cerâmica e estruturas de madeira, tudo bem-arrumado, como se as pessoas pudessem voltar a qualquer momento. Lembrei-me das cidades que havíamos sobrevoado, cenários parecidos com exposições de um museu. Em algum momento, talvez por causa da água, essas pessoas também haviam ido embora, entrado para a história.

Subimos uma série de degraus barulhentos e continuamos por uma plataforma estreita, de costas para a parede e de frente para a caverna.

– Essas pessoas eram muito pequenas, ou eram aranhas – disse Sanguessuga. Chegamos ao edifício de centro redondo. – Vamos entrar.

Não havia portas, por isso eu fiz um apoio com as mãos para ele subir pela lateral e chegar ao telhado.

– É isso – falou ele, e estendeu a mão para me ajudar a subir.

Uma escada passava por uma abertura redonda na escuridão. Descemos e chegamos a um cômodo escuro. Havia uma área enegrecida por fogueiras no centro, e as laterais eram ocupadas por muita cerâmica. Havia cobertores pendurados nas paredes, eram listrados em tons desbotados de vermelho, marrom e branco.

– Acha que somos as primeiras pessoas a passar por aqui desde que os Anasazi foram embora? – perguntou Sanguessuga.

– Parece que sim. – A sensação de vasta distância temporal e, ao mesmo tempo, de um instante imediato aumentou.

Sanguessuga olhava em volta.

– E agora?

Espiei a escuridão.

– Ali. – Apontei o cobertor pendurado na parede atrás de Sanguessuga. Era listrado, mas no centro dele havia uma aplicação hexagonal branca, e no centro dela um bordado com uma versão mais geométrica do símbolo Atlante que eu já tinha visto antes.

– Ei, aquela coisa – apontou Sanguessuga. E se aproximou para afastar o cobertor para o lado. – Ahhh... merda.

Espiei atrás do cobertor e vi incrustado na parede um pequeno vestíbulo triangular com outra coisa que já tinha visto antes: uma depressão em forma de mão e cheia de pequenos espetos brancos.

– Sua vez, navegador – disse a ele.

Ouvi Sanguessuga respirar fundo.

– Espero que desta vez seja o meu – respondeu ele, abrindo e fechando a mão.

– É o seu – afirmei.

Sanguessuga apoiou a mão trêmula na depressão e a empurrou para baixo.

– Aaaiii... – gemeu ele. Depois de alguns segundos pressionando a área e respirando fundo, ele afastou a mão de repente. Vimos gotas de sangue nos espinhos finos. – Não está acontecendo nada.

– Demora uns segundos – falei. O sangue de Sanguessuga escorreu até a base dos espetos e começou a escorrer pelos vincos em torno deles.

A rocha à nossa frente estremeceu com um estrondo abafado. A poeira prejudicou a visibilidade. Com um barulho de atrito entre pedras, uma área da parede começou a subir. Ela deslizou para o teto, e depois o silêncio voltou. Sanguessuga pegou o tablet que levava na cintura e acendeu a tela. Em seguida respirou fundo mais uma vez e passou pela abertura.

A luz fraca revelava uma salinha circular. Havia um pedestal da altura da minha cintura no centro. Eu me perguntava se encontraríamos o crânio de Sanguessuga, mas, em vez disso, o que víamos sobre o pedestal era um instrumento que brilhava como metal.

Sanguessuga se aproximou rapidamente dele.

– Sim – disse ele.

– O que é aquilo? – perguntei, enquanto o seguia. O instrumento brilhava como se fosse novo. Era feito daquele cobre sem manchas de oxidação ou tempo, como o da aeronave. Tinha um cilindro central cercado por quatro arcos de metal como transferidores, dois horizontais e dois verticais. Em cada arco havia um controle deslizante enfeitado com um cristal vermelho.

– É como um sextante, eu acho, mas tem mais coisas. – Sanguessuga segurou o instrumento com cuidado, o girou devagar e, com um estalo, ele se soltou. Ao mesmo tempo soou um estalo mais forte e o pedestal desmoronou em pequenos blocos que se espalharam pelo chão.

No lugar antes ocupado pelo pedestal havia agora uma bola de obsidiana negra, como a que vimos na sala do mapa no Éden. Sanguessuga a tocou. Uma luz vermelha e pálida começou a brilhar dentro da bola como o olho de um demônio se abrindo lentamente. À medida que crescia, ela passou do vermelho ao amarelo, depois ao branco, brilhando o suficiente para nos fazer apertar os olhos. Raios finos de luz começaram a brotar da bola.

Um mapa do céu noturno apareceu nas paredes arredondadas à nossa volta. Havia um contorno preto acompanhando a base da parede. Dava a impressão de que devia representar terra, com montanhas de picos nevados, brancos. A luz crescia e as estrelas se tornavam incontáveis. A Via Láctea formava um arco sobre tudo. A pintura nos colocava em um lugar alto, com o mundo descendo em todas as direções, como se estivéssemos no topo de uma montanha. Todas as estrelas eram brancas, exceto uma dourada e gigantesca e outra, vermelha e menor.

– Marte e Vênus – disse Sanguessuga. – Põe a mão aqui no globo.

Eu coloquei, e o globo continuou iluminado quando ele tirou a mão e pegou o sextante.

– Estes dois ajustes com os cristais servem para orientar para Marte e Vênus. E este aqui é para corrigir o deslocamento polar... – Ele aproximou o sextante do olho, olhou para Vênus, olhou para Marte, depois o girou bem devagar, virando para cima e para baixo. – E este último ajuste é... Sim, é isso, entendi.

– O quê?

– Ele corrige a precessão.

– Corrige o quê?

– A precessão dos equinócios – disse Sanguessuga. – A Terra não é perfeitamente redonda, por isso seu eixo se move ao longo do tempo em torno de um círculo próprio. Leva mais ou menos 26 mil anos para fazer a volta completa, e isso muda a localização exata das estrelas no céu. Este mapa é do tempo Atlante, mais ou menos dez mil anos atrás, por isso tem uma diferença de... – Sanguessuga bateu com o indicador na têmpora – 138 graus. – Ele mexeu nos controles. – Se eu corrigir essa diferença, vou poder ver o céu noturno como eles o viam.

– Nunca ouvi nada mais nerd.

Sanguessuga fez uma careta.

– E isso deve ser um elogio.

– É.

– Segura. – Ele me deu o sextante e tirou o caderno o bloco de anotações do bolso. – Se corrigirmos para o "quando" deste mapa, vamos conseguir calcular o "onde". – E começou a desenhar.

– O onde? – perguntei.

– Esse cenário não foi visto das montanhas onde estamos agora – falou Sanguessuga, olhando em volta. – É de outro lugar. O lugar aonde temos que ir para... Droga!

Vi que ele sacudiu a mão com violência. Sanguessuga fechou os olhos e respirou fundo.

– Você consegue – falei.

– Tsc – resmungou ele, mas não acrescentou nenhum comentário sarcástico. – Seja onde for esse lugar, é para lá que temos que ir. A única coisa que posso dizer agora é que fica no sul. Bem ao sul de onde estamos, pelo menos. Vou desenhar o básico, depois vou fazendo os cálculos no caminho.

– Acha que o Pincel está lá? – perguntei.

– É mais provável que seja o meu crânio. – Sanguessuga desenhou por mais alguns minutos, enquanto eu olhava para o céu antigo. – Pronto. – Ele guardou o bloco no bolso e ficou em pé. Devolvi a ele o instrumento. – Isso é incrível – comentou Sanguessuga, segurando o sextante como se fosse seu brinquedo favorito. – Finalmente. – Nunca o vi tão feliz.

Tirei a mão do globo. Ele começou a se apagar. Em pouco tempo voltamos à escuridão.

Saímos da sala Anasazi e voltamos ao Cânion. Quando eu subia para as plataformas, os pontos brancos e a dor de cabeça voltaram e eu ofeguei na altitude elevada, sentindo o corpo quase sem nenhuma hidratação e muita, muita fome.

Finalmente voltamos à luz do dia. O sol brilhava paralelo à beirada da fenda. Virei a cabeça assim que chegamos ao topo, procurando a nave e esperando descobrir que ela havia sumido de novo. Mas estava lá, ainda na sombra, e eu vi o corpo encolhido de Lilly lá dentro.

Dei um passo em direção à nave e me assustei com um movimento rápido e próximo. Parei e procurei outro lagarto, mas dei uma balançada e minha cabeça latejou. A visão ficou turva.

Ouvi um barulho trazido pelo vento, um som vibrante, baixo. Tentei me fortalecer, vencer a onda de dor de cabeça. O barulho vinha de várias direções, era refletido pelas montanhas, ganhava uma intensidade elétrica.

– Vamos! – gritei para Sanguessuga, e tentei fazer minhas pernas de borracha se mexerem sobre os pedregulhos em cima da rocha.

Mas o chão começou a se mover.

Soldados saltaram de onde esperavam escondidos atrás das pedras. Rifles eram apontados para nós. Eles estavam em todas as partes, vestiam uniforme cinza e usavam máscara branca de proteção contra radiação com lentes cor de âmbar para proteger os olhos. Um grupo se aproximou da nave. Um deles pegou Lilly, que continuava inconsciente, e a puxou por debaixo do braço, enquanto três helicópteros subiam além das montanhas.

– Oi, meninos.

13

— Meus mais sinceros parabéns por terem encontrado este lugar e recuperado o sextante radial. Outro mito ganha vida.

A voz de Paul era transmitida de algum lugar, e eu encontrei a fonte do som. Um dos soldados segurava um alto-falante preto, como se todos ali fossem robôs e Paul os comandasse.

E talvez ele me comandasse também, porque de repente era óbvio que havíamos feito uma grande besteira. Sanguessuga tinha razão. Paul estava observando e esperando, deixando a gente mostrar o caminho e reunir as ferramentas necessárias para chegar a Atlântida. Toda energia, toda a dor, todo o sofrimento e sangue pareciam insignificantes, porque lá estávamos nós naquele momento, capturados.

– Sabe o que me espanta? – perguntou Paul, como se estivéssemos ali para ter uma conversa filosófica. – Os Atlantes souberam desenhar esse instrumento para corrigir a precessão e o deslocamento polar dez mil anos atrás, o que me faz pensar: por quanto tempo eles percorreram o planeta antes disso? As implicações são espantosas, mas teremos muito tempo para falar sobre isso no caminho. Tem comida e água para vocês nos helicópteros, e vamos percorrer uma grande distância.

Achei que dava para ouvir o sorriso na voz dele.

– Vai ter que me matar – resmungou Sanguessuga. Ele deu um passo para trás, começando a voltar à trilha que levava ao cânion e apertando o sextante contra o peito.

Paul suspirou, um sopro sobre o microfone.

– Tudo bem. Podem atirar. Não precisamos dele.

O soldado mais próximo de nós se apoiou em um dos joelhos e apontou o rifle.

– Não! – gritou Sanguessuga, e deu mais um passo para trás, mas tropeçou, talvez por causa do enjoo Crio, da desidratação, ou pelo choque de ouvir Paul desmascarar seu blefe com tanta simplicidade.

Eu queria me mexer, fazer alguma coisa...

Vi um flash.

Mas não era da arma do soldado. Não vinha do chão. Nem dos helicópteros.

Um raio de energia vibrou em meu corpo, queimou meus pés e me cegou. Quando levantei a cabeça, o soldado que apontava a arma para nós e todos os outros perto dele haviam... sumido. Não, não desapareceram, mas estavam caídos no chão, e não sobrava nenhum deles. Toda a área havia sido varrida, transformada em uma área preta de rocha queimada com algumas formas vagamente humanas derretidas sobre ela, e tudo chiava e fumegava.

Todos olhavam em volta, transtornados.

A luz brilhou novamente. Dessa vez eu vi, era um raio branco de energia cortando o céu limpo, como se fosse lançado por um deus furioso. Ele incinerou um grupo de soldados à minha direita. Outro raio atingiu um dos helicópteros e provocou uma explosão espetacular. A aeronave caiu espalhando fragmentos incandescentes em todas as direções.

Os soldados se espalharam, alguns assumiram posições de defesa, apontando o rifle para o céu, mas sem saber em que atirar. Outros corriam. Mais raios de luz desciam do céu. O ar esquentou e foi dominado pelo cheiro de tecido queimado, rocha derretida e carne frita.

Eu só sabia que alguém nos ajudava e que tínhamos que sair dali.

– Vamos! – gritei para Sanguessuga.

Corremos para a nave. Novas ondas de dor explodiram em minha cabeça, e eu comecei a ver estrelas. Os músculos das minhas pernas pareciam ter enrijecido, não eram mais flexíveis. Até a cãibra era mais forte, mais retorcida. Mas eu continuava correndo enquanto raios desciam à terra à nossa volta.

Os dois soldados que seguravam Lilly a soltaram para procurar abrigo. Ela ficou debruçada na beirada da nave. Corri para ir buscá-la e a puxei para dentro.

Mais um raio. Outro.

O som não tinha mais significado. Os dois helicópteros restantes zumbiam como insetos aflitos. Soldados gritavam, alguns dando ordens, outros em pânico. Os que estavam perto das explosões e, embora queimados, sobreviviam gritavam de dor. Rifles eram disparados inutilmente para o céu. E em todos os lugares havia o chiado e o crepitar de terra e carne queimadas.

Ouvi um grunhido e vi um soldado agarrando o braço de Sanguessuga, que gritou, um som gutural e sem palavras. Com a mão livre, ele arremessou a bola de bocha presa na rede. A bola acertou o ombro do soldado. O impacto o desequilibrou e ele soltou Sanguessuga, que se virou e, com expressão selvagem, atacou novamente.

Não vi o impacto porque um braço envolveu meu pescoço. A manga cinza e rasgada colava à pele queimada e coberta de bolhas. Eles iam atirar em Sanguessuga, pensei enquanto levava a mão à faca presa à minha cintura, e iam atirar em mim, e eu tinha que lutar. Segurei a faca. Eram eles ou eu. Senti a descarga de adrenalina. Tive a sensação de ser aprisionado por um manto vermelho e me debati contra o braço do soldado, virei o corpo e enfiei a faca. Senti o impacto, enfrentei a resistência e consegui perfurar roupa e pele. O soldado gritou de dor e eu o empurrei, ainda segurando a faca ensanguentada.

A faca que pingava sangue...

O soldado cambaleou para trás, seu ventre se cobrindo de sangue, e eu tratei de tirar a gente dali. Meio às cegas, girei o controle da chama o máximo. O fogo se alastrou e atingiu um lado da minha mão, mas rangi os dentes para aguentar a dor e continuei me mexendo.

Sanguessuga pulou para dentro da nave segurando o sextante embaixo de um braço, a arma na outra mão. Vi o soldado que o atacou tentando ficar em pé, mas ele segurava o rosto onde o segundo golpe de Sanguessuga o havia acertado, esmagando seu nariz e a cavidade ocular.

A nave começava a subir.

– Mais rápido! – gritou Sanguessuga.

– Estou tentando!

A nave balançou. Mãos cobertas por luvas negras agarraram um dos lados e nos puxaram para baixo. Girei o corpo, segurando a faca, passei a lâmina pelos dedos e senti a vibração do metal contra os ossos. O soldado gritou, as mãos desapareceram e a nave subiu.

Nem pensei, só joguei a faca no chão dentro da nave e tentei calcular os ventos que nos cercavam ali naquela bacia, fazendo um esforço para pensar, apesar da dor de cabeça latejante.

Ganhamos altitude sobre a paisagem de fumaça, destroços fumegantes de helicóptero e corpos queimados, e eu encontrei uma rajada mais forte de vento. Ele soprava para o sul, seguia a trilha do cânion pela fenda estreita. Era nossa melhor opção para sair dali. Seguimos em frente, as velas se encheram de ar e tive a sensação de que meus braços doloridos iam se soltar dos ombros.

– O que está acontecendo? – gemeu Lilly. – Éden?

– Fique abaixada – falei, tentando parecer calmo. – Está tudo bem.

Sanguessuga observava nossa retaguarda.

– Temos que ir mais depressa!

Olhei para trás e vi os dois helicópteros nos seguindo. Outro raio desceu do céu e quase acertou um deles.

Pisei nos pedais, mas foi inútil.

– Estamos na potência máxima!

Sem o vórtice, não conseguiríamos escapar de jeito nenhum.

Dois estalos fortes, depois explosões assustadoras. Levantei a cabeça e vi buracos de bala no termal. Mais estalos metálicos. Balas rasgaram as velas. O vento uivava ao passar pelos buracos, e começamos a perder velocidade.

E de repente entendi que isso era tudo que eles precisavam fazer para pegar a gente.

– Faça alguma coisa! – gritou Sanguessuga.

– Não consigo!

Mais balas atravessavam o termal, e agora o vento rasgava as aberturas, abria espaços maiores. Perdíamos velocidade e altitude.

Com o embalo, ainda poderíamos chegar à fresta... mas caíamos depressa. Eu virava a nave para um lado e para o outro, tentando ser um alvo menos fácil. Mais balas atingiram a lateral da nave, atravessaram a proteção e por pouco não me acertaram e não feriram Lilly. A nave começou a balançar. Os tiros acertaram a quilha. Pendemos para a direita, saí do curso para a fenda e comecei a me aproximar da parede rochosa ao lado dela. Se não caíssemos no fundo da bacia antes, iríamos de encontro à rocha.

– Isso não vai dar certo! – gritei.

Uma voz eletrônica e abafada soou de repente perto de nós. Sanguessuga pegou o computador de sub-rede.

– Aqui é a Helíade Tática. Entrem. Câmbio?

Sanguessuga batia na tela com desespero.

– Sim! Somos nós!

– Owen! – disse uma voz. – Meu nome é Arlo. Estou no centro de comando em Desenna. Temos sua nave no gama visual e estamos prontos para fornecer uma carga de energia para o seu vértice. Não se preocupe, vai ser menor que as explosões que estamos usando para atacar o Éden.

Carga de energia... eu não conseguia acompanhar. Ele estava falando sobre os raios.

– Tudo bem! – gritei. – O que tenho que fazer?

– Temos um bloqueio na sua posição, só preciso que você siga uma linha reta e se mantenha tão firme quanto puder. Avise quando estiver estável, e nós mandaremos a carga.

– Do que ele está falando? – perguntou Sanguessuga.

– Vão mandar mais um raio – respondi. Mas manter a nave em linha reta seria difícil. Estávamos balançando, desviando do curso e perdendo altitude. Os buracos no termal haviam aumentado de tamanho, e as velas danificadas não tinham mais a mesma eficiência.

Estabilizei a nave da melhor maneira possível.

– Pronto! – gritei, mas a nave balançou em seguida, sacudiu de um lado para o outro. – Espera... – Mas senti um formigamento no corpo, e uma luz branca desceu pela frente da nave a estibordo espalhando pedaços de madeira, incendiando partes do casco e nos jogando para baixo com um tranco violento.

— Foi o suficiente? — perguntou Arlo.

— Não, precisamos de outro!

Mais balas rasgavam as velas. Houve uma explosão horrível quando um raio atingiu um dos helicópteros atrás de nós, mas o último se esquivou do ataque e ainda nos perseguia.

Eu me esforçava para manter o curso. Agora era ainda mais difícil. Uma das cordas da vela escorregou da minha mão suada. Meus braços estavam muito cansados.

— Segura aqui! — gritei para Sanguessuga. — Puxa para o lado de lá! — Indiquei a direção com o queixo.

Sanguessuga correu para segurar a corda e, no mesmo instante, mais balas foram disparadas contra nós. Uma das três cordas que seguravam o termal arrebentou. As outras duas esgarçavam. Se perdêssemos o balão, despencaríamos em queda livre para as rochas lá embaixo.

A nave balançou, e Sanguessuga caiu em cima de mim, mas levantou e segurou a corda da vela. Por um momento voamos em linha reta.

— Agora! — gritei.

A energia explodiu do céu. O raio foi conduzido pelo mastro, que se tingiu de vermelho quando a carga desceu por ele. Mas, ao contrário do que aconteceu no Éden, o mastro estava danificado, e a energia descia descontrolada por ele, com raios de luz se desprendendo. Um desses raios atingiu o balão termal, que explodiu em chamas.

Foi então que lembrei o que aconteceria em seguida.

— Cuidado!

Mas a célula de calor de cerâmica explodiu. Ouvi os fragmentos penetrando a madeira e batendo no mastro. Virei a cabeça me preparando para a dor, mas só a senti na perna. Olhei para trás e vi que a célula havia se soltado com a explosão de energia, e os fragmentos voaram para estibordo. Eu e Lilly fomos poupados.

Mas Sanguessuga não teve a mesma sorte. Ele estava encolhido, os braços protegendo a cabeça, a pele salpicada de sangue. E havia soltado a corda da vela, deixando a nave voltar para perto da parede da fenda.

Finalmente ouvi o gemido agudo do vértice de mercúrio voltando à vida, girando com aquele lindo tom de azul. Os pedaços restantes da célula de calor caíam nele e derretiam em espirais de fogo branco.

O balão termal estava em chamas. Cortei a corda chamuscada que ainda segurava os restos flamejantes. Meus dedos queimavam, mas a corda se soltou e se desintegrou. O balão solto ficou pra trás, um demônio de fogo de que o último helicóptero teve que desviar com uma manobra violenta.

Pisei forte nos pedais e o motor de vértice gritou. A força da aceleração me jogou para trás. Mas ainda íamos em direção à parede ao lado da fenda.

– Joga sua corda para mim! – gritei para Sanguessuga, mas ele não se mexia. Enfiei a mão entre o peito e os braços dele, procurando a corda.

A parede se aproximava. Encontrei a corda e a puxei, virando a vela.

Fomos jogados para o outro lado da fenda, o casco passou raspando nas pedras, e saímos da bacia alpina em velocidade alucinante.

Olhei para trás e vi o último helicóptero sair da fenda, mas em seguida ele fez uma curva fechada e voltou à bacia. Outro raio de luz passou bem perto dele e explodiu nos penhascos. Vi o helicóptero se afastar e entendi: como no Éden Oeste, eles não podiam atirar contra a nave com o vórtice funcionando, porque a queda nos mataria. Desativar o balão termal e causar nossa descida lenta em suas garras era a única opção que tinham. E, pelo menos por enquanto, Paul ainda precisava de nós vivos, certo? Sim, ele quase havia atirado em Sanguessuga, mas... Talvez estivesse blefando. De qualquer maneira, aparentemente havíamos escapado outra vez. Por enquanto.

Peguei um cobertor para apagar as chamas no lado danificado da aeronave. Depois voei por um vale amplo, tomando a direção das terras desertas e distantes.

– Parece que escaparam – disse Arlo. O computador estava caído no chão. – Se puder estabelecer um curso para sudeste a sessenta graus, vamos encontrar vocês.

– Espera aí! – Encontro com a Helíade... Era isso que queríamos? Olhei para Sanguessuga. A cabeça dele ainda estava escondida pelos braços. – Ei – chamei, e o sacudi pelo ombro.

Ele resmungou alguma coisa incompreensível e bateu na minha mão. Foi quando vi o sangue em seu antebraço. – Tudo bem aí? – perguntei.

Sanguessuga levantou a cabeça lentamente e afastou as mãos. No meio do sangue, da pele rasgada e os fragmentos de bateria enterrados em seu rosto, talvez um olho ainda estivesse lá, um movimento branco no meio de muito vermelho.

Mas o outro... era só uma massa de sangue e carne.

– Não enxergo nada – murmurou ele. As mãos se moviam no ar. Uma delas pegou o sextante, o segurou com força, mas a ferramenta era inútil para ele naquele estado, e nós éramos inúteis sem nosso Navegador.

A menos que...

– Ok – falei para a tela do computador –, estamos a caminho. Não posso dar uma rota certa, mas vamos para o sudeste, ou perto disso. – E baixei a voz para falar com Sanguessuga: – Fica deitado. Vamos para a Helíade.

– É perigoso... – resmungou ele. – Nós não...

– Eu sei. – Olhei para Lilly desmaiada, infectada. – Mas, se não formos, acabou para nós.

Sanguessuga assentiu sutilmente.

– Que dor. – Ele ficou deitado no chão da nave, os braços por cima dos olhos.

– Estaremos esperando nos deques em Houston – disse Arlo. – O maior aglomerado de luzes no horizonte. Não tem como errar.

– Entendi.

– Deixamos um estoque de água e comida para vocês a cinquenta quilômetros da sua posição atual, mais ou menos. Vocês vão encontrar uma velha estrada interestadual, e lá tem um posto de gasolina com área de descanso. Os suprimentos estão no telhado do posto, no canto noroeste.

– Vamos precisar de atendimento médico – falei.

– Não se preocupe. Estamos mandando uma equipe completa. A Dra. Keller está supervisionando tudo pessoalmente. Estaremos temporariamente em deslocamento. A gente se vê logo, Owen.

A tela do computador apagou.

Tomei a direção sudoeste e pisei no pedal do vórtice até encostá-lo no chão. Saímos da área das montanhas, voltamos ao calor do deserto. A nave sacudiu e vibrava, tropeçava no ar, tão danificada e esgotada quanto nós, mas o vórtice nos devolvia a velocidade, pelo menos.

Meia hora depois, aterrissei no telhado de um empoeirado posto de combustível e serviços e peguei uma grossa bolsa térmica prateada deixada em um canto. Dei um pouco de água para Lilly, tomando cuidado para não machucar seus lábios cortados. Ajudei Sanguessuga a pegar uma garrafa. Quando parei para beber um pouco do líquido gelado, quase sufoquei com sua plenitude, com a vida fresca contida nela.

Havia frutas na bolsa: alguma coisa verde e oval. Limpei o sangue da minha faca. Tentei não lembrar aquela sensação, aquele barulho. Cortei a casca verde, que era resistente como pele, e encontrei embaixo dela uma polpa macia, doce e alaranjada.

– Papaia – resmungou Sanguessuga ao prová-la, segurando o pedaço com uma das mãos enquanto, com a outra, ainda agarrava o sextante. Ele tremia muito. O sangue sobre seus olhos começava a secar, formando crostas escuras e grossas. Talvez ele nunca mais voltasse a enxergar.

Havia bolachas e um pedaço de queijo. Tive que me lembrar de comer devagar. Deixei a fruta assentar no estômago e guardei o resto para mais tarde.

Enquanto comia, olhei por cima do muro em um lado do posto, onde quem havia deixado a bolsa também pendurara um cadáver fresco no telhado, sobre as bombas vazias de combustível. Uma poça de sangue se formava embaixo do corpo. Outro aviso: cuidado com a Helíade.

E era para lá que íamos.

Decolei novamente, atravessei as terras desertas em direção à costa. Voamos em silêncio, com o sol implacável nos castigando. Cobri Lilly e Sanguessuga completamente com os dois cobertores que restavam, depois me escondi como pude dentro do moletom, mas não haveria alívio para a radiação. As queimaduras se intensificavam em meus ombros, na cabeça. As pernas começaram a arder. A dor crescia e se espalhava, e meu corpo estava tão desgastado que nem registrava nada. E durante todo o tempo eu tentava não pensar em nada, só olhar através da névoa de dor, da dor de cabeça e da luz que me cegava, os músculos retorcidos e travados, e voar, voar para o horizonte, torcendo para conseguir chegar lá...

Para uma terra que inspirava histórias de sangue, voluntários dispostos a morrer por uma deusa-sol que era um de nós. Um culto que havia deposto o Éden, que lançava raios de luz do céu e dizimava as forças de Paul...

E foi esse pensamento que, mais tarde, quando o sol finalmente se pôs, dando lugar às estrelas, me fez perceber por que, quanto mais nos aproximávamos de Houston, de segurança e cura para Lilly, da ajuda para Sanguessuga e de um encontro com nosso terceiro companheiro, mais alto e mais forte vibrava o nervosismo dentro de mim.

Antes eu pensava que Paul e Éden se comportavam como deuses. A sereia mandou que eu tivesse cuidado com os deuses e seus horrores. Agora nos colocámos espontaneamente nas garras de outra divindade, a Mãe Benevolente da Helíade-7. As duas provocavam morte, o Éden em laboratórios secretos, a Helíade sob o sol radiante. E as duas nos queriam. Eu sabia muito bem o que Paul planejava para nós, mas nem imaginava o que nos esperava nessa próxima praia sombria.

PARTE II

Fique em paz. Permita-se brilhar sem limites.
Você fez sua parte; agora celebramos sua libertação.
E ao ser libertado por nós, saiba que você será divino,
Divino em sua liberdade, um conquistador do medo.
— Do Rito de Morte da Helíade-7.

14

Estava quase amanhecendo quando vi as luzes de Houston cintilando no horizonte. Passamos a noite toda voando no frio e no silêncio, Sanguessuga e Lilly deitados e quietos, exceto por alguns momentos de vigília, quando todos nós comemos pão e queijo quase sem falar. Lilly só conseguiu dar duas mordidas.

Naquelas últimas horas eu pensei em quase nada, meu cérebro dominado por um torpor semiconsciente, meu corpo tremendo de dor por causa das queimaduras de radiação. Mantinha as estrelas na mesma posição em meu campo de visão, mantinha o azul do vértice em seu brilho máximo, e apenas ia percorrendo quilômetros, me afastando o máximo possível de todos os horrores que vimos nos últimos três dias.

Houston tinha uma pequena rede elétrica funcional. Algumas luzes pálidas brilhavam nos prédios próximos do novo litoral. Onde a energia elétrica não chegava, fogos brilhavam nas janelas dos arranha-céus, nos becos, um mundo de silhuetas e sombras.

O ar havia se tornado úmido, a pele parecia estar sempre molhada, muito mais pegajosa que no Éden. O céu era roxo e cinza, o horizonte exibia camadas de nuvens finas, uma névoa suave como se tudo estivesse borrado. Logo abaixo havia a superfície ondulante do mar, uma versão espelhada do céu. As ondas criavam pequenos flashes de luz. Mais perto, desenhos brancos se formavam na crista das ondas que se erguiam. Elas quebravam na praia, contra pilhas crescentes de destroços, restos das casas e dos prédios que um dia haviam coberto os quilômetros daqui até a costa pré-Ascensão. Eu conseguia ver no oceano resquícios de um ou outro edifício saindo da água. O ar tinha um cheiro azedo, um gosto de sal e um barulho suave de movimento.

Era a primeira vez que eu via o mar. Antes, só havia visto fotos dele. Parecia muito misterioso, encoberto e cheio de segredos, e embora eu me sentisse feliz por vê-lo, por saber que havíamos chegado até aqui, a imagem também provocava dentro de mim um tremor constante, um grande sentimento do desconhecido, algo parecido com o que senti na cidade Anasazi, como se eu fosse um ser muito pequeno em um mundo muito grande.

Havia três grandes deques de madeira na beira d'água. Duas tochas começaram a balançar, formando desenhos semicirculares no deque do meio. Um sinal, o chamado para nos aproximarmos.

Voei sobre o mar e descrevi um arco largo para voltar ao deque. A tocha se movimentava ao lado de uma embarcação alta. Ela era larga e quadrada, e flutuava sobre dois cascos muito estreitos. Sobre cada casco havia um mastro, mas eu não via velhas enroladas. Tripulantes entravam e saíam da embarcação em filas, carregando e descarregando suprimentos.

Pousei no convés com um pequeno solavanco, e finalmente soltei as cordas da vela. Mal conseguia esticar os dedos. Estavam encolhidos, tortos como garras. A palma das mãos tinha listras vermelhas e brancas. Havia bolhas que estouraram, sangraram, secaram e se abriram novamente.

– Onde estamos? – perguntou Sanguessuga em voz baixa, ainda deitado e com um braço por cima dos olhos.

– Nos deques em Houston – respondi. Olhei para Lilly e massageei seu ombro. – Lilly, conseguimos.

Ela não respondeu. Vi os movimentos de sua respiração embaixo do cobertor, única indicação de que ela ainda estava entre nós.

– Bem-vindos – disse o homem que havia acenado para nós com as tochas. Ele as apagou em um balde de metal com água e as deixou no convés. Quando nos aproximamos ele estendeu a mão direita, os dedos abertos. Notei que ele não tinha o dedo mínimo.

– Meu nome é Arlo, sou capitão do *Solara* e assistente da Dra. Keller. Você deve ser Owen.

Ele era alto e esguio, com cabelo negro e encaracolado e traços rígidos. Usava óculos redondos e tinha uma barba curta. A pele era bronzeada, vermelha sobre o nariz. Havia áreas escuras de superexposição no couro cabeludo e na orelha. Ele vestia uma camisa de colarinho que um dia podia ter sido branca, calça jeans e botas que usava desamarradas. Parecia ser alguém que havia passado a juventude em bibliotecas e salas de aula, e a segunda metade da vida trabalhando duro ao ar livre, mas também podia ser alguém que viajava no tempo e vinha de um tempo em que ficar ao ar livre não era perigoso.

– Oi – falei.

– É uma alegria ver que chegaram inteiros – disse Arlo. – Parece que tiveram dias difíceis.

– É verdade – confirmei.

Ele olhou para Lilly e Sanguessuga.

– Vamos cuidar deles. – E falou por cima do ombro: – Serena! Precisamos dos médicos!

– Ok. – Uma mulher jovem de cabelo curto, vestida com túnica e calça comprida correu para o navio pela rampa de embarque.

Fiquei em pé, e senti as pernas doloridas ameaçando ceder.

Arlo segurou meu braço e me ajudou a sair da nave.

– Obrigado.

Ele estendeu a outra mão para pegar nossas bolsas, e vi a tatuagem complexa em sua nuca. Parecia uma ave. O rosto no desenho era quadrado e ameaçador.

A luz nebulosa do amanhecer começava a se refletir nos edifícios. Agora eu via os enfeites pendurados nas laterais de vários prédios, esculturas de metal que pareciam rostos quadrados e raivosos com o nariz torto. Um deles era uma versão gigante da ave na tatuagem de Arlo. Parecia um abutre empoleirado no campanário de uma igreja, as asas retangulares abertas como que para indicar que aquele era o domínio da Helíade.

– É Chaac – falou Arlo ao notar para onde eu olhava. – Nosso espírito guardião.

Serena voltou com mais três pessoas, uma mulher e dois homens. Eles usavam uniforme preto com faixas vermelhas cercando o braço esquerdo.

– O que aconteceu com eles? – perguntou Serena. Dois médicos levantavam Lilly e a transferiam para a maca, o outro ajudava Sanguessuga a levantar.

– Estamos todos desidratados – respondi – e, provavelmente, com intoxicação por radiação. Sanguessuga foi atingido por um estilhaço quando estávamos fugindo. Lilly teve contato com uma neurotoxina curare, mas nós a fizemos vomitar a substância.

– Curare? Deve haver resíduos na corrente sanguínea – disse Serena. Ela me olhou da cabeça aos pés, pegou um tubo metálico e o espremeu sobre a palma para tirar dele um gel azul. – Isto vai ajudar com as queimaduras de radiação. – E aplicou o gel com cuidado. – Podemos fazer mais depois que você descansar.

– Olha o pescoço dela – comentou um dos médicos ao levantar o queixo de Lilly.

– São as guelras – expliquei.

As pessoas no grupo trocaram olhares intrigados.

– Guelras? – repetiu Arlo.

– Sim. Elas fazem parte do que aconteceu com a gente no Éden.

Uma voz soou perto de nós:

– Não se preocupe, Serena. Esperávamos por isso.

Arlo olhou para a rampa de embarque, assumiu uma posição de sentido e gritou:

– Todos Testemunhem a Mãe Benevolente!

Ela era magra, alta, usava um casaco preto e longo sobre um pullover de Radiação-baixa, calça jeans e botas pretas de cano alto. O cabelo era grisalho, com algumas mechas pretas. Seu jeito de andar era vigoroso, mas à primeira vista ela parecia mais alguém da Corporação Éden ou do conselho governamental do Centro do que uma líder religiosa.

– Owen, sou Victoria Keller. – Ela parou na minha frente e estendeu a mão. Eu a apertei e senti a pele fria, a mão magra, mas sem nenhuma fragilidade. – É uma honra conhecê-lo. Ouvi falar muito sobre você.

– Oi – falei. – Obrigado por salvar a gente agora há pouco.

– Era o mínimo que eu podia fazer. – Ela sorriu, me olhou da cabeça aos pés, e lembrei uma coisa que a Dra. Maria disse no Éden, sobre os penhascos: Keller é tão maluca quanto Paul.

Mas ao contrário de Paul, os olhos cor de avelã de Victoria eram vivos e brilhantes. Seu olhar também era intenso, como se ela estivesse olhando para você por um motivo.

– Lamento muito por seu encontro em Gambler's Falls. Aqueles traidores que tentaram entregar vocês para o Éden... – Victoria olhou para o céu e suspirou. – Pensar nisso me aborrece de verdade. Você tem que entender, nós nem imaginávamos o que eles pretendiam fazer.

– Tudo bem – respondi, sem saber o que mais podia dizer.

– Enfim, fico feliz por termos conseguido ajudar ontem. Gostou da nossa versão de tempestade de raios?

– O que era aquilo?

– Energia de Tona – disse ela. – Vem de drones de guerra de grande altitude. Nós os compramos da Corporação do Povo da China. Normalmente eu não contaria isso a ninguém. Meu povo acredita que é parte da magia da Helíade, mas acho que eles conhecem a verdade em algum nível, só gostam mais da minha explicação. Você e eu teremos que conversar com franqueza sobre várias coisas, então, melhor começar agora.

– Não é melhor levá-los para a enfermaria? – perguntou Serena a Victoria.

– Imediatamente – respondeu ela. – Owen, pode embarcar comigo, se quiser. Pronto?

– É claro.

– Vou levar as malas para os quartos – avisou Arlo.

– O que vai acontecer com a nave?

– Vamos colocá-la no convés – disse Victoria. – Arlo, pode cuidar disso?

– É claro.

– Ótimo. Arlo, espalhe a notícia, vamos partir o mais depressa possível. – Ela começou a caminhar para a prancha. – Não esperamos que Paul tente outro ataque imediatamente, mas prefiro continuar em movimento para minimizar nossa exposição.

Segui Victoria para a prancha passando entre duas fileiras de pessoas. À minha esquerda estava a fileira de suprimentos.

Um fluxo constante de itens que eram descarregados da embarcação: caixotes de bananas e vagens, e duas gaiolas com grandes animais pretos que, eu imaginava, eram as antas de que Harvey e Lucinda falaram. À minha direita havia uma fileira de pessoas com bolsas sobre os ombros ou ao lado delas.

O homem da frente da fila se aproximou de uma mesinha onde havia mais duas mulheres de túnica preta. Ele estendeu a mão direita e a colocou na mesa. Notei que ela tremia. Havia um pequeno aparato, um retângulo estreito com uma lâmina grande em cima e uma depressão em forma de semicírculo na base. O homem encaixou o dedo mínimo na depressão.

A médica prendeu uma faixa em torno de seu pulso.

– Pronto? – perguntou ela.

O homem assentiu.

A médica posicionou a mão sobre o aparato e bateu nele com força. Escutei um barulho horrível de alguma coisa sendo espremida. A segunda médica pegou o dedinho amputado com um pano branco, depois cauterizou a ferida com um maçarico pequeno em forma de pistola.

A correia foi removida e a primeira mulher colocou um curativo sobre o toco de dedo.

– Vida iluminada – disse ela com gentileza. O homem assentiu e, com a respiração acelerada, caminhou para a prancha. A próxima pessoa na fila, uma mulher, se aproximou da mesa segurando os próprios cotovelos, evidentemente nervosa.

Meio tonto, virei e vi que Victoria havia parado pouco antes da rampa. Ela nem olhou para a mesa onde os dedinhos eram removidos, mas permanecia atenta à fila de suprimentos.

– É ela? – perguntou.

Uma garota se aproximava. Dois homens a acompanhavam, cada um com uma das mãos sobre seu ombro. Eles assentiram.

– Você é Aralene. – A voz de Victoria soou suave, maternal.

A garota olhava para o espaço. Seus pulsos estavam amarrados com um pano branco. Ela era magra, abatida. Usava um pullover de Radiação-baixa em frangalhos e jeans, e o cabelo estava sujo e embaraçado. Era muito magra, só ossos e ângulos embaixo das roupas. Estava com olheiras e um hematoma roxo em uma bochecha. E nas laterais do tecido branco que prendia seus pulsos eu vi linhas pretas formadas por uma substância seca. Cortes. Ouvi a menina murmurar:

– Eu serei a magia, o divino dentro de mim, eu sou o divino, eu sou...

– Aralene – repetiu Victoria.

A menina parou de falar. Os olhos dela se voltaram lentamente para Victoria.

– Olá, mocinha.

– Oi – respondeu Aralene, tímida.

Victoria tocou a testa dela com dois dedos.

– Não há mais nada a temer – disse ela. – Agora você está com a Helíade. Vamos ajudá-la a viver radiante. Chega de escuridão.

Aralene assentiu como se estivesse se convencendo.

– O divino dentro de mim.

– Sim – respondeu Victoria. – O divino dentro de você. Ainda está aí. Vamos libertá-la.

Aralene sorriu, mas em seguida os cantos da boca caíram e os olhos se encheram de lágrimas. Ela cochichou:

– Obrigada.

Victoria abraçou a menina suja e frágil, afagando a parte de trás de sua cabeça. Depois se afastou e a segurou com os braços esticados.

– Vida iluminada – disse.

Aralene assentiu outra vez.

– Vida iluminada. – Ela virou e seguiu para o deque inferior do navio, retomando a ladainha: – Eu sou a magia, eu tenho o divino dentro de mim...

Victoria olhou para mim.

– É um tempo difícil para se viver no mundo – disse, e começamos a subir pela rampa.

– Ela tentou se matar? – perguntei.

– Sim. – Victoria olhou para Hudson. – Tive que ajudá-la. Comecei minha carreira de psiquiatra na FAC na década de 50. Sabia que antes da Ascensão, nos bons e velhos tempos de prosperidade, o índice de suicídios no mundo era de um em cada dez mil pessoas? E para cada um havia dez tentativas. Pode não parecer muito, até você lembrar que havia dez bilhões de pessoas no mundo. Isso representa mais de um milhão de suicídios, e mais de dez milhões de tentativas. Esse índice diminuiu durante a Ascensão, quando o instinto de sobrevivência das pessoas ganhou força, mas agora, superado o período crítico, ele é muito maior. Alguns estimam que é de uma em cada duas mil pessoas. Mas você sabe tão bem quanto eu: não tem muita gente por aí, tem?

– Não. – Lembrei-me dos suicídios no Centro. Febre da caverna, era esse o nome que dávamos. As pessoas não suportavam a escuridão constante, o medo, a sensação de que as coisas nunca melhorariam.

– É legal você aceitar aquela garota a bordo, cuidar dela – falei.

Victoria olhou para mim.

– Vamos ver o que acha quando chegarmos a Desenna. Mas vou dizer uma coisa: não sei o que pode ter escutado sobre a Helíade-7, mas temos índices de depressão clínica e doença mental bem mais baixos que qualquer outra comunidade nesse planeta em ruínas. Pessoas como a pobre Aralene nos procuram para pedir ajuda. É o mínimo que podemos fazer.

– Ah, acho que as pessoas do Norte falam coisas.

– Eu sei. Cultos de morte, canibalismo, essas coisas. Somos uma sociedade única, é verdade, mas garanto que não somos como esses selvagens nos descrevem. No fim das contas, somos só um povo simples tentando encontrar a melhor maneira de viver levando em conta as circunstâncias que nos cercam. Não é muito diferente de qualquer outra religião, na verdade.

Parecia sensato. Victoria certamente não parecia ser a líder maluca de um culto da morte.

– Os corpos pendurados são bem mórbidos – comentei.

– Sim, e têm que ser. Uma coisa que aprendi é que, apesar de não sermos violentos e assustadores, às vezes é bom dar a impressão de que somos, porque assim garantimos a segurança do nosso povo e dos nossos recursos.

Chegamos ao convés principal. Havia uma parte elevada na popa, onde ficavam os consoles do controle sob um toldo prateado. Victoria me levou à proa, onde nos encostamos em uma grade de metal. Percebi que ela ainda tinha os dois dedinhos.

No deque, Arlo e dois outros homens amarravam cordas à minha nave. Um guindaste começou a levantá-la.

Ouvi um grito agudo, estranho, e vi um pássaro cinza e branco passar voando sobre os deques e sobre as pilhas de destroços na praia, onde ele aterrissou com outros pássaros.

– Aquilo é uma gaivota – disse Victoria. – Um dos pássaros mais fortes da natureza. Nenhum dos nossos comportamentos destrutivos conseguiu destrui-lo.

Olhei para a frente do navio, para o mar cinzento se movendo lentamente. Ficava tonto de olhar para a água, ver uma área tão vasta se mover daquele jeito. Também notei que a água era turva, com uma aparência quase viscosa, a superfície recoberta por camadas de óleo e substâncias químicas. Um oceano contaminado. O céu havia clareado tanto que deduzi que o sol devia estar para nascer, mas o horizonte ainda era uma confusão borrada de azul, cinza e branco. Eu sentia a umidade me envolvendo, me tocando quase como dedos.

– É a primeira vez que vê o amor, não é? – perguntou Victoria.

– Sim – confirmei.

– Antes ele era fonte de lindas poesias – comentou ela –, mas quando ele avançou e engoliu a costa como um monstro avassalador, as pessoas aprenderam a ter medo do mar. Ainda acho que ele é bonito.

– Última chamada para embarcar! – gritou Arlo lá embaixo. Um baque marcou o momento em que minha nave foi deixada no convés atrás de nós.

– Que bela máquina! – disse Victoria. – Só vi os desenhos das aeronaves Atlantes que encontramos no Éden Norte. É incrível. O motor antigravidade é uma tecnologia que nem conseguimos entender, mas é anterior a tudo que conhecemos.

– Esteve em Éden Norte? – perguntei.

– É claro – confirmou Victoria. – Talvez você já saiba que, antes de ser a Mãe Benevolente, fui diretora do Éden Sul. Tinha um cargo equivalente ao de Paul. Porém, quero deixar claro que não tenho mais nenhuma semelhança com ele.

– Que bom – respondi, mas a ideia ainda me deixava nervoso.

– Não se preocupe, Owen. Não trabalho para o Éden. Tudo que eles querem é me derrubar. E, mais importante, não sou como eles. Teremos mais tempo para falar sobre isso quando voltarmos a Desenna, mas quero que saiba que meu principal objetivo é impedir que Paul e seu Projeto Elysium tenham sucesso. Pode ficar tranquilo. – Ela bateu em minhas costas. – Preciso ver como estão os preparativos para a partida. Quando quiser ir para a sua cabine, peça para alguém chamar Arlo.

– Tudo bem. E obrigado mais uma vez.

Victoria sorriu, e seu sorriso parecia sincero, gentil, diferente de tantos sorrisos que vi no rosto de Paul. Ela voltou ao centro do convés chamando várias pessoas no caminho.

Eu a vi se afastar e senti que, por enquanto, estava tudo bem.

O convés ficou movimentado. A tripulação estava em boa forma física e tinha uma aparência durona, com muito cabelo emaranhado, homens barbados e com dreads aqui e ali. Vi queimaduras de sol nas pessoas de pele mais clara, e todos tinham sinais de exposição, inclusive as manchas escuras de lesões por radiação. Alguns tripulantes mais velhos exibiam áreas de calvície. Eles gritavam uns para os outros de um jeito ríspido, muitos usando linguagem vulgar. O povo de Keller não poderia ser mais diferente do de Paul no Éden. E também eram diferentes das pessoas que conheci no Centro. Era como se esses homens não tivessem medo do mundo e as cicatrizes na pele fossem prova dessa coragem.

– Todos à frente! – gritou Arlo na parte de trás do convés.

Senti um retumbar embaixo dos pés e o navio começou a se afastar do deque. Os cascos gêmeos se projetavam como lâminas dentro da água. Nas primeiras centenas de metros, destroços batiam contra as laterais: pedaços de paredes, postes e vigas e lixo, coisas encharcadas e inchadas de água salgada.

Então chegamos ao mar aberto, cuja cor ainda era acinzentada e oleosa, com um cheiro ácido de gasolina queimada. Começamos a balançar sobre as ondas mansas e longas, e eu me agarrei à grade tomado pela sensação de que havia perdido a noção do meu centro de equilíbrio.

O vento morno ardia em meu rosto, e eu lambia os lábios secos com frequência, sentindo o gosto do sal. A camada de nuvens se dissipou, e o sol ganhou força avassaladora no céu branco, brumoso. Eu tinha que apertar os olhos para enxergar. Os prédios de Houston iam ficando para trás, desaparecendo. Lá na frente, o horizonte se estendia vasto e distante. Pensei em minha velha ideia de nadar com Lilly e procurar um canto escondido do oceano, e percebi que nunca havia considerado a imensidão e o vazio do oceano.

– Abrir vela solar! – gritou Arlo.

Uma vela grande e dourada se abriu sobre nós, estendida entre os dois mastros. Um membro da tripulação segurou a ponta triangular e a aproximou de um poste no fundo do convés, prendendo-a de forma a criar um triângulo enorme e brilhante sobre nós. O tecido era meio transparente, tinha fios dourados e oferecia um pouco de proteção contra o sol.

Mas, mesmo com a sombra moderada, o calor era insuportável. Comecei a ficar meio tonto e olhei em volta, procurando Arlo. Um tripulante apontou onde ele estava, na parte de trás do convés.

Ele me fez descer uma escada estreita e andar por um corredor apertado até uma pequena cabine. Havia um beliche e uma rede no espaço triangular. Uma mesinha embaixo da escotilha sustentava uma jarra de água e uma tigela com frutas e bolachas salgadas. Bebi um copo de água e comi algumas bolachas antes de me deitar na cama de baixo do beliche.

O estrado estava quebrado, e afundei no meio do colchão. Dormi quase imediatamente e não sonhei, apenas descansei, finalmente.

15

Acordei no meio do dia. Olhei pela escotilha e vi apenas o mar escuro e oleoso e o céu azul-claro com nuvens altas, esparsas.

Sentia dor em tudo. Braços e ombros estavam travados, as pernas pareciam ser de borracha, mas isso podia ser efeito do movimento constante do mundo à minha volta. Pensei em continuar deitado, mas queria ver como Lilly e Sanguessuga estavam.

Encontrei um banheiro do lado de fora da nossa cabine. Havia ali uma pia com uma torneira de bomba. Lavei as mãos e o rosto. Lavei muita sujeira e flocos escuros de sangue seco. A água fez arder em meu rosto um corte que eu havia esquecido completamente. Tracei a linha fina em direção à orelha. Quando eu havia me cortado? Isso eu lembrava: foi na primeira vez que ligamos o motor de vórtice, durante a fuga do Éden. Devia ter me lembrado disso nas montanhas, assim poderia ter prevenido Sanguessuga a tempo.

Usei o espelho para examinar o corte e as queimaduras de radiação em minha cabeça e nos braços, e uma queimadura nova no ombro esquerdo. A pele enrugava e escurecia, vertia um pus cor-de-rosa nojento, mas o gel azul havia aliviado a dor, pelo menos. No Centro eu tinha medo de me machucar, de me cortar e sofrer hematomas. Agora já perdi as contas de quantos ferimentos consegui.

Voltei ao corredor estreito, fui perguntando às pessoas e encontrei a enfermaria. Era uma sala apertada: um corredor central com camas estreitas encostadas às paredes. Lilly e Sanguessuga estavam deitados um de cada lado do corredor.

– Oi. – Serena se aproximou de mim quando entrei. – Seus amigos estão acomodados. Reidratei os dois e comecei a cuidar das feridas. Sente dor em algum lugar?

– Tenho um machucado no ombro, está doendo. As queimaduras por radiação não doem tanto quanto antes.

– Vou dar uma olhada. – Serena me fez sentar em uma cama. Puxei a camisa com cuidado. – Uma coisa de cada vez – disse ela. – Vou verificar seus sinais vitais. – Ela começou a prender um medidor de pressão em meu braço, e notei que suas unhas eram pintadas de preto. Uma estranha coincidência, uma coisinha, mesmo assim... – A médica no Acampamento Éden também pintava as unhas de preto – falei.

– Maria – falou Serena, e seus olhos se encheram de lágrimas.

– Você a conhece?

– Conheci – contou Serena. – Éramos amigas. Reinamos juntas em Desenna. – Ela suspirou. – Estava lá quando ela morreu?

– Sim. Ela tentava distrair quem estava atrás da gente. E arrumou suprimentos para nós. Não fosse por ela, não teríamos conseguido sair do Éden, provavelmente.

Serena fungou.

– Ela era durona. Foi a primeira a se oferecer para ocupar aquele posto, para uma missão secreta com disfarce. Sabia que era perigoso.

– Ela gostava de mim – contei. Desde que saímos de lá, não tive chance de falar sobre Maria. Meu peito estava apertado. Eu me lembrei dela em cima daquela escada, atirando contra os helicópteros, sendo atingida pelas balas.

– Bem, você foi digno da ajuda que ela deu. É o que está dizendo em Desenna, pelo menos.

– Não tenho certeza disso, mas obrigado.

Serena fez o curativo em meu ombro e espalhou mais gel azul sobre as queimaduras.

– A infecção não é grave, e já vi queimaduras de radiação bem piores. Você não parece sentir os efeitos do envenenamento, vai ficar bem. – Ela sorriu para mim. – Obrigada por me contar sobre Maria. Ela continua viva na sua missão.

Senti o peso dentro de mim. Primeiro os CETs, agora a Dra. Maria... A lista de pessoas que fizeram sacrifícios por nós crescia, o que fazia com que eu me perguntasse se estava à altura disso, se seria capaz de honrar toda essa gente, mas também tornava nossa missão mais importante. Não era só por mim, não era mais por nós três.

Quando Serena se dirigiu à outra parte da sala, me aproximei de Lilly e sentei na beirada da cama. Ela se mexeu. Seu pescoço estava coberto de bandagens que pareciam úmidas. Uma bolsa de fluido pendia da lateral da cama e estava ligada ao braço dela por um tubo. Acho que Lilly estava parecida comigo depois do afogamento. Eles lavaram seu rosto, e apesar das olheiras e do corte no queixo, ela parecia bonita e delicada, limpa e com aquele ar angelical da primeira vez que a vi nos deques do Éden. Senti uma dor dentro de mim.

– Oi – falei, e segurei a mão dela. – Sou eu. Owen.

– Oi – murmurou ela.

– Melhor ela não falar muito – avisou Serena perto de nós.

– Desculpe – pedi. – Continue descansando.

– Estamos flutuando... – falou ela em voz baixa.

– Sim, estamos em um barco a caminho de Desenna.

– Não. – Seus lábios de distenderam num sorriso pálido. – Estamos flutuando em música. Não está ouvindo? – E começou a balançar a cabeça como se ouvisse uma melodia.

– Eu... – Ela não devia estar totalmente acordada. – Descanse – falei.

– É bonita – murmurou Lilly. – Tem alguém cantando uma música bonita... – A expressão sumiu de seu rosto e ela voltou a dormir.

– Ela sempre fala da música. – Virei e vi Sanguessuga se mexendo. Seu olho esquerdo estava coberto por um curativo. O direito estava tão inchado e vermelho que quase desaparecia, mas dava para ver que ainda estava lá, pelo menos. O sextante estava pendurado em um cordão fino em seu pescoço.

Eu me aproximei dele.

– Deve estar confusa, acho. E você?

– Tomei o analgésico que me deram, mas... não sou navegador, se não enxergo.

– Seus olhos vão melhorar – respondi.

– Tsc – protestou Sanguessuga. – Um deles, talvez. Algum dia. Engraçado, se ainda estivéssemos no Éden eu poderia conseguir um substituto biônico, como Paul. E isso aconteceu justamente porque saímos de lá. Que porcaria de sorte.

– Qi-An – falei.

– Quê?

– É o conceito Atlante do equilíbrio de todas as coisas. Tem alguma coisa a ver com harmonia.

Sanguessuga deu de ombros.

– Legal. Bom, não sei se isso é Qi ou An, ou se é outra coisa, mas não estou gostando. – E olhou para uma escotilha. – Sabe o que vai acontecer quando a gente chegar a Desenna?

– Não. Conversei um pouco com Keller. Ela parece legal. Acho que estamos seguros, por enquanto.

– Fico pensando quando esse momento vai passar... – E se reclinou, fechando os olhos. Quando se mexeu, o rosto ficou tenso e ele fechou as mãos outra vez. Depois, como se sentisse que era observado, disse: – É, isso também vai piorar.

– Desculpe – pedi. – Descanse.

– É claro – concordou Sanguessuga.

Saí da enfermaria pensando em subir ao convés, mas cambaleei quando atravessava o corredor. O sobe e desce da água me deixava tonto de novo. Além disso, eu ainda estava exausto, por isso voltei à nossa cabine e deitei. Tentei comer alguns pedaços de banana, mas fiquei enjoado. Dormi de novo.

Dessa vez eu tive alguns sonhos.

Eles começaram na enfermaria no *Solara*, onde eu era um paciente. Lilly me visitava lá. Ela e meu pai estavam juntos, de mãos dadas, olhando para mim com cara de medo.

– O que é? – perguntei a eles. Olhei para baixo e vi que meus braços tinham listras pretas, como se alguém houvesse desenhado minhas veias na pele. Mas a pele era cinzenta, transparente, com as veias pretas embaixo dela. Eu sabia o que era aquilo: sangue preto, pandemia quatro, como Harvey, Lucinda e Sanguessuga haviam falado. No sonho eu também sabia que as veias pretas eram o último estágio. Terminal.

– Agora só podemos ver o que tem aqui. – Paul apareceu do outro lado da cama sem os óculos, os olhos estalando com um ruído eletrônico. Ele estendeu a mão coberta por uma luva azul e enterrou os dedos em minha carne. Não doía. Vi a mão inteira desaparecer dentro do meu peito, e percebi que ele tentava alcançar a cicatriz da minha hérnia, afundando o braço até o cotovelo. O volume da mão se movia dentro da minha barriga, estendia a pele. Eu sentia os dedos se mexendo entre meus órgãos.

Mas havia outra sensação. No rosto. Alguma coisa antiga, uma leve pressão e um movimento. Um polegar descrevendo um círculo no sentido horário sobre a pele da bochecha.

– Vai ficar tudo bem, amor.

Virei e vi minha mãe sentada ao meu lado, perto de mim. Seus olhos lacrimejavam, a boca tremia, e eu conhecia a sensação daquele círculo, conhecia muito bem.

– Vamos ficar juntos de novo – disse ela. – Prometo.

– Aqui. – A voz de Paul subiu, passou entre meus pulmões, e eu senti a dor quando ele segurou meu coração. – Só preciso desligar esta coisa.

E apertou, interrompendo os batimentos.

Pulei da cama. Toquei a cicatriz da hérnia e senti a região latejar. Era como se o sonho houvesse acordado a velha lesão. Eu respirava com dificuldade e meu corpo estava coberto de suor. Minhas mãos tremiam. Que sonhos eram esses?

Bebi um pouco de água. Lá fora, o céu havia esfriado e o mar se tingia de roxo e prata. Ver meu pai no sonho me fez pensar em entrar em contato com ele. Talvez houvesse um link gama no navio. Subi ao convés para perguntar e ver onde estávamos.

O sol se punha, um oval alaranjado mergulhando nos véus de névoa cinza. Raios cor de laranja, cor-de-rosa e roxos eram refletidos pelas nuvens finas e devolvidos à superfície da água gelatinosa.

Vi Arlo e dois outros homens perto da minha nave. Um deles estava lá dentro, iluminado pelo brilho do motor de vértice. Ele usava máscara de soldador e segurava perto da parte danificada do mastro. Eu me aproximei.

– Ei, Owen – disse Arlo. – Estamos avaliando os danos na sua nave. Podemos remendar as velas, é fácil, e parece que o principal problema é a inclinação do mastro. Estamos arrumando tudo, você vai poder voar hoje à noite.

– Hoje à noite?

– Victoria vai explicar. Na verdade, tenho que levar você até ela.

Deixamos os dois homens trabalhando no mastro e fomos até a parte de trás do convés, onde Victoria estava parada diante do console de navegação. A vela solar havia sido estendida, e nós nos movíamos lentamente.

– Oi, Owen – disse ela. – Descansou um pouco?

– Sim – respondi, embora me sentisse mais desarticulado que descansado. – Por acaso você tem um link gama? Queria falar com meu pai.

– Isso seria ótimo. – Victoria suspirou. – Mas não temos. A Federação do Norte bloqueia nosso acesso à rede gama. É uma das várias sanções contra mim. Em raras ocasiões conseguimos hackear a rede, mas é muito raro. Na maior parte do tempo o bloqueio é uma bênção para o povo de Desenna, mas, nesse caso, lamento que não possa fazer contato. Eu aviso se conseguirmos estabelecer uma conexão. – E apontou para a frente. – Por enquanto, vai gostar de ver aquilo.

Agora havia terra ao longe, uma linha costeira preta e ondulante além do mar roxo.

– Vai devagar – disse Victoria.

O homem ao lado dela observava um monitor e deslizava barrinhas para cima e para baixo na tela. Ele via na tela a topografia embaixo da superfície. A maioria dos contornos era de linhas escuras e confusas, mas nos aproximávamos de uma série de formas geométricas uniformes.

– A maré está baixa – explicou Victoria –, por isso decidi trazer vocês pela rota turística. – Ela apontou para estibordo. – Lá estão os templos dos reis antigos.

O sol havia mergulhado na camada de nuvens, e o mundo esfriava e se tingia de tons de lilás e azul. Estudei a paisagem e vi uma grande forma retangular brotando da água. Era fina e longa, cinquenta metros, talvez, com extremidades curvas. Faltavam pedaços nela. A maior parte era cinza, mas alguns pontos ainda tinham um leve tom dourado desbotado.

– Tem que ver o outro lado para entender minha piada – falou Victoria.

Passamos pela estrutura e eu olhei para trás. Enormes letras de metal em fonte manuscrita cobriam a parede anunciando:

Hotel Maia Gold

– É um hotel de praia? – perguntei.

– Sim, esta parte do Yucatán era chamada de Riviera Maia, lugares para o lazer de gente com muito tempo e dinheiro, mas pouco espírito. Eles vinham aqui para engordar e se alienar da própria vida. Eram os reis do mundo antes da Ascensão. Muitos de seus descendentes provavelmente vivem no Éden agora.

Perto do porto, as ondas batiam contra o esqueleto de outro edifício com alguns restos de um telhado de grama.

– Antes de esta área afundar, os furacões que a atingiam eram impressionantes. Tempestades furiosas. Agora temos uma estação de monções com chuvas fortes e demoradas que provocam terríveis inundações. Toda aquela chuva que sumiu das partes secas do mundo têm que cair em algum lugar, acho. E aí vem o melhor.

Uma estrutura surgia da névoa e das sombras. Tinha forma de pirâmide e era feita de gigantescos blocos de pedra. No alto havia um grande luminoso, letras presas a grades de metal. No passado deviam ficar iluminadas, mas agora eram cobertas de décadas de excrementos de pássaros:

O Atlante

– Pelo que li – contou Victoria –, aquele prédio era totalmente decorado com o tema da cidade submersa, com quartos cujas janelas davam para aquários, um escandaloso show de sereia, um shopping cuja via de acesso passava pela piscina, esse tipo de coisa. Extravagâncias dessa natureza.

Passamos por mais alguns prédios submersos. Alguns serviam de área de contenção para os destroços. Vi uma casa inteira enganchada no topo de um edifício.

– Ao sul – contou Victoria – tem um prédio que era um parque de ecoturismo. As pessoas iam lá para ver animais e fazer tirolesa. Imagina só: as mesmas pessoas que se afogaram na Grande Ascensão tinham "ecoturismo". Adoro pensar que havia gente que voava milhares de quilômetros a bordo de aviões para fazer tirolesa e deslizar sobre animais sedados e enjaulados, depois comiam hambúrgueres e tomavam sorvete de casquinha, e se sentiam o máximo por fazerem alguma coisa a favor da ecologia.

Comecei a ver ao longe uma coroa nebulosa de luz na escuridão que se aproximava.

– Nossa casa – anunciou Victoria. – Hora de mostrar a cara ao povo. Fique preparado, Owen, você vai ficar meio chocado quando chegarmos hoje à noite. Vou promover um pequeno espetáculo, e espero que participem dele.

– O que quer que a gente faça? – perguntei.

– Bom, é simples, na verdade. Depois que atracarmos, quero que voe com os outros Atlantes para Desenna e me encontre em cima do templo de Tulana. Sei que deve parecer um pouco estranho, mas combina com a mitologia que criamos sobre seu retorno.

– Eu sei, os Épicos dos Três. Seu... aquelas pessoas em Gambler's Falls me contaram.

– Sei. – Uma expressão de desgosto passou pelo rosto de Victoria. – Bom, isso foi o que eles disseram. Meu povo espera sua volta. Esse é um grande momento para eles, mas não quero que pense que o trouxe até aqui para usá-lo como um fantoche.

Eu não havia pensado nisso, mas agora que ela mencionava... Seria isso?

– Quero dizer, estou – confirmou Victoria –, de certa forma. Acho que estou dizendo que aqui começamos nosso relacionamento franco. Quero ajudar você e quero sua ajuda. Vai fazer mais sentido depois desta noite, mas esse primeiro passo é um voto de confiança que você vai me dar. Concorda com isso, e depois continuamos a partir daqui?

Eu não sabia o que pensar. Por um lado, não queria ser peão no jogo de ninguém. A experiência com Paul havia sido o suficiente pelo resto da vida. E eu lembrava o que a sereia dissera na câmara do crânio, sobre ver os dois lados de alguma coisa. E a pergunta persistia: o que Victoria faria se eu dissesse não?

Por outro lado, o jeito como Victoria colocava a situação dava a impressão de que, embora não fosse uma experiência inofensiva, valia a pena tentar. Ela nos salvou de Paul. Eu devia isso a ela.

– Tudo bem – falei.

– Ótimo. – Victoria sorriu. – Arlo vai falar com você quando atracarmos. E nos encontramos em meia hora, mais ou menos. Não se esqueça de manter a mente aberta para o que vai ver. O povo de Desenna é um povo livre. Não forço nada disso. Pode fazer o que estou pedindo?

– É claro. – Queria saber a que ela se referia.

Victoria olhou para Arlo.

– Tome providências para que "ela" cumpra as ordens que recebeu.

– Certo – respondeu ele.

Victoria desceu a escada para o fundo do navio.

As luzes diante de nós haviam crescido. Eu conseguia ver um trecho de terra, uma elevação de rocha preta vulcânica com grandes edifícios sobre ela. Os prédios eram iluminados por alguns holofotes amarelos e tochas que contornavam os telhados. Os que eu conseguia ver pareciam ter sido esculpidos em grandes blocos de pedra, e no centro havia uma pirâmide gigantesca com um telhado plano. Havia tochas acesas em torno do perímetro, em vez das fantasmagóricas luzes brancas, mas era impossível negar a semelhança do cenário com aquele das minhas visões com Lük, onde os Três originais haviam sido sacrificados.

Além dessa área havia um brilho generalizado de luz e névoa, como se a cidade fosse maior do que podíamos ver.

Chegamos aos deques na base do penhasco. Tripulantes corriam de um lado para o outro, jogando e amarrando cordas. Uma escada desenhava um zigue-zague no penhasco negro até as construções de pedra empoleiradas em seu cume e uma varanda ampla onde uma fileira de silhuetas assistia à nossa chegada.

– Tudo bem – disse Arlo. – Vamos para a sua nave.

Serena chegou junto comigo e guiando Sanguessuga pelo braço.

– Aqui estamos – disse ela a ele.

– Oi – cumprimentei Sanguessuga.

Ele olhou na direção da minha voz.

– Soube que concordou com a nossa participação no grande espetáculo. – Sanguessuga não parecia feliz com isso.

– É. – Olhei em volta. – Não sei se temos escolha, mas acho que não tem problema. Cadê a Lilly?

– Ah, a Sra. Keller disse que eram só vocês dois – explicou Serena. – Ela não está... hum...

– Entendi – falei. – É, ela não está.

– Todos prontos? – Victoria estava de volta, e agora ela usava o cabelo preso num coque apertado no topo da cabeça. Havia trocado a túnica preta e as botas por um longo manto vermelho com acabamento dourado, e era cercada por um *entourage* de ajudantes vestidos com mantos brancos e simples.

– Sim – disse Arlo antes de olhar para o relógio. – Só estamos esperando...

– Cheguei!

Houve uma comoção na rampa de embarque. Alguém subia, e a tripulação saía prontamente do caminho.

Uma garota surgiu no deque. Era mais alta que eu e vestia um longo e brilhante casaco prateado que ia até as botas pretas. O cabelo loiro estava preso em uma trança que descia por cima de um ombro. Ela se aproximou de nós com uma atitude confiante, como se acreditasse dominar qualquer espaço aonde chegasse.

– Oi, pessoal – falou ela, e parou ao nosso lado. Estava mascando chiclete. – E aí?

Nenhum de nós respondeu.

A menina continuou mastigando o chiclete. Seus olhos verdes subiam e desciam, nos estudando.

– Mãe, tem certeza de que são eles?

Victoria parou no alto da rampa.

– Tenho, e eles já passaram por mais coisa do que você enfrentou em sua vida inteira, por isso sugiro que dê um tempo. – Victoria olhou para mim. – Essa é Helíade. E não sou mãe dela de verdade. – Ela virou e deixou o navio.

– Você é a Mãe de Todo Mundo! – falou Helíade. – A Benevolente e Sábia! A que Escolhe Destinos! A voz que conduz ao esquecimento! – Helíade olhou para nós e riu. – Ela odeia quando colo nela desse jeito. Então... – E se aproximou da nave. – Como eu faço essa coisa voar?

– Voar? – Não entendi. Por um lado, sentia que já odiava essa garota, o jeito como era cheia de confiança e se sentia no direito de falar o que quisesse. Podia sentir a vibração que vinha dela: era quase uma provocação, um desafio que exigia resposta no mesmo nível. Era o tipo de personalidade que sempre me deixava sem ação, e odiava sentir que estava voltando a ser o antigo eu, inseguro sobre o que fazer ou dizer.

Ao mesmo tempo, havia nela alguma coisa animadora que eu não podia negar. O jeito como ela dominava meus sentidos, o cheiro de flores e fruta cítrica, sua silhueta e os movimentos instantaneamente magnéticos, e eu nem queria notar essas coisas, mas era como se os técnicos estivessem de volta, manipulando interruptores e anunciando: "Mulher atraente se aproximando em alta velocidade!"

Mais estranho ainda era a sensação de que eu já a conhecia. Era evidente que não, mas eu me sentia como se já a houvesse visto antes, e era um sentimento antigo, como se a conhecesse do passado, o passado Atlante. O efeito de tudo isso era que eu estava paralisado.

– Ei, vai com calma, princesa – disse Sanguessuga, que não enfrentava o mesmo problema, felizmente. Talvez por não poder vê-la. – Owen pilota. – Queria saber como Sanguessuga conseguia fazer isso, voltar àquela atitude arrogante e indiferente que mantinha no acampamento. Em especial agora, quando eu o conhecia melhor e sabia que tipo de vida tivera, conhecia seus sentimentos. Queria ser mais parecido com ele em momentos como este.

Helíade olhou para mim.

– Ah, é?

– Ele é um piloto incrível, na verdade – falou Arlo. – Escapou das forças do Éden duas vezes.

Fiquei surpreso ao ver essa avaliação da minha competência como piloto. Não me considerava incrível. Sobrevivente, talvez.

Mas dava para aceitar o elogio, e Helíade parecia impressionada.

– Bom, tudo bem, você pilota, então. – Ela olhou para Sanguessuga. – E você faz o quê? Comentários desagradáveis?

– Sou navegador – respondeu Sanguessuga, e depois tocou o curativo no olho. – Bom, eu era.

Ela o examinou da cabeça aos pés.

– E eles o chamam de Sanguessuga. Nem vou perguntar. E podem me chamar de Sete. Helíade é um nome ridículo. Tem alguma coisa a ver com gregos antigos, sei lá. Na boa, minha mãe escolheu a dedo toda essa coisa de religião.

– Sete... – preveniu-a Arlo.

– Que é? – Helíade revirou os olhos. – Para, Arlo, você sabe que é verdade. Helíade é filha do deus Hélio – disse para mim e Sanguessuga. – Sete é referência ao sétimo sol da história asteca; Tulana é só uma colagem de Tollán, também centro-americano, e Chaac era um deus da chuva, mas ela decidiu que um abutre seria melhor. E Desenna... Sabe de onde ela tirou essa pérola? – Helíade não esperou a resposta: – Era o nome de uma parceira que ela teve no laboratório da faculdade, é sério.

Ficamos todos quietos, ouvindo, e Sete sorriu satisfeita.

– E aqui estamos. – Ela apontou cada um de nós. – Owen, o Aeronauta, Sanguessuga, o Navegador, e eu, a mística porta-voz da alma Atlante, ou alguma coisa assim. – Helíade estica o braço com a palma da mão voltada para baixo. – Toca aqui, time! – E segurou a mão de Sanguessuga, colocando-a sobre a dela.

Eu nem havia tocado a mão deles quando Sete continuou:

– No três... um, dois... Atlantes! – E jogou a mão para cima, depois olhou para mim e riu. – Nunca espero o três. Essa foi horrível.
– É, foi – consegui falar.
Pelo canto do olho, notei um movimento e vi dois médicos se aproximando da rampa de embarque com Lilly na maca.
– Espera. – E fui atrás deles.
– Quem é aquela? – perguntou Sete.
– Lilly – respondi, sem olhar para trás. Alcancei a maca e segurei a mão de Lilly. – Ei.
Ela entreabriu os olhos com esforço.
– Como vai? – perguntei.
– Ouvindo a música... – A voz dela era baixa e fraca. – Você... – Ela hesitou. Cheguei mais perto. – Já ouviu?
– Não – respondi.
– É a mais linda das músicas – falou ela, depois sorriu e ficou em silêncio.
Toquei seu rosto, o que ela nem pareceu notar, e fiquei muito preocupado. Também me sentia culpado por ter deixado Sete mexer tanto comigo.
– Falo com você mais tarde – falei. Lilly não respondeu, estava cantarolando baixinho. Eles a levaram pela rampa, e eu voltei para perto da nave.
– Qual é? – perguntou Sete, olhando para trás de mim. – Só existem três Atlantes. – O sorriso dela perdeu um pouco do brilho.
– Ela é namorada de Owen – disse Sanguessuga.
Sete se animou:
– Cara! Owen, o herói que salva a mocinha e a leva em sua aventura.
– Não, não é bem assim... – falei.
– Ela é gata. – Sete levantou a mão. – Toca aqui. Menino voador descolou uma gata.
Comecei a levantar a mão, mas parei.
– Ela é parte da equipe – disse.
Sete levantou as sobrancelhas.
– Bom, acho que posso ficar com ciúme.

– Vomitei – disse Sanguessuga, e fingiu limpar a boca. – Eu vomitei? Não enxergo.

– Vocês têm que ir – interveio Arlo. – Owen, você vai voar ligeiramente a leste e manter a posição. Vai ouvir uma buzina, e quando isso acontecer, você aparece sobre a cidade. Siga para Tulana. É a grande pirâmide, não tem como não ver. Aterrisse à esquerda de onde a Mãe Benevolente estará sentada.

– Entendi.

– Hora do show – disse Sete. Ela abriu o zíper do casaco e começou a tirá-lo, revelando os ombros nus e um vestido branco e leve. Pescoço e pulsos eram enfeitados por colar e pulseiras dourados. Ela tirou do bolso do casaco uma tiara brilhante e a colocou na cabeça, depois jogou o casaco na nave e fez uma reverência rápida. – Gostou? Uniforme oficial: Filha do Sol. – E olhou para mim. – Tudo bem, pode avaliar.

– Bonito – respondi, mantendo os olhos fixos nos dela. E não era fácil resistir ao impulso...

– Ai. – Sete suspirou – Quanto cavalheirismo!

– Eu posso avaliar – disse Sanguessuga –, mas vou ter que usar as mãos.

– Hum, acho que comecei a entender seu apelido. – Sete entrou na nave.

Sanguessuga tateou a lateral e embarcou depois dela.

– Está usando aquela roupa com que saiu do mar? – perguntou ele.

Mais uma vez, eu me surpreendi ao ver como ele conseguia sustentar a brincadeira.

– Ela mesma – respondeu Sete, rindo. – Mas quando está molhada ela fica transparente.

– Muito obrigado – disse Sanguessuga.

Entrei na nave, mas Sete estava sentada onde eu tinha que ficar.

– Esse lugar é meu – resmunguei –, do piloto. – Cada frase que eu falava soava lenta, idiota.

Ela se afastou apenas o suficiente para eu ter onde sentar, e meu quadril encostou no dela. Segurei as cordas das velas e notei que ela me observava com aqueles olhos brilhantes e um sorriso largo.

– Você me ensina? Por favor? Sou boa com nós e cordas.

– Talvez mais tarde – respondi, tentando pensar em como ia lidar com isso.

– Tudo bem – falou Arlo, e desceu da nave. – A gente assiste à sua entrada.

De repente a voz de Sete soou muito perto da minha orelha:

– Relaxa, garoto voador. – Seu tom havia mudado. – Isso é só uma encenação: tem que ver a princesa dançar e flertar.

– Ah. isso é... Bom, é bom saber.

– Agora você também faz parte da realeza – continuou ela com tom conspirador –, e vai saber as duas primeiras regras. Primeira, se o povo quer que você seja um deus, seja, mesmo se sentindo um impostor. Segunda, se a primeira regra faz você sentir que pode morrer, lembre: poderia ser pior. Você poderia ser como todo mundo. Então, entra no jogo, todo mundo fica feliz e a gente sai daqui. – Ela se afastou e voltou a ser deusa. – Uhul! – gritou. – Vamos nessa!

Liguei o vórtice e decolei do barco, ganhei altura sobre a água negra. O céu estava quase escuro, salpicado por estrelas cujo brilho era ofuscado pelo ar úmido.

Subi até estarmos no mesmo nível dos prédios sobre o penhasco e comecei a me deslocar para o leste, como Arlo dissera. Subimos mais, e eu vi a grade de ruas na cidade. Ocupei a posição combinada e fiquei ali pairando. O barulho de uma multidão ecoava ao longe.

– Isso é legal – disse Sete. A voz era quase um sussurro, sua versão real, não a deusa.

Finalmente senti que podia responder sem ficar na defensiva:

– É, voar é uma das partes legais.

Na nossa frente havia um muro alto sobre penhascos, e vi o contorno irregular das construções do outro lado. Lá embaixo, ondas quebravam nas pedras. Havia tochas dispostas na muralha em intervalos regulares. E no espaço entre elas, corpos pendurados no muro. No escuro eu não conseguia determinar há quanto tempo estavam ali, só que havia muitos espalhados para os dois lados. Era uma cidade grande. Uma grande muralha. Quantos corpos?

E me perguntei de novo se queríamos realmente continuar. Estávamos na praia escura da Helíade-7, nossa última chance de virar e fugir...

Mas para onde iríamos? Precisávamos dos olhos de Sanguessuga. Além do mais, Lilly já estava lá dentro.

Ouvi uma buzinada baixa, longa.

– Prontos? – perguntei.

– É claro que sim – respondeu Sete.

– Tanto faz – disse Sanguessuga. – Vai me contando como é.

Pisei nos pedais, e nós voamos para Desenna.

16

Voamos por cima da muralha e de uma avenida larga de edifícios de concreto com telhados de lata. A rua estava escura. Toda a iluminação estava mais para a frente.

Os homens de Arlo haviam feito um bom trabalho no mastro. A nave ainda era um pouco instável por causa do dano na quilha e no casco, mas estava melhor que antes.

Vi a pirâmide central, uma imponente estrutura que se erguia sobre todas as outras, muito parecida com aquela do meu sonho com o crânio. Victoria devia ter recriado a pirâmide a partir do que viu no Éden Norte. Escadas largas subiam pela frente e pelas laterais da pirâmide. A parte de trás se fundia com um prédio quadrado e alto que encostava no penhasco. Na frente da pirâmide havia uma praça ampla ocupada por milhares de pessoas e cercada por edifícios esculpidos, alguns com colunas e pináculos. Era como se houvéssemos voado no tempo para um passado distante, exceto pelas telas gigantescas instaladas nas laterais da pirâmide, por onde a multidão via o que acontecia no alto.

Os prédios abaixo de nós agora tinham poucos andares de altura, com varandas de madeira anexadas às paredes. Havia pessoas nos telhados, todas olhando para nós, apontando e acenando.

– Regra número três – disse Sete, se debruçando para fora da nave –, sempre acene para os seguidores. Eles se encantam.

– Quantas regras são? – perguntou Sanguessuga.

– Não sei – respondeu Sete. – Eu vou inventando de acordo com a necessidade.

Estávamos perto da praça principal, que tinha centenas de metros de largura, e quando a sobrevoamos aconteceu uma explosão de sons, aplausos enlouquecidos, a multidão levantando as mãos, balançando cartazes, tocando cornetas e buzinas. O barulho e a imagem me causaram arrepios.

– Tem tanta gente quanto eu acho que tem? – perguntou Sanguessuga.

– Sim – confirmei em voz baixa.

– Uhul! – gritou, acenando entusiasmada. – Isto é uma entrada! Amem a gente, seus puxa-sacos!

A multidão era uma explosão de movimento e som. À medida que chegávamos mais perto, deu para ouvir que alguém contava uma história. Uma voz amplificada retumbava pela praça. Parecia falar espanhol, mas não era. Luzes coloridas tremulavam e mudavam em torno da base da pirâmide. Uma formava o contorno de uma enorme serpente, outra o de uma tartaruga. Elas se moviam como ondas cobrindo as pedras. Imagens de fogo e tempestades se sucediam nas telas de vídeo.

Houve uma rajada de vento quente e um chiado de eletricidade. Uma lança de luz desceu e atingiu um poste de metal na parte de trás do topo da pirâmide. Explosões de chamas acenderam o topo dos prédios em volta da praça, seguindo o raio.

O vento sacudiu a nave, e fiz um esforço para voltar à nossa rota.

– O que foi aquilo?

– Parte do espetáculo – respondeu Sete com tom entediado. – É o mito da criação da Helíade-Sete. Como as águas se ergueram e a terra foi jogada na escuridão, a Grande Ascensão, e o povo foi enganado e foi viver uma falsa realidade dentro de um domo. Mas a Mãe Benevolente ouviu as vozes dos antigos e conduziu todo mundo para a luz. E quando isso aconteceu, a deusa Helíade foi mandada à Terra por Tona como uma demonstração de fé. E ela, ou eu, foi o anúncio de que os Três voltariam para trazer harmonia à humanidade.

– Ah, somos parte da grande história – comentou Sanguessuga.

– Somos as estrelas – corrigiu Sete –, mas não esqueça: Victoria é a diretora.

Levei a nave para cima da pirâmide, depois descrevi um arco largo sobrevoando a multidão, provocando um furor no povo, antes de finalmente aterrissar sobre o topo plano da pirâmide, entre tochas brilhantes.

Na nossa frente Victoria ocupava uma enorme cadeira dourada entre seus assistentes, mas ela não era mais Victoria. Além de usar o manto vermelho, seu rosto havia sido pintado com um vibrante verde-jade. As mãos também. Anéis dourados enfeitavam os dedos, e sobre a cabeça havia um arranjo em forma de leque que, imaginei, devia representar o sol. O rosto verde conferia ao branco dos olhos um brilho perturbador. Sete havia dito que ela era a diretora... e pela primeira vez desde que a conheci me preocupei com o que ela era realmente.

Saímos da nave, e um homem enorme cujo porte me fez pensar em uma pilha de pedras acenou nos chamando para a frente da plataforma. Ele também vestia um manto vermelho. O cabelo era curto sobre as sobrancelhas fortes, e ele segurava uma grande faca preta em uma das mãos. Parecia ser feita de obsidiana, e a lâmina tinha um serrilhado grosseiro feito à mão. Ele começou a andar atrás de nós, e lembrei o primeiro sonho que tive com o crânio: os três vestidos de branco, com a garganta sendo cortada... O que realmente representávamos aqui?

– E aí, Mica? – cumprimentou Sete o grandalhão. Ela não parecia preocupada.

– Srta. Sete – respondeu Mica com um aceno formal de cabeça.

Ficamos enfileirados de frente para a multidão eufórica, com o vento do mar atrás de nós.

Mica levantou as mãos, e o silêncio foi imediato. Era sinistro como a multidão respondia depressa, como se fosse um único organismo.

O silêncio se mantinha.

– E a memória desceu – disse Victoria, e sua voz foi amplificada para a praça – em naves de luz azul!

A multidão explodiu. Vi algumas pessoas pulando, se abraçando. O ar se coloriu de confetes.

Mica ergueu as mãos novamente. Silêncio.

Senti um roçar de cabelo e ouvi Sete falar perto da minha orelha:

– Isso pode demorar um pouco.

– Não temam a partida dos deuses! – falou Victoria. – Não temam os boatos de Estrelas Ascendentes! Porque os deuses ouviram nossa invocação! Os deuses voltaram para nós! E viveremos outra vez em harmonia como viviam os antigos! Viveremos livres na luz!

Devia ser uma espécie de dica porque, imediatamente, milhares de pessoas gritaram:

– VIDA ILUMINADA!

Sete sussurrou de novo no meu ouvido:

– Gente fanática, não?

Olhei para Mica, que estava parado alguns metros atrás de nós. Ele olhou para Sete com ar desaprovador, mas desviou o olhar em seguida.

– Os Três voltaram para completar sua profecia – anunciou Victoria. Ela era convincente, uma líder das massas. – Os três curarão o Coração!

Mais aplausos. As mãos de Mica no ar. Silêncio.

Para fazer essa jornada, os Três precisarão se alimentar do divino!

– O DIVINO EM TODOS NÓS! – respondeu a multidão. Ouvi choro e suspiros, ecos abafados no gigantesco espaço lá embaixo.

– O divino arde dentro de nós! É nosso legado, nosso tesouro. É nosso, podemos ofertá-lo. Vivemos radiantes na glória do mundo, não temos medo e ofertamos nosso divino de volta aos deuses para que o ciclo possa continuar!

– OFERTAMOS O DIVINO!

Um som começou a se espalhar pela praça. No início pensei que fosse uma máquina, depois percebi que era um barulho humano. A multidão parecia gemer em uníssono, o ruído era como um "hummm" coletivo. A nota única tinha milhares de camadas e soava como um milhão de insetos, ou algum tipo de tom primitivo, o som da natureza ou da própria criação.

– Hum... – o povo cantava.

– Prepare-se para os fogos – disse Sete.

Ouvi uma voz nova atrás de nós:

– O divino em mim, o divino em mim, eu ofereço... eu ofereço...

– Cara, o que acontece? – perguntou Sanguessuga.

Virei com a sensação de que conhecia aquela voz. Duas mulheres vestidas de vermelho levavam uma garota para o alto da pirâmide, uma menina vestida inteiramente de branco. "Como a visão do crânio", pensei outra vez, mas reparei que a garota não usava um manto, mas o macacão branco que vi nos freezers em Gambler's Falls, com o símbolo da Helíade no peito. Uma voluntária.

E eu a conhecia. Aralene. A suicida dos deques em Houston. Agora ela estava limpa, com o cabelo brilhante. O rosto havia sido pintado de prateado, o que a fazia brilhar como um robô, mas com a boca muito vermelha e um contorno roxo nos olhos. As mulheres a guiavam, e ela não resistia. Os olhos estavam arregalados, os braços, cruzados, e não mais as amarras em seus pulsos. Ela massageava os bíceps como se sentisse frio, porém mais devagar e com mais força.

Andava arrastando os pés descalços sobre as pedras, como se estivesse em transe.

– Eu sou o divino, eu sou o divino – repetia, e vi que ela sorria com os olhos muito abertos. Mais que isso, os olhos vagavam buscando o céu e a multidão, como se o mundo a surpreendesse e fascinasse, quase como se ela conseguisse enxergar alguma magia que era invisível pra nós.

Quando ela se dirigiu ao centro da plataforma, vi que alguma coisa era empurrada para lá. Uma pedra baixa e quadrada de um metro de largura. Havia algemas de couro dos dois lados e uma depressão no meio.

E, sim, eu sabia o que era aquilo, mas meu cérebro se recusava a aceitar. "Pessoas como a pobre Aralene ali vêm pedir nossa ajuda", Victoria havia dito. "É o mínimo que podemos fazer."

Lá embaixo, o ruído ganhava força:

– HUMMM... HUMMM...

– Serei o divino, o divino dentro de mim... – Os olhos de Aralene vagavam como se ela monitorasse os arcos e a movimentação dos fantasmas à nossa volta. As mãos se moviam mais depressa sobre os braços. A cabeça se movia com solavancos curtos, rápidos, o peito arfava.

Elas a levaram ao pedestal baixo de pedra e a viraram de costas para ele, de perfil para a multidão. Os olhos agora giravam frenéticos, como se estivessem soltos dentro das órbitas. O sorriso era mais largo, a boca se abria. Não parecia certo, não parecia saudável...

Delicadamente, elas a deitaram de costas sobre o pedestal. Aralene ainda esfregava os braços, mas as mulheres vestidas de vermelho agarraram seus pulsos, puxaram os braços e os prenderam com as algemas de couro.

– HUMMMMMM...

Victoria levantou.

Mica se colocou ao lado de Aralene, de frente para a multidão.

– O divino dentro de nós é nosso, podemos ofertá-lo – disse Victoria. – Ninguém pode nos impedir de sermos livres, de qualquer maneira que desejarmos. Somos pessoas livres! Somos almas livres!

– HUMMMMMMM...

Mica levantou as mãos, e ele segurava uma faca enorme, e vi como a lâmina era rústica e serrilhada. A lâmina estava apontada para baixo, para o peito de Aralene. Seria uma incisão como a de Anna. Sem eletrodos e bombas.

– Eu sou o divino! – gritava Aralene, a voz desafinada e o rosto transtornado, e não consegui decidir se aquilo era alegria, terror ou um pouco de cada. As mulheres a seguravam, uma pelos ombros, outra pelas pernas.

– Ela acredita que quer isso – disse Sete. – Talvez queira. De qualquer jeito...

Eu olhava para Aralene, que cantava e cantava com os olhos se revirando.

– Eu sou o divino!
– Ofertamos o divino livremente!
– HUMMMMMMMM...

Senti Sete segurar minha mão e afagá-la. Olhei para ela.

– Prepare-se – disse ela com expressão séria. Não retribuí o afago, mas também não soltei a mão dela.

– HUMMMMMMMM... AH! – A multidão ficou em silêncio. A mão segurando...

Não. Não se pode fazer isso com uma pessoa.

Isso devia ser errado. Como podia não ser errado?

Finalmente, Mica começou a levantar. A mão dele apareceu.

Quando ele a levantou e o sangue escorreu por seu braço pingando do órgão que brilhava à luz, a multidão explodiu em aplausos e gritos, em um frenesi de dança e pulos, como se as pessoas se alimentassem disso, do sangue, da morte.

Victoria levantou e caminhou para o corpo. O corpo de uma menina. Seu nome era Aralene, uma menina triste do Texas, alguém que precisava de ajuda... agora aberta. Não era mais uma menina.

As duas assistentes abriram as algemas e levaram o corpo sem vida.

Mica pôs o coração no fundo da depressão.

Victoria pôs a mão sobre ele. Depois levantou a mão e mostrou a palma aberta e suja de sangue.

E eu comecei a tombar. Nos últimos dias vi coisas que nunca havia imaginado, coisas que nunca ousei temer, mas isso...

"Guardem-se contra os deuses e seus horrores."

Guardem-se contra isso.

17

Pontos brancos cresceram diante dos meus olhos... Não sentia mais os pés...

Sete apertou minha mão com mais força e encostou o ombro no meu.

– Tudo bem, menino voador – disse ela baixinho. – Eu disse para ficar preparado. Lembre que é só um show. Tudo é só um show.

– Aquilo não foi um show – cochichei de volta. – Foi uma garota morrendo.

– É, foi também – disse Sete.

– Todos saúdem os Três! – ordenou Victoria. E descobri que ela olhava direto para mim.

Desviei o olhar.

A multidão explodiu mais uma vez, e depois acabou. Lá embaixo na praça, tambores começaram a soar no meio das vozes animadas.

– Vem – disse Sete. Todo mundo deixava a plataforma, descia por uma escada atrás dela. Os degraus levavam a um espaço com paredes de pedra e sem teto, aberto para o céu da noite. Enquanto andávamos, senti uma brisa salgada no rosto, uma sensação de vida muito simples, e respirei fundo. Tinha que me recompor, entender em que estávamos metidos, mas não conseguia encontrar espaço para pensar em meio às lembranças do que havia acabado de ver.

Paramos ao pé da escada. Victoria comandava a pequena procissão, e ela se aproximou da parede. Eu a vi tocar com firmeza um dos blocos lisos e simétricos. Ela manteve a mão no lugar por um instante, depois se afastou e seguiu em frente.

Quando passamos pelo local, vi que ela havia gravado o desenho da própria mão com sangue. Ao longo daquele corredor, cada bloco tinha um desenho parecido, a mão vermelha. Eram centenas.

Passamos por uma porta dupla de vidro. O corredor além dela ainda tinha paredes de vidro, mas o chão era de ladrilhos marrons e havia ali um teto moderno com luzes brancas.

Victoria parou diante de uma porta e olhou para Mica.

– Leve-os aos meus aposentos – disse ela. – Eu vou daqui a pouco.

Ela e os assistentes passaram pela porta. Mica olhou para nós.

– Por aqui.

Seguimos até o fim do corredor e subimos uma escada cuja espiral ia ficando mais e mais apertada, como se estivéssemos em uma torre. Eu andava atrás do grandalhão Mica. Ele tinha cheiro de suor e alguma coisa azeda, e pensei se seria o sangue de Aralene. Atrás de mim, Sanguessuga se apoiava ao braço de Sete, que o guiava. Ninguém falava nada.

Chegamos a uma porta grossa de metal, e Mica nos conduziu a um quarto redondo com paredes de pedra e piso de madeira. O ar frio e úmido, cheio de fumaça, passava por quatro janelas curvas e largas que quase faziam a volta completa do quarto. No centro havia uma escrivaninha de madeira de aparência antiga, com duas cadeiras de couro diante dela. Eu sabia onde tinha visto um conjunto quase idêntico àquele: no escritório de Paul.

Lá fora, Desenna brilhava com sua iluminação noturna, um mundo de fogo e fumaça e uma comoção de vozes, de vida vibrante na escuridão tropical. A pirâmide principal ficava à nossa direita. Atrás de nós havia o negro do mar. À frente e ao sul, a cidade se espalhava em uma rede cintilante. Parecia haver energia elétrica meio quilômetro à frente, pelo menos, depois eram só as fogueiras.

– Ela vem logo – avisou Mica, e saiu do quarto.

Eu me aproximei da parede e debrucei na janela para olhar a cidade.

– Hum... – Era Sanguessuga. Sete o havia guiado até a janela. – Acho que estou feliz por não ter visto o que acabou de acontecer.

– É – concordei, e olhei para Sete. – E aí? Corremos algum risco daquilo acontecer com a gente?

Ela balançou a cabeça.

– Não, aquilo é só o espetáculo para a massa. O povo fica feliz.
– Feliz – repeti, ainda incrédulo. – Aquela garota... a cara dela. Era como se estivesse eufórica por estar lá. Como se quisesse morrer.
– Ela estava drogada – explicou Sete.
– Sério?
– Drogada e picada – disse Sete –, como a Boa Mãe gosta.
– Não é bem assim. – Victoria entrou no quarto, e ela vestia novamente casaco preto e botas. A pele tinha a cor natural. Um leve traço de verde-jade podia ser visto ainda em torno de um olho. Era como se a pessoa naquela plataforma fosse outra, não ela. – Todos os voluntários recebem uma dose de uma coisa que chamamos de Luz. É uma mistura de psilocibina e ópio. Elimina o medo e entorpece a dor da libertação.
– Quer dizer que elas não sabem o que está acontecendo? – perguntei.
– Bem, no fim, não. Mas antes disso elas sabem o que escolheram – respondeu Victoria. – Você viu aquela garota em Houston hoje.
– O nome dela era Aralene – contei, sentindo que o nome era importante, como se devêssemos a ela esse reconhecimento.
– Eu sei. E sei que Aralene sabia o que estava fazendo. A medicação só a ajudou a ficar em paz com a escolha. Seja qual for a escolha do indivíduo, o corpo é uma máquina simples e vai tentar evitar a morte, mas nem sempre o corpo sabe o que é melhor. Ele quer preservar seus genes a qualquer custo, mas isso não significa que aqueles genes específicos merecem ser preservados.

Pensei que Victoria estava falando como Paul.

– Como pode fazer uma escolha como aquela por alguém? – perguntei.
– Eu não faço a escolha, Owen. – Havia uma nota frustrada na voz de Victoria. – Não fiz aquela garota ser uma suicida. O mundo fez isso. A natureza fez isso.
– Natureza má – disparou Sete, como se desse uma bronca em um cachorro.

Victoria percebeu a insegurança em meu rosto.

– Eu avisei que você teria que aceitar algumas coisas como votos de confiança, pelo menos até podermos ter uma conversa mais franca.

– E daí? – Dei de ombros, sem saber o que mais podia dizer. Estava dividido entre a frustração e o medo de dizer alguma coisa que pudesse me levar ao encontro daquela faca preta.

– Escuta – continuou Victoria –, Aralene tentou se matar três vezes. As coisas não são como eram antes. A menos que tenha a sorte de viver na Federação, ou em um Éden, não há mais psiquiatras, conselheiros ou remédios para melhorar o humor. E mesmo que fosse diferente, mesmo cem anos atrás, quando aquela garota poderia ter recebido medicação para tratar a depressão e sido submetida a infinitas sessões de terapia, ela poderia ter sobrevivido, mas que tipo de vida teria tido?

– Tudo bem. – Eu entendia o que ela queria dizer... talvez, mas ainda estava muito longe de aceitar a explicação como justificativa para o que havia acabado de ver.

– Aralene queria morrer – insistiu Victoria. – Bom, ela queria ser feliz, provavelmente, mas essa carta estava fora do baralho na mão dela. Depressão é um quadro clínico. É química. Não é culpa dela. Faz parte de como ela nasceu, do método de tentativa e erro da natureza. Se ela queria acabar com o próprio sofrimento, acho que tinha esse direito, e acho que essa escolha devia ser coberta de honra. Em vez de deixá-la sangrar até a morte em um canto escuro do mundo e morrer sozinha, por que não celebrar a centelha divina dentro dela, devolvê-la à natureza, devolver a energia ao grande ciclo por um futuro melhor? E, além de tudo isso, conceder a glória a milhares de pessoas, que a celebrarão?

– Pessoas que aplaudiam enquanto ela era esfaqueada – resumi. – Cadê a glória nisso? Mesmo que ela quisesse morrer, precisava de toda aquela gente comemorando? Como isso pode ser certo?

– Seu argumento é válido, mas essa é a única coisa que ainda é como antes. As pessoas precisam de espetáculo. Precisam de magia. Precisam acreditar em alguma coisa. E se estudar a história humana, vai ver que as pessoas também precisam de sangue.

"Em uma sociedade bem-sucedida, essas necessidades quase sempre coincidem. Pense em todas as guerras na história da humanidade e me diga que não foram travadas por sede de sangue. Sempre havia outro jeito, mas, no fim, isso nunca tinha importância. Guerras, genocídios, caça às bruxas... Tem alguma coisa dentro da criatura humana que precisa da matança, do sangue, para prosperar e sentir a unicidade.

"Não tenho artilharia para começar uma guerra contra ninguém. Por causa das sanções, não posso nem dar ao meu povo diversões simples, como televisão. Mas tenho aqui uma população sem nenhum acesso a atendimento médico avançado. Sabe que doenças e tristezas temos aqui? E não há nada a ser feito. Não podemos operar pessoas com cânceres metastáticos. Não podemos curar cataratas causadas pela radiação. Não podemos vacinar contra as pragas, e certamente não podemos ajudar quando as pessoas sofrem de depressão severa."

– E daí você convenceu essa gente a morrer.

– Eu os convenci de que a vida é curta e brutal, mas ainda pode ter sua glória. Neste novo mundo, podemos nos esconder dentro de um domo ou dentro da terra, ou sob camadas de proteção contra radiação, tentando desesperadamente viver tanto quanto for possível, ou vivemos radiantes, e quando nossa hora chegar, podemos voltar com coragem para a natureza, pela faca. Um dia todo mundo morre, Owen, e aqui, na beirada do mundo, a própria morte é uma das únicas coisas que as pessoas podem controlar. Podemos murchar, ser devorados por vírus ou doenças. Ou podemos nos apoderar do nosso destino.

– Quantas pessoas você matou?

– Libertou – corrigiu-me Sete.

Victoria suspirou.

– Pessoalmente, só as marcas de mão que você viu. O evento cerimonial a que assistiu hoje não é como a maioria escolhe partir. Eu nunca faria alguém com pústulas de um estágio cinco ou superior de melanoma se exibir em um palco. Nesses casos, é melhor uma cerimônia discreta na enfermaria. Sete já viu algumas, ela administra os ritos de morte. São lindos.

– É, essa é a parte do dia de que eu mais gosto – comentou ela, sarcástica.

– Só precisamos de algumas demonstrações públicas para manter o povo engajado e ajudá-los a lembrar de que somos frágeis, que durante nossa breve estadia juntos precisamos ser bons uns com os outros e manter o espírito comunitário.

– Essa lógica é estranha – opinei. – Espírito comunitário com assassinato.

– Não, na verdade. O que eles sentem em uma noite como a de hoje é muito forte. É humano, é animal, é divino. Lembramos que somos parte da natureza. O sacrifício de um salva muitos, garante recursos para os saudáveis e os jovens, para que as espécies possam progredir. É assustador, mas não é corajoso também?

"A Grande Ascensão aconteceu por culpa da humanidade. Matamos mais da metade das nossas espécies por egoísmo. Abusamos do ecossistema, estendemos seus limites como se fossem elásticos, e o elástico arrebentou. Isso aconteceu muitas vezes na história, os altos e baixos, desde os Atlantes. Dessa vez, sugiro tentarmos alguma coisa diferente e mantermos o equilíbrio. Vamos tentar voltar a fazer parte da natureza, em vez de dominá-la. Não vê como isso é muito mais honroso? Não são criminosos de guerra e ladrões que trazemos aqui para morrer..."

– Esses você mata no porão do tribunal – disparou Sete.

Victoria deu de ombros.

– É verdade. Não há recursos para desperdiçar em cadeias, afinal. Mas com relação aos voluntários, cada um tem sua vez até que a natureza nos leve. E estamos colaborando com a seleção. Quanto mais gente viver e morrer, mais gerações, maiores as chances de um dia nascer uma criança que não sinta o sol queimar e não sofra os efeitos da radiação, e então a humanidade se adaptará a esse futuro. É possível que o próximo período próspero da humanidade não inclua essa nossa versão, mas a que virá a seguir.

– Até lá, não adianta fazer nada – falou Sanguessuga. – Não há esperança, todo mundo sabe que vai morrer jovem.

– Ninguém é obrigado a ficar aqui – respondeu Victoria. – Quando liderei nosso grupo na saída do Éden Sul, muitas pessoas foram para outras áreas do mundo. Tudo bem. Mas outras pessoas escolheram vir para cá porque têm os olhos bem abertos. Elas enxergam a realidade deste mundo, e preferem enfrentá-la.

– Mas – insisti – no Éden Sul vocês tinham todos os recursos que faltam agora: hospitais, proteção contra o sol. Por que se rebelar?

Os olhos de Victoria se iluminaram quando eu disse isso.

– É simples, Owen. Porque o Éden Sul era uma mentira.

– Está falando do falso sol, do falso céu, todas essas coisas.

– De tudo isso, é claro, mas me refiro à mentira maior, ao conceito completo dos Édens. – Ela atravessou a sala e se aproximou de sua mesa. – Minha pergunta é a seguinte: – Ela destrancou a primeira gaveta. – Qual é o propósito dos domos Éden?

– Qual deles? – manifestou-se Sanguessuga novamente. – O que eles declaram publicamente, ou o Projeto Elysium?

Victoria contornou a mesa.

– Os dois.

– Bom – respondi –, o que eles dizem é que os domos são lugares seguros para viver.

– Para as pessoas que podem pagar por isso – acrescentou Sanguessuga.

– Mas o verdadeiro objetivo deles é aprender sobre os Atlantes – prossegui – e encontrar o Pincel dos Deuses antes que seus domos deixem de funcionar.

– E por que eles querem essas coisas? – perguntou Victoria. Ela havia encontrado o que procurava na gaveta e voltava para perto de nós.

– Ah, para salvar seu povo...

Victoria me interrompeu:

– E essa é a mentira, exatamente isso. Ou parte dela, pelo menos. Parada na nossa frente, ela mostrou um pequeno cilindro preto. Havia um interruptor nele e, quando Victoria o acionou, surgiu em uma das extremidades uma luz roxa. – Eles não querem salvar todo o povo.

Sua mão direita estava estendida, a palma voltada para cima, a luz do cilindro apontada para o dedo mínimo, aquele que ninguém tinha em Desenna. A luz penetrava sua pele como raios X, atravessava carne e músculos. Naquele círculo de luz, enxergávamos seus ossos contornados por um roxo cintilante.

E no meio do dedo mínimo de Victoria nós vimos várias linhas pretas.

– O que ela está fazendo? – quis saber Sanguessuga.

– Mostrando o código de barras no osso de seu dedinho – respondi.

– É um código de acesso fornecido a cada escolhido pela Corporação Éden – explicou Victoria.

– Os que realmente serão salvos – deduzi.

– Sim – confirmou ela. – E em todo Éden Sul, cuja população é de 250 mil pessoas, adivinha quantos escolhidos havia?

– Só você? – provocou Sanguessuga.

– Rá! – Victoria riu. – Não, eram trezentos. Pouco mais de um por cento.

Victoria apagou a luz roxa e se aproximou da janela. Ela moveu a mão mostrando toda Desenna.

– Todas essas pessoas – disse – nunca fizeram parte do plano de Éden. – Ela baixou a voz: – Não consegui conviver com isso. Então eu disse a eles, mostrei os dados de integridade do domo... E fizemos uma escolha diferente.

Meu horror inicial com o sacrifício havia perdido a força, e agora eu não sabia o que sentia. Um pouco de medo, um pouco de admiração.

– Isso foi bem radical – disse Sanguessuga, que parecia determinado a ver o lado positivo da coisa.

– É, a Mãe Super-Heroína – falou Sete, porém com menos sarcasmo que antes.

– Todo mundo corta o dedo mínimo para mostrar... união? – perguntei.

– Exatamente.

– Mas você não cortou o seu.

Victoria sorriu.

– Se tivesse cortado, não teria como mostrar o que acabei de mostrar a vocês, certo? Um líder tem que estar preparado para todas as possibilidades. Agora, vocês devem estar se perguntando o que têm a ver com isso...

Ela continuou falando, e eu pensei no que havia acabado de ouvir. Não era uma resposta completa.

– Para Paul – dizia Victoria –, vocês são meios para um fim. Aqui são um tipo diferente de esperança. Já ouviram falar nos Épicos dos Três.

– Sim.

– Tem um trecho deles no templo embaixo do Éden Sul. Eu mostro a vocês amanhã, quando formos lá. Usei esse trecho para criar uma mitologia sobre os Três e como um dia vocês retornariam. Tinha a sensação de que voltariam, descobri que tínhamos um candidato muito provável nas instalações de Crio no Éden Sul, nossa adorável Sete.

– Que sorte a minha – resmungou Sete.

– Sempre tão grata – respondeu Victoria. – Quando me rebelei, trouxemos de lá a maior parte da tecnologia do Éden, mas deixei intacta a área de contenção Crio.

– Espera aí, deixou? – interrompeu-a Sanguessuga.

Pensei que ele contaria sobre Isaac, mas, quando Victoria confirmou que sim e perguntou por que, ele respondeu:

– Só curiosidade. – Sanguessuga voltava a esconder o jogo. Sua intuição estava certa em Gambler's Falls.

– Introduzi a profecia da Helíade voltando à Terra algum dia – continuou Victoria –, e esperei um pouco depois da rebelião, até termos construído a maior parte de Desenna e o povo começar a se inquietar por algo novo. Então despertei Sete e ela encontrou o crânio, e isso deixou o povo muito animado. Deu a eles a esperança de haver uma força maior que eles mesmos. A esperança de uma vida melhor para as futuras gerações. Vocês dois são a segunda parte disso.

– Como vamos dar uma vida melhor ao seu povo? – perguntei.

– Já deram – anunciou Victoria. – Não importa o que farão daqui para a frente. Só a encenação da chegada e o fato de estarem ligados aos antigos mitos serviu de prova de que há forças gigantescas em ação. Isso cria um sentimento de unicidade, como se estivéssemos ligados a algo maior, algo divino. Ficariam surpresos com quanto isso vai longe.

Pensei em Harvey, Lucinda e Ripley. Eu não havia ido longe o bastante por eles. Havia aqui outras pessoas que se sentiam como eles? Gente que nos entregaria a Paul, se tivesse a chance?

– Quer dizer que ninguém aqui se importa se achamos ou não o Pincel dos Deuses? – perguntei.

– Eles se preocupam com o que eu considero importante: impedir que Paul e seu projeto encontrem o Pincel e o usem para salvar só seus preciosos escolhidos. Com esse propósito, assumi o compromisso de ajudar vocês. E esse é outro motivo pelo qual trouxe vocês aqui.

Alguém bateu na porta.

– Com licença – pediu Victoria. – Mica sabe que só pode interromper se o assunto for realmente importante. Entre!

Mica entrou.

– Desculpe, Mãe – começou ele, adotando novamente os nomes de palco. – Temos um visitante que... – Ele olhou para Victoria com uma cara esquisita. – Podemos conversar lá fora?

– Tudo bem – concordou Victoria, hesitante. – Já volto – falou ela para nós. E saiu.

Ficamos os três em silêncio por um minuto, pensando em tudo que ouvimos. Olhei para Sete, que estava na frente da janela, olhando para a cidade.

– E aí? A gente pode confiar nela?

Sete deu de ombros.

– Ela está dizendo a verdade, nisso pode confiar. Convivo com ela há algum tempo, e tenho certeza de que Victoria acredita em todo esse negócio. Ela acredita em nós.

– Ainda estou esperando a pegadinha – disse Sanguessuga.

– Acha que sacrifício humano não é suficiente? – perguntei.

Sanguessuga não respondeu, e a porta foi aberta. Victoria entrou e olhou para mim.

– Owen, temos um... visitante inesperado.

Mica entrou no cômodo seguido por uma mulher. Seu cabelo era longo, castanho com mechas grisalhas, e era mantido preso para trás por fivelas coloridas. A mulher usava um vestido azul e uma echarpe no pescoço. Ela tremia, as mãos juntas e em constante movimento.

E por dentro, de repente, senti alguma coisa ceder, como um chão se abrindo embaixo dos pés.

Eu conhecia aquela mulher.

Seus olhos pareciam lacrimejar. Eu sabia que aquela era a aparência que tinham sempre.

O abismo se abriu, e dele brotaram lembranças que começaram a me envolver, dançando à minha volta como morcegos batendo as asas, como se emergissem das profundezas da caverna sob o Centro ao anoitecer... mas não.

Não podia ser.

Devia ser minha imaginação enlouquecendo de novo...

– Owen? – chamou ela em voz baixa.

– Mãe?

18

Comecei a me aproximar dela. Não havia alternativa, mas a cada passo eu tinha mais certeza que depois de oito anos e tantas perguntas tantos pensamentos dolorosos e todo o silêncio...

– Owen, querido!

Lá estava ela, bem na minha frente, e ainda parecia a mesma, ou mais velha... Devia parecer mais velha, com mais rugas no rosto, a pele bronzeada e endurecida comparada à pálida complexão subterrânea de que eu me lembrava, mas ainda eram seus olhos castanhos e úmidos. Antes eu pensava que ela parecia sempre ter chorado ou estar quase chorando. Mas também eram olhos grandes e brilhantes, sempre mostrando com exatidão o que ela sentia. Isso também era algo que eu lembrava, que minha mãe, Nina, nunca conseguia esconder os sentimentos, nem quando era alguma coisa que eu não queria saber.

Eu a abracei.

Lembrava que ela era mais alta, mas agora tínhamos a mesma altura, depois dos anos de afastamento. O queixo dela descansava em meu ombro, seu corpo era menor que o meu, quase como se eu fosse o adulto. As mãos dela afagavam minhas costas. Com o rosto tão perto do cabelo dela, senti seu cheiro e esse aroma despertou em mim um sentimento profundo, uma emoção que se debatia como um peixe pescado de algum lugar na base da minha coluna, um sentimento de familiaridade que quase me fez chorar. Conhecia esse cheiro, esse aroma salgado que fazia pensar em um pó. Centro. Minha casa, minha infância, alguma coisa que eu nem sabia que havia perdido, mas cuja falta sentia havia muito tempo, agora tudo isso estava ali, voltava a ser parte de mim, preenchia espaços e me fazia sentir...

Inteiro.

– Ah, meu amor – falou ela perto da minha orelha. – Não acredito que é você. Eu... – Senti as lágrimas em meu pescoço. – Vi você lá em cima e pensei que não era possível, você não podia estar aqui, e ainda por cima você é... – Ela recuou e me olhou com aqueles olhos brilhantes. – Um dos Três! Eu... não consigo nem imaginar!

Olhei para ela sem saber o que dizer. Senti que vibrava por dentro, sintonizava todas as frequências, estava feliz, embora confuso, aliviado, embora meio perdido. De novo aquela sensação, como se estivesse à deriva na realidade sem um leme firme para me guiar. Finalmente encontrei algumas palavras. Não sabia o que dizer primeiro. O que saiu foi:

– O que está fazendo aqui?

Nina passou a mão em meu rosto.

– Eu moro aqui. E... espero que me desculpe por não ter avisado. Eu queria... Encontrar o jeito certo para falar, a hora certa...

– Mas... – Queria entender qual podia ser a grande dificuldade de me contar que estava em Desenna. Não sabia por que isso era tão difícil, mas não disse nada.

– Owen... – Virei e vi Victoria observando a gente com cautela, sem tentar disfarçar a desconfiança. – É sua mãe? – perguntou-me ela, séria. E me ocorreu um pensamento esquisito: eu tinha certeza de que era ela? Olhei novamente para aquele rosto, estudei a imagem nova e tentei ajustá-la às minhas lembranças, mas as recordações eram as de um menino de 7 anos... Que lembranças eu ainda tinha dela? Procurei. Havia lampejos do nosso apartamento no Centro, uma cena em que ela ia me buscar na escola e me levava para casa andando pelas cavernas. A mais nítida era aquela da noite do Incêndio Trienal, que eu revia ultimamente...

Minha cabeça girou por um minuto. Eu me senti perdido no tempo outra vez, como se não soubesse exatamente onde estava minha vida. Eu estava realmente em Desenna? Estava no Centro e era criança? Como se tudo não fosse suficiente, agora ainda havia mais isso.

– Owen? O que foi, meu amor? – Minha mãe segurou meu queixo, tocou a bochecha com o polegar e começou a traçar círculos no sentido horário.

E eu soube, mais que pelo olfato e pela visão, aquele toque...

– Sim. – Olhei para ela, depois para Victoria. – É minha mãe.

– Fascinante – declarou Victoria. Mica entregou a ela uma pastinha preta e assentiu uma vez. Victoria abriu a pasta. – Toda sua documentação foi verificada. Você é uma médica competente em nossa enfermaria, Nina, e trabalha lá há alguns anos, desde que chegou de...
– Centro Yellowstone – completou Nina. – Viajei com uma caravana médica, depois com uma tribo Nômade.
– É claro. E aqui diz que você mora na Avenida de Rata?
– Sim, é onde fica o... – ela olhou rapidamente para mim. – O apartamento do meu companheiro, Emiliano. Ele está esperando lá fora.
– Vou verificar a documentação dele – avisou Mica antes de sair.
Companheiro? Emiliano? Isso me incomodou.
– Mãe, eu... – Minha mãe hesitou. – Sei que Owen é seu hóspede, mas ele não pode ficar conosco? – E olhou para mim esperançosa. – Se não se importar com isso. Sei pelo que estudamos que os Três não ficarão aqui por muito tempo, e gostaria de aproveitar ao máximo essa oportunidade.

O rosto de Victoria permanecia indecifrável.
– Teríamos que destacar guardas para proteger sua casa, considerando a importância de Owen.
– Não tem problema nenhum – garantiu minha mãe.
– Então, a decisão é dele. Owen escolhe.

O que eu queria? Ir com a minha mãe, talvez, mas também sentia que precisava de um tempo para entender tudo isso. Havia tanta novidade, tanta loucura em minha cabeça, que eu queria poder desligar o cérebro e esperar a poeira baixar. Além disso, por que eu iria com ela? O fato de eu ter aparecido aqui não significava que a situação acabaria em uma emocionante reunião.

Mas o que falei foi:
– Sim.
– Bom, então acho que essa é mais uma parte da vontade dos deuses – disse Victoria.
– Ótimo, e obrigada, Mãe. – Minha mãe fez um gesto estranho, levou dois dedos ao alto do nariz, deslizou-os até a boca, depois tocou o peito sobre o coração.

Victoria assentiu.

– Owen, quero que volte aqui amanhã cedo.

– Ah, lá se vai toda a diversão que eu havia planejado para esta noite – reclamou Sete.

O comentário dela me fez lembrar:

– Cadê a Lilly? Quero ver como ela está.

– Na enfermaria do outro lado da praça – informou Victoria.

– Vou levar Sanguessuga para lá – disse Sete. – Se quiser vir também...

Olhei para minha mãe e quase pedi permissão, mas lembrei que não precisava mais disso.

– Onde a gente se encontra? – perguntei.

– Tem uma fonte na praça. Espero você lá.

– Ok – concordei, e de novo fiquei parado, sem saber o que fazer. Abraçava minha mãe para me despedir dela, ou...

Ela sentiu minha indecisão e começou a caminhar para a porta.

– Vai fazer o que tem que fazer, espero lá fora. – E saiu.

Fiquei olhando para a porta, quase duvidando que tudo isso havia realmente acontecido.

– Vamos. – Sete deu um soquinho no meu ombro e interrompeu o transe.

Ela segurou o braço de Sanguessuga e nos conduziu por vários corredores, depois por uma ponte de pedra que ligava o templo à enfermaria.

– Isso deve ser esquisito – comentou Sete, olhando para mim.

– Mais que esquisito. – Eu nem sabia o que pensar.

– Ela é como você lembra? – perguntou Sanguessuga.

– É, quero dizer, acho que é. Nesse momento tenho a sensação de que não sei nada.

Subimos uma escada e continuamos por um longo corredor. Depois de toda aquela conversa sobre sacrifício e morte, era bom ver que, como no *Solara*, o hospital ali parecia normal, embora primitivo.

Lilly estava sozinha em um quarto. Nós três paramos na porta e olhamos para dentro. O quarto estava escuro. Entrei, vi uma bolsa de soro pendurada ao lado dela e ouvi sua respiração barulhenta.

Cheguei perto da cama.

– Lilly – chamei em voz baixa. Nenhuma resposta. Não queria acordá-la. Afaguei seu braço, senti a respiração, depois voltei para a porta. Ela parecia bem, segura, nada indicava que seria cortada ou coisa parecida.

Sete olhava para Lilly.

– Ela tem guelras. O que isso significa? Que ela é, tipo... quase uma de nós?

– Tinha um pessoal com guelras no Éden Oeste – contei. – Aqui ninguém tem?

– Só eu. – Ela passou os dedos no pescoço. Vi as fissuras ali. – Mas sou a única que esteve no templo.

– Nosso acampamento ficava bem em cima do templo – contou Sanguessuga. – Achamos que fosse uma coisa relacionada à proximidade.

– Faz sentido. O Éden Sul fica alguns quilômetros distante de lá. – Sete apontou para Lilly com o queixo. – E aí? Não quero ser desagradável, mas... acha que ela vai com a gente nessa viagem? Gosto de festa, curto uma competição amigável... – Ela me deu outro soquinho. – Mas aquela nave só acomoda três pessoas, não é?

– A gente se ajeita – respondi.

– Lilly faz parte do grupo – acrescentou Sanguessuga.

– Calma, pessoal, já entendi – falou Sete. – Só estou pensando alto... Eu soube que as guelras dela infeccionaram no caminho para cá, e também ouvi dizer que ela foi envenenada. O que eu quero saber é se é favorável para a missão termos a bordo alguém que não tem o divino. Não é... arriscado?

Eu suspirei.

– Você deve ter pensado nisso – insistiu Sete. – Certo?

– Sim – admiti, torcendo para Sete não levar essa história adiante.

Ela não levou.

– É para pensar – disse, e se afastou da porta. – Vem, Sanguessuga, vou pôr você na cama. Sete ainda vai sair e se divertir um pouco como a deusa que é. Boa noite, menino voador.

– Até mais. – Olhei mais uma vez para a silhueta escura de Lilly, ainda refletindo sobre a pergunta de Sete e odiando já ter pensado a mesma coisa. Tentei tirar isso da cabeça e saí dali.

A praça ainda pulsava com a movimentação de muita gente e o barulho de conversas animadas. Os limites do vasto espaço calçado com paralelepípedos eram ocupados por restaurantes, cujas mesas ficavam ao ar livre. O cheiro de carne assada e fumaça pairava no ar. Não podia ser mais diferente do silêncio fechado do Centro à noite.

Encontrei minha mãe ao lado de uma fonte iluminada por tochas no meio da praça. Ela estava sentada com um homem de porte largo. Os dois levantaram quando me aproximei.

– Ah, aí está você. Este é Emiliano – disse minha mãe.

– Oi, Owen – disse ele. Era negro e baixinho, com rosto quadrado e ombros largos. O sorriso era brilhante, cheio de dentes brancos que deviam ser considerados atraentes e que me incomodaram imediatamente. – É incrível conhecer você. – E estendeu a mão. – Que presente você ter chegado aqui.

Não queria, mas apertei a mão dele. Não ia bancar o imaturo que não sabe lidar com um aborrecimento.

– Nina – disse Emiliano –, tenho que encontrar meus primos. E vocês devem ter muito o que conversar.

– Tudo bem – respondeu minha mãe. – Divirta-se, Emil!

Emiliano se inclinou e eles se beijaram. Desviei o olhar, aborrecido com isso também e com a forma de tratamento. Emil? Minha mãe usando apelidos como se fosse uma garota em um acampamento de verão? De repente me perguntei se não era exatamente assim que ela encarava aquilo, já que havia deixado para trás as dificuldades da família. Tudo ali era diversão, sem preocupações. Mas, ao mesmo tempo, não era isso que eu sentia. Essa mulher era minha mãe, e ela estava ali! Minha mãe! Os sentimentos me empurravam para diversões opostas.

Atravessamos a praça sem conversar. Eu não sabia o que dizer. Quanto mais o tempo passava, mais inacreditável e, no entanto, completamente normal tudo parecia. Eu andava ao lado da minha mãe como se nunca tivéssemos nos separado.

– Você cresceu, parece forte – comentou ela.
– É, acho que sim. – Não consegui pensar em outra resposta.
– Deve estar com fome. Quer alguma coisa de um dos carrinhos?
– Quero, sim.

Paramos ao lado de um carrinho de metal onde um vendedor cortava fatias de carne de um pernil no espeto e as servia dentro de wraps macios.

– Acho que nunca ouviu falar em tapir, mas precisa experimentar. É delicioso.
– Hum – falei, me lembrando do Walmart. – Tudo bem.

Minha mãe pagou com uma espécie de moeda de madeira, e continuamos andando pela praça. Na primeira mordida no sanduíche, o sabor picante da carne me fez lembrar Gambler's Falls, mas consegui superar a sensação e continuei comendo.

Algumas pessoas que estavam na praça me reconheceram. Elas apontavam e cochichavam, e de vez em quando alguém fazia aquele gesto com os dedos, o que minha mãe fez para Victoria.

– Você é muito importante para o povo – comentou minha mãe.
– Já me contaram. É difícil me acostumar com isso.
– Os Épicos dos Três são como o nosso mito da criação. É a base para grande parte de como vivemos aqui.
– Você fala como se realmente acreditasse em tudo isso. – Não me lembrava de sermos muito religiosos no Centro. E com certeza não éramos depois que ela partiu. Meu pai e eu nunca fomos a nenhuma das igrejas, e eu tinha quase certeza de que também nunca fomos com minha mãe. No Centro, essa era a média. Havia gente religiosa e gente que não era, e em proporções equilibradas. Aqui eu tinha a impressão de que era necessário acreditar na Helíade.
– Não sou totalmente crédula – respondeu minha mãe. – Não acho que a tempestade de raios é fogo de deus. Mas é um jeito bonito de viver, considerando o estado do mundo.

Não respondi, mas o que ela disse fez sentido.

– Então, como vão as coisas? – perguntou minha mãe. – Que coisa mais boba para dizer, levando em conta tudo que tem acontecido.

Eu não sabia o que responder. Como iam as coisas agora? Hoje? Nas duas últimas semanas? Nos últimos oito anos? Percebi que ela tentava se reaproximar.

– No Centro tudo continuou como era quando você foi embora. Fomos vivendo mais ou menos do mesmo jeito, até que eu fui pra o Acampamento Éden, e depois aconteceu toda essa coisa Atlante.

– Uau – disse minha mãe. – Bem, é bom saber que as coisas iam bem no Centro.

– É. – Mas acrescentei: – Não foi bem assim, não ficou tudo bem. É sempre difícil ter uma vida normal, principalmente com os pulmões do papai.

– Ainda?

– Sim. – O que ela esperava? Que ele tivesse melhorado de um jeito mágico? – Na verdade, ele deve estar pior do que quando você partiu. Não lembro bem como as coisas eram naquela época.

Minha mãe suspirou.

– Seu pai estava bem doente. Imagino que tenha sido difícil para ele.

Difícil para ele? Quase soltei um "dã". Mas, em vez disso, falei:

– Está falando sobre ele ter me criado sozinho?

– É, acho que sim.

– Tenho muitas obrigações em casa. – Coisas que deviam ser feitas pela mãe da família.

– Você não é mais o menininho de que me lembro. Eu devia ter esperado por isso.

Ficamos em silêncio quando saímos da praça e continuamos andando por uma rua mais tranquila, de calçamento mais irregular. Ali as lojas estavam fechadas, as portas de madeira protegidas por grades.

Senti o nervosismo crescer dentro de mim. Era hora de fazer a única pergunta que eu precisava fazer. Terminei de comer o sanduíche, depois percorri mais um quarteirão antes de finalmente perguntar:

– Por que foi embora?

Minha mãe parou e olhou para o céu enevoado de fumaça.

– Bom... Acho que devia estar pronta para dar essa resposta. Eu só... – Ela suspirou. – Eu estava infeliz, Owen. Precisava me encontrar. Tinha que achar um lugar onde me sentisse em casa, ajustada.

A próxima pergunta estava engatilhada, quase como se eu esperasse por este momento. Talvez esperasse.

– Éramos nós?

– Ah, não! – Mas ela desviou o olhar. – Queria poder provar que não foi sua culpa. Eu olhava para você, para aquela coisinha pequena, e pensava: "Droga, Nina, como pode não ser feliz? Ele é tão lindo, tão perfeito." Mas era como se faltasse alguma coisa dentro de mim. Não era amor por você, mas... faltava ser feliz por mim. E isso me tornou um tremendo fracasso. Decidi que precisava encontrar um jeito de ser feliz, porque seria pior para você conviver comigo infeliz.

Eu não sabia se isso fazia sentido. O assunto ainda era quente, opressor como o ar abafado.

– Então era o papai?

– Não, na verdade também não. A gente não se dava muito bem, mas acho que ele se esforçava daquele jeitão quieto. Seu pai e eu casamos muito jovens. A vida no Centro era dura, escura e solitária. Para mim, aquilo era um esforço enorme. Eu não conseguia... – Minha mãe começou a chorar. – Não conseguia me sentir feliz. Às vezes pensava que poderia acabar como aquela menina de hoje, no altar, só para pôr fim ao sofrimento... – E respirou fundo. – Mas depois de um tempo aqui, finalmente comecei a me sentir melhor. Era alguma coisa neste lugar, a cultura, o povo, Emiliano, o sol, sei lá, sei que parece bobo, mas, ai, o sol... e era alguma coisa em mim. Eu tinha que crescer. E só então me senti completa. Uma pessoa de verdade. Aquilo foi um grande alívio para mim.

A resposta pesava, era como um caminhão carregado que eu teria que deixar assentar dentro de mim, para depois abrir e vasculhar a carga. Toda essa conversa começava a me dar a sensação de mergulhar em águas profundas, de estar à mercê de correntezas e pressões, afundando e flutuando ao mesmo tempo, e sem guelras, tendo que prender a respiração, sem ar.

O que ela dizia me fez lembrar como me senti quando encontrei Lilly e os CETs, como aquele mundo parecia tão certo, como se de repente eu pudesse ser meu verdadeiro eu. Mas minha mãe teve que me abandonar para ir atrás disso.

– Mas e depois – insisti –, quando encontrou a felicidade aqui, por que não... avisou a gente? Por que não contou onde estava?

– Ah, não sei... – Ela limpou as lágrimas. – Pensei em avisar, mas estava com muita vergonha. Eu me sentia culpada e... Imaginei que tinham se acostumado sem mim, e que talvez fosse melhor continuar longe.

Isso tudo me machucava e me enfurecia ao mesmo tempo. Eu me sentia muito perto de começar a gritar, e talvez devesse. Mas me controlei.

– Nunca nos acostumamos com a sua ausência, mãe.

Ela começou a chorar de novo. E assentiu.

– Estou vendo que não. – E parou de andar. – Nossa casa é aqui.

Estávamos na frente de um prédio de três andares. As paredes eram pintadas de azul-claro e havia varandas de madeira na frente dos apartamentos. Minha mãe começou a subir a escada, mas eu continuei na rua.

– Owen?

Eu olhava para o chão e me perguntava se estava dando a impressão de fazer birra, mas a verdade é que me sentia meio paralisado, dominado por sentimentos confusos. Não pensava em minha mãe fazia tempo, e agora estava ali com ela, percebia o quanto havia sentido sua falta, quanto me fez falta ter uma mãe, mas, ao mesmo tempo, suas palavras e seu raciocínio me enchiam de uma frustração sombria. Em tudo que ela dissera havia uma verdade de que eu sempre tive medo: éramos alguma coisa de que ela teve que se afastar para ser feliz.

Como eu devia me sentir diante disso? Devia ficar feliz por ela ter encontrado essa nova vida, por ela estar feliz com essa nova vida que não incluía meu pai ou eu? Eu não sabia se era capaz de lidar com isso. Uma parte minha queria nem tê-la encontrado.

– Sei que isso é difícil – falou minha mãe. – Não queria que fosse. Eu... Bem, eu nem sabia que você viria. Mas ver você, meu amor...

Não queria olhar para ela, mas olhei.

– Ver você me faz entender que eu estava errada, sempre estive, durante todos esses anos. Senti muita saudade, Owen, e devia ter mandado notícias. Eu sinto muito, agora entendo e acho que fui uma grande idiota.

Pronto. Um pedido de desculpas. Mas mudava alguma coisa? Continuei parado.

– Vamos entrar? Por favor?

Pensei em ir embora. Voltar ao templo. Se entrasse, daria o que ela queria, diria que estava tudo bem, mesmo ela tendo nos abandonado, que estava disposto a perdoá-la... mas percebi que, mesmo não achando que estava tudo bem, mesmo sem saber se algum dia a perdoaria, se era capaz disso... queria experimentar de novo como era ter mãe. Queria sentir como era.

– Vamos – falei, e comecei a subir a escada.

O apartamento deles era pequeno, uma cozinha estreita com utensílios elétricos, uma sala de estar com almofadas no chão em torno de uma mesa central, um banheiro e dois quartos. Um gigantesco Chaac esculpido em madeira abria suas asas cobrindo uma parede inteira.

Minha mãe me instalou no segundo dormitório, em um colchãozinho de capim no chão. Ela me deu uma calça de tecido cinza e macio, uma camiseta do Emiliano, e levou meu short, a camiseta e o moletom para lavar. Aceitei as roupas, apesar de ser estranho; mas tudo isso era estranho.

– Quer comer mais alguma coisa? Emil vai chegar daqui a pouco.

– Não – respondi. – Acho que quero ir dormir. Foi um longo dia, semana... tudo.

– Tudo bem, então vou esperar ansiosa para te ver de manhã. – Ela sorriu esperançosa.

Tentei retribuir o sorriso.

– É.

Fui ao banheiro, depois deitei no colchão. Minha mãe entrou no quarto, se ajoelhou ao meu lado e me ajudou a ajeitar em volta da cama um mosquiteiro branco pendurado no teto.

– Pronto – falou ela, e beijou minha testa. A sensação era estranha, como viajar no tempo e voltar ao Centro. – Boa noite, meu menino. – Minha mão desenhou com o polegar outro círculo em minha bochecha. Depois me deixou no escuro.

Havia uma janela com persiana de madeira. A luz amarela que vinha da rua desenhava faixas em mim e na parede. Dava para ouvir o ruído da cidade lá fora, as pessoas andando e conversando.

Sete estava lá? Por um segundo pensei em como ela me afetava. Depois deixei essa ideia de lado e pensei em como estaria Lilly.

Pensei em como estava meu pai, longe, e no que ele pensaria se soubesse que eu estava com minha mãe. Ficaria feliz por termos nos encontrado? Aborrecido por eu estar com ela? Ele sempre havia tentado esconder a saudade que sentia, quanto ela o magoara ao ir embora... Queria saber se ele recebeu o recado, se sabia que telefonei e tentei encontrá-lo. O que o Éden podia ter dito a ele?

Passei horas ali deitado, muito tempo depois de Emiliano chegar e eu ouvir ele e minha mãe indo dormir, depois de os sons na rua silenciarem. Fiquei ali deitado, com a cabeça em Desenna; no Éden Oeste; no Centro; na cidade Atlante; eu estava em minha nave, voando sobre os destroços, e nenhum desses lugares me fazia sentir em casa, nenhum deles me fazia sentir acolhido. Era como se eu tivesse me desprendido do mundo, como se vagasse no vento; e mesmo aqui, em um quarto no apartamento da minha mãe, eu ainda não havia aterrissado. Pelo contrário, pelo me sentia mais solto que nunca.

19

Em algum momento eu dormi, mas foi um sono agitado. Vi novamente a menina de cabelo vermelho e pijama de sapos, e ela estava enterrada até a cintura em cinzas. Dessa vez a pele tinha a transparência cinza e as veias pretas que vi em mim naquele sonho no *Solara*. Sangue preto, e ela afundava. Depois o quarto de hospital, minha mãe sentada ao meu lado, Paul olhando para baixo. Agora era ele quem empunhava a enorme faca preta, a lâmina serrilhada brilhando na iluminação pálida do laboratório, como o laboratório no portão do Éden. "Tenho que tirar isso daí", disse ele, e se debruçou sobre mim para começar a serrar.

Acordei e vi a luz clara. O mosquiteiro. O sol forte entrando pelas frestas da persiana. O ar com um cheiro que misturava suor e grama recém-cortada, como no acampamento, um tipo de cheiro vivo. Pássaros cantavam lá fora. Havia barulhos e vozes na rua. Ouvi um ruído de fritura na cozinha, e em seguida senti o cheiro picante, apimentado.

Levantei e vi minhas roupas limpas e dobradas ao pé da cama. Não me lembro de um tempo em que minhas roupas eram dobradas. No Centro, as poucas peças que tinha ficavam penduradas sobre o pé da cama. Dobrar roupas era um detalhe em que meu pai e eu nunca pensamos. Havia muito mais para ser feito no apartamento.

Eu me vesti e fui ao banheiro. Examinei meu ombro. O ferimento havia descamado. O vermelho da infecção tinha desaparecido quase completamente. Ainda doía um pouco, mas não muito.

Encontrei minha mãe perto da mesinha de madeira, distribuindo garfos e xícaras com um suco verde esbranquiçado. Ela usava uma saia longa de estampa floral, uma blusa azul-clara sem mangas e estava de brincos e cabelo preso. Isso também combinava com o que eu lembrava, como ela sempre havia se arrumado bem, mesmo em casa, como se quisesse estar sempre pronta para um evento especial a qualquer momento.

– Ah, aí está ele – disse minha mãe. – Alguém dormiu bem.

– Dormi? – Esfreguei os olhos. Não era assim que eu me sentia.

– São quase onze da manhã. Que adolescente típico!

– É, acho que sim – concordei, mas pensei que dormir mais era normal para alguém que havia passado a última semana correndo para sobreviver. Pensei em contar isso a ela, mas olhei para as mãos que arrumavam os garfos e vi que elas tremiam. Desisti do comentário e sentei com as pernas cruzadas perto da mesa.

Minha mãe sentou do outro lado, na minha frente.

– Ainda não consigo acreditar que está aqui e que... Quero dizer, os Épicos dos Três. Você faz parte disso, Owen. É incrível.

– Tenho me preocupado apenas em sobreviver a isso. E você também é parte disso, sabe? Meus genes Atlantes vieram de você ou do meu pai.

– Hum. Nunca pensei que pudesse ter um propósito desse tipo, criar um futuro salvador do mundo.

Outra onda de irritação: você não me criou.

Minha mãe deve ter percebido como o comentário havia soado, porque mudou de assunto:

– Emil está preparando um prato pré-Ascensão desta região, chama *motuleños*.

– Modificado – avisou Emiliano, de perto do fogão. Ele usava um avental branco sobre o uniforme preto de médico.

Em seguida trouxe dois pratos fumegantes para a mesa.

– Ovos de gaivota, tortilhas de arroz, sem ervilhas ou queijo, mas igual, exceto por esses detalhes. Temos muita sorte por aqui com relação à comida, se pensarmos na maioria dos outros lugares.

Emiliano pôs o prato na minha frente. Eu nunca comi nenhum tipo de ovo de verdade. O prato era regado com um molho vermelho. Coloquei uma porção na boca e senti uma explosão de sabor, sal e temperos. Bebi o suco e fiz uma careta.

– Azedo? – perguntou minha mãe. – São limões de verdade. Desenvolvemos uma cepa que se dá bem aqui.

– É bom – reconheci. Tudo isso tinha um sabor surpreendentemente real, comparado à comida no Norte, até no Éden.

Emiliano sentou.

– Você também é médico? – perguntei.

– Sim – confirmou ele. – Trabalho principalmente com dermatologia.

– Não dá para perceber? – perguntou minha mãe, inclinando com orgulho o ombro em minha direção. – Olha a aparência desta pele.

Eu não vi nada de muito bom ali. O bronzeado era intenso, e as sardas eram tantas que parecia que alguém havia salpicado pedrinhas sobre seu ombro. Muitas eram escuras, pretas: o tipo de pintas que tínhamos que observar com cuidado, porque podiam levar ao melanoma.

– Ouvi dizer que vocês aqui não se escondem do sol – comentei.

– É verdade – respondeu Emiliano. – Um dos principais ensinamentos da Helíade-7 é viver a vida ao ar livre. Por isso deixamos a falsa realidade do domo Éden para viver na glória da luz de verdade. Afinal, ela nos dá vida.

– Sim, ouvi isso também. – Olhei de novo para o ombro da minha mãe. – E vocês simplesmente melhoram se sofrem intoxicação por radiação, ou outra coisa?

– Se a doença acontece – disse minha mãe, e sorriu olhando para Emiliano –, é porque é assim que tem que ser.

Senti um aperto por dentro. Não sabia se era a ideia de minha mãe morrendo, ou a constatação de que ela não se protegia, ou se tudo isso era muito estranho à maneira como eu havia crescido, mas percebi que ela esperava minha aprovação.

Olhei para Emiliano.

– Se não trata as doenças de ninguém, qual é sua função como médico?

– Ah, tem muita coisa para fazer. Podemos emendar membros quebrados, cuidar de cortes, pequenos ferimentos e infecções pouco importantes. Mas temos que deixar os cuidados avançados nas mãos da Natureza.

– Se pensar nisso, vai ver que é lindo – acrescentou minha mãe.

Eu estava pensando, e sentia minha pulsação acelerar.

– Então, quando alguém fica muito doente, muito ferrado, é aí que vocês matam a pessoa?

Tive a impressão de que Emiliano se encolheu quando eu disse isso.

– Não é matar. Fazemos tudo de um jeito muito sereno na clínica. Todo mundo sabe que é egoísmo prolongar nossa vida drenando recursos do povo.

Olhei para minha mãe.

– Então, se essas manchas de sol no seu ombro piorassem, se você ficasse doente, você se mataria... desculpe, libertaria.

Ela suspirou.

– Owen... – E me olhou de um jeito que eu lembrava de muito tempo atrás: como se estivesse desapontada, a curva da boca sugerindo que talvez preferisse que eu não estivesse ali arruinando o café da manhã no paraíso com seu namorado. Talvez já estivesse desejando que eu nem tivesse aparecido, que ela pudesse continuar sendo a pessoa livre que me abandonou. – Eu me lembro do Centro. Toda aquela escuridão onde as pessoas se escondiam. É melhor aqui na luz, vivendo radiante. Vale a pena correr o risco.

Respondi num impulso:

– Então, no seu mundo, se meu pai tivesse todas aquelas complicações por causa do pó e do mofo nas cavernas... ele não teria tratamento. Nada de respirador, inalação ou nebulização. Certo?

O rosto da minha mãe se contorceu ainda mais. Agora eu era um estorvo, uma presença incômoda.

– Bom, a gente não pode nem ter essas coisas aqui – respondeu Emiliano.

– E ele já estaria morto – deduzi. – Meu pai teria se afogado no próprio catarro, ou vocês o teriam libertado.

– Provavelmente, se o quadro dele fosse grave – confirmou Emiliano.

Levantei e comecei a caminhar em direção à porta.

– É grave.

– Owen, espere... – pediu minha mãe.

Eu virei.

– E depois que vocês deixassem meu pai morrer, quem cuidaria do filho dele? Não seria a mãe, porque ela já havia ido embora para tentar ser feliz!

– Isso não...

Mas eu já estava na porta.

– Onde você vai?

Parei. Minhas emoções eram como aquelas ondas em Houston, quebrando sobre os destroços de memórias submersas dentro de mim. Eu me sentia mal pelo que havia falado, mas também sentia que fora necessário.

– Não posso ficar agora. Vou procurar minha gente.

– Tudo bem... Lamento que seja difícil assim, eu... te amo. – Minha mãe fez um gesto como se pinçasse um beijo dos lábios e o jogasse para mim. – Pega – disse ela.

Sem pensar, levantei a mão e fiz um movimento perto do rosto, como se agarrasse alguma coisa, e alguma coisa nesse gesto desencadeou um sentimento profundo e perdido, como se os músculos tivessem memória. Eu já tinha feito isso, nós tínhamos feito isso havia muitos anos, um gesto de amor sem o qual eu vivi por muito tempo, e fiquei ali dividido entre a vontade de gritar e ir embora, ou correr para abraçá-la.

Mas só peguei o beijo e abri a porta.

– Tchau – falei.

Do lado de fora o sol me atingiu em cheio como labaredas no rosto. Parei na escada e respirei fundo. Os dois guardas na porta do edifício olharam para mim.

– Oi, menino voador.

Sete estava sentada na sombra ao lado da escada, encostada em uma parede, as pernas estendidas. Ela usava um vestido branco transpassado de mangas longas. A bainha do vestido era bordada com linhas de flores coloridas e desenhos que lembravam raízes subiam das flores para o centro do ventre, onde contornavam uma elaborada versão floral do símbolo da Helíade-7. O cabelo estava preso embaixo de um chapéu branco que protegia o rosto. As pernas longas estavam cruzadas e Sete segurava sobre elas uma bolsinha de tecido. O rosto tinha aquela luminosidade perfeita conferida pela maquiagem, como se fosse de cerâmica envernizada. Ela usava óculos de sol de aparência retrô com armação dourada e bebia refrigerante roxo de uma garrafa de vidro embaçada pela condensação.

– Oi. – Desci os últimos degraus e me aproximei dela. – O que está fazendo aqui?

Ela bebeu mais um pouco de refrigerante e arrotou.

– A Boa Mãe me mandou vir te buscar. Ela quer que a gente veja alguma coisa na Tática. Parece que é importante. – E estendeu a mão, como se quisesse que eu a segurasse. Segurei, e ela levantou do degrau. Quando ficou em pé, seu corpo encostou no meu. Dei um passo para trás. – Desculpa – pediu ela, embora não parecesse arrependida. Em seguida ela massageou a cabeça. – Ai. Odeio as manhãs. – Mais um gole do refrigerante. – Queria melhorar um pouco antes de vir. – E inclinou a cabeça para o prédio. – Dormiu bem?

– Mais ou menos. E você?

– Fiquei na rua até tarde com uns amigos. Fomos dançar no Chaac's Cove. Foi muito legal, mas agora estou pagando o preço. Vida de deusa, sabe como é. Falando nisso, todo mundo espera que você apareça hoje à noite.

– Não sei dançar. Na verdade, eu não...

– Mas vai – interrompeu-me Sete, sorrindo. Começamos a subir a rua. – E aí? Como foi lá? Ouvi você falando alto. Problemas na grande reunião?

Dei de ombro.

– Acho que sim. Foi estranho. Fiquei meio alterado quando começamos a falar sobre libertação e outras coisas daqui.

Sete sorriu triste.

– Vida iluminada! – E levantou um punho. – É, isso é complicado. – Ela deixou o braço cair sobre meu ombro e continuamos andando. Olhei para aquele braço, e meu primeiro pensamento foi que ele não devia estar ali. Eu tinha uma namorada, não tinha? Lilly não era minha namorada? Por outro lado, amigos podiam se abraçar, e Sete e eu teríamos que ser amigos, certo? Para Sete, talvez um braço sobre um ombro não fosse grande coisa. Então, eu o deixei lá e tentei acalmar o sensor disparado em minha cabeça, os técnicos disparando alarmes.

Sentia o olhar das pessoas quando passávamos pela rua estreita, e depois, quando atravessamos a praça. Também percebi que os dois guardas da casa da Mãe nos seguiam meio afastados.

Perto da praça principal, um mercado fervia com o movimento, as pessoas se movendo entre fileiras de barracas cobertas por toldos de tecido. Havia velhos e jovens, e uma mistura de tons de pele e formatos de rosto que era muito mais diversificada que tudo que vi no Centro ou no Éden. Todo mundo andava ao ar livre, embaixo do sol forte e ardido, deixando a radiação incidir sobre a cabeça, os ombros e os braços, aparentemente sem medo.

– É quente – comentei, olhando para os meus braços cobertos pelo moletom. Sentia o ardor nas queimaduras de radiação.

– Muito – concordou Sete. – Não dá para acostumar completamente. – Ela tirou o braço de cima do meu ombro e puxou a manga longa do vestido, depois ajeitou o chapéu.

– Por que não vive iluminada? – Perguntei.

Sete Sorriu.

– E deixar minha pele derreter? Não, obrigada. – Ela olhou em volta. – Viver iluminada, cortar um dedo e morrer cedo pode ser legal para os puxa-sacos, não para mim. Eu não escolhi este lugar, sou só a pobre donzela trancada na torre do castelo.

– Como assim?

– Não pedi para ser despertada e transformada em um símbolo de esperança. Que droga, eu nem pedi para ser crionizada.

– Seus pais?

Sete balançou a cabeça.

– Também não. Eles já tinham morrido.

– O que aconteceu?

Sete ficou quieta por um segundo antes de responder:

– Morávamos em buenos aires quando a ascensão aconteceu. Meu pai era da área de finanças e eu fui criada em nova york, mas viajávamos muito. Deve ter aprendido na escola sobre o que aconteceu em buenos aires.

– Acho que não.

– Bom, as coisas já eram bem ruins por lá, havia enchentes e tempestades, e houve uma epidemia de sangue preto, e as condições eram tão precárias que o vírus sofreu uma mutação, ganhou força e se tornou duas vezes mais letal. Eles estabeleceram uma quarentena militar. Ninguém entrava, ninguém saía. Cinco milhões de pessoas, e todas morreram... Meus pais, meus irmãos. Todo mundo... menos eu.

– Como sobreviveu? Ah, espera, acho que eu sei. A Corporação Éden te achou?

– Sim. Eles estavam tomando as providências para tirar minha família toda de lá, mas aí aconteceu a mutação e a quarentena. E todos nós ficamos doentes. Eles chegaram à noite. Estávamos no asilo comunitário. Famílias inteiras ficavam juntas em um quarto para morrer ali. Era tarde, meu irmão mais novo havia morrido e meu pai quase não conseguia respirar. Minha mãe estava morrendo... e aquela tropa de soldados vestidos de preto, com viseiras douradas e parecendo robôs invadiu o quarto. Eles perguntaram se eu queria ir. Não queria, mas eu também não queria morrer. Por isso disse que sim. E eles teriam me levado de qualquer jeito, eu sei. Os soldados me levaram para um helicóptero, e eu me lembrei de olhar para algumas daquelas viseiras e... – Sete olhou em volta. – E acordei em uma cama em Desenna, e vinte e cinco anos haviam passado, e eu sou Helíade, filha do sol. Simples assim.

– Sinto muito – falei. – Deve ter sido duro.

– Tem gente que passou por coisa pior.

– Como era seu nome antes?

– Não tem importância. – De repente ela parou de andar. – Está com fome? Eu estou. E você vai querer comer. – Ela me puxou para o outro lado da rua, para uma barraquinha no mercado. Uma coluna de fumaça brotava dela.

Uma mulher de vestido vermelho e dois garotos grelhavam bolos marrons e chatos em frigideiras pretas. Embaixo da barraca, tubos vermelhos se estendiam até uma bateria solar.

Sete falou com a mulher naquela versão de espanhol que ouvi na noite passada. Ela sorria afetuosa, o rosto perfeitamente maquiado e os óculos escuros compondo a máscara da deusa, escondendo a pessoa verdadeira que havia mostrado para mim. Os meninos colocavam feijões e um vegetal cor de laranja no centro dos bolos e os dobravam formando triângulos. A mulher os tirava depressa das frigideiras, passava para quadrados feitos com folha e servia aos clientes.

– Não precisa pagar? – perguntei.

– Nunca, essa é a regra número quatro – falou Sete ao pegar a comida. – Seria ofensivo um deus pagar por alguma coisa. Eles acham que estão ganhando nossos favores com seus presentes.

A mulher e os filhos nos cumprimentaram com o gesto dos dois dedos. Sete assentiu como se estivesse acostumada com aquilo.

Ela me deu um dos triângulos quando nos afastamos.

– Massa com recheio de cacau e taro – explicou ela.

Era farinhento, mas saboroso, uma mistura do doce com o sabor picante do vegetal.

– Você não ficou furiosa? – perguntei enquanto andávamos pela praça para a pirâmide. – Tipo, com o Éden, com Victoria? Por não ter sido uma escolha sua?

– Fiquei, é claro, mas depois pensei e... Bom, se pudesse escolher entre morta e deusa, acho que teria escolhido ser deusa, mesmo.

– E o que quis dizer ontem à noite, quando falou que aquilo tudo fazia você sentir que podia morrer?

Sete olhou para mim.

– Ah, o cara lembra os principais detalhes, olha só, a garota está emocionada.

– É sério – falei, mas também registrei mentalmente essa minha aparente habilidade.

Sete suspirou.

– Acho que, de vez em quando, só queria ter tido uma terceira opção.

– Qual?

– Não sei, talvez ir para a Federação do Norte. Sabe, morar na ilha Helsinki e ter aquela vidinha, escola, formatura, universidade. Depois conseguir um estágio em um escritório, trabalhar com a burocracia, ficar empurrando papel de um lado para o outro usando tailleur e sapatos incríveis, talvez conhecer um estagiário fofo na festa da firma. Ser normal, só isso. Anônima. Não viver iluminada. Isso seria legal.

– Talvez seja possível, depois que você cumprir seu destino Atlante.

– Ah, talvez. – Mas Sete não parecia convencida. – Sair daqui já seria bem legal. Mas, enquanto isso não acontece, minha posição é um passe livre. Eu devia estar morta, mas não estou. Sou uma deusa, e agora, bônus! – Ela enganchou o braço no meu. – Tenho um deus para me fazer companhia.

– Sanguessuga? – perguntei, esperando que ela ouvisse a pergunta como uma piada, mas me perguntando se essa coisa do braço ainda podia ser considerada uma demonstração de amizade.

– É, o sexy Sanguessuga. – Sete sorriu com ar diabólico, depois soltou meu braço.

Passamos por duas pessoas idosas apoiadas a uma parede no sol. As duas tinham a pele grossa, queimada, cheia de pintas pretas, algumas vertendo uma substância amarela. Uma delas apontou para nós e estendeu a mão, mas a outra agarrou o braço estendido e o puxou para baixo.

– É proibido mendigar – disse Sete. Ela olhou para as pessoas por um segundo, em seguida pegou o que restava da minha comida. – Posso? – E foi levar nossas sobras para os dois. Quando voltou, ela disse: – Só estou fazendo meu trabalho de deusa. Aqueles dois vão morrer logo, de qualquer jeito. Pelo cheiro das feridas, duvido que passe de uma semana.

– Você foi muito generosa.

Ela deu de ombros.

– A gente tem que fazer o que pode, fingir, pelo menos, que há um propósito em tudo isso.

Atravessamos a praça. A pirâmide principal era mais impressionante de dia, porque dava para ver o tamanho dela comparado a tudo que havia em volta, os contornos se projetando para o azul do céu.

À nossa direita, uma equipe construía uma nova parede na lateral de um edifício, carregando enormes blocos por uma plataforma inclinada de madeira. Outros trabalhavam em rodas giratórias e esmeris para dar forma a pedras. Vi que alguns esculpiam rostos.

– Parece muito, não? – perguntou Sete.

– Quê?

– A cidade onde os Três morreram.

– Você viu isso?

– Sim – respondeu Sete –, a visão com a pirâmide e o céu coberto de cinzas, os três enfileirados e a lâmina cortando a garganta deles. – Ela tocou o próprio pescoço. – Senti que eu era a garota que morria.

– Acho que foi o garoto, mas, sim, também tive essa sensação.

– E aqueles sacerdotes bizarros com as facas... Deve ter sido muito triste, não só a morte, mas saber que o mundo estava desmoronando, que as pessoas que você amava estavam morrendo...

– E tudo por sua culpa – acrescentei, lembrando as palavras de Lük dentro do crânio. – É bom finalmente ter alguém que conhece essa história – reconheci.

– Eu sei. Todo mundo por aqui fica, tipo, "uhul, Atlantes", e eu tenho vontade de mandar essa gente calar a boca, porque ninguém tem ideia de como foi de verdade. – Ela afagou meu braço. – Tenho sido uma deusa muito sozinha.

– Ah – respondi, e senti que fiquei vermelho. Porque, eu tinha que admitir, já não achava mais Sete irritante. Ela entendia ainda melhor que Sanguessuga essa coisa toda de que fazíamos parte. E sobre aquela história de ter achado que ela era atraente... Bom, a atração havia crescido. Vou deixar pra lá essa história de Sete parecer *me* achar atraente...

Tudo isso me fez pensar que eu tinha que ver Lilly, falar com ela, retomar a conexão antes que esses novos pensamentos fossem mais longe... talvez depois de ver o que Victoria queria com a gente.

Entramos na pirâmide e percorremos vários corredores até a porta de metal. Sete apertou um botão ao lado da porta e ativou um interfone. Ela se identificou e as portas se abriram.

Todos os corredores da pirâmide eram de pedra e pouco iluminados, mas a sala em que entramos era branca, radiante. Havia consoles de computadores ao longo das paredes, não com o mesmo grau de tecnologia que havia no Éden, mas monitores mostravam trechos do oceano, aparentemente radares, e várias outras cenas capturadas por câmeras.

Havia uma grande comoção na sala, pessoas correndo de um lado para o outro.

– Vem – disse Sete. Ela me conduziu entre as pessoas até um guarda uniformizado, que abraçou com entusiasmo. – Nico! – disse com tom afetuoso. – Toca aqui! – E levantou a mão.

Nico era um desses caras que as garotas deviam achar bonitos. Ele olhou para Sete, depois olhou em volta, como se quisesse ter certeza de que ninguém os observava.

– Ai, desculpa. – Sete se afastou, mas havia em seus lábios um sorriso debochado. – Esqueci, não em público.

– Oi, Sete – respondeu Nico. Ele era mais velho, devia ter uns 20 anos e usava um uniforme azul-marinho de oficial. A maioria das pessoas na sala vestia uniforme marrom em estilo militar. Ele esboçou um sorriso, mas olhou para o computador em sua mão. – Desculpa, tem algo importante aqui.

– Eu sei – disse Sete. – Mais algum detalhe que possa divulgar?

Uma expressão de desconforto passou pelo rosto de Nico.

– Você sabe que eu não deveria. – Ele me encarou por um segundo, franziu um pouco a testa, mas desviou o olhar em seguida, como se eu fosse superior a ele.

Sete suspirou, contrariada.

– Tudo bem. Para que você serve, então?

– Eu...

Ela deu um soco em seu ombro daquele jeito brincalhão.

– É brincadeira. Sabe onde está a Mãe Exaltada?

– Lá fora – disse Nico.

– Valeu, gatinho – respondeu Sete, e cutucou a ponta do nariz dele antes de olhar para mim. – Vamos nessa.

Passamos por portas deslizantes de vidro para uma varanda de pedra sobre o penhasco diretamente acima dos deques. O oceano de superfície oleosa e colorida se estendia até o horizonte, ondulando daquele jeito que sugeria uma textura emborrachada.

– Ele é seu namorado? – perguntei, tentando parecer indiferente. Mas eu era indiferente, não era?

– Não – respondeu Sete. – Ele é meu amigo, e eu sou assim mesmo. Gosto dele, acho que ele gosta ainda mais de mim, mas é só isso. – Ela me encarou. – Por quê? Está com ciúme?

– É claro que não. – Mas acho que olhei o cara de cima a baixo quando nos conhecemos.

Encontramos Victoria na muralha, observando o mar.

– Qual é o lance, Mamãe querida? – perguntou Sete, e se debruçou no muro para olhar para baixo.

– Vamos receber feridos – respondeu Victoria, tensa.

Lá embaixo um navio enferrujado atracava ao lado do *Solara* e cuspia fumaça preta. A rampa de embarque desceu com um rangido. E uma multidão maltrapilha começou a descer do navio antes das macas.

– Venham comigo. – Victoria nos levou por uma escada de metal que ia para um lado e para o outro, descendo pela lateral do penhasco.

– Quem são eles? – perguntei.

– Nômades – respondeu Victoria, olhando para trás. – Pertenciam a uma tribo registrada com a qual fazíamos negócios regularmente. Há três noites eles foram atacados pelas forças da FAC nos pântanos do Tennessee. Setenta e cinco homens, mulheres e crianças foram mortos. Esses foram os únicos que conseguiram escapar.

– Vimos alguma coisa assim no Colorado – falei. – Os Nômades tentavam dizer à FAC que eles não eram responsáveis por... hum...

– O saque ao Armazém Cheyenne – completou Victoria.

– Isso, era isso.

Chegamos aos deques. Os feridos foram deixados ali em macas. Mulheres e crianças, dois homens, todos cobertos de cortes, hematomas, queimaduras. Vi uma perna esmagada, a mão que explodiu... As crianças estavam chorando, ou chocadas e silenciosas. Serena e os médicos corriam para atender aos feridos.

Victoria se debruçou sobre um homem inconsciente em uma maca. O rosto dele era quase completamente escondido pelos curativos e a região em torno da orelha e da têmpora estava encharcada de sangue. Victoria chamou o médico mais próximo.

– Se ele tiver família, ofereça libertação. Diga que o libertaremos do sofrimento, mas isso é tudo que podemos fazer.

Ela se virou, e vi em seu rosto uma expressão de sofrimento. Tentei entender como a mulher que tinha visto uma garota morrer na noite passada e posto a mão sobre um coração sangrento podia se perturbar tanto com aqueles feridos.

– Filho da mãe – resmungou Victoria.

– Quem? – perguntei.

– Seu velho amigo Paul. Ele está por trás disso. Essas pessoas só querem sobreviver, e acabam sendo sacrificadas pela ambição dele.

Ouvi gritos. Eram duas crianças de mais ou menos 10 anos, e estavam ajoelhadas ao lado de uma mulher com ferimentos graves no tronco.

– O Armazém Cheyenne é uma base militar, ou alguma coisa desse tipo, não é? – perguntei.

– É a maior reserva de material nuclear fora de uso da América do Norte – respondeu Victoria.

– Está falando de bombas?

– As ogivas foram desmontadas há cem anos. As nações da Federação do Norte ainda têm armas nucleares em suas principais bases, é evidente, mas o urânio do Cheyenne pode ser transformado em armas novamente sem nenhuma dificuldade. E na última semana houve um relato de invasão ao depósito por uma força de ataque Nômade, que conseguiu subverter defesas, roubar uma quantidade não revelada de material nuclear e sair antes que as forças da FAC chegassem.

– Por que os Nômades tentariam roubar urânio? Eles querem construir uma bomba?

– É exatamente isso! Não podem ter sido os Nômades, de jeito nenhum. Acho que foi uma tropa da Corporação Éden, e tudo foi feito para dar a impressão de que foram Nômades. E agora a FAC rotulou os Nômades de grupo terrorista. Estão caçando todas as tribos, procurando o produto roubado e matando todos eles.

– Paul falava sobre mineração de urânio naquele relatório que lemos – contei. – Ele não dizia onde, ou para que iam usá-lo.

– Acho que é bem óbvio – murmurou Victoria. E olhou para o mar de corpos feridos. – Escute, vamos ter que adiar nossa ida ao templo até amanhã de manhã. Tenho que cuidar disso. Desculpe, não posso continuar conversando.

Ela se virou e caminhou para o meio do frenesi, falando com Serena enquanto mais feridos eram tirados do navio.

Olhei em volta por um minuto, tentei pensar em um jeito de ajudar, mas não havia nada a fazer. Encontrei Sete ajoelhada ao lado de um homem com um curativo no rosto. A bochecha havia sido marcada com um V, de voluntário. Uma mulher ao lado dela abraçava um menino que chorava.

Sete olhou para mim quando me aproximei. O olhar dela estava sério, abalado.

– Quer me ajudar a administrar o rito de morte?

Meu primeiro impulso foi dizer não. Queria ficar longe de toda aquela mortandade, mas depois pensei em minha mãe, que havia fugido do que a incomodava. A mulher e o menino olhavam para mim, e me lembrei de que era um dos deuses daquela gente. E não os abandonaria quando precisavam de mim.

– É claro.

Ajoelhei na frente de Sete, com o homem de rosto e peito queimados entre nós. Ela estendeu as mãos, e eu as segurei.

Assentiu para mim, fechou os olhos e falou:

Fique em paz. Vá brilhar com liberdade.
Você fez sua parte; agora celebramos sua libertação.
E quando o libertarmos, você será divino,
Divino em sua liberdade, um conquistador do medo.

Sete soltou minhas mãos. Depois vasculhou o interior da bolsa a tiracolo e pegou uma garrafinha de vidro. A embalagem tinha um conta-gotas, que ela encheu com o líquido verde e apertou na boca do homem.

– Luz – explicou-me ela, e olhou para a mulher. – Isso vai aliviar o sofrimento dele nos momentos finais.

– Obrigada – sussurrou a mulher.

Eles se ajoelharam ao lado do homem quando Sete e eu levantamos e nos afastamos. O rosto de Sete era tempestuoso. Ela mordia o lábio.

E agora eu via a diferença. A morte incomodava Victoria e Sete quando não era planejada. Quando escapava ao controle das duas. Essas pessoas não tinham escolha. Paul havia tirado delas a chance de escolher.

Sete e eu repetimos o rito de morte mais três vezes, nos ajoelhamos e demos as mãos, e na última vez eu havia decorado as palavras e as recitei com ela, sentindo uma força maior no ritmo, na união dessas palavras, em sua capacidade de levar um momento de paz e silêncio às famílias chorosas.

Elas nos agradeceram, nos abraçaram, e senti as duas primeiras regras de Sete em ação: eu era um deus, e era bom, útil; mas a dor deste mundo, o peso da morte, tudo isso me esmagava por dentro. Essas pessoas também seriam acrescentadas à nossa lista daqueles que precisavam de ajuda e agora viviam em nossa missão, se tivéssemos sucesso.

– Entendi – falei para Sete, vendo os últimos corpos machucados serem levados dos deques. – Isso é importante. Nós somos importantes para essa gente.

– Tudo é novo para você. Depois de alguns milhares de rituais da morte, o efeito se esgota.

– Imagino. Mas isso me faz sentir que nossa missão é ainda mais importante, que eu vou fazer tudo que puder para deter Paul.

Sete olhava para o mar em silêncio, abraçando o próprio corpo.

– Sinto vontade de nadar.

– Quê?

Os olhos dela se voltaram para o alto, a máscara da deusa apareceu.

– Victoria disse que não vamos ao crânio, o que significa que temos o dia livre. E quero aproveitar o que resta dele sem pensar em nada disso.

– Tudo bem – concordei, mas acrescentei: – Vamos chamar os outros.

Sete revirou os olhos.

– Que saco. Tudo bem, vamos juntar a gangue.

20

Fomos à enfermaria.

– Vou procurar Sanguessuga – disse Sete. – Você vai atrás da sua Lilly.

Nós nos separamos no corredor. Eu parei na frente da porta do quarto de Lilly. Ouvi vozes lá dentro.

– Passamos o último fim de semana em Banff – disse uma voz masculina. – Ainda existem planícies de lodo onde antes ficavam os campos gelados de Colúmbia. As pessoas mergulham na lama. Aqueles minerais glaciais são bons para as articulações da sua mãe.

Uma mulher:

– Depois de algumas horas lá, recuperei quase todos os movimentos.

O silêncio depois da conversa tinha um chiado parecido com o de um vídeo em exibição.

Espiei pela fresta da porta. O sol forte entrava por uma janela alta. Lilly estava sentada. Ela vestia a mesma regata e o mesmo short de quando chegamos, mas agora eles pareciam limpos. Havia uma faixa de tecido transparente envolvendo seu pescoço, segurando quadrados brancos sobre as guelras.

Ela segurava o tablet sub-rede com um disquinho prateado espetado na lateral.

– Mas a viagem para lá é cara – disse a voz masculina. – Não sei quantas vezes ainda conseguiremos ir.

Outro momento de silêncio.

– Ei – chamei em voz baixa.

Lilly levantou a cabeça. Seu rosto estava limpo, o cabelo havia sido lavado e escovado, mas os olhos estavam inchados e molhados.

– Oi – sussurrou ela.

Eu me aproximei da cama.

– O que está fazendo?

Ela apontou a tela.

Vi dois adultos de cabelo grisalho e pele enrugada. A mulher tinha a pele cor de amêndoa e traços suaves, muito parecidos com os de Lilly. O homem tinha os olhos azuis como os dela, mas com um tom de pele mais claro e rosto quadrado.

– Caminhar também é bom – disse a mãe de Lilly. – Posso andar pelo bairro. Agora eles estão dizendo para todo mundo usar proteção contra radiação o tempo todo. Mas, no meu caso, não sei qual seria a utilidade disso... – Ela se calou.

O ombro do pai se movia como se ele afagasse a mão da esposa fora do alcance da câmera.

Lilly prendeu a respiração e uma nova onda de tristeza a invadiu.

Deviam ser os vídeos que os pais deixaram para ela.

– É a primeira vez que vê? – perguntei, lembrando o que ela me disse em Tiger Lilly Island.

Lilly assentiu.

– Esse é de 2073, quinze anos depois de eu ter sido crionizada.

Os pais de Lilly pareciam meio perdidos, como se não soubessem onde estava a câmera.

– Eles nunca sabem o que dizer – comentou Lilly. – Nunca foram muito de conversar. Lembro quando eu era criança. – Uma risadinha. – Eles pareciam muito velhos. – Lilly segurou minha mão e me puxou. – Senta.

Sentei na cama ao lado dela. Lilly se afastou um pouco para me dar espaço.

– Nós, ha... – começou o pai dela – finalmente recebemos a caixa da Corporação do Povo. Já estávamos achando que não chegaria nunca... – Ele sumiu da tela.

– Ah, meu Deus... – murmurou Lilly.

– Não tinha muita coisa – continuou o pai. A mãe estava chorando. – Algumas roupas, o relógio dele, coisas assim. Ah, e isto aqui.

Ele segurava uma foto. Um menino que devia ter nossa idade, alto e musculoso, com um braço sobre os ombros de uma menina bem magra, de cabelo preto e curto, mas com os mesmos olhos enormes de Lilly.

Lilly soluçou.

– Vocês dois – disse a mãe dela –, tão jovens e bonitinhos. Sempre quisemos que ele fosse com você para o Éden, mas...

– Ele tinha as próprias opiniões – concluiu o pai. E guardou a foto.

Eles ficaram em silêncio outra vez, quase como se esperasse Lilly falar. O silêncio chiava nos alto-falantes.

Lilly limpou o nariz.

– Tomara que você esteja feliz e bem quando receber isto – disse a mãe dela. – Que a vida seja boa para você.

Lilly riu com amargura.

– Ah, é.

– Amamos você, Tiger Lilly – falou a mãe. – Amamos muito.

– Tudo bem... – acrescentou o pai. Os olhos dele também pareciam molhados. – A gente conversa mais em breve.

Ele estendeu a mão e desligou a câmera.

Lilly virou a tela do tablet para baixo.

– Ela vai morrer em um ano. Já está meio morta, eles só não querem me contar.

– Câncer do plástico – falei.

– É. O vídeo seguinte só tem meu pai. E é tão horrível que eu nem consegui ver inteiro. Ele também morre dois anos depois. – Lilly suspirou. – Isso é injusto.

– Sinto muito. Lamento que eles tenham morrido. Tem morte demais neste mundo.

– Obrigada. Sanguessuga me contou que sua mãe está aqui. Como assim?

– É esquisito – respondi. – Quero dizer, é bom. – Era legal poder falar com ela sobre isso, mas eu também me sentia mal. De todos nós, eu era o único que tinha pais. – Sou um cara de sorte. Mas é esquisito porque ela foi embora, e eu não sei... Fui meio cretino hoje de manhã.

Contei a ela sobre a nossa conversa.

– É estranho, não só porque a vi pela primeira vez depois de muito tempo, mas porque ela tem um namorado novo e está entusiasmada com toda essa coisa da Helíade. Não sei por quê.

– Ela não é como você lembra – deduziu Lilly.

– Na verdade, é. Minha mãe sempre gostou de um bom espetáculo. E, embora eu fosse criança, lembro que ela era meio inconstante. Agora acho que só queria esconder a tristeza, ou sei lá o que sentia. Mas quem sabe? Faz tanto tempo! Acho que não a perdoei por ter deixado a gente. Acho que tenho raiva dela há anos. E agora estou pondo tudo para fora.

– Vocês vão superar tudo isso. Pode demorar um pouco. – Lilly olhou novamente para a tela do computador. – Nunca quis ver esses vídeos. Sempre me senti culpada, tipo, por que eu devia sobreviver, se eles morriam? Principalmente Anton. Ele se esforçava por uma causa importante quando se afogou. E eu ganhei um passe livre, uma vida de fantasia dentro do Éden.

– Mas você não teve culpa. Foi para isso que escolheram você. E agora está aqui fora, no mundo, fazendo a diferença. – Quando acabei de falar, percebi mais uma coisa e me senti um idiota. – Por isso ficou tão brava comigo no lago seco. Não foi só por mim, foi por você, por eles.

Lilly assentiu.

– Por isso mentiu sobre a sereia?

– Sim – confirmou ela. – Eu não queria. Mas quando te conheci, sair de lá era tão importante quanto você. Alguma coisa diferente estava acontecendo com você, algo que não acontecia com a gente, e eu precisava saber o que era.

– Agora está falando como se tivesse me usado.

Lilly revirou os olhos, mas sorriu.

– Não, eu gostei de você de verdade! É que... Conheci outros caras antes e também foi muito legal no começo, mas eu me decepcionava quando passava mais tempo com eles.

Ela estava falando de Evan?

– Mas com você foi diferente – continuou Lilly. – Por isso queria poder voltar atrás, apagar aquela mentira.

– Tudo bem, não tem tanta importância. E no deserto, não quis dar a impressão de que só eu era importante.

Ela sorriu sem entusiasmo.

– De vez em quando você tinha que se comportar como um cara típico.

– É... – Sorri também, mas de repente me senti forçado. Estávamos ali recuperando nossa relação como eu esperava que acontecesse, mas agora parte de mim pensava em fazer aqueles ritos de morte com Sete, lembrava como ela havia segurado meu braço e como nos sentimos conectados pelas visões Atlantes... Tentei expulsar da cabeça essas lembranças de Sete, me concentrar em Lilly. – Fico feliz por estar melhorando. Na última vez que vim, você estava meio pirada, falando sobre ouvir uma música...

– Foram dias estranhos. Não me lembro de muita coisa depois de fazer o balão termal. Sanguessuga me contou o que eu não conseguia lembrar. Deve ter sido doido. – Ela me encarou séria. – E você?

– Tudo bem. – Senti uma vibração dentro de mim quando nossos olhares se encontraram, e pensei que... não, esquece Sete, o que importa é isto aqui. E lembrei aqueles pensamentos que tive enquanto voávamos pela noite, e agora eles voltavam e atropelavam as últimas vinte e quatro horas. Lilly. É claro, não havia entre nós uma conexão deus-deusa, mas talvez tivéssemos algo mais...

– Achei que viria antes.

O comentário me pegou desprevenido. Meus pensamentos foram interrompidos. Lilly havia desviado o olhar.

– Ah... Bom, eu estive aqui ontem à noite, mas você estava dormindo. Queria ter vindo hoje mais cedo, mas Sete e eu...

– Sete – interrompeu-me Lilly. – Sei.

– É, bom, a gente tinha que ir ao Tático. Aconteceu um massacre, Nômades, e tivemos que fazer ritos de morte. É um ritual. É... – Parei. Não sabia que impressão daria o que eu ia dizer, mas disse assim mesmo: – Foi muito forte. Somos muito importantes para essas pessoas... é uma coisa muito grande.

– Está falando de vocês. Os Três. – Lilly baixou o tom de voz.

– Acho que sim.

– Sanguessuga contou que ela é difícil... Para dizer o mínimo.

– Não sei. Ela se faz de durona, mas acho que não é bem assim. Ela tem enfrentado uma vida difícil, como nós todos. – Sabia que dava a impressão de que estava defendendo Sete. Talvez estivesse.

O olhar de Lilly se tornou vazio, distante.

– Parece que já conhece bem a garota.

– Eu sinto que conheço. E essa é uma das esquisitices... Ela e eu tivemos as mesmas visões do crânio. Eu me identifico com o que ela tem enfrentado. – E me sentia quase culpado por confessar.

– É uma bela conexão. – A Lilly distante estava ali de novo, a Lilly do lago seco, de quando minhas guelras sumiram.

– É que...

– Posso fazer uma pergunta? – interrompeu-me ela.

– É claro.

Uma ruga apareceu na testa de Lilly.

– Tem certeza de que Sete é o Médium? Ou isso também é parte da encenação?

– Ei, e aquela história de direito a um julgamento justo?

Sete estava parada na porta.

– Ah, oi – falei, já levantando da cama, mas imaginando que tipo de sinal isso daria a ela, ou o que Sete pensaria depois de me ver na cama de Lilly, e basicamente odiando toda essa confusão.

Sete não parecia perturbada.

– Como vai a Companheira Especial de Viagem do Owen? – Ela entrou no quarto. – Brincadeira, não, sério, ainda não fomos apresentadas. Meu nome é Sete, sou filha do sol e terceira Atlante. Owen me contou tudo sobre você: a gata do acampamento de verão. Como se sente, de verdade?

Lilly olhou para Sete de um jeito carrancudo, não exatamente hostil, mas frio.

– Eu sei quem você é.

Sete fez questão de parecer constrangida.

– Tudo bem, então... Bom, o menino voador já contou que vamos nadar?

Lilly olhou para mim com uma sobrancelha levantada.

– Menino voador?

– Vamos ao poço – continuou Sete antes que eu pudesse responder. – É muito legal. E os médicos dizem que vai ser bom para suas guelras. Você vai ficar bem. Não precisa de libertação. Brincadeira.

– Que fofa – disse Lilly. E mediu Sete, lentamente da cabeça aos pés e de volta. Depois olhou para mim. – Acho que não vai rolar. Não quero interferir na relação dos Três.

– Você que sabe – respondeu Sete, sem se abalar. – Vou esperar no quarto do Sanguessuga. – E saiu.

– Você devia ir com a gente – falei para Lilly.

Ela ficou parada, mordendo o lábio. Depois fechou os olhos e inclinou a cabeça em direção à janela, como se alguma coisa a houvesse distraído.

– Ei – chamei.

Lilly abriu os olhos.

– Desculpa. – Ela me olhou de um jeito estranho. – Você... ouviu isso?

– Isso o quê?

– Música – disse ela, olhando para o espaço.

– Hum, não ouvi nada, só você dizendo que não vai nadar.

Lilly balançou a cabeça como se voltasse de algum lugar distante.

– Ah, não... Vai lá, vai se divertir brincando com os deuses. Eu... preciso descansar e resolver umas coisas. Talvez eu vá mais tarde. – E olhou de novo para a janela.

– O que está acontecendo com você? – perguntei.

– É cedo demais para dizer.

Eu não sabia o que dizer. Essa distância entre nós era pior que nunca.

– Sete é legal, depois que a gente a conhece.

Lilly deu risada.

– Owen, vai logo. Estou cansada.

– Eu... – Não acreditava nela, odiava ouvir Lilly dando desculpas, mas a conhecia bem o bastante para saber que nada a faria mudar de ideia. – Tudo bem, a gente se vê mais tarde.

Lilly não respondeu. Saí do quarto sem saber o que eu sentia. Frustração, confusão, mas era como se essa estranheza crescesse lentamente entre nós, como camadas de sedimento, e não havia como demolir a barreira.

– Problemas no paraíso? – perguntou Sete quando entrei no quarto de Sanguessuga.

– Cadê a Lilly? – Sanguessuga saía do banheiro. O olho esquerdo ainda estava coberto por um curativo, mas o direito parecia melhor. Ainda havia círculos de vermelho e preto, mas o inchaço era menor e dava para ver o globo ocular. Ele segurava o sextante, que deixou sobre o criado-mudo. O objeto vibrou, e um tremor subiu pelo braço dele.

– Ela falou que tinha coisas para fazer.

Sanguessuga franziu a testa.

– O que você fez?

– Eu não fiz nada, ou... nem sei! Sei lá. E você, como está?

– Melhor, pior, os dois. Agora consigo enxergar um pouco, pelo menos. Sair daqui vai ser bom.

Saímos do quarto.

– Vamos, gente. – Sete chamou os dois guardas que protegiam a porta, os mesmos que haviam seguido nós dois antes.

Atravessamos a praça. O calor do meio-dia era cada vez mais forte, refletido pelas pedras das ruas e paredes.

Sete nos levou por ruas estreitas para a periferia da cidade. Os prédios iam se tornando menos frequentes, e havia entre eles trilhas de árvores frondosas. Notei que as pessoas caminhavam nos dois sentidos e carregavam toalhas, muitas delas vestindo roupa de banho. Era muita pele exposta em plena luz do dia. Porém, apesar de haver muitas cores e tonalidades de pele diferentes, além de manchas e algumas queimaduras, ninguém parecia estar muito mal. Talvez porque os que ficaram piores já haviam morrido. Mesmo assim, vi muitos sorrisos, muitas expressões relaxadas e risadas. As pessoas estavam à vontade. Apesar do sol e da morte... ou talvez por causa deles. De qualquer maneira, raramente aquelas expressões eram vistas no Centro. Ou no Éden Oeste.

O ar era denso, pegajoso, mais ainda do que no dia anterior. Passamos por um bosque escuro de árvores tropicais, os troncos grossos cobertos de cipós, as folhas largas pendendo para um lado e para o outro. Chegamos a uma curva e continuamos andando, agora pela beirada de um buraco de uns trinta metros de largura, onde a terra parecia ter afundado em um círculo perfeito. Havia solo e plantas nas beiradas, pendurados, tufos de folhagens, um caleidoscópio de triângulos e sombras de verde. Embaixo dessa margem, o buraco era ainda maior, parcialmente coberto por um toldo de pedra.

O buraco tinha uns cinquenta metros de profundidade, pelo menos. As laterais eram coloridas com anéis de marrom e branco, com pequenas alcovas e saliências lisas na rocha. Algumas áreas das paredes eram pretas de mofo, outras eram verdes por causa do musgo. No fundo havia uma piscina, e a água era escura, uma mistura de marrom e azul. O sol iluminava metade de uma parede e metade da piscina. Cipós finos desciam como cabelo castanho e molhado das árvores e arbustos no alto da abertura. O ar fresco subia da piscina trazendo um cheiro limpo e úmido, e o eco da voz de nadadores. Alguns haviam escalado as paredes internas para vários patamares. Eles mergulhavam descrevendo arcos incríveis, desapareciam na água numa explosão de bolhas, como se perfurassem o limite dessa realidade e viajassem para outra.

– O nome disso é dolina – disse Sete. – Os maias costumavam jogar adultos e bebês nesses buracos como uma oferenda para os deuses.

– Isso é o que todo mundo acredita que são as libertações? – perguntei. – Sacrifícios para garantir a felicidade de Chaac ou sei lá quem?

– Não. Todo mundo sabe que tirar o coração de alguém não vai influenciar no clima ou em outras coisas. Os maias eram completamente malucos.

– Não eram malucos – disse Sanguessuga. – Eram desesperados. A natureza atormentava a vida deles o tempo todo, e eles faziam o que achavam que devia ser feito para enfrentar o que, provavelmente, parecia ser um mundo brutal que não gostava deles.

– Mais ou menos como agora – concordei. Sanguessuga assentiu.

– Faço o possível para pensar só coisas boas relacionadas a nadar – disse Sete –, não pensar nos ossos dos bebês mortos que podem estar no fundo desse poço. – Ela apontou para a cachoeira. – Tudo aqui é real, menos aquilo. A Boa Mãe instalou canos. E deu ao lugar o nome de Poço de Terra. Onde a terra provê, esse é o sentido que ela quis dar. Tem uma história por trás disso. Se a água algum dia secar aqui, será um aviso de que a Terra abandonou a gente e a escuridão será eterna e... blá, blá, blá! Já falei, só gosto da parte em que a gente nada.

Chegamos a uma escada que descia pela pedra. Pessoas subiam e desciam. Os degraus eram feitos de lajotas marrons e cobertos com uma colagem de pegadas molhadas. Começamos a descer, a rocha de aparência suave formando um arco baixo e irregular sobre nossa cabeça, como se alguém houvesse cavado o espaço com uma colher. Janelas haviam sido esculpidas do túnel da escada para a caverna, para permitir a entrada de luz.

O túnel terminava em uma plataforma azulejada construída em um trecho da parede. Os nadadores usavam três escadas largas feitas de grossas toras de madeira para entrar e sair da água. Outros simplesmente pulavam, e o impacto provocava ruídos vazios, surdos.

Havia um grupo de banhistas mais velhos em um dos cantos e alguns jovens que os ajudavam. Eles pareciam sentir dor, usavam a água para aliviar o ardor da pele queimada, mas eram silenciosos, podiam passar despercebidos no meio das risadas e dos gritos das crianças que brincavam por ali.

– E aí? Vamos? – perguntou Sete. Ela pisou na plataforma, tirou o chapéu e começou a soltar o cabelo. Todos que ali estavam abriam caminho para nós, os deuses entre eles. Nossos guarda-costas assumiram suas posições contra a parede.

Fui até a beirada e olhei para baixo. Sombras dançavam na superfície, e percebi que eram peixinhos. A cena me fez lembrar da ideia que tive no Éden, procurar um arquipélago de água limpa com... Mas de que adiantava? Lilly não estava ali... de novo. Talvez fosse hora de começar a me acostumar com isso.

– Você vem ou não vem? – perguntou Sete.

Virei e não estava preparado para o tamanho do biquíni que ela usava. Sete estava parada com as mãos na cintura, e o biquíni verde-jade mais parecia triângulos minúsculos colados em seu corpo do que uma roupa. A imagem bateu como uma onda em meu cérebro, e eu desviei o olhar o mais depressa que pude.

– Tudo bem – brincou Sete –, pode olhar, desde que venha nadar!

Ela virou, levantou os braços e arqueou as costas quando caminhou para a beirada da plataforma, consciente de que era a estrela do espetáculo. Meus olhos seguiram sua silhueta longa e curvilínea, as pernas compridas e tudo o mais, enquanto ela mergulhava com um salto gracioso.

Algumas pessoas à nossa volta aplaudiram espontaneamente, como se tudo que Sete fazia fosse digno de adoração.

– Odeio seus dois olhos funcionais – disse Sanguessuga enquanto tirava a camiseta. Ele caminhou pela plataforma e, com cuidado, entrou na água devagar.

Tirei a camisa, senti o sol ardendo em meus ombros e fui até a beirada da plataforma.

– Vai logo, garoto voador! – Sete estava no centro da piscina.

Pensei no sol, na minha dor, em Lilly... e mergulhei.

A água era um manto chocante de frio. Por um momento fiquei confuso, tive um impulso de inundar os pulmões e deixar minhas guelras funcionarem, depois lembrei que isso podia acabar mal. Voltei à superfície e nadei até onde Sanguessuga se movia pela água segurando em alguns cipós, cordões grossos que desciam até a piscina e se espalhavam como teias de fios finos de cabelo castanho sob a superfície.

– Cadê a Sete? – perguntei.

– Em algum lugar lá embaixo – disse ele.

– E seu olho?

– Tudo bem, os curativos são resistentes. Acho que vou experimentar essa coisa de vida iluminada.

Sanguessuga foi se movendo perto da parede, onde crianças alguns anos mais novas que nós subiam a escada para pular de uma plataforma mais alta. Elas arrastavam os dedos dos pés formando um desenho irregular no calcário, usando pequenas depressões na pedra como apoios para as mãos. A trilha passava sobre um cordão grosso de raízes cinzentas que se agarrava à parede. Um dos meninos escorregou e caiu na água, provocando gargalhadas entre os amigos.

Inclinei o corpo para boiar de costas, olhando para a água que despencava num jato branco, acompanhando as raízes penduradas que subiam até a área verde do alto do poço. Além dela, uma árvore gigantesca com galhos fortes e lisos se espalhava e dominava boa parte do que eu podia ver do céu. Quanto tempo levaria até aqueles galhos tocarem a água? E como eles sabiam que havia água aqui embaixo? Por que passar meses ou anos nessa jornada tão longa? Seria só confiança? Ou alguma coisa nos genes da árvore a induziam a isso? A árvore sentia a água de um jeito que os humanos nunca poderiam entender?

– Uhul! – Sanguessuga estava na plataforma de pedra. Ele cobriu com a mão o olho machucado e pulou para a água. Aplaudiram para seu esforço.

Comecei a sentir uma dor em um lado do corpo, a cãibra idiota ganhando vida outra vez. Vi uma saliência rochosa à sombra em um trecho da parede e nadei para lá. Subi nessa saliência e sentei. Sanguessuga me seguiu.

– Isso é legal – disse ele. – Não tenho muita certeza de que quero sair daqui.

– É. – Olhei para a água e vi um movimento confuso não muito diferente do brilho de uma sereia quando Sete passou nadando por baixo da superfície no limite entre sombra e luz. Vivi um momento de nostalgia enquanto a observava, porque me lembrei das noites no Éden, quando a água me dava aquela breve sensação de liberdade.

Sete nadou em nossa direção e emergiu, os olhos fixos em mim, e por um momento ela moveu a boca sem produzir nenhum som, e vi as aberturas vermelhas ainda se movendo como criaturas vivas. Então ela soprou um jato curto de ar e inspirou profundamente.

– E aí? Por que vocês não têm mais as guelras? Você já teve, menino voador.

– As minhas apareceram e sumiram bem depressa – respondi. – Acho que foi porque encontrei meu crânio, talvez as suas mudem logo. Tome cuidado para não estar dentro da água quando isso acontecer.

– Ele foi o único com quem isso aconteceu – contou Sanguessuga. – As minhas demoraram dois anos para aparecer e sumir. Você disse que não tem ficado muito perto do seu crânio.

– Foi só uma visita – contou Sete. – As guelras se formaram logo depois dela.

– Talvez elas mudem amanhã, quando formos lá – sugeriu Sanguessuga.

– Sim. – Uma sombra passou pelo rosto de Sete. – Mas elas são divertidas... E assustam os caras quando a gente se beija e eu faço assim... – Ela prendeu a respiração, inflou as bochechas e bufou. As guelras se abriram por um instante, um flash de vermelho.

– Isso deve assustar, mesmo – comentei, me surpreendendo ao perceber que sentia ciúme desses caras, mesmo sem saber quem eram.

– Mas você não se assustaria – respondeu Sete, e descobri que ela olhava para mim. – Você sabe exatamente o que elas são.

– É, eu sei – reconheci, mas sabia que podia ter pensado em uma resposta mais legal.

Sete saiu da água e ficou em pé perto de nós. Quando sacudiu o cabelo, ela respingou água em nós dois.

– Tem lugar para mim? – perguntou Sete.

– Sempre tem lugar para uma gata – disse Sanguessuga, e mais uma vez eu quis ter aquela rapidez de resposta.

Nós dois nos afastamos para o lado, e Sete sentou entre nós, o quadril encostado ao meu. Ela se inclinou para a frente, juntou o cabelo e o prendeu no alto da cabeça.

– Gostei da tatuagem – comentou Sanguessuga, olhando para as costas dela.

– Ah, obrigada.

– Quero ver – falei.

Ela virou para mostrar um Chaac de olhos e bico meio quadrados.

– Fiz a tatuagem para esconder a cicatriz Crio – contou Sete. – Se olhar bem os olhos e o bico, vai ver que tem uma linha branca.

– Ah, é. – Havia uma linha branca de tecido cicatrizado com mais ou menos dez centímetros de comprimento entre as omoplatas. A linha preta central em cada olho retangular e a linha de cima do bico passavam por cima dela.

– A minha é parecida – disse Sanguessuga, e virou para exibir uma linha pálida nas costas.

Sete assentiu.

– Do que é a cicatriz?

– Ah – respondi, olhando para a linha fina um pouco acima da cintura do meu short –, é uma história sem graça. Tive uma hérnia. Por que os Crios têm cicatrizes?

– É o lugar onde eles colocam os tubos – explicou Sanguessuga – para preparar os órgãos.

– Ah. – Lembrei do laboratório embaixo do Éden. – E por que Chaac?

– Ele é o coletor da carne – disse Sete. – Depois de uma libertação, se o corpo não for necessário para uma obrigação, nós o levamos para o mar para devolver a energia à natureza, e ele volta a fazer parte do ciclo. Os tubarões-lixeiros adoram. A Mãe queria que eu tatuasse Tona, já que é ele quem leva as almas libertadas para os pântanos de juncos de Tulana. Essa é a parte sagrada, o propósito do ritual de morte, mas eu acho que todos nós somos apenas carne, por isso escolhi Chaac para guardar minhas costas. Rebeldia de deusa!

– Tulana é como o paraíso? – perguntou Sanguessuga.

– Não. Não é o paraíso. As almas ficam lá, esperando a nova missão. É como uma reencarnação. Acho que dá para comparar ao purgatório. Na verdade, muitos artistas retratam Tulana de um jeito muito parecido com a Criolândia.

– O que é isso? – perguntei.

– Nada – disse Sanguessuga. – O vazio. Um monte de branco.

– E tem o sonho. – Sete olhou para Sanguessuga. – Você se lembra do seu sonho Crio?

– Sim, foi estranho.

– O que é isso? – eu quis saber.

– Quando você é crionizado – explicou Sete –, seu cérebro congela em uma imagem ou um momento, por exemplo, alguma coisa com que você esteja sonhando na hora em que apaga. E essa é a única coisa que fica na sua cabeça o tempo todo. Você não está pensando naquilo; é como uma impressão, uma queimadura.

– A minha foi um dia na semana anterior à praga – contou Sete. – Minha família toda havia ido à praia. Meus dois irmãos e eu brincávamos na água, a maré estava alta e Zane, meu irmão mais velho, estava surfando, e levou um tombo feio. A onda jogou meu irmão contra as pedras do recife, ele se machucou muito, e a gente teve que tirá-lo de lá. Não sei por que foi essa a imagem congelada. Talvez por ter sido a última vez que a gente se divertiu junto, ou porque foi assustador, ou as duas coisas. Sei lá.

– A minha também foi estranha – disse Sanguessuga, mas não explicou.

– O mais estranho – continuou Sete – é que nem sei se aquele dia na praia aconteceu de verdade, ou se é só um sonho que minha mente inventou. Tudo antes do Crio é meio confuso, sabe?

– É verdade – confirmou Sanguessuga.

– Os sonhos são esquisitos – falei. – Os meus têm sido bem malucos ultimamente.

– Pode ser o cérebro tentando dar um recado – sugeriu Sete. – Acho que o cérebro da gente é como esse poço. – E apontou a água com o queixo. – Tem coisas na superfície onde bate luz, mas tem muito mais coisa no fundo, onde não conseguimos ver. Acho que os sonhos tentam ajudar a gente pescando coisas que afundaram demais, que esquecemos, e eles mostram essas coisas, mas não conseguem explicar o que significam, e aí ficam parecidos com uma colagem, e temos que decifrar esse material todo.

– É uma ideia legal – falei. Pensei no meu sonho: a menina nas cinzas tentava me dizer alguma coisa? Se meu cérebro fazia uma colagem, o que tentava me mostrar?

– Tanto faz. Essa história de sonho é bobagem – decidiu Sanguessuga. – Vou voltar à plataforma. – E escorregou para dentro da água.

Fiquei ali sentado por um minuto ao lado de Sete. Ela estava quieta, com os joelhos dobrados e próximos do peito, soltando o cabelo e fazendo uma nova trança.

– Que foi? – perguntei.

– Nada – respondeu ela, olhando para a água, cujas ondas refletidas em seus olhos verdes criavam a impressão de que as pupilas também dela ondulavam. – Falar sobre o Crio, sobre o passado... Isso me deixa triste.

– Por causa da sua família?

Sete deu de ombros.

– Não tem nada melhor que ser arrancada de seu tempo, de sua vida, e recolocada quarenta anos mais tarde para fazer você perceber que não tem nenhuma importância. Essa é uma das coisas que eu acho que a Boa Mãe fez certo. Todos nós somos apenas partes minúsculas da natureza. Fomos criados para crescer, procriar e morrer. Pensamos que somos a coisa mais importante do universo enquanto estamos vivos, mas a verdade é que cada um de nós é só um pico em um monitor cardíaco, um em um trilhão de batimentos, pequenas vibrações de energia, só isso. – Ela moveu a mão num aceno. – Isso tudo é só o formigueiro, e nós somos as formigas, e quem diz o contrário é mentiroso. – Os olhos dela estavam cravados no poço.

– Nunca se sente assim?

– Às vezes – respondi, mas não tinha muita certeza. Entendia o que ela estava dizendo, e já havia pensado nisso, na ideia de ser só uma entre bilhões de pessoas que viviam e viveriam, e de estarmos em um planeta em um universo tão vasto, mas... pensei naquela manhã, nos ritos de morte. – Não sei se isso torna tudo inútil. Acho que ainda existe um propósito. Não sei qual é, mas sinto que deve haver um.

– Para você, talvez. – Sete deu de ombros. – Você tem família. Este é seu tempo. É onde você vai fazer o monitor apitar, e a piscada que você provoca leva à próxima piscada, ao próximo apito. Mas eu não.

– Qual é? E o nosso propósito Atlante?

Sete riu baixinho.

– É, tem isso. Já é alguma coisa, acho.

– Alguma coisa? É tudo. Pensa um pouco. Você tem um propósito. Talvez este seja o seu lugar de verdade, e é aqui que você tem que fazer o monitor apitar. Talvez não seja um acidente, e todas as coisas aleatórias que trouxeram você até aqui foram parte de um projeto, de um plano... – Eu me surpreendia com as ideias que expunha. Mas realmente acreditava nelas. – E, como você disse, é melhor que as outras opções.

Sete finalmente desviou o olhar da água e olhou para mim.

– Escute o que está dizendo, todo inspirador! É quase... religioso. Como se ser um Atlante fosse realmente divino.

– Não sei, mas sei que nunca me senti importante, nunca tive a sensação de que o que eu fazia era importante. Mas agora... Acho que pode ser. As pessoas acreditam em nós, contam com você, comigo, e com aquele cara. – Apontei o polegar para Sanguessuga. – E agora tudo que temos que fazer é levar isso adiante. – Gostava desses pensamentos. Talvez parte do meu trabalho como Aeronauta fosse reunir todo mundo a bordo.

– Gosto disso, menino voador – disse Sete, e sua voz era meio cansada, mas ela sorriu e segurou minha mão. O que era isso? Mais uma coisa entre amigos? Vi uma lágrima escorrendo pelo rosto dela. E sua expressão não mudou, foi só uma piscada e a lágrima caiu.

– Que foi? – perguntei, e afaguei a mão dela.

– Não esperava encontrar alguém como você. Quando pensava nos Atlantes chegando, acho que imaginava tritões acorrentados, ou alguma coisa parecida. – Ela riu.

– Obrigado? – brinquei.

Ela olhou para mim.

– Teria sido muito mais fácil do que lidar com isto.

– Ah. – Isto? Nós? Flexionei devagar meus bíceps livres de amarras e correntes, como se fizesse uma exibição, mas a mão de Sete começou a puxar a minha e, quando olhei, ela estava inclinada para mim, o rosto se aproximando do meu, os olhos brilhando...

Não tive tempo para me mexer... ou tive? Mas não me mexi. Ela segurou meu rosto entre as mãos. O nariz roçou minha bochecha, os lábios cobriram os meus.

Recuei. Foi só um segundo, e uma parte de mim questionava se isso podia realmente ser considerado um beijo. Sete me soltou, sorriu para mim, e eu soube que sim, havia sido um beijo, por mais que eu tivesse sido pego de surpresa. Houve, sim, aquele segundo em que eu podia ter me mexido.

Ela ainda sorria.

– Desculpa – pediu.

– Ah, eu... – gaguejei. – Bom, não, eu...

– Não por isso – interrompeu-me Sete, estreitando os olhos. – Por isso.

Ela me empurrou da pedra. Minhas costas bateram na superfície da água e eu afundei. Ouvi o barulho de outro mergulho, abri os olhos e vi Sete passando por mim no escuro.

Fiquei ali por um momento, suspenso sob a superfície, meio chocado, tentando entender o que realmente havia acontecido e como eu me sentia com relação a isso. Chocado, surpreso... entusiasmado?

Bati os pés para voltar à superfície, respirar, e levantei o rosto para o sol. O calor e a luz, o frio da água e a tempestade que se formava dentro de mim, tudo provocava arrepios, pensamentos e não pensamentos. Sentia que tudo isso era muito, era confuso, mas também me sentia... vivo.

Meus olhos se ajustaram à luz forte do sol e vi cabeças espiando de um ponto de observação no alto da escada. Aquelas pessoas viram o beijo dos deuses? Aprovavam?

Havia ali rostos de todas as idades, mas notei um que era familiar.

Nossos olhares se encontraram, mas ela se virou e desapareceu.

Lilly.

Senti que eu murchava por dentro, todas aquelas sensações tempestuosas congelavam de repente, me travavam. Como tudo havia parecido visto de lá de cima? Ela sabia que fui pego de surpresa?

Mas fui? E isso nunca teria acontecido se Lilly estivesse lá. Mas ela não estava. Não quis estar, e alguém ocupou aquele espaço criado pela distância...

– Owen! Você tem que experimentar isso! – Levantei a cabeça e vi Sanguessuga na plataforma mais alta. Ele se jogou na água.

Sete subiu para a mesma plataforma. Ela olhou para mim e sorriu como se nada houvesse acontecido.

– Vem, menino voador!

Eu podia ficar ali, pedalando na água e pensando no que Lilly viu ou no que ela estava pensando, ou podia ir atrás dela e tentar explicar, ou...

– Cara... – Sanguessuga surgiu do meu lado. – Vai se divertir um pouco.

– Legal. – Nadei até a escada e comecei a subir atrás dele. Iria falar com Lilly mais tarde. Agora, só queria ficar com minha equipe.

Subi, pulei, primeiro desajeitado, depois com um pouco mais de jeito. Depois de algumas tentativas, tentei até um mergulho de cabeça. Aplaudíamos cada tentativa, ríamos, e não houve mais nenhuma conversa profunda ou beijos surpreendentes, só horas divertidas enquanto a tarde passava, e eu não pensava no que vivemos antes ou no que ainda viveríamos, nem em Lilly, nem em minha mãe, em nada. Só me divertia, um deus em sua hora de folga.

21

Depois de um tempo, saímos do poço e fomos ao mercado na praça principal. Aonde íamos, uma bolha de fascínio e cochichos se formava à nossa volta, os Três andando entre o povo. Eles nos saudavam, ofereciam coisas de graça, e nossos guardas às vezes os continham; e quanto mais acontecia, mais eu me sentia à vontade com isso, como se constatasse que, sim, éramos nós, essa era nossa vida.

Sanguessuga não tinha dificuldade para se adaptar. Ele aceitou um beijo de uma menina muito bonita em uma das barracas do mercado, o que provocou exclamações admiradas das pessoas em volta. Sete entrou no mercado usando só o vestido transpassado, mas, quando saímos, ela estava enfeitada com brincos de prata, uma faixa de contas no cabelo, braceletes de ouro, tudo ofertado gratuitamente.

Depois demos um tempo perto da fonte na praça. Sete contou sobre o colégio, falou de alguns amigos, e eu tive a sensação de que essa era minha turma. Podia imaginar a gente voando para o Sul... E estava pensando nisso havia alguns minutos quando percebi que Lilly não fazia parte da cena que eu imaginava.

O sol começava a baixar, mas ainda queimava.

– Ah. – Sanguessuga estava deitado no muro da fonte. – Não dá para negar, essa coisa do sol é muito legal.

Eu usava o moletom e me sentia queimar dentro dele. Finalmente, tirei o agasalho e deixei o sol queimar meus braços. Era estranho, quase como se eu pudesse sentir a radiação atravessando a camiseta, penetrando a pele, fazendo arder as queimaduras de radiação, mas também me sentia inundado de energia, e a sensação era perigosa, mas vital.

– Vida iluminada – falei.

Sete sorriu.

– Ele é um convertido. – Ela ainda usava chapéu e mangas longas. Piscou para mim, mas, antes que eu pudesse pensar em uma resposta, ouvi barulho de água e ela se encolheu e arqueou as costas.

– Ah! – Sete virou para trás. – Não comece uma guerra de água, porque vai perder...

Nós dois vimos que Sanguessuga estava sentado, segurando uma das mãos com a outra. O braço dele tremia violentamente.

– Droga. – Sanguessuga rangia os dentes e batia os pés.

– O que é isso? – perguntou Sete.

– Doença criogênica – expliquei. – Ele foi um dos primeiros sujeitos Crio, antes de aperfeiçoarem o procedimento.

– Tudo be-e-e-em – disse Sanguessuga, cruzando os braços como se estivesse com frio. Nunca ouvi sua voz tremer daquele jeito. Ele respirou fundo. – Tudo bem.

– Cara – falou Sete –, Sanguessuga, isso é horrível.

– Eu sei. Vou voltar para a enfermaria e deitar um pouco. – Ele começou a levantar. – Preciso mesmo trocar os curativos. – E deu um tapa no olho machucado. Devia doer, mas ele não parecia se incomodar.

– E você, Owen? – perguntou Sete. – Vai sair comigo hoje à noite? Meus amigos querem conhecer o cara por trás da lenda.

– Eu... acho que devia ir para casa. Jantar com minha mãe. Criei uma situação meio chata hoje de manhã. – Era verdade, em parte, mas o que eu realmente queria era um tempo para deixar a poeira baixar. Havia vivido emoções demais para um dia só.

– Ah, chato. Isso não tem graça.

– Desculpe. – E olhei para Sanguessuga. – Consegue ir sozinho?

– É claro.

Mas eu não sabia se era verdade.

Voltei à casa de minha mãe e Emiliano. No caminho, fui pensando onde Lilly poderia estar, em que estava pensando. Sentia necessidade de ir atrás dela, mas também de ficar longe. Talvez fosse melhor dar um tempo. Além do mais, ela podia me procurar.

Minha mãe estava na varanda, sentada em uma cadeira de balanço à sombra de um guarda-sol branco, folheando o que parecia ser um jornalzinho escrito em linguagem local.

– Oi – falei. – Não sabia que estaria em casa.

– Ah, oi – respondeu ela, sorrindo. – Meu plantão foi curto na clínica. Estava torcendo para você voltar. Depois de hoje de manhã, cheguei a ter medo de não ver você de novo até a hora da sua partida.

– Ah, não. Desculpe por hoje, eu só... – Tentei pensar em alguma coisa para dizer, mas realmente não havia nada.

– Tudo bem, Owen, não se preocupe com isso. – Ela ficou em pé, apontou a cadeira a seu lado. – Senta, vou buscar uma bebida para você.

– Legal.

Sentei e apoiei os pés na grade da varanda. Dali eu via uma série de ruas estreitas atravessadas por varais de roupas.

Minha mãe voltou com dois copos de limonada gelada.

– Saúde – disse, levantando seu copo quando sentou. Batemos um copo no outro. – Escuta, estive pensando... Você tem todo o direito de estar aborrecido comigo. Não, furioso, na verdade. Não fui uma boa mãe. Nem sequer fui mãe.

Dei de ombros.

– Sei lá. – O aperto no peito voltava, mas eu não queria acabar a conversa aos gritos de novo. Minha mãe olhava para mim. – Entendo que goste daqui, e também entendo que não estava feliz. Sei que não foi minha culpa.

– Não foi, e eu não estava feliz. Legal você entender tudo isso, mas cometi erros graves. Você merecia muito mais de mim, Owen. Agora, a única coisa que posso fazer é esperar que você me dê outra chance.

Eu não sabia se seria capaz disso. Sentia que ainda tinha o direito de ficar furioso, ainda estava... mas talvez conseguisse superar. Ou tentar, pelo menos. Não ficaria aqui por muito tempo, e não tinha como saber o que aconteceria depois da minha partida. Essa podia ser a única oportunidade de estar com ela, e seria um desperdício perder esse tempo com acusações furiosas.

– Tudo bem – respondi.

– Olha só, você é uma pessoa melhor do que eu jamais fui. – Minha mãe afagou meu ombro. – Acha que... Bom, não tenho o direito de pedir, mas acha que poderia pensar em ficar?

– Ficar aqui? Morar em Desenna?

– Sim, talvez? É melhor que morar em Yellowstone. Pode ser melhor para seu pai. Os pulmões dele sofreriam menos aqui. – Ela me olhou por um instante. – Não que ele e eu... mas ele poderia estar aqui. Você poderia morar aqui com ele, e eu... eu estaria perto de você. Tenho certeza de que a Mãe permitiria. Você é um deus, afinal.

Senti meu coração bater mais depressa, nós se formarem em meu peito.

– Está falando de quando eu voltar da jornada – deduzi.

– É claro. Ou até, não sei... Owen, essa jornada que vai ter que fazer, isso é perigoso, não é?

– Sim – confirmei.

– E você quase foi morto só para chegar aqui. Sei que o que vou dizer é coisa de mãe, mas odeio pensar que vai se afastar de mim de novo depois de ter você aqui. Não tem outro jeito? A Boa Mãe não pode mandar uma equipe procurar Atlante, enquanto você fica aqui e orienta a jornada da Tática, ou alguma coisa assim?

– Não sei – respondi, sentindo que era rasgado por dentro por uma tempestade de sentimentos. Queria estar com minha mãe, mas também sentia que não, não podia, porque era um dos Três. E o que meu pai pensaria sobre isso? E sobre minha mãe ter abandonado a gente e eu ter passado metade da minha vida sem vê-la, até dois dias atrás?

Mas, ao mesmo tempo, pensava: por que meu pai não podia vir para cá? Não era uma ideia tão maluca. O ar seria melhor para ele. Como deus, eu poderia pedir a Victoria para dar um emprego a ele. Meu pai aceitaria? Ele faria isso por mim? Minha mãe não voltou ao Centro por mim. Mas ela estava infeliz, e talvez isso fosse só parte da vida e... Ah! Não dava para entender tudo. Mas não podia negar que, em parte, eu gostava da ideia de ficar.

Ouvi barulhos na cozinha.

– Oi?

Emiliano.

Minha mãe começou a levantar da cadeira. Ela afagou minha cabeça.

– Obrigada pela conversa, Owen. Obrigada por estar aqui. Obrigada por considerar a possibilidade de dar uma chance para a confusa da sua mãe.

– Sei. – Era como se eu não tivesse mais a capacidade de formar frases. Só palavras resmungadas.

– Eu aviso quando o jantar estiver pronto. – Ela entrou.

Fiquei sentado na varanda, vendo os últimos raios de sol iluminando as roupas nos varais. Enquanto as sombras se aprofundavam nas ruas. Em uma delas, crianças brincavam com uma bola. Em outra havia música. Lá em cima, o céu era azul e limpo. Gaivotas voavam descrevendo arcos. A brisa que vinha do leste trazia o ar salgado e um cheiro fraco de petróleo.

Eu não sabia o que fazer. Não sabia como decidir, o que fazer com tudo isso.

Ainda queria estar com raiva, resistir e me ressentir, mas não podia negar que, talvez, apesar de ser um dos Três, de ser chamado para proteger o planeta e todas essas coisas importantes, talvez houvesse encontrado aqui meu verdadeiro lar. E nesse caso, o que faria com esse sentimento?

Eu nem imaginava.

Queria conversar com Lilly, ou com Sete, ou até com Sanguessuga, mas, em vez disso, segui outro impulso: fiquei e jantei com minha mãe e Emiliano.

Falamos sobre a vida em Desenna, eu descrevi a vida no Centro e um pouco do que havia acontecido no Éden, mas omiti as partes mais perigosas.

Mais tarde, rimos juntos dos avós malucos de Emiliano e da prima doida da minha mãe, Paula, de quem eu quase nem lembrava, mas que era mergulhadora profissional em cavernas, e eles me perguntaram se eu tinha uma namorada, e eu respondi que não sabia, e eles me perguntaram se eu gostava da Sete, e de novo eu disse que não sabia, e em vez de me preocupar com quanto tudo isso era complicado, aproveitei a noite relaxada e divertida. Uma noite como a que uma família normal em algum lugar, em algum tempo, poderia ter vivido. Como eu poderia viver novamente, talvez.

22

Senti que acordava e subia para a superfície da água marrom e azul do poço, via o olho do céu lá em cima, emergia...

Mas estava em uma cama. Senti um líquido denso e quente preenchendo meus pulmões, ardendo no peito, me afogando. Não era água do algo. Olhei para baixo e vi as listras do sangue preto em meus braços.

Estava novamente em um hospital, em uma colagem do quarto de Lilly e do *Solara*.

Um estalo elétrico. Olhei para baixo de novo e vi minha barriga borbulhando e se distendendo. Paul estava lá, o braço enfiado na cicatriz da hérnia.

– Só preciso fazer alguns ajustes.

Os olhos dele giravam e faiscavam.

Ele tirou o braço, a mão enluvada coberta de sangue que escorria até o cotovelo do jaleco branco. Ele segurava um órgão.

– Precisamos tirar isto do caminho.

E passou o órgão vermelho e escuro, talvez um rim, para minha mãe. Ela estava ao lado dele, também com um jaleco branco, o cabelo preso e uma máscara de plástico transparente protegendo o rosto. Minha mãe pegou o órgão com as duas mãos, sorriu com carinho e se inclinou sobre mim.

– Vai ficar tudo bem – disse ela. – Estamos quase acabando, e depois você não vai se lembrar de nada disso. – Minha mãe estendeu uma das mãos e, com a luva azul ensanguentada, deslizou o polegar em sentido horário sobre minha bochecha.

"Sim, mãe", pensei, acreditando nela. "Vou ficar bem. Agora estamos juntos. Como você disse."

Alguma coisa tremulou perto da porta aberta. A garota de cabelo vermelho. E, de algum jeito, saí do hospital e estava correndo atrás dela. Atravessei um corredor e continuei para a luz do dia, para o penhasco.

Tive a sensação de estar voando outra vez, e voltamos às cinzas embaixo da paisagem de caldeira. Abaixei e cavei com desespero a lama cinzenta, que parecia com neve e areia movediça. Ela parecia estar bem lá no fundo, muito fundo, presa em uma fresta entre paredes negras. Tentei segurar a mão dela, nossos dedos se aproximavam, os dela brancos como ossos, os meus translúcidos, de unhas feitas e pele cristalizada como as janelas da casa deles. Minhas veias eram inchadas e pretas.

– Owen! – gritou ela para mim, e continuei tentando pegá-la.

– Espere! – gritei de volta, mas ela afundava.

E havia outras mãos cavando ao lado do buraco, que agora parecia desmoronar, e quando levantei a cabeça, vi que era Sete.

– Oi, menino voador – disse ela, e seu rosto também tinha veias pretas; os lábios estavam inchados, rachados, e um líquido escuro escorria pelo queixo. Os olhos eram cinzentos e oleosos, o preto a consumia.

Ela segurou minhas mãos. Nossas mãos criavam um indecifrável desenho da doença.

– Somos espíritos irmãos – disse ela. – Fantasmas ambulantes. Você sabe disso.

Tentei responder, mas as regras do sonho mudaram de repente, e eu não conseguia produzir nenhum som.

– Vem, a gente vai se atrasar.

Tremendo.

– Não me obrigue a te acordar de outro jeito.

Abri os olhos.

Sete estava ajoelhada ao meu lado. Inclinada, com o rosto próximo do meu e sorrindo.

– Caramba, você dorme como um morto – comentou ela, e continuou sorrindo. – Eu podia ter feito qualquer coisa, e você nem teria percebido, provavelmente. Bom, talvez tivesse notado algumas coisas.

– Oi. – Sorri tentando garantir que a coberta escondia todo o meu corpo.

Sete levantou. Ela usava uma camisa longa, branca e de mangas compridas, calça marrom enrolada até as panturrilhas e sandálias de caminhada.

– A Mãe me mandou te buscar. Vamos ao templo. Com que estava sonhando?

Sentei.

– Não sei. Aquelas coisas estranhas de que falei ontem. É sempre no Centro, e tem uma garota, e dessa vez você também estava lá.

– Ah, eu... e outra garota? – Sete sorriu maliciosa. – Você é meio safado.

– Não era nada disso.

Sete riu.

– Vamos fingir que foi. Espero você lá fora.

Sete saiu do quarto.

Eu me vesti e fui atrás dela. Minha mãe estava na sala.

– Oi – disse ela. – Boa sorte hoje. Quero saber tudo depois, certo? – Ela jogou um beijo, que eu peguei sem pensar e fingi guardar no bolso do short. – E tenha cuidado – acrescentou minha mãe.

– Tudo bem. – Em algum lugar no fundo da minha cabeça, pensei em como era estranho ter essa interação tão normal com ela, como se isso não devesse ser legal, mas era. Novo, mas legal.

Sete e eu subimos a rua. O dia era quente, um banho de umidade, uma sensação estranha para mim, o céu branco por causa da névoa. Senti meu corpo se cobrir de suor, as roupas grudando na pele.

Compramos massa frita na praça e Sete tomou o caminho da pirâmide.

– Pensei que a gente ia ao templo – falei.

– A Mãe disse para irmos encontrá-la na Tática primeiro. Está acontecendo alguma coisa.

– Mais Nômades?

– Não, é alguma coisa nova.

Havia muita gente dentro da Tática. Encontramos Sanguessuga não muito longe da porta. Todo mundo olhava para uma tela central onde era exibida a Rede de Notícias do Norte. Vi uma imagem granulada e ensolarada de uma cidade enorme, confusa e em decomposição: edifícios de concreto, muitos em ruínas, brotando no meio de camadas de barracos com telhados de metal. Em uma rua no plano frontal, pessoas cobertas de trapos corriam de um lado para o outro, a maioria de pele negra, muitas delas portando armas. Na parte de baixo da tela, a legenda identificava o local, Sede dos Lagos do Norte, Coca-Sahel.

Tiros espocavam. A câmera manual tremeu e mudou o foco, e surgiu na tela um trio de helicópteros pretos cortando a linha do horizonte e pairando sobre uma área mais afastada.

Estas cenas foram feitas esta manhã, quando helicópteros que parecem pertencer à Corporação Éden surgiram sobre as favelas de Lagos do Norte.

Cordas caíram dos helicópteros, e por elas desceram soldados com viseiras douradas.

Não temos muitos detalhes, mas testemunhas afirmam que essa equipe de ataque do Éden raptou pelo menos um, senão mais civis antes de deixar o local.

– Quero o outro boletim – falou Victoria de um canto da sala.

A tela piscou. Vimos manifestantes furiosos marchando por uma rua estreita, cheia de obstáculos e ladeada por casas de lata. Canais de esgoto cheios de água escura desciam pelos dois lados da rua, atravessados por pontes finas de madeira. As pessoas eram desnutridas, esqueléticas, mas atrás delas, no crepúsculo, um imenso luminoso da Coca brilhava orgulhoso em néon.

Os manifestantes gritavam em vários idiomas, mas todos apontavam o dedo ou as armas para o céu de um jeito acusador, movendo a mão para garantir que a câmera entenderia o gesto.

Ouvi uma frase em inglês no meio da gritaria:

– Eles o levarão para as Estrelas Ascendentes!

– As Estrelas Ascendentes!

O vídeo congelou.

Victoria virou, e todos os olhos se voltaram naturalmente para ela.

– São essas as imagens que conseguimos gravar até agora. Sabemos que às sete da manhã, horário local, essa equipe da Corporação Éden realizou um ataque surpresa em Coca-Sahel. Está confirmado o desaparecimento de um homem. Dezesseis anos, aproximadamente.

Lembrei o relatório de Paul para o conselho. Alguma coisa sobre uma pista que eles investigavam em Coca-Sahel... Outro possível sujeito de testes? Mas por que precisariam de mais, se os Três já estavam bem aqui?

Arlo falou de um console de link gama perto de nós:

– Descobrimos mais sobre os Nômades. As forças da FAC estão se mobilizando, e há relatos de luta sobre a costa do Atlântico, perto dos pântanos da Filadélfia. Combate aéreo, talvez a FAC interceptando a equipe Éden.

– Bom, pelo menos a FAC vai deixar os Nômades em paz, por enquanto – deduziu Victoria.

– O que o Éden está procurando? – especulei em voz alta.

– Não sabemos ao certo – respondeu Victoria –, mas parece que Paul está preso nisso. É nossa chance. Enquanto ele luta contra a FAC e sufoca boatos, vocês partem com segurança para começar a jornada sem que ele saiba.

– Quer adiantar o cronograma? – perguntou Arlo.

Victoria assentiu.

– Vamos remarcar a partida para o amanhecer depois da Nueva Luna.

– O que é isso? – perguntei.

– Nossa comemoração da lua nova – explicou Victoria. – Faz todo sentido partir ao amanhecer do dia seguinte. Os Três devem viajar a favor do sol, marcar um novo dia, uma nova era. – Ela sorriu. – Essa é a melhor cena para o teatro, pelo menos.

– Não sei se devemos nos basear na nossa ideia de teatro, Mãe – disse Sete.

– Assim também teremos tempo para monitorar as atitudes de Paul – continuou Victoria com um tom mais firme –, e reprogramar os drones que vão dar cobertura a você, querida filha.

– Quando é essa coisa da Nueva Luna? – perguntou Sanguessuga em voz baixa.

– Amanhã à noite – disse Sete.

– Tudo bem, pessoal – falou Victoria em voz alta –, quero todos os detalhes que puderem descobrir sobre essa operação Éden. – Ela atravessou a sala vindo em nossa direção. – E também quero os planos da partida. E temos que fazer nossa visita ao templo. Encontro vocês lá fora em cinco minutos.

23

Encontramos Victoria e Arlo do lado de fora. Eles estavam com quatro soldados armados, e Lilly também estava lá.

– O que ela está fazendo aqui? – perguntou Sete. Não parecia incomodada, mas Lilly estreitou os olhos. Esperei que o olhar furioso me atingisse, mas ela nem olhou para mim.

– Lilly esteve no templo Atlante em Éden Oeste – disse Victoria. – Quero contar com todo mundo que tem alguma experiência nisso, porque assim vamos aprender tudo sobre o que acontece lá.

Atravessamos a praça e continuamos pela cidade. Pessoas paravam para olhar para nós.

Eu caminhava ao lado de Sete. Lilly andava com Sanguessuga um pouco mais à frente. Dava para ver que eles conversavam, e eu queria saber sobre o quê. Alguma coisa sobre ontem? Ou era só um papo entre amigos? Era quase como se eles fossem mais próximos que Lilly e eu nesse momento.

Sete estava quieta. Mantinha os olhos cobertos pelos óculos dourados de lentes escuras.

– A gente vai ver seu crânio – falei para ela.

– Vamos – respondeu Sete.

– O que ele te disse?

– Bom, só estive lá uma vez, e foi rápido. Basicamente, o tema foi aquela cidade nas cinzas e sobre como houve aquela calamidade, sabe? Relacionada àquela coisa...

– O Pincel dos Deuses – falei.

– Certo. E foi só isso, até agora. Dessa vez acho que os deuses vão falar sobre como ser um Médium. – Ela sorriu. – Eu estaria mais bem preparada, não acha? Para a jornada?

– Muito bem. – Victoria parou o grupo. Estávamos diante de um portão alto entre torres de vigilância, uma de cada lado. – Sei que aqui vivemos iluminados – continuou ela, mostrando um recipiente de metal que tirou da bolsa a tiracolo e cuja tampa removeu –, mas este grupo específico não pode correr o risco de contrair a malária pan-resistente, então, por favor, cubram o corpo com isto. – Ela passou o frasco para Arlo, que o passou adiante.

– Os mosquitos aqui são terríveis – disse Sete. Vi quando ela espalhou a substância cor de laranja no pescoço, no rosto e nos tornozelos. Depois ela me deu o recipiente, e eu fiz a mesma coisa. O cheiro misturava cítrico e borracha queimada, e era forte o bastante para fazer meu nariz arder.

Victoria voltou a falar:

– Patrulhas varreram a área, e creio que estamos seguros. A Tática mantém os drones de prontidão. – Ela olhou para a torre além do portão. – Estamos prontos.

Houve uma série de estalos metálicos, e a pesada porta de metal começou a se mover para o lado de dentro. Além dela, uma trilha marcada por pneus levava a uma floresta fechada, cheia de folhas verdes e sombras preto-azuladas. Nunca tinha visto tanta vida vegetal.

Caminhamos para o portão, e eu senti um cheiro metálico e ouvi uma vibração. Havia um corpo pendurado no alto da porta, e em torno dele o ar vibrava com as moscas. Uma ave colorida estava empoleirada sobre um ombro, puxando com determinação um cordão de carne endurecida.

– Sei que os corpos são avisos – falei a Sete –, mas para quem?

– Existem algumas tribos na floresta, pequenos assentamentos... e a Mãe sempre fala sobre o perigo de alguma força maior vir atrás dos nossos suprimentos de comida, mas acho que os corpos são, principalmente, para quem está lá dentro. Todo mundo se sente seguro, como se isso fosse um lembrete do nosso poder.

– Alguns seguidores pensam que é uma honra – falou Victoria em resposta à nossa conversa. – Ter sua carne enfeitando uma muralha é contribuir para a segurança da família mesmo depois de morto.

Andávamos perto uns dos outros. Aves escondidas questionavam nossa presença e nos espiavam das árvores, aquelas lindas notas mais longas misturadas a gorjeios curtos, baixos, como uma resposta de perguntas longas e respostas breves. Ouvi o bater de asas entre folhas mais largas, sombras que se moviam. Um pássaro de cauda longa, o corpo preto e o ventre azul e brilhante, pousou em uma folha perto de mim. Aquilo me fez pensar no Éden, e imaginei se havia câmeras no pássaro, ou asas mecânicas, mas ele despejou uma porção de gosma branca na folha e voou.

Todo mundo estava quieto. O ar era pesado, denso, e falar era difícil. Meus tênis estavam cobertos de terra vermelha. Começamos a subir uma encosta. A trilha foi ficando mais inclinada, os sulcos de pneus no chão eram mais firmes, duros. Vi o céu azul aparecer mais adiante, como se estivéssemos chegando a um ponto bem alto. Chegamos...

E lá estava.

Éden Sul. Ou o que restava dele.

Sobre uma planície larga. A cúpula imensa era listrada de terra vermelha e preta. A floresta guardava as laterais do prédio, alguns cipós e plantas trepadeiras subindo até o telhado, onde se abria um imenso buraco. Todo o topo da cúpula, onde deveria estar o Olho, havia desaparecido, e imensas rachaduras se espalhavam por um dos lados.

– Impressionante, não é? – perguntou Victoria. Não sabia se ela se referia ao tamanho da estrutura ou ao estrago que ela parecia ter causado ao prédio. Lembrei a primeira vez que vi Éden Oeste, como o lugar parecia enorme e fortificado. Mas Éden Sul era uma ruína. Um lugar antigo, esquecido.

Seguimos a trilha descendo uma longa encosta até as planícies. A floresta era densa como nunca, mas comecei a notar formas geométricas nas sombras que cintilavam ao sol. Painéis solares como os que vi em anéis brilhantes em torno de Éden Oeste.

Victoria apontou para eles.

– Temos que podar a floresta quase todas as semanas para mantê-los funcionando. Só precisamos de um terço dos painéis para fornecer a energia de Desenna. A vida é muito mais simples sem um Céu-cópia. Aquelas coisas gastam toneladas de watts.

Chegamos a uma parede do domo. A trilha acabou no que um dia havia sido uma pesada porta dupla, mas agora era um espaço aberto, a antiga porta destruída, caída e coberta de folhas e plantas da floresta dos dois lados da abertura. Um portão simples feito de barras de metal havia sido instalado na entrada. O portão estava trancado com correntes grossas e cadeados pesados.

Arlo os destravou. O portão se abriu com um rangido e nós entramos. Quando estávamos passando pela abertura, Victoria parou perto da parede.

– Queria mostrar isto aqui – disse ela, e nos chamou para perto.

Nós nos reunimos quando ela apontou um trecho na parede de dez metros de espessura.

– Estão vendo aqui? – E apontou para uma camada escura e sólida entre outras que pareciam ser de uma espécie de espuma de isolamento. – Esta camada interna é de um composto de chumbo.

– Para impedir a passagem da radiação solar – disse Sanguessuga.

– É o que todo mundo pensa. Mas isso tem estado na minha cabeça desde a notícia sobre os ataques do Éden ao Armazém Cheyenne. Sempre entendi que esse isolamento era uma proteção contra a radiação, mas, depois das notícias de ontem, comecei a me perguntar se o propósito não pode ser outro. Este é o mesmo material usado com frequência em abrigos de partículas radioativas e laboratórios nucleares na Federação do Norte.

– Acha que o urânio que Éden roubou será usado em armas – deduzi.

– Acho.

– Mas o que eles vão fazer, então... – perguntou Sete. – Atacar a gente com essas armas?

– Vão atacar todo mundo que estiver fora dos domos e não concordar com o plano de disparar o Pincel dos Deuses.

– Sim, mas e daí? – eu quis saber.

– E daí eles vão esperar. Os domos não servirão de proteção contra os raios do sol, mas eles são perfeitamente adequados para a sobrevivência a um período de exposição nuclear, e para o tipo de pico de esfriamento que o Pincel pode causar. De acordo com o registro geológico, quando os Atlantes acionaram o Pinel, causaram atividade vulcânica catastrófica seguida de uma miniera do gelo. Os domos seriam os lugares mais seguros para estar em todos esses cenários. E quando acabasse, eles sairiam de lá como os únicos governantes do planeta.

– Mas os domos usam energia solar – lembrou Sanguessuga.

– Na verdade – revelou Victoria – eles têm baterias e geradores de gás natural em quantidade suficiente para suprir a demanda. Se a energia for adequadamente racionada, pode durar anos.

– Isso é... – comecei, mas parei de falar quando olhei para Sanguessuga. Procurei Lilly, mas ela nem estava com o grupo. Havia se afastado alguns passos e olhava para o Éden Sul. – Isso é bem a cara do Paul. Quero dizer, é loucura, mas... ele seria capaz disso.

– Mas e os escolhidos? – perguntou Sanguessuga. – Ouvimos dizer que o Éden tem um plano de êxodo para a evacuação dos domos. Para a concentração no Lar Éden.

– Não sei – respondeu Victoria –, o Lar Éden é um projeto novo, posterior à minha... demissão daquele emprego. Talvez seja um plano B, caso eles não encontrem o Pincel.

Pensei nisso. O relatório de Paul dera a impressão de que o Lar Éden era parte integrante do plano.

– Então, se a gente encontrar o Pincel antes deles, o que acontece? – questionou Sanguessuga. – Não ativamos? Destruímos? Ele não é uma chance de recuperação para a humanidade?

– Ainda não tenho essa resposta. Os ensinamentos da Helíade-Sete dizem que seria errado ativar o Pincel. São os humanos que precisam mudar, não a Terra.

– Paul acha que somos a Terra, ou somos toda a natureza – lembrou Sanguessuga. – Por isso, ativar o Pincel é a coisa "natural" a ser feita.

– Sim, Paul diria isso – concordou Victoria. – Em última análise, tudo isso é mais antigo que a minha religião, e eu não sou uma dos Três. Quanto mais conheço vocês, mais tenho certeza de que são confiáveis para tomar essa decisão. Por isso foram escolhidos. – Ela olhou para Sete. – Bom, não sei se posso confiar em você.

Sete a encarou.

– Ah, obrigada.

Percorremos um túnel curto que nos levou ao interior do domo. Eu esperava alguma coisa parecida com o Acampamento Éden ou a Reserva, mas à nossa volta eu vi as ruínas da cidade Éden Sul. Os prédios estavam intactos, em grande parte, uma ou outra parede havia desmoronado aqui e ali. A maior parte era cercada por sombras cinzentas, mas alguns brilhavam sob os raios brancos do sol que entrava pelo buraco no telhado do domo.

Os prédios eram feitos de vidro esverdeado e reluzentes vigas de metal em formas trapezoidais, mas, diferente da perfeição brilhante da cidade Éden Oeste, ali tudo era coberto por uma camada de poeira vermelha e por mantos verdes e pretos de mofo. Cascatas de trepadeiras desciam pelas frestas abertas no teto e se espalhavam pelos edifícios, se abriam como leques pelas ruas e subiam em outras construções. As árvores haviam brotado em telhados, frestas e rachaduras. Lados inteiros de vários prédios haviam desaparecido embaixo de colônias felpudas de musgo que, por sua vez, servia de berçário para plantas de folhas verdes e mais trepadeiras.

Havia uma qualidade estranha no silêncio, um eco vazio que parecia catastrófico, apesar do lugar ser enorme. Sem nenhum Céu-cópia para esconder o teto com sua névoa, tudo ali parecia ainda maior, mas também sufocante, com as vigas enferrujadas e os painéis queimados lembrando uma prisão.

Subimos por uma avenida principal abrindo caminho entre os escombros. Andávamos sobre painéis hexagonais rachados de vidro escuro.

– Isto é uma Rua-sensação? – perguntei a Sanguessuga.

– Sim, cada bloco destes falava com você durante a caminhada, respondia ao seu humor tomando por base a força dos seus passos, a temperatura corporal, coisas assim. Nunca entendi bem como funcionava. – Ele concluiu de cabeça baixa.

– Tudo bem? – perguntei.

– Sim, tudo – respondeu ele, e virou para o outro lado.

Pássaros cantavam, as asas batendo no espaço cavernoso. Vi uma iguana comprida tomando banho de sol sobre um destroço qualquer ao lado da rua. Batentes e portas eram revestidos pela sombra escura de teias de aranhas. Era incrível a rapidez com que a selva havia recuperado esse espaço. Pensei nas cidades durante nosso voo desde Éden Oeste, no deserto, preservadas como museus. Aparentemente, este lugar desapareceria em poucos anos, seria digerido pela natureza.

Dez minutos depois nós chegamos ao lago. Como em Éden Oeste, havia um longo corpo de água que se estendia até o outro lado do domo, mas esse era esverdeado e sufocado pela vida vegetal. Dentro da água, um enorme pedaço branco do teto brotava da superfície em um ângulo estranho. No centro dele dava para ver os restos quebrados do Olho, uma esfera meio submersa na água. E em cima dele uma ilha de plantas e árvores havia germinado. Uma ave bem grande estava empoleirada na ponta do fragmento caído. A Aquinara ficou silenciosa à nossa esquerda.

Seguimos a margem do lago. Vi mais adiante uma pirâmide feita de pedra. Era como aquela em Desenna, porém mais velha; e por um momento pensei que fosse Atlante, como a das memórias do meu crânio, mas não era igual. Essa era feita de camadas planas, como blocos empilhados em ordem decrescente de tamanho. O topo era quadrado e havia escadas nas laterais. Havia outros prédios em torno dela, ruínas que a floresta consumia. A cena tinha um jeito sinistro de viagem no tempo, com aquelas construções antigas cobertas por um domo gigantesco que pertencia a um futuro muito distante em relação ao resto.

– Victoria? – chamou Sanguessuga. Ele apontou uma rua da cidade. – É aquilo?

Alguns blocos para o interior havia um prédio de formato estranho, com uns dez andares de altura e lados lisos e curvos. Diferente de todos os outros edifícios da cidade vazia, havia em suas janelas uma luz clara, suave. Percebi que formato era aquele. Uma dupla hélice, a forma do DNA.

– O laboratório Crio – respondeu Victoria. – Por quê?

– Descobri por que Sanguessuga estava tão quieto.
– Acho que meu irmão está lá – disse ele.
– É mesmo? – perguntou Victoria, surpresa.
– Não tenho certeza absoluta. Foi o que Paul me falou.
– É possível. Temos os registros na Tática – comentou Victoria.
– E você disse... – falava Sanguessuga, lentamente – que eles ainda estão vivos lá dentro, não é?

Victoria pôs a mão no ombro dele.

– Estão, mas...
– Estou vendo luzes acesas.

Ela suspirou.

– Sim, deixei a energia ligada no Crio para poder manter viva nossa adorável Sete. Podia ter mantido só a área onde ela estava operante e desligar todas as outras, mas... É engraçado, durante a violência da revolta e do golpe, tive que tomar muitas decisões difíceis envolvendo a vida das pessoas. Construí uma religião cuja base é a aceitação da morte, mas... não consegui puxar a tomada dessas pessoas.

– Por que não? – estranhei.
– Todos deviam ter o direito de escolher. Uma coisa é ajudar voluntários a se libertarem deste mundo, outra é simplesmente desligar quinhentas pessoas que pensavam que iam acordar.

Pensei no laboratório embaixo do Éden. Eu desliguei a tomada daqueles caras... mas foi a pedido de Anna. E os outros, não estavam além, da possibilidade de escolha? Parecia que sim, que eu estava fazendo a coisa certa, mas onde ficava essa linha divisória? Eu havia brincado de ser Deus e pensado que sabia o que era melhor?

– Então, por que não acordou todos eles? – perguntou Lilly. Ela agora voltava a ser como antes. – Acordou Sete.

– Não precisa comemorar – comentou Sete, sarcástica.

Lilly nem olhou para ela.

– Esse é o problema – respondeu Victoria. – Tivemos um furacão brutal há uns dois anos. Eles são sempre bem fortes por aqui, mas aquele... Demos a ele o nome de Atlacamani, a deusa asteca das tempestades. Toda Desenna ficou sem energia, inclusive o Crio.

Foram mais de cinco horas sem energia, o que esgotou as baterias de reserva. Esse tempo não foi suficiente para descongelar os corpos, mas foi o suficiente para interromper a carga de estímulo nos cérebros.

– Está dizendo que todos sofreram morte cerebral? – perguntou Sanguessuga.

– Sim, é o que estou dizendo, basicamente.

– Basicamente? Como assim?

– Bom, não sei que informações você tem sobre o processo Crio. Quando um sujeito é posto no Crio, é criada uma simulação de onda cerebral completa, como um mapa do funcionamento exato daquele cérebro. A ideia é que isso funcione como um backup de todos os pensamentos e memórias e de como a pessoa pensa. E as informações podem ser recarregadas, se houver alguma complicação.

– Conte a eles qual é a outra coisa que pode fazer com isso – falou Sete.

Victoria olhou para ela.

– Nossa adorável deusa quer que eu explique que, apesar de ser estritamente proibido no contrato assinado pelos sujeitos do Crio, alguns técnicos do Éden aprenderam a fazer manipulação seletiva dos mapas de onda cerebral.

– O que isso significa? – perguntou Sanguessuga.

– Significa que eles podem modificar suas lembranças, alterá-las de acordo com a necessidade – revelou Sete. – Mas a Mãe garante que não fez isso comigo.

– É claro que não fiz. – Victoria se irritou. – Esse é um limite que não estou disposta a ultrapassar. A identidade é sagrada. Não somos nada sem ela. Mas os outros não pensavam como eu.

– E quando eles ultrapassaram esse limite? – indagou Lilly.

– Não sei os detalhes – respondeu Victoria. – Mas sei que houve casos de Crios que não eram voluntários, pessoas que o projeto considerava vitais, mas que não aceitavam cooperar com eles. Mas essas pessoas despertaram do Crio com lembranças como se houvessem escolhido o processo, e como se as famílias concordassem com essa decisão deles.

– O que está dizendo é que nossas lembranças podem ser mentiras – decidiu Sanguessuga com tom sombrio. – Talvez eu nunca tenha desejado ser um Crio...

Victoria franziu o cenho.

– Estou dizendo que isso é possível. Mas nem imagino se foi feito no caso de vocês. No entanto, Paul é capaz de qualquer coisa.

– E essa história de recarregar os mapas de onda cerebral?

Victoria sorriu com tristeza.

– Depois do Atlacamani, quando a energia foi restaurada e religamos o sistema. Descobrimos que os sistemas de segurança também haviam sido reiniciados. Temos os mapas de onda cerebral arquivados, mas não temos acesso os programas que nos permitiriam recarregá-los.

– Vocês não têm uma senha? – insistiu Sanguessuga.

– São muitas camadas de segurança, e não, não temos. Paul tem a senha, e certamente alguns membros das equipes de programação do projeto também têm, mas... bom, não posso pedir a eles, posso? Arlo tem uma equipe trabalhando nisso há quase dois, e ainda não conseguimos decifrar a criptografia. Então, por enquanto, o laboratório Crio é uma sala cheia de corpos congelados, uma casa de ninguém.

– Mas você pode me dizer se ele está lá.

Victoria assentiu:

– Posso. Vamos verificar assim que voltarmos. Certo?

– Obrigado – respondeu Sanguessuga.

Victoria continuou:

– O templo fica por aqui.

Sanguessuga continuava olhando para o prédio distante. Ele parecia pequeno ali parado, o mesmo garoto com ombros caídos e braços magros que me deixava tão furioso. Parei ao lado dele.

– Ei – falei. – Sinto muito.

Ele mantinha um braço sobre o peito, segurava o bíceps e tremia, a doença do Crio dando a impressão de que ele sentia frio naquele ar morno.

– Tudo bem. Acho que ele está lá – respondeu Sanguessuga.

– Paul não bagunçou suas lembranças, tenho certeza – comentei sem saber, mas pensando que a história de Sanguessuga sobre ter encontrado Paul parecia ser real. Mas como ter certeza? Eu não conseguia nem imaginar a aflição de duvidar da própria memória, de pôr em questão sua identidade.

Sanguessuga balançou a cabeça.

– Não se preocupa comigo – disse. Depois virou e me olhou sério, o olho bom brilhando como se estivesse muito bravo, mas eu finalmente havia aprendido que essa era a cara dele de confiança.

– Você vai comigo quando eu entrar lá?

– Ah... – Não esperava essa pergunta. Agora éramos amigos de verdade, era isso? – Vou, é claro.

Ele assentiu e começamos a seguir o grupo.

Passamos por Lilly, que estava em pé na beira do lago, olhando para a água. A brisa que entrava pelo domo quebrado empurrava o cabelo dela para trás dos ombros. Ouvi um ruído e vi que, por baixo de um muro pequeno, ondas lambiam o plástico preto e grosso, revelando o fundo falso do lago.

Meu primeiro foi não falar nada. Ela parecia estar longe, distraída. Na verdade, tive a impressão de que cantava baixinho. Mas vi que o grupo se afastava de nós.

– Ei, você não vem? – perguntei.

Ela virou, e seus olhos recuperaram o foco como se Lilly acordasse de um devaneio. Mas quando ela me viu, o olhar ficou severo.

– Não precisa se preocupar comigo. Você tem outras coisas em que pensar. E eu também. – E virou para ir atrás dos outros.

– Lilly... O que você viu ontem não era o que parecia – tentei.

Ela não parou.

– Depende do que você acha que parecia.

Senti um aperto no peito e aquela distância outra vez. Seria possível consertar alguma coisa a essa altura? Valia a pena tentar?

Segui Lilly de longe, e nós atravessamos um trecho largo e plano de grama alta e arbustos a caminho da pirâmide. Dava a impressão de que aquilo havia sido um parque. Havia bancos e estátuas encobertos pela vegetação.

Chegamos à base da estrutura gigantesca e nos reunimos ao lado de uma das escadas largas que subiam até o topo. Ela era feita de grandes degraus de pedra, todos interligados por emendas perfeitas. As laterais da escada eram decoradas com uma serpente gigantesca que terminava em uma cabeça esculpida na base, a língua estendida para o chão.

Arlo parou diante de uma porta escondida na parede ao lado da escada. Era uma porta de aço de aparência moderna com um painel eletrônico no lugar da fechadura, outro momento dos bastidores do Éden, mas essa porta era salpicada de ferrugem.

– Esta era a pirâmide central de Chichén Itzá, uma extinta e clássica cidade maia – disse Victoria. – Os maias eram mestres da astronomia. Esta pirâmide é perfeitamente alinhada com os equinócios. Tem mais de mil anos, mas não foi a primeira que existiu nesta localização. Ela foi construída nas ruínas de uma estrutura anterior, e embaixo dessa há ainda outra: o templo Atlante original que marcou este local dez mil anos atrás.

Victoria apontou para o outro lado do campo, onde duas paredes largas criavam um tipo de corredor largo.

– Os maias usavam aquela área para um jogo com bola, mas seu projeto original era para um propósito diferente que eles nunca imaginaram. Owen sabe qual é.

Senti que todos olhavam para mim. Eu não sabia a que Victoria se referia... mas quando estudei o local, vi como o ângulo se adequava perfeitamente às prováveis correntes de vento, como os aros para a bola se alinhariam...

– Era uma área de pouso. Para naves Atlantes. Naves muito maiores que a minha.

Arlo digitou um código e as fechaduras destravaram com um ruído de atrito. Ele empurrou a porta, cujas dobradiças rangeram, e nós entramos.

A passagem era fria e úmida, estreita, com um piso plano de concreto e teto curvo. Parecia alguma coisa projetada por alguém do Éden. Arlo, Victoria e os soldados acenderam lâmpadas que levavam presas à cabeça.

A passagem conduzia diretamente ao centro da pirâmide, depois atravessava outro túnel em sentido perpendicular. Esse corredor tinha paredes de pedra com o exterior. Uma passagem maia. Seguimos por ela, e tivemos que andar abaixados. O ar era mais pesado, denso de mofo e poeira. Viramos à esquerda, de novo e de novo, desenhando uma espécie de espiral quadrada que nos levava cada vez mais para o centro, até chegarmos a uma sala apertada. A largura só permitia que ficássemos enfileirados, ombro a ombro. O teto se elevava para a escuridão como se estivéssemos no fundo de um poço. As paredes eram decoradas com mais rostos sinistros, quadrados.

– Aproximem-se das paredes – disse Victoria.

Todos nós nos afastamos do centro, e quando as lâminas iluminaram o piso, vimos que havia no meio da sala uma pedra redonda com marcas nas extremidades. Arlo e outro homem começaram a levantá-la, fazendo grande esforço para isso. A pedra estava presa, e eles tiveram que movê-la para um lado e para o outro. Devia ter meio metro de espessura, e quando eles finalmente a removeram, o barulho do impacto com o chão foi tão forte que senti as paredes tremerem.

– Vamos descer – avisou Victoria, sentando no chão para escorregar para dentro do buraco. A lâmpada em sua cabeça iluminava uma série de depressões entalhadas na lateral arredondada, uma escada rústica que ela desceu até desaparecer.

Nós a seguimos, eu desci atrás de Sete. Perdi as contas de quantos degraus havia na parede. Acho que descemos dez metros, talvez mais, até eu esticar um pé e encontrar o espaço vazio.

– É uma queda pequena – ouvi Victoria dizer.

Soltei o corpo. Caí por um segundo e aterrissei em um piso irregular, ligeiramente inclinado para baixo. Meu tornozelo dobrou e eu quase caí, mas Sanguessuga me segurou.

– Valeu – falei.

– Tudo bem.

Olhei em volta e vi que estávamos em uma espécie de morro feito de pedaços de pedras. Esse morro ficava em uma grande sala quadrada, como o porão da pirâmide maia. Estávamos em pé do lado de fora da pirâmide mais antiga, como se descêssemos por uma daquelas bonecas russas que vão ficando cada vez menores.

– A entrada fica na base – disse Victoria.

O teto estava bem em cima da nossa cabeça, e era feito de enormes blocos de pedra. Eu não conseguia imaginar como ficavam suspensos ali, e de repente tive aquela opressora sensação de profundidade e, principalmente, de peso, um peso absurdo que poderia nos esmagar, que ia nos esmagar. Até o ar parecia ser comprimido. Era difícil inspirar completamente. Tinha poeira nos nossos olhos, um cheiro rançoso e o som de pés se arrastando sobre pedras soltas, porque todo mundo descia meio escorregando por um lado da velha construção.

Chegamos ao chão de argila macia e continuamos seguindo a muralha maia de frente para a antiga pirâmide, até a lâmpada de Victoria iluminar uma entrada quadrada e estreita.

Ela espirou para dentro.

– Um minuto de inferno – disse – e chegamos à sala do outro lado. – E respirou fundo antes de entrar.

– Meu Deus, odeio essa parte – resmungou Sete, seguindo Arlo e os homens que o acompanhavam.

– Você primeiro – falei a Lilly.

Ela entrou sem responder, sem sequer olhar para mim. Senti que o que antes era culpa se transformava em frustração. Como eu podia conversar com ela, se Lilly nem me dava uma chance de falar?

O túnel era apertado, parecia comprimir nossa cabeça e empurrar o pescoço. Meus ombros tocavam as paredes ásperas, e o sentimento de opressão e compressão se tornou insuportável. Tive uma urgência repentina de abrir os braços, chutar tudo, tentar esticar o corpo, me bater contra a rocha e abrir espaço. Prefiro o risco de voar muitos quilômetros acima do solo a enfrentar esse tipo de coisa.

– Continua andando – falou Sanguessuga atrás de mim.

– Owen. – A lâmpada de Victoria brilhou lá na frente. – Está quase chegando.

Prendi a respiração e continuei, até que finalmente cheguei a uma sala pequena e circular.

– Tudo bem – cochichou Victoria, quase como se tivesse medo de provocar um desabamento com a voz. – Hora de Sete fazer sua parte.

Vi que havia um espaço triangular na parede mais distante de nós, e nele um desenho, um contorno de mão.

"A chave está dentro de você." A voz da sereia me pegou de surpresa. Olhei em volta, mas não vi a luz azul. Estranho. Senti que era ela.

– E odeio essa parte ainda mais – confessou Sete. Ela subiu no pedestal, pôs as mãos sobre as lanças, olhou para Victoria com ar contrariado e pressionou as pontas de metal. A respiração acelerou, ela bufou e afastou a mão com um movimento brusco. A luz das lâmpadas mostrou o sangue escorrendo pelas lanças.

A sala estremeceu. Cachoeiras de poeira caíram do teto. O piso começou a se mexer e descer, formando escadas espirais como as do meu templo no Éden Oeste.

Descemos por elas. O pedestal era, na verdade, o topo de uma longa coluna, e a escada formava uma espiral em torno dela, descendo para um espaço muito amplo. Quando descíamos, senti aquele tremor começar dentro de mim, a vibração magnética de uma presença. Estávamos perto do crânio. Eu não esperava essa sensação, porque não era o meu crânio, mas gostei dela. Não havia percebido como sentia falta disso.

Chegamos a um salão cavernoso que se estendia para os dois lados. De um lado havia uma longa fileira de enormes colunas de pedra na frente de uma parede. O piso era coberto por uma fina camada de água salgada. Gotas pingavam, e o ruído ecoava.

Victoria nos conduziu pelo salão, os passos fazendo barulho na água, e paramos em um trecho da parede entre duas colunas. Ali nos reunimos, e eu vi que havia linhas de símbolos entalhados, pictogramas e formas cheias de curvas que eram parecias com letras.

– Uau! – Lilly olhava espantada para a parede.

– É uma forma de escrita? – perguntei.

– Escrita Atlante – respondeu Victoria. – Consigo traduzir com alguns tropeços, mas Sete pode ler facilmente o que está escrito. Pode fazer o favor?

– Atenção, o cachorro vai fazer o truque – respondeu Sete, irônica. Depois se aproximou da parede e deslizou os dedos sobre os símbolos. – Depois da fratura e do dilúvio – começou a ler –, depois de os mestres e sua magia terem sido consumidos pela terra faminta, houve uma jornada por eras de escuridão enquanto o mundo se curava, com os refugiados procurando seu coração, mas perdidos, muito perdidos. E quando os mares se acalmaram e a terra aquietou, quando foi possível olhar para as estrelas novamente, a memória desceu em naves de luz azul para começar a ascensão, esperando chegar à altura dos mestres sem ressuscitar seus horrores.

Pensei no que a sereia me disse.

– Que horrores são esses? – perguntei.

– Acho que os refugiados Atlantes acreditavam que o Pincel era um horror – respondeu Victoria –, algo que não queriam repetir nunca. Estou convencida de que os Três são, na verdade, uma defesa construída em segredo pelo povo Atlante para garantir que seus mestres, ou quaisquer líderes no futuro, nunca pudessem repetir seus erros.

Imaginei os sacerdotes no topo daquela pirâmide, Lük e seus companheiros se preparando para morrer... por uma causa. Era diferente pensar neles desse jeito, um grupo secreto tomando medidas desesperadas para salvar o futuro.

– Por que não destruir o Pincel de uma vez? – perguntou Sanguessuga.

– Acho que eles não tiveram coragem para isso – opinou Victoria. – Os mestres eram como o rei que morre agarrado ao tesouro, ou aquela história pré-Ascensão do Gollum, que não consegue soltar o anel nem quando cai para a morte. Mesmo com o mundo desabando, eles não conseguiam abrir mão de sua tecnologia. Seria impensável. Não é muito diferente do que aconteceu durante a Ascensão... e por isso o povo teve que pensar em outra solução.

– Então, somos meio rebeldes – concluiu Sanguessuga.

– Gosto disso – falou Sete.

– Tem mais alguma coisa aí? – perguntou Lilly, olhando para a parede quase como se duvidasse da tradução de Sete.

– Não – respondeu ela. – Por que não é o bastante?

– Só perguntei. – Lilly abaixou para examinar uma série de desenhos apagados embaixo da inscrição principal.

– Acho que isso não é nada – comentou Sete em dúvida.

– Eu já imaginava que ia dizer isso – respondeu Lilly. Depois deu de ombros e virou para o outro lado.

– Foi depois de decifrar essa mensagem – contou Victoria – e considerar o papel dos Três e dos mestres que percebi que tinha que me rebelar também contra os planos do Éden. Os horrores de novo. A mensagem não poderia ser mais clara, o que Paul estava fazendo levaria à tragédia. Eu também sentia que devia haver um jeito melhor de viver neste mundo. E assim nasceu a Helíade. – Ela virou. – A sala de navegação é por aqui.

Todos a seguiram, exceto Sete. Ela ainda olhava para a parede.

– Que foi? – perguntei.

– Sua amiga está se comportando de um jeito muito bizarro. – Nós dois vimos Lilly se afastar do grupo olhando em volta. – Qual é a dela?

– Não sei – respondi. – Nunca soube menos que agora.

Alcançamos os outros quando o grupo chegava a uma passagem em arco no fundo do amplo salão. Passamos por baixo do arco e encontramos outra sala de navegação, maior do que aquela que vimos na cidade Anasazi, mais parecida com aquela no Éden Oeste. Um domo encurvado com uma bola de obsidiana presa no centro.

– Finalmente – falou Sanguessuga. Ele pôs as mãos na bola. A luz se acendeu dentro da esfera, e estrelas explodiram ganhando vida nas paredes. Sanguessuga aproximou o sextante do olho bom. – Desinchou o suficiente. – Ele girou o instrumento devagar, demorando um pouco mais em um ponto, depois o abaixou e deslizou os controles de pedras brilhantes antes de examiná-lo outra vez. – Isto teria dado à sala do Éden Oeste um sentido muito maior. – E tirou o bloco de anotações que levava no bolso de trás. – Alguém pode iluminar aqui?

Sanguessuga sentou no chão com as pernas cruzadas e começou a desenhar. Arlo apontava a luz para o desenho. Vi que a mão de Sanguessuga tremia segurando a caneta.

– Vai demorar um pouco – avisou ele –, mas acho que consigo.

– Os outros – chamou Victoria –, venham comigo ao crânio.

Voltamos ao grande salão. Na parede oposta às colunas, a luz de Victoria exibiu uma passagem estreita. Quando nos espremíamos pelo corredor apertado, vi o branco brilhante, o crânio antecipando a chegada de Sete.

Ficamos juntos no aposento apertado e lá estava, morto, mas vivo, sintonizando nossas frequências e brilhando. Olhei para ele e tive a mesma sensação magnética de calor e certeza que havia experimentado perto do meu crânio.

– Tudo bem – disse Sete. – Vamos nessa. – Ela fechou os olhos e pôs as mãos sobre o cristal. A luz surgiu em torno de seus dedos e começou a subir pelos braços, iluminando-a. Devia ter sido assim comigo também. Os olhos dela tremiam, o corpo parecia estar paralisado. Ela havia feito o upload.

"Vai para casa, Rana."

A voz soou dentro da minha cabeça. Olhei em volta procurando a sereia, mas não, essa voz era diferente. Havia saído do crânio, da luz brilhante atrás daqueles olhos vazios.

Aquela voz não devia falar comigo, mas... Senti uma urgência estranha, um aquecimento magnético. Dei um passo na direção do crânio.

– Owen? – chamou Victoria.

Eu não respondi. Não podia ter certeza de nada, mas pus as mãos sobre a pedra fria e branca.

A luz explodiu à minha volta, e eu me dissolvi no branco.

24

—Oi.

Não há tempo dentro do crânio de cristal. Tem o antes, vai haver o depois, mas dentro do meio elétrico do cristal existe apenas o sentido do agora e de que todas as coisas são, foram e serão. Qi-An. A harmonia da natureza e todos os seres dentro dela.

Estou em pé em uma sala ampla. O piso é de pedras grandes e brilhantes. Há fogo aceso em vasilhas de cobre penduradas por correntes no teto alto, espalhando uma luz morna. À minha esquerda há outros cômodos e corredores se estendendo até onde os olhos alcançam. Há colunas à minha direita, colunas semelhantes àquelas do lado de fora da câmara do crânio, mas aqui elas sobem para a noite. Uma brisa morna entra na sala, contorna as colunas carregando o sussurro do mar.

Vejo uma menina ajoelhada em uma almofada na minha frente. Ela está vestida de branco e tem cabelo preto. Já a vi antes. Na primeira visão que tive do crânio, aquela em que vi os Três com a garganta cortada. Eu me lembro dos olhos tristes, aterrorizados, mas decididos, pouco antes de sua consciência ser transferida.

Os traços eram parecidos com os de Lük: antigos, mas também como se ela pudesse ser minha irmã, apesar de haver um abismo de tempo entre nós.

Ela não é a única ali. Tem outra garota sentada na mesma posição sobre uma almofada à esquerda dela. Essa menina não está olhando para mim. Ela olha para a frente, e agora vejo que Sete está ao meu lado. Seus olhos estão fechados, as mãos cerradas apoiadas à cintura.

Olho de uma Atlante para a outra. São idênticas. Mas a menina na frente de Sete está em silêncio e quieta. E a outra, na minha frente, está falando.

– Você está no interior do crânio – diz ela.

– O que estou fazendo aqui? – pergunto. – Você é Rana?
– Sim.
Olho para a menina a seu lado, sua gêmea quieta.
– E quem é ela?
Rana olha em volta.
– Só tem você e eu aqui.
Olho para o lado, toco o ombro de Sete e a chamo:
– Ei.
Mas meus dedos a atravessam. Sete continua parada, inabalável, os olhos ainda fechados. Talvez cada um de nós consiga fazer a própria conexão com o crânio, e, na cabeça de Sete, Rana está falando com ela. Mas eu ainda quero saber: por que isso está acontecendo comigo? Não sou o Médium. Quando Sanguessuga foi ligado ao meu crânio, Lük não falou com ele...

– Por aqui. – Rana fica em pé. As sandálias em seus pés fazem barulho sobre as pedras. – Você é a memória do Qi-An, do Primeiro Povo.

– Sim – concordo.

– É o Médium Atlante.

– Não, não sou. – Mas ela parece não me ouvir. Apenas anda em direção às colunas. É como se fosse um programa, e ela está rodando para mim, apesar de ter sido carregada para Sete. Talvez tenha me confundido com Sete, mas como isso é possível? Meu crânio foi muito preciso.

Rana estende a mão para mim.

– Você deve ouvir a música do Coração para poder cantá-la. Venha, vou mostrar como é.

Talvez eu deva tentar ir embora. Mas me sinto atraído por ela, compelido a aprender com ela, por isso seguro sua mão. A sensação é de segurar um fio exposto, quente, vibrando com a eletricidade.

Ela me leva pela sala ampla e entre colunas grossas.

Chegamos a uma noite fria e estrelada dez mil anos atrás. Estamos em um pátio muito grande. Descubro que estou descalço. A grama é macia entre meus dedos. Prédios de pedras marrons, estátuas e símbolos esculpidos com capricho formam uma praça à nossa volta. Essa não é a cidade de Lük.

— Onde estamos? — pergunto.

— Esta é Tulana, grande cidade ao sul — diz Rana. Ela se move como uma brisa para o centro do pátio, onde tem a estátua de um jaguar sentado sobre uma tartaruga.

— É aqui que fica o Coração da Terra? — pergunto.

— Não — responde Rana. O luar ilumina seus ombros. — Isto é antes. Antes de os mestres tentarem forçar a Terra a obedecer, antes de libertarem as cinzas e o fogo.

— Os horrores.

— O Pincel dos Deuses. — Sinto seus dedos de fantasma vasculhando minha mente. — É assim que você chama.

Ouço risadas, e algumas crianças entram no pátio e correm para o centro.

Elas formam um círculo, as mãos criando uma corrente em torno da menina mais velha. Sua pele é negra, quase da cor do ébano, os olhos são lilás. Enquanto as crianças mais novas giram em torno dela, a mais velha fica parada, as mãos abertas, e alguma coisa azul começa a brilhar em cada palma. O tom claro de turquesa é parecido com o do motor de vórtice, e também com a sereia.

A menina começa a levantar da grama. Os dedos dos pés apontam para baixo quando ela sai do chão, se eleva uns dez metros e dá um salto mortal que arranca aplausos dos amigos. Depois ela arqueia o corpo, mergulha e passa voando sobre os outros. Eles gritam e se abaixam. A menina gira, mas tropeça e cai na grama. Os outros riem e correm para ela. Ela também ri.

— Uma vez ouvimos a canção da Terra, seu sussurro em cada galho do nosso ser — conta Rana. — Estávamos em equilíbrio, Qi-An, e a Terra nos deixou conhecer as mais complexas harmonias do universo, as mais profundas frequências espirituais de sua alma.

— Você podia voar? — perguntei. — Literalmente?

— Podíamos brincar com a gravidade e o espaço como vocês brincam com vento e água. Era informal, espiritual, pessoal. Brincadeiras em um quintal... — Seu tom de voz ficou mais sombrio: — Mas os mestres queriam mais controle. E com o controle vêm as leis, e com as leis, o certo e o errado, os conceitos de mais e melhor, e a partir daí começa a jornada para os horrores. Qi e An separados, fraturados. Ciência e ambição afastadas de magia e do ser. Os mestres chegaram a aprisionar a Terra em uma jaula de cristal. Mas a Terra não aceitou tudo isso com docilidade. E quando eles tentaram usar todo o poder dela para refazer a Terra, ela se revoltou, e os horrores foram desencadeados.

Rana passa a mão no casco da tartaruga. Tartaruga e jaguar olham para o leste, na direção do barulho do mar.

– A tartaruga é o equilíbrio, o apoio, flutua em segurança para o jaguar poder saltar. O jaguar salta porque a tartaruga não consegue alcançar. Qi e An. A tartaruga sabe que não pode saltar. O jaguar tem consciência de que não consegue flutuar. Esse é o equilíbrio. Essa é a verdade. Qi e An. Um não existe sem o outro. Como você deve ser.

Rana vira e começa a andar. Eu me preparo para segui-la, mas alguma coisa atrai meu olhar. Uma sombra. Viro e tenho certeza de que vi alguma coisa, uma sombra escura entre as colunas de onde viemos. Sete? A sereia? Mas observo por mais alguns segundos e não vejo nada.

– Por aqui. – Rana está saindo por uma arcada. Corro para alcançá-la e percorremos um caminho ladeado de árvores até a base de uma pirâmide. Rana começa a subir a escada. Parece flutuar. Cada degrau tem quase um metro de altura, e ultrapassamos rapidamente a copa das árvores e os outros edifícios, subimos para o luar e as estrelas.

Chegamos ao topo da pirâmide, um platô. Não há luzes ali. Além do topo está o mar. Ele se move com a brisa da noite, retumba nos penhascos bem abaixo deste templo. Rana olha para o oceano, a brisa úmida bagunçando seu cabelo. Fico parado ao lado dela.

– Para falar com a Terra, você tem que cantar sua alma – diz ela.

Rana abre a boca e produz uma nota etérea; é um som muito puro, como se não fosse gerado por suas cordas vocais, mas por alguma energia interior. A nota parece encontrar a brisa, girar com ela e se espalhar em todas as direções. Ela está em todos os lugares. E há nela uma melodia cadenciada e triste, e ela quase me faz chorar, uma emoção muito estranha, como se fosse destrancada de algum lugar bem no fundo, escondido em mim.

Uma segunda nota começa a vibrar em meus ouvidos, um tom diferente, mais aloto, em perfeita harmonia com a de Rana.

E surge uma luz. Uma faísca que cresce e se torna uma coroa azul em algum ponto abaixo do horizonte. A Terra canta de volta.

Rana para.

– Entre as duas notas você vai ouvir o diálogo, vai falar com ela. Não é simplesmente linguagem. A Terra está sentindo. – Ela volta a cantar. A Terra responde. O horizonte se acende com o fogo azul.

Talvez eu deva dizer a ela que não estou ouvindo nenhum diálogo. Afinal, não sou o Médium...

"Só você pode me libertar."

Espera, estou ouvindo. Foi a Terra? Ela falou comigo? Como é possível?

Rana faz uma pausa.

– Ouviu a voz? Sente como é cantar sua alma?

Penso em dizer que não.

"Só você, Owen."

– Sim – respondo, porque, embora não entenda por que, eu ouço a voz.

Rana sorri. Minha resposta parece satisfazê-la. Ela para de cantar e, quando o horizonte escurece, se volta para mim e toca meu esterno.

– Bom – diz ela.

Começo a ver o branco tremulando na periferia da minha visão. O programa está terminando.

Mas há outro som, um arrastar de pés em algum lugar próximo. Tento virar a cabeça. Vejo uma silhueta nas sombras na base da escada... mas o branco está dominando tudo.

– Tem certeza de que não tem mais ninguém aqui? – pergunta ela.

"Só você", responde a Terra, e então acho que a voz é familiar, mas ainda tenho certeza de que mais alguma coisa espreita por ali, perto, atrás de mim...

Antes que eu consiga virar, tudo se desmancha no branco.

25

Senti o mundo contra a pele e abri os olhos. Estava novamente na câmara do crânio. Minhas mãos ainda tocavam o crânio. Eu as removi e notei que todo mundo olhava para mim.

– O que foi isso? – Era Sete. Ela me olhava através da luz do crânio, como se eu fosse alguma coisa estranha.

– Eu, hum, estava lá dentro – respondi, superando as teias de luz. – Vi você. Deve ser por eu ter genes semelhantes, o crânio fez esse negócio comigo. Sabe, sobre Rana e a Terra e como você canta para ela. Você também viu, não viu?

– Sim. – Sete ainda me olhava desconfiada. – É claro que vi, mas... não entendo por que você viu. Pensei que já houvesse encontrado seu crânio.

Dei de ombros.

– Encontrei. – Mas me lembrei da voz da Terra. Ela disse que eu era o único. A mesma coisa que Paul dissera alguns dias atrás... o que significava tudo isso? Eu começava a especular se havia alguma coisa diferente em mim. Diferente até de Sete e Sanguessuga. Isso explicaria por que eu via a sereia, e eles não?

– O que você disse sobre cantar? – perguntou Victoria.

– O Médium – respondi, e olhei para Sete. – Você pode explicar a eles.

– Não, vai em frente. – Ela parecia meio irritada por eu também ter ouvido a mensagem.

– Bom, é como ela fala com a Terra – falei para Victoria –, pela canção que canta... E a Terra responde cantando.

– O que você canta? – quis saber Victoria. Eu ouvi aquela curiosidade pura na voz dela. Lembrei quando Paul havia adotado esse mesmo tom. – São palavras?

– Não exatamente... – Olhei para Sete.

Ela levantou os olhos, como se procurasse um jeito de explicar tudo isso.

– Não é música de verdade, não como a gente conhece – disse. – Sinto como se fosse só... aqui, agora. Na minha cabeça. E vou saber o que fazer quando nos aproximarmos.

– Fascinante – comentou Victoria. – Vamos levar o crânio, você vai precisar dele na jornada. – E fez um gesto para dois de seus soldados, que envolveram o crânio com uma folha de espuma e o guardaram com cuidado em uma bolsa acolchoada. – Vamos ver o que Sanguessuga descobriu.

Quando começamos a sair, eu olhei em volta.

– Cadê a Lilly?

– Saiu enquanto vocês dois estavam no crânio – disse Victoria. – Estava resmungando. Alguma coisa sobre... bom, não consigo nem começar a entender as emoções na idade de vocês, mas acho que você sabe.

– Ciúme – falou Sete com tom sério, e enganchou o braço no meu. – Desculpa.

Descobri que ela tinha um meio-sorriso nos lábios, mas não correspondi.

– Tanto faz – respondi, exausto depois do tempo que passei no crânio.

Mas também me sentia aliviado. A conexão havia sido elétrica. A energia corria por meu corpo como quando encontrei Lük pela primeira vez. – Está sentindo essa vibração? – perguntei a Sete.

– Sinto. Como é para você?

– Como um sussurro contínuo. Como se fôssemos uma nota em um acorde incrível.

Sete assentiu, mas não acrescentou nada.

Voltamos à sala de navegação. Sanguessuga continuava desenhando, e parava frequentemente para balançar a cabeça e flexionar os dedos.

– E aí? – perguntei.

– Consegui. Bom, eu acho que consegui. Estou cruzando as referências da posição das estrelas neste mapa com o que descobrimos na sala do sextante. Cheguei bem perto.

– Temos imagens de satélite atuais na Tática – avisou Victoria. – Acho que podemos comprar seus mapas com esses dados.

Sanguessuga ficou em pé.

– Boa ideia.

Ficamos ali no escuro da caverna, e de repente me dei conta do que aconteceria a seguir.

– Bom, acho que isso significa que estamos prontos para ir – falei.

– Os Três partem para defender o Coração – confirmou Victoria. – Um evento de grande importância para o meu povo. E uma empreitada ainda maior para vocês.

– É claro – concordei meio nervoso. Sair de Desenna significava voltar ao mundo. Há alguns dias, eu nunca teria pensado que este lugar seria como um paraíso seguro.

Quando voltamos à escada em espiral, passamos por Lilly parada na frente da inscrição na parede. Ela não se movia, só sussurrava como havia feito no lago. Pensei em dizer alguma coisa, mas achei que seria estranho, por isso segui em frente.

– Ei – chamou-a Sanguessuga. – Você não vem?

– Já vou – respondeu Lilly. – Só estou dando uma olhada aqui. Melhor que assistir ao show lá dentro.

– Caramba, cuidado com as garras – disse-me Sete.

Quando saímos do templo, descobri que estava mais irritado que nunca com Lilly. Eu tinha culpa de o crânio ter falado comigo? Isso era parte do meu destino, do de Sete também, e pensei que talvez Lilly não fosse capaz de entender realmente como era tudo isso.

Quando saímos do Éden Sul e percorremos a trilha na floresta para voltar a Desenna, já era meio da tarde. Sanguessuga andava na frente do grupo com Arlo, apontando vários aspectos de seus desenhos. Arlo parecia realmente interessado na cartografia. Consegui ouvir os dois conversando sobre longitudes e latitudes. Lilly estava perto da frente, entre soldados, e não falava com ninguém.

– Conhece aquelas pessoas com a garganta cortada? – perguntou-me Sete.

– Os Atlantes?

– Sim. Acha que nós éramos aquelas pessoas, talvez? Quero dizer, há muito tempo. E agora reencarnamos, ou alguma coisa assim?

– Não sei. Pode ser, de certa forma.

– Pode ser por isso que sentimos essa conexão entre nós. – Senti que ela olhava para mim. – Por isso é tão fácil ficar perto de você. Porque nos conhecemos antes. Porque morremos juntos, e agora estamos aqui de novo. Caramba, menino voador, acha que podemos ter tido... sei lá... alguma coisa no passado?

– Ah – resmunguei, e me senti queimar quando pensei nisso. Mas Sete tinha razão, tudo era fácil com ela.

Passamos novamente pelo portão. Sanguessuga me esperou.

– Vou trocar o curativo, depois acho que vou trabalhar um pouco nos mapas. E você?

– Ele vai comigo ao Chaac's Cave mais tarde – anunciou Sete, olhando para mim. – Não vai? Última noite de folga antes da grande missão. Não pode recusar de novo.

– Tudo bem. – Olhei para Lilly lá na frente sem sequer ter essa intenção, talvez para ver se ela olhava para mim ou não. Não olhava.

– Pode convidar a Lilly – falou Sete, percebendo minha reação –, mas acho que ela não vai.

– Provavelmente não – respondi.

– Topa? – Ela olhou para Sanguessuga. – Tenho amigas bonitinhas.

Sanguessuga sorriu daquele jeito torto.

– Conseguiram me encaixar para colocar o tapa-olho hoje. Suas amigas curtem um pirata?

– Acho que elas podem gostar – disse Sete. E começou a se afastar olhando para mim. – Diz que sim.

– Tudo bem – aceitei. – Mas agora vou para casa jantar.

– Isso vai me dar tempo para vestir alguma coisa bem legal. Oito horas na fonte da praça.

– Até mais – me despedi.

Sete sorriu. Parecia feliz de verdade.

– Temos um encontro.

26

Quando descia a avenida do apartamento, percebi que me referia à casa de minha mãe como "casa" o dia todo. Pensar nisso me incomodou, mas também não incomodou.

Minha mãe não estava lá quando entrei. Ela havia deixado um bilhete avisando que ficaria na clínica com Emiliano até a hora do jantar.

Sentei na varanda do fundo e fiquei olhando as nuvens, lendo as brisas. Pensei em ir embora. Seria bom voar de novo. Pensei na visão que tive dentro do crânio de Sete. Aquela luz distante no horizonte, a luz da Terra e a sensação de algum lugar aonde tínhamos que ir, um objetivo final. Ficava entusiasmado quando imaginava ir de encontro àquela luz. Sentia que encontraria alguma coisa lá, alguma resposta importante para algo que eu nem sabia o que era.

Minha mãe e Emiliano chegaram, e nós jantamos conversando sobre os anos que eles viveram como Nômades. No início, ouvir essas histórias me deixou aborrecido, mas me convenci a relaxar, a simplesmente estar ali naquele instante, porque o momento era tudo que importava. Qi-An. Foram momentos legais, comemos e rimos, e eu decidi que podia deixar para analisar o que sentia por minha mãe depois de ir embora. Enquanto estivesse ali, viveria só o que havia de bom.

– Então, vai sair com alguém hoje – comentou minha mãe quando limpávamos a cozinha.

Percebi que me divertir com eles durante o jantar havia sido um artifício para não pensar ou falar sobre esta noite.

– Somos amigos – respondi. – Sanguessuga também vai. – Sabia que impressão eu dava com as duas respostas.

– Isso não quer dizer que não é um encontro – argumentou Emiliano.

– Não sei – falei.

– Divirta-se, só isso – sugeriu minha mãe. – E veja o que acontece.

Veja o que acontece. Alguém havia me falado alguma coisa parecida antes, e a ideia aparecia com frequência em minha cabeça nos últimos tempos, uma espécie de reflexão, tipo, quando a gente vê o que acontece, e quando nem espera para ver? Lembrei quem havia falado algo assim...

– Vou nessa – avisei.

O ar era frio do lado de fora, agora que o sol, felizmente, havia sumido abaixo do horizonte. Ainda tinha uma hora antes de encontrar Sete, por isso contornei a praça para ir à enfermaria.

– Ela não está aqui – informou uma enfermeira. – Acho que foi ao poço. Dissemos que ela não precisava mais ir lá, mas ela foi assim mesmo.

Saí da cidade novamente e lembrei outra situação em que havia procurado Lilly. Naquela noite, ela estava furiosa com Evan. Hoje era comigo, provavelmente. Em parte queria deixar Lilly agir como quisesse, deixar essa distância que se abria entre nós cristalizar, tornar-se permanente. Mas eu também queria encontrá-la e convidá-la para sair hoje à noite, mesmo sabendo que ela diria não, provavelmente. Talvez também fosse uma boa ideia insistir na conversa sobre o beijo.

O mundo ao anoitecer era cheio de pássaros voando, fazendo ruídos que pareciam me perguntar por quê. Por que tudo. Principalmente com relação a Lilly e Sete. Havia piados e chilreios em resposta aos ruídos, mas eu não tinha resposta nenhuma.

Cheguei ao poço e olhei para baixo, para as sombras profundas e para a água escura. Duas senhoras de idade subiam a escada, aparentemente as últimas a saírem de lá.

E eu vi Lilly sozinha, boiando de costas em sua roupa de banho, o cabelo espalhado em torno do rosto. Pedi aos dois guardas que me acompanhavam para esperarem ali em cima. Desci a escada sem fazer barulho e espiei de trás de uma parede. Ela estava além do centro da piscina, perto da cachoeira e dos arbustos mais densos de cipós e trepadeiras. Os braços se moviam devagar, os pés apareciam acima da superfície, e o rosto, os cílios e o nariz, os lábios... e eu pensei: meu Deus, deuses, Terra, todo mundo que estiver ouvindo, ela é tão linda. Eu já não sabia disso?

Senti uma inundação de memórias surfando uma onda de adrenalina: amanhecer no Éden, saindo da água depois de uma noite inteira juntos, os pés fazendo barulho na grama molhada, Lilly enfiando brownie na minha boca, a gente explorando os destroços do navio... Como nos afastamos tanto daqueles momentos? Como eu agora estava ali, a vinte metros dela e, mesmo assim, me sentindo um mundo distante? Mais que tudo, queria voltar no tempo, entender como a distância havia começado e reparar tudo de algum jeito, consertar os momentos de estranheza, descobrir se a culpa era minha e, se era, gritar comigo até perder o fôlego para deixar de ser idiota. Não precisava haver distância...

– O que veio fazer aqui? – gritou Lilly.

Mas a distância existia. Tão clara quanto o eco da voz dela.

– Vim ver se está tudo bem com você – respondi.

– Não tinha planos incríveis para hoje à noite? Sanguessuga me contou que vocês vão sair.

– Sim, nós... Você podia...

– Se quer falar comigo, vai ter que vir aqui. Preciso dar mais um tempinho na água. – Ela não parecia se importar muito com qual seria a resposta.

Pensei em ir embora. Odiava o que sentia. Mas tirei a camisa e desci a escada. A água era como mordidas geladas nas minhas pernas. Mergulhei, abri os olhos no azul achocolatado e vi alguns peixinhos pretos passando por mim. Subi à superfície e comecei a nadar na direção de Lilly. Senti a cretina da cãibra começando a despertar, como uma aranha cutucada se preparando para entrar em seu buraco e se encolher lá dentro.

– E aí? – perguntei ao chegar perto dela.

– Estou ouvindo música – respondeu ela, os olhos voltados para cima e refletindo o céu nebuloso.

– Você sempre diz isso. Não vai me explicar como é?

Lilly abriu a boca por um instante, depois disse apenas:

– Não é nada.

Esperei e, quando ela ficou em silêncio, perguntei:

– As guelras melhoraram?

Notei que os curativos haviam sumido.

– Muito.

Mais uma pausa. Eu não sabia o que dizer. Lilly continuava olhando para cima, os olhos se movendo sutilmente de um lado para o outro num ritmo quase constante.

– O que está fazendo? – perguntei.

– Tem que boiar de costas para ver. Olha para a cachoeira.

Estendi as pernas para a frente e deitei a cabeça na superfície gelada. Logo abaixo do oval rústico que era a entrada do poço, uma pequena queda d'água escorria formando uma camada brilhante sobre um trecho de musgo. Depois ela se tornava uma biquinha e caía livre.

– Estou olhando as gotas – explicou Lilly. – Você tem que seguir uma de cada vez, e olha o que acontece na metade da descida.

Tentei escolher uma gota. Levei um segundo para ajustar o foco, e então as vi. Cada uma parecia um pontinho de prata, e viajava menos como se caísse e mais como se escorresse por uma corda.

E havia aquele momento no meio da descida, quando as gotas pareciam mais lentas e dava para ver suas formas cristalinas. Era como se o tempo passasse mais devagar para elas. E as gotas pareciam flutuar, em vez de cair, esferas pequenas no espaço, e depois recuperavam a velocidade de antes, o tempo normal, perdiam a precisão da forma; e era impossível determinar qual caía onde com todos aqueles respingos na superfície da água.

– Está falando de como elas parecem cair mais devagar em um trecho da descida?

Ouvi Lilly suspirar.

– É, essa é a parte mais legal.

Por que ela parecia triste? Eu provavelmente sabia. Porque vi o mesmo detalhe. E pensei: cara! Porque aquilo era muito Lilly. Só ela notaria as gotas fora do tempo normal. E me mostraria. E veríamos aquilo juntos.

Escolhi outra gota. Acompanhei a descida. Vi o pingo desafiar o tempo e pairar gracioso antes de se juntar à piscina infinita.

Olhei para Lilly.

– Sei que você viu aquele beijo ontem, mas eu...

– Esquece, O. Já entendi. Sei como a Sete é. Não é difícil perceber como ela enfia as garras. E sei que vocês dois são ligados por sentimentos mais profundos.

– Ah, é. Mas eu também tenho sentido toda essa distância entre mim e você e pensado...

– Eu ouvi o que você disse na outra noite.

– O quê? – perguntei, mas sabia o que era, soube imediatamente, como se em algum canto escondido de mim a culpa por ter dito aquilo no quarto de Lilly duas noites atrás se encolhesse, se preparasse para dar o bote. – Está falando de quando disse a Sete que considerava a possibilidade de você não ir com a gente.

– Sim. E sabe de uma coisa? Você tem razão.

– Lilly, espera...

– Não, Owen, faz sentido. Além de não ter espaço para nós quatro na nave e de eu não suportar aquela garota, Sete deixou bem claro o que pensa de mim. E o principal, você não pode levar alguém que não faz parte da equipe, não pode perder tempo tendo que me salvar. Não é esse o papel que eu quero ter.

– Como assim? – Odiava ouvir tudo isso, odiava, acima de tudo, já ter pensado nisso.

– Não vou com vocês – anunciou Lilly em voz baixa.

– Mas... – Era como se só agora, quando realmente considerava essa possibilidade, eu percebesse quanto não queria que fosse assim. – Você queria ajudar. Por sua família, pelo pessoal no Éden. Por isso veio.

– Vou encontrar meu caminho.

– Lilly... – Senti um nó se formando dentro de mim. – Mas eu preciso de v...

– Para. – Lilly ergueu o corpo e, finalmente, me encarou. Seus olhos eram grandes e encantadores, como sempre, com a luz pálida refletida pelas lágrimas. – Foi bom você ter vindo aqui hoje porque queria agradecer. Você me trouxe até aqui viva, atravessou desertos e montanhas, quando devia ter me deixado para trás. Nunca agradeci por isso.

– Não precisa...

– Obrigada. Pronto. Agora, escuta, vai curtir sua noite com os Atlantes. E amanhã você vai se preparar para a jornada, depois vai decolar e não vai ter que se preocupar comigo, e vai fazer o que tem que ser feito.

Queria discutir com ela. Mas sabia que não havia argumentos.

– É claro que vou pensar em você.

– Tente não pensar.

– Por que está falando assim? Por que está fazendo isso?

– Porque é melhor para a missão. Para todo mundo, inclusive para mim. Preciso de um tempo para decidir o que fazer daqui para a frente, e não quero continuar vivendo à sombra dos Três.

– Lilly, não...

Ela se inclinou e me beijou com delicadeza.

– Caso eu não tenha chance de fazer isso depois. Para dar sorte. Agora vai, e estou falando sério... Não se preocupe comigo.

Eu não sabia o que dizer, e odiava a sensação de saber o que ia acontecer, de certa forma, desde Gambler's Falls, quando ouvimos falar de Sete pela primeira vez, talvez até desde Lilly ter admitido que havia mentido sobre ver a sereia...

– Tudo bem – falei, me perguntando mais uma vez como o que já tinha antes podia ter desaparecido.

Não, não fazia sentido. Pensei em como ela se comportava de um jeito estranho ultimamente, e uma desconfiança se formou em minha cabeça.

– Está escondendo alguma coisa de mim?

Por que tinha que ter alguma coisa, uma explicação para isso.

– Muita coisa – confirmou Lilly, e meio que sorriu, mas era um sorriso misturado com choro. – Muito mesmo, Owen. Eu conto mais tarde. Depois. Quando você voltar, talvez.

– Se a gente voltar. Lilly, não quero fazer isso com você.

Ela assentiu.

– Eu sei, mas uma coisa é o que a gente quer, outra coisa é como as coisas são. Quero que você vá. Isto é... eu abro mão, deixo você ir. Isso é o melhor. É disso que nós dois precisamos.

– Posso me despedir de você quando for embora, pelo menos, eu...

– Essa é a parte que eu não quero! – A voz de Lilly era tensa, frustrada. – Estou falando tudo agora para podermos seguir em frente.

– Mas por quê?

– Porque não sei se sobreviveria a uma despedida. E porque nós dois temos que fazer o que deve ser feito. O destino do mundo não tem tempo para a nossa pequena dor de cabeça.

– Mas devia ter. Eu... – Meu coração disparou. Olhei para ela, senti a respiração acelerar, minhas artérias vibrando, e tudo escapou do meu controle. Era isso, então. Mas como podia ser? E como eu sobreviveria sabendo que, de algum jeito, havia estragado tudo?

Lilly voltou a flutuar na água.

– Vai, por favor.

– Eu... – A cãibra ficou mais forte, quase como um alarme disparando. Nosso tempo acabou. – Tudo bem, mas talvez, como você disse, quando acabar...

– Deixa para pensar nisso depois que salvar o mundo.

Eu não sabia o que fazer. Ali, embaixo da queda mansa das gotas na piscina, o ruído ecoando na concha vazia entre as paredes, as aves mergulhando barulhentas, ali na pressão fria da água meio doce...

Eu me senti afundar por dentro como uma pedra, mergulhar nas profundezas de Lilly, agora alguns metros longe de mim, boiando novamente, olhando para cima.

Queria fazer alguma coisa. Queria dizer alguma coisa. Mas...

– A gente se vê – disse, e virei para me afastar.

– A gente se vê. E, Owen...

Virei de novo, senti meu coração pular com a aflição do que ela poderia dizer e com a esperança de que suas palavras desfizessem o que havia acabado de acontecer.

– Pode usar minha toalha.

– Ah, obrigado.

Subi a escada, me enxuguei e peguei a camisa. Olhei para trás pela última vez, para a garota boiando na água, Lilly, minha Lilly...

E fiz o que ela queria. Fui embora.

Lá em cima, olhei para baixo outra vez. A água estava completamente encoberta pela sombra agora, mas eu ainda via o brilho dos peixes embaixo da superfície, um lugar perfeito como uma fantasia que um dia tive, um lugar para Lilly e para mim.

Mas eu havia acabado de sair desse lugar, talvez para sempre. E via agora que o poço estava vazio. Lilly também havia partido. Como se nunca houvesse existido.

27

Voltei à fonte meio atordoado. Sete e Sanguessuga estavam me esperando. O curativo de Sanguessuga havia sido trocado por um tapa-olho preto, e Sete estava... bom, radiante.

– Oi, menino voador – disse ela, usando aquele tom autoconfiante. Sete usava um vestido justo e meio transparente, verde-escuro ou azul, mas brilhante como se o tecido tivesse algum tipo de fio de diamante ou metal. Havia uma alça sobre o ombro direito, e o decote descia até passar por baixo do braço esquerdo, deixando esse ombro nu. O vestido envolvia os quadris e descia por um trecho curto das pernas. Embaixo do braço esquerdo havia uma série de fendas horizontais, como se uma criatura muito organizada houvesse rasgado o tecido com as garras. Elas se estendiam da coluna até o estômago. O cabelo estava preso no alto da cabeça. Olhos e lábios foram pintados de verde-escuro, e toda a pele parecia ter sido salpicada por um pó de cristal que a deixava com um brilho etéreo.

– Não estou vestido para isso – falei, porque usava o short de sempre, ainda úmido do mergulho, e camiseta.

– Bobagem – disse Sete. – É seu estilo, e você é um deus. Pode usar o que quiser.

– Deus da camiseta – respondi.

Sete levantou uma sobrancelha... e riu.

– Não acredito que essa piada fez alguém dar risada – comentou Sanguessuga.

– O tapa-olho ficou bem legal – falei para ele.

– Ficou – concordou ele.

Sete segurou meu braço.

– Vamos nessa, o tempo está passando.

Atravessamos a praça. O céu estava bem escuro, mas meio brilhante, com a luminosidade da cidade refletida no ar úmido. Senti cheiro de comida picante, o aroma de limão espremido. Mesas haviam sido espalhadas pela praça e pessoas as ocupavam sentadas à luz de tochas e lamparinas, as conversas embaladas pelo tilintar de copos e pratos. Atrás das mesas, portas convidavam a conversas secretas. O ruído se misturava à umidade, e a gente tinha a sensação de fazer parte daquilo tudo, de flutuar.

– Eu ia convidar Lilly para vir – disse Sanguessuga, andando do meu lado enquanto Sete caminhava do outro lado –, mas não a encontrei.

– Eu vi Lilly. Ela não vem. E também não vai com a gente quando partirmos.

– Não vai? – Sete parecia realmente surpresa. – Ah, ela vai mudar de ideia. Eu converso com ela.

– Não vai adiantar. – Esperava que Sete ficasse feliz com a notícia. Talvez ela estivesse fingindo.

– O que ela disse? – quis saber Sanguessuga.

– Que não é uma de nós e que quer encontrar o próprio caminho.

– É a cara dela. – Sanguessuga deu de ombros.

– Ela te falou alguma coisa? – perguntei. – Sobre alguma coisa estranha que tenha acontecido com ela?

– Acho que não. Ela fez muitas perguntas sobre o que vamos fazer e sobre... – Sanguessuga parou e olhou para Sete. – Mas não me contou nada.

– Chegamos – anunciou Sete alguns passos na nossa frente.

Nós a seguimos por uma área ocupada por mesas até uma porta baixa e arredondada. Vi olhos se voltando para nós quando passamos. Eram pessoas um pouco mais velhas que nós, com idade suficiente para estarem em bares entre garrafas de vinho e copos triangulares com misturas de cores néon. Havia vestidos que combinavam com o de Sete em brilho e transparência, e homens de rosto escurecido pelo sol e cabelo penteado para trás vestidos com camisas de colarinho aberto. O cheiro másculo de colônia se misturava a essências florais. Comprado àquelas pessoas eu me sentia muito novo, como se nem devesse estar ali. Até Sete parecia jovem demais para isso, mas ela não dava nenhuma indicação de se sentir inadequada.

O interior era escuro. Um trio de músicos tocava em um canto: um baixo pesado, um pequeno instrumento de metal com cordas finas e som agudo e um console elétrico que produzia notas quadradas, sintéticas. O resultado era, ao mesmo tempo, velho e novo, com o baque de madeira e a vibração de eletricidade.

Sete abriu caminho entre as pessoas e chegamos a um balcão de madeira lascada com tampo de vidro cor de rosa.

– Oi, Stefan! – exclamou ela. O garçom virou.

– Sete. – Ele sorriu.

Sete respondeu com seu sorriso mais radiante.

– É hoje à noite?

Stefan, que devia ter pelo menos dez anos mais que nós, riu sozinho.

– Tenho certeza de que aguenta, mas não, não é hoje que vou deixar você beber. A Boa Mãe cortaria meu pescoço. – Ele se debruçou sobre o balcão e segurou as mãos dela. Os dedos se entrelaçaram por um momento breve, e vi que alguma coisa era passada entre as mãos deles. Um pacotinho. Sete o escondeu em uma das fendas do vestido.

Ela deu de ombros.

– Não está errado sobre a Mãe Superprotetora. Já viu meu pessoal?

– Ainda não – respondeu Stefan. – Tenha uma boa noite e tome cuidado.

– De jeito nenhum – respondeu ela. Depois olhou para mim. – Não vai me obrigar a tomar cuidado, vai?

Tentei sorrir como se fosse desencanado, livre.

– A gente vê depois.

– Ele não vai – falou Sanguessuga enquanto dava um soquinho no meu braço. – Vai? Onde estão aquelas amigas? – E olhou em volta.

– Pensei que tivesse namorada – comentei.

– Paige? – respondeu Sanguessuga. – Aquilo era outra vida. Olha onde estamos agora.

– Lá estão elas! – exclamou Sete.

Três pessoas da nossa idade se aproximavam de nós, um cara e duas garotas. Sete apresentou Kellen, um sujeito musculoso, de pele marrom e um sorriso meio idiota, de cabelo espetado e verde. Ele tinha tatuagens cobrindo os braços nus. Marina estava ao lado dele. Ela usava um vestido preto tomara-que-caia e tinha cabelo vermelho e brilhante.

– E esta é Oro – falou Sete para Sanguessuga. – Este aqui é o Atlante S...

– Carey – interrompeu-a Sanguessuga, os olhos fixos em Oro. – Tudo bem?

– Oi. – Oro tinha traços sombrios e uma cobertura cintilante parecida com a de Sete. O cabelo preto formava várias camadas e enrolava como uma serpente a frente do pescoço e o ombro.

– E aí? – perguntou Kellen. Trocamos um aperto de mãos, depois Oro se aproximou e me abraçou. Seu rosto tocou o meu como se eu devesse beijá-lo, e consegui me soltar.

– Então, Chaac's Cove – disse Sete.

– Estamos iluminados? – quis saber Kellen.

Sete assentiu e bateu na lateral do vestido.

– Consegui mais.

– Legal – aprovou Marina.

– Vamos nessa – falou Sete, olhando para mim.

Sorri para ela, mas estava tentando decidir em que tipo de encrenca eu havia me metido.

Saímos da boate, atravessamos a praça e continuamos andando por ruas secundárias, com nossos guardas andando atrás de nós. Sanguessuga e Oro conversavam, e ele já havia feito a garota rir duas vezes. Sete falava com Kellen e Marina sobre outros amigos e a escola. Todas frequentavam o que parecia ser um colégio pequeno, talvez para filhos de pessoas importantes.

O ar começou a trazer um cheiro de sal. Descemos por uma rua estreita onde havia bares e cafés mais tranquilos, o tipo de lugar onde adultos têm as sombras como companhia.

Mais adiante havia luzes brancas girando e o som profundo de tambores. Buquês de tochas emolduravam uma entrada vigiada.

Sobre a porta, uma placa anunciava: CHAAC'S COVE. Havia uma fila de adolescentes esperando para entrar, mas Sete nos levou diretamente à frente, onde recebemos pulseiras e fomos convidados a entrar.

O caminho coberto de areia era ladeado de tochas e descrevia curvas em volta de árvores grossas. Chegamos a uma área rochosa. A pirâmide principal ali perto, no litoral. Uma escada feita de troncos descia em zigue-zague pelo penhasco negro para uma meia-lua de praia branca aninhada entre saliências rochosas. Havia três fogueiras acesas, uma banda tocando em um palquinho no extremo mais afastado da área e adolescentes em todos os lugares, dançando ao som da banda, reunidos em torno das fogueiras e nadando no mar de ondas brancas, dando a impressão de que havia ali muitas cabeças sem corpos.

– Essa é a única água limpa em toda a região – contou Sete enquanto descíamos a escada. – Por sorte, aqui brota uma corrente que impede a entrada dos destroços e do lixo. Vai nadar comigo, não vai?

– Vou – respondi, sentindo mais uma vez a atração magnética daqueles olhos.

Chegamos à praia e fomos envolvidos pela música e pela dança à luz do fogo. Kellen e Marina seguiram imediatamente para uma mesa de bebidas. Elas voltaram com seis copos, que distribuíram. Comecei a beber meu drinque, um ponche de frutas com limão e papaia, mas percebi que os outros não bebiam.

Sete mexeu no vestido até tirar dele o pacotinho. Ela o abriu e jogou os comprimidos verdes na mão aberta.

– Hora da vitamina! – gritou em meio à música frenética. Depois enfiou um comprimido na boca e o engoliu com o ponche.

Sanguessuga estava ao meu lado.

– Tem certeza de que não vou acabar com alguém me abrindo e arrancando meu coração depois de tomar isso aí? – Ele␣sorria enquanto falava.

– Relaxa – respondeu Sete. – Somos deuses! Somos imortais! Além do mais, a dose é pequena, não chega nem perto do que usamos em uma libertação.

– Ok – disse Sanguessuga.

Achei que ele parecia um pouco nervoso. E me viu olhando para ele.

– Sim – falou, como se lesse meus pensamentos –, mas sabe onde vamos estar em dois dias?

– Está falando da jornada?

– Exatamente! Eu também não sei. – E engoliu o comprimido com o ponche. – Vida iluminada!

Restava uma pílula na mão de Sete, e os olhos dela estavam em mim. Tive a sensação de que cordas iam me apertando por dentro.

– Você não é obrigado – lembrou ela.

Assenti.

– Eu sei.

– Olha. – Sete levou o comprimido à boca e o mordeu. Depois me deu metade da pílula e engoliu a outra metade. – Não vai sentir quase nada, só uma coisa boa.

Todos olhavam para mim.

– Ok. – Peguei o comprimido e o engoli.

– Para os altares de sacrifício! – gritou Kellen, e ele e Marina correram para longe de nós. Vi uma fila de pessoas percorrendo uma trilha perigosa que subia pelas pedras até um patamar de onde pulavam no mar.

Sete segurou meu braço.

– Vamos?

– Sim. – Os olhos dela começaram a tremer, um movimento parecido com o que vi nos olhos de Aralene, a garota sacrificada.

Começamos a andar pela areia para os penhascos, e depois de alguns passos eu senti. A noção de onde estava o mundo à minha volta havia mudado. O chão parecia mais longe, como se eu não estivesse completamente ligado a ele. Quando olhei em volta, a periferia da minha visão se moveu como se fosse de cortinas ao vento. Tive a impressão de que flutuava, em vez de andar.

Chegamos à base do penhasco e Sete começou a tirar o vestido, que refletia a luz das fogueiras. Embaixo do vestido ela usava um short muito justo e um top minúsculo.

– Estou pronta para a ação? – Ela fez uma pose com as mãos na cintura.

– Com certeza – respondi.

Oro e Marina usavam roupas parecidas embaixo do vestido. Kellen havia tirado a camiseta e os sapatos, mantendo apenas o short. Sanguessuga e eu fizemos a mesma coisa.

Subimos a pedra preta, cuja superfície era salpicada de buracos cavados e pequenas saliências. Outras pessoas subiam na nossa frente e atrás de nós.

Chegamos à plataforma no topo. Kellen e Marina pularam quase imediatamente, Kellen girando os braços, Marina mergulhando de um jeito gracioso. Os dois sumiram no abismo lá embaixo em meio a um rodamoinho de água preta e espuma branca. Oro pulou, depois foi a vez de Sanguessuga. Vi quando os dois voltaram à superfície e se juntaram aos outros nadadores para voltar à praia.

– Tudo bem – disse Sete. – Ah, você parece preocupado.

Olhei para o mar turbulento.

– Tenho cãibras – contei, odiando admitir. – Quase me afoguei no acampamento em águas bem menos agitadas que essas.

– Mas você nunca nadou com um tubarão como eu – insistiu Sete.

Os olhos de Lilly eram como os de um tubarão quando nadamos juntos e nos beijamos.

– Não – respondi. – Tem razão.

– Então, não se preocupe. Você é um deus do ar, não da água. Eu levo você para a praia.

Ainda sentia vontade de dizer não, mas também estava meio atrapalhado, com os pensamentos confusos, como se os canais do cérebro estivessem lubrificados com Luz.

– Tudo bem – respondi.

– Vem, vamos pular juntos – disse Sete.

Tandem.

– Ok.

Ela segurou minha mão. Olhei para o mar escuro e muito mais agitado que o lago.

– No três! Um! – Os olhos de Sete dançavam à luz das fogueiras. Eu começava a ver pequenos fios de luz em torno dos movimentos. O som parecia mais distante, como se eu estivesse em uma sala bem grande dentro da minha cabeça. Encontrei um pensamento breve ali dentro. *Tchau, Lilly...*

– Dois!

Sete me puxou e pulamos do penhasco de lava. Caímos em alta velocidade, os braços girando, e eu pensando que caíamos muito depressa, que pulamos de uma altura muito grande...

Batemos na água. Eu me inclinei para a frente e a água invadiu meu nariz, me obrigou a abrir a boca, comprimiu meu peito; e havia espuma, e sal, e ardia, e eu não sabia se subia ou descia na escuridão com as ondas me sacudindo, a Luz fazendo tudo parecer mais solto. Movia os braços certo de que seria jogado contra as pedras e acabaria ensanguentado, arrebentado.

Então a mão de Sete encontrou meu braço e me puxou, eu bati os pés e nós emergimos juntos.

As guelras de Sete fecharam.

– Uau! Legal! – Seu rosto era alegre, uma expressão que, com ou sem Luz, parecia muito livre, uma versão pura dela, sem máscara e sem peso de seu passado ou do futuro. Só o agora.

Gostei de ver isso, e queria me sentir assim também. Como Sanguessuga havia dito, era ali que estávamos, no aqui e agora.

– Foi incrível! – gritei. Nadamos para a praia e fomos levantados por uma onda que nos jogou para a frente. Meus pés tocaram o fundo arenoso, eu fiquei em pé e descobri que a água subia só até a minha cintura.

As fogueiras pareciam mais altas. As chamas eram como mãos acenando, as pontas inexplicavelmente verdes, deixando ecos em minha visão. Acima de nós, as estrelas giravam.

Vi Sanguessuga e Oro brincando e rindo. Eles saíram da água e voltaram à pedra. Olhei em volta e não vi Sete.

Alguma coisa passou perto das minhas pernas. A mão me puxou para baixo. Caí e bati na areia. Oceano e luz se fundiram e eu perdi a noção dos sentidos de novo. Sete escorregou para cima de mim, nossos braços e pernas se entrelaçaram, ela agarrou minha cintura e cambaleamos até a beira da água.

– Pronto – disse ela, levantando com um pulo e sorrindo maliciosa.

– Não foi justo – reclamei enquanto ficava em pé.

– Ah, não? Vamos fazer justiça, então. – A mão dela saiu da água, e um jato de areia molhada acertou meu peito com um impacto ardido.

– Ai! – gritei, mas sorri. Ela riu e começou a sair do mar.

Corri atrás dela tropeçando nas ondinhas rasas, com o mundo girando à minha volta.

Ela correu pela praia, passou entre duas fogueiras e pela fresta larga entre duas rochas altas. Corri atrás dela até uma estreita viela de areia envolta em sombras escuras.

A música se tornou só um compasso abafado do baixo. O ruído das ondas ecoava nas pedras e se juntava ao som da minha respiração. A luz do fogo dançava no penhasco sobre nós, projetando as sombras das pessoas como se fossem de uma tribo primitiva.

A trilha fazia uma curva e eu cheguei ao fim dela. Olhei em volta, examinei o espaço apertado tentando não perder o equilíbrio, sentindo que meus pés não tocavam realmente o chão, que a visão ficava turva. Virei, tentei encontrar...

– Peguei.

Sete. Bem ali, as mãos sobre meus ombros, me empurrando contra a pedra. Minhas costas gritaram de dor, mas o corpo molhado tocou o meu, pressionou, e os lábios acharam minha boca.

Eram desesperados, invasivos, a língua se movendo e lambendo os cantos da minha boca, meu queixo. Ela usava um brilho labial sabor papaia, uma coisa doce, forte. Correspondi ao beijo com a sensação de que era muito lento, pensando que não sabia o que estava fazendo, que não estava preparado para isso. Era muito diferente do beijo cuidadoso com Lilly. Isso era um tipo de caos, como se o objetivo fosse dominar o outro, aplicar um golpe letal, e era opressor e, ao mesmo tempo, muito intenso, criando dentro de mim uma onda de desejo incontrolável. Minhas mãos encontraram os ombros dela e deslizaram lentamente pelas costas...

– Hummm. – Ela acariciou meu peito, depois segurou o top preto. Movimento... Ah, não... Ela tirou o top e o jogou para o lado, depois colou o corpo ao meu novamente.

Eu não conseguia respirar. Tudo era sensação e movimento, e eu me arrependi de ter tomado a Luz, queria sentir tudo com mais precisão. "Você precisa lembrar cada fração de segundo disso", pensei, mas já sentia também que era demais. Dentro de mim havia um tornado.

Minha pele e a dela criavam um lacre morno, molhado, o coração pulava de encontro ao dela, batia forte e depressa. Deixei as mãos deslizarem até a cintura dela, pela barriga, depois subirem devagar de volta ao pescoço.

Sete agarrou meus pulsos. Seus olhos eram enormes, cercados por aros fosforescentes. A luz do fogo dançava nas pedras atrás dela. *Eu te quero.*

Olhei para ela sem saber o que dizer. Por isso só voltei a beijá-la. Enquanto isso, as mãos dela desceram até minha cintura, começaram a abrir o botão do meu short...

E eu me senti como se soubesse que isso ia acontecer, mas nunca havia parado para realmente considerar a possibilidade. E enquanto as mãos dela se moviam, não pude deixar de pensar: "Espera! Muito depressa!" Não devia haver mais preliminares? Eu conhecia Sete, sim, mas era como se mal a conhecesse. E algumas partes minhas estavam mais que prontas, e gritavam para o resto de mim: "Qual é a sua? Para de pensar!"

Mas... eu parei. Interrompi o beijo e recuei.

Sete olhou para mim.

– Que foi? – perguntou ofegante, os dedos ainda em movimento. Olhei nos olhos dela, vi as pupilas se movendo como moscas presas contra uma vidraça, e senti minha cabeça girar como se o crânio fosse uma piscina e o cérebro desse saltos mortais. E, ah, não, ah, não! Senti tudo desmoronando dentro de mim porque de repente sabia, apesar de como isso parecia perfeito...

Que Sete não era...
Lilly.
"Não!" A parte que estava pronta gritou. "Quem liga para Lilly? Ela já era. Ficou no passado, e você nem era um deus, e você e Sete são ligados por um poder muito antigo! Você soube no instante em que a viu e ela está BEM AQUI..."

Mas eu precisava de mais tempo. Porque Lilly ainda estava em minha cabeça. E os sentimentos que eu tinha por ela... ainda não estavam longe o bastante.

Senti que eu começava a me mover, e quando o movimento começou, experimentei várias emoções ao mesmo tempo: frustração, decepção, todos os meus nervos, adrenalina e desejos se unindo para formar um vórtice final... mas também havia alívio. Minhas mãos seguraram as de Sete. E as afastaram de mim.

– Devagar – falei ofegante. – Vamos mais devagar.

Falei pensando que seria só uma pausa, só até outra ocasião, até eu estar mais lúcido e termos passado mais tempo juntos... ou só até passar o efeito da Luz.

– Não – protestou Sete. As mãos dela lutavam contra as minhas, tentavam me tocar outra vez. – Continua, Owen. Ir devagar é morrer. Fica aqui, vive o momento... – insistiu ela, quase me machucou com as unhas, a respiração ficou mais acelerada e eu vi aquela expressão contorcida em seu rosto, como se houvesse se tornado uma espécie de criatura desesperada. Era mais do que eu podia suportar. Eu não sabia, não podia ter certeza...

Só sabia uma coisa, não podia continuar com isso. O momento se perdeu, e odiava me sentir desse jeito, mas era como se eu fosse jogado para fora de onde estivemos há pouco.

E uma vozinha em minha cabeça, cujos gritos haviam sido distantes, agora ecoava e retumbava repetindo: "Lilly." Eu queria gritar de volta. "De que adianta?" Lilly já era, ela... mas não fazia diferença. A voz, meu coração, o que quer que fosse, continuava gritando.

– Vamos parar um segundo – falei, e a empurrei com delicadeza.

– Não, Owen, não...

– Sete, vamos...

– Vamos o quê? – Ela se afastou com violência e me encarou. – Esperar até estarmos mortos? Vamos com calma até morrer? Não dá para viver neste mundo como se esperasse ter outras chances!

– Eu sei, mas...

– Não sabe! Não sabe! – Sete puxou as mãos para soltá-las das minhas e continuou me encarando. – Vai! – gritou ela, e bateu no meu peito.

– Qual é a sua! – gritei de volta, e empurrei as mãos dela. – Não pode ir mais devagar?

– NÃO! – gritou ela, e foi um grito letal, ferido. Lágrimas caíam daqueles olhos em constante movimento. Eu era mesmo um grande sacana sem perceber? – Você não entende – murmurou Sete –, não é? – Ela virou e começou a se afastar cambaleando. Depois caiu na areia, a cabeça entre as mãos. – Não, não entende.

Fiquei ali paralisado, apoiado às pedras. Vi Sete chorar, pensei em Lilly e imaginei se era possível eu estragar as coisas ainda mais.

Finalmente, eu me movi. Ajoelhei, peguei o top de Sete e o entreguei a ela.

– Toma.

Ela levantou o rosto e chiou como uma fera.

– Pelo menos eu sou real para você?

– Como assim?

Ela olhou para as próprias mãos.

– O que eu sou? O que é tudo isso?

– É claro que você é real...

– Você não sabe – interrompeu-me ela. – Se realmente soubesse...

– Conheço você – afirmei, mesmo sem saber se a conhecia de verdade.

– Não fala por falar. – Ela fungou, pegou o top e o vestiu.

Sete levantou e, quando olhou para mim, foi de um jeito frio, como se talvez ela agora me odiasse, mas depois o olhar suavizou um pouco.

– Que droga, menino voador. – E se inclinou para se apoiar em mim, dessa vez de um jeito manso, e mais uma vez pensei no que havia perdido, e disse a mim mesmo: "Você é um grande idiota."

Sete me abraçou, mas toda eletricidade havia desaparecido. Em seguida ela se afastou. Sorriu, mas com tristeza.

– Você é um deus digno.

Eu também sorri, mas meu coração se contorcia. Não sabia o que era isso, mas era o pior.

– Você também é. Sério.

Sete riu e desviou o olhar.

– Sei. – Uma sombra passou por seu rosto, mas ela suspirou e, aparentemente, voltou ao normal. – Vou nadar. Você vem? Prometo ser mais controlada.

– Eu vou daqui a pouco.

Sete virou e voltou para o mar, sua imagem impressionante, linda, saiu do meu campo de visão. Garotas. Devem ser mais difíceis de entender que guelras, DNA antigo ou tramas secretas. Sanguessuga estaria me batendo com sua bola de bocha se soubesse o que havia acabado de acontecer.

Eu me apoiei à pedra e, esgotado, olhei para cima, para as estrelas, e as vi tremerem, crescerem em estranhas explosões provocadas pela Luz. Depois de um tempo, voltei à praia. Vi Sete, Kellen e Marina brincando nas ondas. Peguei minha camisa na areia e vi Sanguessuga e Oro se pegando perto das pedras.

Vesti a camisa sobre o short molhado e me sentei perto de uma das fogueiras. As chamas dançavam com movimentos fluidos, verdes como Luz. Vi pessoas dançando, pulando das pedras e, com o passar da noite, caírem umas sobre as outras. Quando um casal rolou para perto de mim enquanto se agarrava, levantei e caminhei para a escada.

Não vi mais Sete e os amigos. Talvez estivessem dançando perto do palco. Havia ali um frenesi de corpos em movimento. Pensei em me juntar a eles, senti uma onda de solidão, mas comecei a subir a escada.

Voltei sozinho pelas ruas escuras. As únicas pessoas que ainda via por ali eram grupos barulhentos, bêbados, gente que girava e dançava e caía, e achei que os movimentos sugeriam o uso de Luz. Muita Luz. Talvez essa fosse a verdadeira chave para a vida iluminada.

A minha estava passando, e uma forte dor de cabeça ocupava o lugar dela, junto com um formigamento esquisito nos dedos dos pés e das mãos. Meus pensamentos eram confusos, mas, quando cheguei à praça, não fui para casa. Eu precisava fazer uma coisa.

Mas o quarto de Lilly estava vazio.

– Ela não voltou mais depois que você esteve aqui – disse a enfermeira que saiu do quarto vizinho.

Olhei para a cama arrumada, e só então notei que a bolsa vermelha de Lilly também não estava ali.

"Vou encontrar meu caminho", ela dissera.

E agora que era tarde demais, eu queria saber como encontraria o meu sem ela.

PARTE III

E quando os Três forem realmente revelados,
Eles retornarão para se defender contra os mestres,
Mas essa jornada já não foi feita antes?
Muitas e muitas vezes o ciclo se repete,
E nós devemos ter cuidado com a paciência da Terra,
Porque, se falhamos com ela com muita frequência,
Ela pode traçar os próprios planos.

28

Voltei para casa andando devagar, me sentindo vazio, esgotado, e caí na cama. Dormi um sono pesado e sem sonhos até a tarde seguinte. Quando acordei, minha cabeça doía ainda mais. Meus olhos pareciam ter sido torrados, e apesar de ter sede, meu estômago não aceitava nada.

Minha mãe havia deixado um bilhete: ela e Emil iam trabalhar o dia todo. Eu me vesti e fui à enfermaria. Quando atravessei a praça principal, vi que ela estava decorada para a Nueva Luna. Grupos construíam luas gigantescas de madeira e papel, luas de rosto macabro, com símbolos e flâmulas pendurados.

Encontrei minha mãe em um corredor diferente de todos em que eu já havia estado. Os aposentos eram estreitos, cada um com uma cama e um vaso grande de trepadeiras floridas que subiam pela parede e se espalhavam pelo teto. Muitos tinham pacientes. A maioria dormia ou conversava em voz baixa com a família. Havia pouco equipamento médico visível. O aroma floral era opressor, mas, por trás dele, havia o inconfundível cheiro de morte.

Minha mãe se ajoelhou ao lado de um homem vestido de branco. Era difícil dizer quantos anos ele tinha, talvez 40, mas seu corpo era um desastre. Não havia mais cabelo. Seu peito afundava como se houvesse desabado na cama. Ele tinha uma lesão negra e longa no lado esquerdo do rosto. E respirava com dificuldade, um chiado áspero. Mas havia uma linda guirlanda de flores em seu pescoço. Havia uma bolsa de líquido verde pendurada ao lado dele.

Minha mãe pressionou o estetoscópio contra a parte interna de seu pulso, e o homem gemeu baixinho.

– Desculpe, William – falou minha mãe. – Eu sei que dói.

Quando ela o soltou, vi o tremular de sua carne, as linhas brancas e finas se movendo sob a pele. Verme de calor.

– Quanto tempo? – chiou William, a língua saindo da boca para umedecer os lábios rachados.

Minha mãe olhou para o relógio de pulso.

– Pouco. Vamos dar a Luz assim que tiver uma chance de ver sua família.

– Agora – gemeu ele. – Por favor.

Minha mãe secava a testa de William com um pano.

– Shh – disse ela. – Tente descansar.

Quando afastava a mão, ela pressionou o polegar na face do paciente e fez um movimento circular. Eu podia quase sentir o eco daquele toque, o calor suave em minha pele, e me preocupei. Eu ia mesmo deixar a mãe que havia acabado de encontrar?

– Oi, Owen. – Ela levantou e começou a fazer algumas anotações em pé junto de um balcão. Seus olhos estavam vermelhos e molhados.

– Oi – respondi. – Como vão as coisas?

– Ah, não muito bem para o William, mas está quase acabando. – Ela enxugou os olhos. – Isso é sempre difícil para mim. Ficar sentada, sem fazer nada. Bom, não há mais nada a fazer, mesmo que quiséssemos. – Ela balançou a cabeça. – Mas ainda é difícil.

– Sinto muito – falei.

– Ah, tudo bem. É só um dia difícil, muita emoção. As coisas estão me afetando de um jeito mais intenso, sabe, com essa sua grande jornada começando amanhã.

– Sei. – O que eu podia dizer? Cheguei perto dela e a abracei.

Minha mãe me abraçou, e eu me senti seguro, acho, um sentimento bom. Mas esse sentimento complicava as coisas.

– Acho que não pensou mais sobre o que conversamos ontem – cochichou ela.

Eu quase nem me lembrava de ontem, mas sabia que ela ia me pedir para ficar.

– Mãe...

– Desculpa, mas não posso ficar quieta. Passei a noite toda pensando em como falar com seu pai, como pedir desculpas a ele. E sobre como Victoria pode até concordar, talvez, que sair daqui é perigoso demais para vocês. Eu... sei que não estou sendo justa, principalmente porque boa parte disso é minha culpa, mas depois de todo tempo que perdemos, não suporto a ideia de ficar sem você de novo.

Ouvi e odiei ouvir, odiei tanto quanto queria a mesma coisa. Ainda estava ressentido por ela ter nos deixado, mas também me sentia disposto a esquecer tudo aqui só para ter uma família de verdade. Seria melhor que voar pelo mundo. Mas dar as costas para o destino, minha equipe, para todo mundo que havia se sacrificado para que isso fosse possível...

– Eu tenho que ir. Minha equipe precisa de mim.

Minha mãe suspirou.

– Imaginei que essa seria sua resposta. – Ela recuou e me segurou pelos ombros. – Tudo bem. Bom, não pode culpar uma mãe por tentar. A gente recomeça quando você voltar. Se...

– O quê? – perguntei, mas não queria ouvir a resposta.

– É que... e se vocês não voltarem? – falou ela com um fio de voz. – Acabei de te encontrar, se foi só para te perder... e sabendo quanto errei no passado... Não sei se poderia me recuperar.

– Mãe... – Eu não sabia o que dizer. Em parte, sentia que o protesto dela era injusto, porque eu nem pude opinar quando ela partiu. E ela não devia ser a forte nessa situação? Mas, se não era, eu tinha que ser. – Eu vou voltar – respondi. – Prometo.

Ela parecia ter mais a dizer, mas eu não queria ouvir. Não dava mais para lidar com isso. Felizmente, ela deve ter sentido a mesma coisa.

– Tudo bem. Vejo você depois da cerimônia hoje à noite?

– Sim. – Era improvável que eu voltasse à cidade com Sete.

– Tudo bem, então.

Alguém bateu na porta. Uma mulher e três adolescentes, duas meninas e um garoto. A família de William.

– Ah, entrem – convidou minha mãe, e se aproximou da mãe para levá-la ao interior do quarto. Os olhos da mulher estavam muito abertos, decididos, fixos no marido.

Eles se reuniram em volta da cama. Eu fiquei afastado, encostado à parede. Todos pareciam ter medo de falar.

– Bom, hora do show.

Virei e vi Sete parada na porta. Ela usava o vestido branco com o bordado de flores. Parecia exausta e usava óculos de sol mesmo dentro do quarto escuro.

– Oi, menino voador – falou ela ao passar por mim –, quer ajudar? – E se ajoelhou ao lado de William.

– É claro – respondi. Ajoelhei na frente dela e demos as mãos. Sete tirou os óculos. Ela olhou para mim rapidamente, depois cravou o olhar em William. Repetimos o rito, nossas palavras no mesmo ritmo, e pensei novamente sobre a noite anterior, imaginando o que havia perdido e como seriam as coisas entre nós durante a jornada.

Terminamos o rito, e Sete perguntou:

– Pronto?

William respondeu com voz fraca:

– Sim.

A família dele começou a chorar.

Minha mãe girou a válvula na bolsa de Luz. O líquido escorreu pelo tubo transparente para o peito de William.

Ele fechou os olhos. Houve um momento de quietude. E depois ele sorriu.

– Eu serei o divino – disse. Quando abriu os olhos, as pupilas estavam dilatadas e vagavam de um lado para o outro, como se cada canto do quarto fosse uma nova descoberta. Imaginei as auras e os pontos que ele via, suas últimas visões do mundo revestidas de magia.

– Eu volto para prepará-lo para esta noite – informou minha mãe à família.

– Meu trabalho aqui terminou – anunciou Sete com tom neutro. – Você vem para a Tática? – perguntou-me ela. – Sanguessuga está decifrando o mapa.

– Sim – respondi. – Mãe, tenho que ir.

– Tudo bem. A gente se vê mais tarde. E, Owen, desculpe por ter dado vazão a todos aqueles pensamentos. Faça o que tem que fazer, está bem? Não se preocupe comigo.

– Tudo bem – respondi, pensando que, como Lilly, minha mãe devia saber que era bobagem dizer para eu não me preocupar.

— Mamãe plantando a semente da culpa? — perguntou Sete quando voltamos à praça.

— Mais ou menos. Ela está triste porque vou embora, queria que eu ficasse.

Sete bateu no meu ombro.

— Força, parceiro. Daqui a doze horas a gente vai estar livre.

— É, eu sei. — Notei que ela bocejou. — Está sem dormir?

— Dormi um pouco. Não quis exagerar. — Ela me parou. Estávamos ao lado da fonte. — Ei, espero que não tenha surtado com o que aconteceu ontem à noite.

Desviei o olhar.

— Queria não ter surtado.

Sete sorriu.

— Bom, não seria você se não surtasse. Além do mais, teria sido esquisito, mesmo. Somos como primos de, sei lá, centésimo grau, alguma coisa assim. — Ela riu, e foi um alívio rir também. — Outra coisa sobre ontem à noite foi a antecipação de sair daqui. Você não sabe o que é viver com toda essa proximidade.

— Victoria não te encheu de culpa para te obrigar a voltar assim que a gente terminar tudo?

— Eu nem ouviria, se ela tentasse, mas não, de jeito nenhum. Victoria nem liga para o que vai acontecer comigo depois que sairmos daqui amanhã.

— É mesmo? Aposto que ele sente alguma coisa com relação a essa viagem.

— Ah! — Sete bateu nas minhas costas. — Aprendi que é um erro presumir que a Mãe Benevolente tem sentimentos. Para ela, somos só meios para um fim. Mas eu não me importo.

Pensei em Victoria no deque com os Nômades feridos. Ela parecia ter sentimentos.

— Quer dizer que não vai voltar para cá depois da jornada?

— É claro que não — respondeu Sete. — Foi meu último rito de morte. Fico doente com essa gente desistindo, se drogando, depois se jogando no esquecimento.

– Em que isso é diferente de você usando Luz? – perguntei antes de pensar, mas, agora que já havia falado, percebia que isso estava me incomodando.

Sete sentiu o golpe.

– É totalmente diferente. Engolir a porcaria deste mundo é diferente de fugir dele. Eu disse no deque: cumpra alguns milhares desses ritos antes de julgar. Luz só faz o tempo passar mais depressa na prisão. Mas logo estaremos longe daqui, e depois, problema resolvido.

Pensei no lado sombrio de Sete, o lado que vi na noite anterior, depois que a fiz parar, e me perguntei se sair daqui seria o suficiente.

A praça enchia depressa. As luas eram içadas por cordas que cobriam a área. Vi um imenso jaguar sobre uma tartaruga ser construído com galhos e flores.

Chegamos à Tática e encontramos Sanguessuga, Victoria e Arlo em torno de uma mesa redonda. O tampo da mesa era um monitor, e Arlo virava um mapa de satélite de um lado para o outro.

Sanguessuga olhava dos desenhos para o mapa.

– Agora para o sul, quarenta graus. As montanhas devem aparecer a leste.

– Sim, o limite nordeste dos Andes – confirmou Arlo.

– Oi – falei.

Sanguessuga levantou a cabeça.

– Oi. Estamos quase conseguindo.

– Legal. – Sete e eu nos juntamos a eles. Victoria se aproximou de nós.

– Cadê a Lilly? – perguntou Sete. – Continua dizendo que não vai?

– As coisas dela não estão mais no quarto. – Sanguessuga olhou para mim.

Dei de ombros.

– Não sei para onde ela foi.

– Você tentou encontrá-la? – Sete parecia quase incomodada com isso.

– Por que iria? – Por que Sete queria que eu fosse procurar Lilly? Eu havia errado ao ler todos os sinais dessa garota? – Lilly não quer que eu vá atrás dela. Isso ficou bem claro.

– Caramba, menino voador. – Sete revirou os olhos. – Você tem muito que aprender sobre as mulheres.

– Bom, deixando de lado os corações partidos, isso simplifica um pouco as coisas – falou Victoria.

– Talvez ela apareça – opinou Sanguessuga. Parecia desapontado, mas voltou aos mapas em seguida. – Então, veja se é isso: voamos para o sul até os Andes...

Enquanto Sanguessuga falava, notei que Sete se afastava do círculo. Ela desapareceu atrás de Victoria e reapareceu no centro da sala. Depois caminhou para a porta de uma varanda. Nico segurava a porta aberta para ela. Quando eles saíram, vi que o rosto dele era tenso, sério.

– Depois continuamos para o sudoeste – falava Sanguessuga –, e aí devemos encontrar uma série de lagos...

Arlo mudou o mapa.

– Esses?

– Sim... E depois... – Sanguessuga tocou a tela e, devagar, arrastou o mapa para a direita. – Pronto.

Ele apontou o pico de uma montanha alta. Parecia uma cadeira, com um encosto alto e recortado e laterais que desciam em torno de uma bacia. Na parte de trás havia um precipício que despencava centenas de metros. Havia neve no encosto da cadeira, provavelmente os restos de uma geleira.

– Tem como dar zoom?

Arlo tocou alguns botões na beirada da mesa. A foto aumentou de tamanho algumas vezes.

Agora o pico escarpado quase enchia a tela. Dava para ver as laterais irregulares da bacia, a queda vertiginosa atrás dela, e aninhado em uma depressão no limite mais elevado, uma leve impressão de formas geométricas. Prédios. Um grande domo redondo, uma estrutura menor que podia ser uma torre e algumas outras curvas que pareciam ter sido esculpidas na parede.

– Isso está a quatro mil metros de altura – disse Arlo. – Vocês vão ficar meio tontos.

Sanguessuga soprou o ar devagar.

– Bom, é isso. É para lá que nós vamos. – E olhou para mim. – Acha que consegue levar a gente até lá?

– Com certeza – respondi. Voar novamente era um sonho, comparado a toda essa coisa de lidar com emoções.

– O que tem lá? – Sete estava de volta. Olhava para o mapa, mas parecia preocupada com alguma coisa. Queria saber sobre o que ela e Nico haviam conversado.

– Não sei – disse Sanguessuga. – Meu crânio, talvez.

– Fica a uns três mil quilômetros daqui – informou Arlo.

Estudei os números mentalmente.

– Se conseguirmos manter o vórtice carregado, isso deve demorar uns três dias, incluindo paradas para descanso – anunciei.

– Acho que tem como recarregar o vórtice durante a viagem usando os drones – disse Arlo. – O alcance desse equipamento é metade dessa distância, mas podemos acompanhar a nave por um tempo.

– Excelente – decidiu Victoria. – Agora preciso me preparar para a cerimônia. Sete... – Ela olhou em volta, mas Sete havia desaparecido. Victoria suspirou. – Arlo, você e Sanguessuga podem fazer a viagem agora, o tempo vai ser suficiente, se correrem. – Ela afagou o ombro de Sanguessuga. – Tem certeza de que ainda quer ir?

– Sim, eu tenho. – Ele olhou para mim com ar sério. – Vamos ao Crio. Ele está lá. Pode ir comigo?

– É claro – respondi. – Agora?

– Agora. – Sanguessuga fechou o bloco de desenho e guardou-o no bolso. Vi que ele tremia, mas não sabia se era a doença do Crio ou o medo do que íamos encontrar.

29

Saímos da Tática e atravessamos a praça à luz difusa do entardecer. Arlo indicava o caminho, e um guarda armado nos acompanhava. As luas haviam sido penduradas, e mesas e cadeiras dos cafés haviam sido removidas. Tochas iluminavam a área onde as pessoas se reuniam.

Sanguessuga interrompeu o silêncio:

– Queria estar armado. – Ele levou a mão à cintura. O sextante estava pendurado em seu pescoço, mas...

– Cadê a bola de bocha? – perguntei.

– Não sei. Sumiu do meu quarto hoje à tarde.

– Ah...

– Owen!

Minha mãe e Emiliano se dirigiam à pirâmide e guiavam William, o voluntário, entre eles. Ambos vestiam os longos mantos vermelhos cerimoniais.

– Aonde vão? – perguntou minha mãe, intrigada.

– Só um segundo – falei a Sanguessuga, e me aproximei dela.

– Espera... – tentou Sanguessuga, mas eu já me afastava.

– Oi – cumprimentei os dois.

– Olá – respondeu William, atordoado, os olhos vagando nas órbitas.

Minha mãe olhou para Sanguessuga e Arlo atrás de mim.

– Vocês não deviam estar se preparando para a cerimônia? – ela perguntou ela.

– Sim, voltamos em um minuto. Vamos resolver uma coisa rápida antes.

– Ah, é? Onde? Não preciso me preocupar com isso, preciso?

– Não. Vai achar estranho, mas vamos ao Éden Sul.

– Éden Sul? – Minha mãe ficou séria. – Por quê?

– Sanguessuga tem um irmão no laboratório de Crio. Ele quer ir vê-lo.

– Ah. – O tom de voz era de desaprovação maternal. – Mas ele sabe que aquelas pessoas estão... perdidas, não sabe?

– Sim, mas ele quer ver o irmão, só para ter certeza, acho. E quer que eu vá também porque sou seu amigo.

Minha mãe assentiu séria.

– Não gosto da ideia de você sozinho lá fora. – Era quase como se ela ponderasse se eu podia ou não ir, e eu não sentia necessidade de pedir permissão. Mesmo assim, queria saber o que ela diria. – Mas é bom você querer apoiar um amigo. – Minha mãe afagou meu cabelo e sorriu de novo. – Vejo você daqui a pouco. Tome cuidado.

– Ok. – Virei e me juntei a Sanguessuga e Arlo. – Desculpem – pedi.

– Disse a ela aonde vamos? – perguntou Sanguessuga quando retomamos a caminhada.

– Sim. Por quê?

Tive a impressão de que ele suspirava.

– Vamos de uma vez.

Não entendi por que isso o incomodava. Talvez Sanguessuga não gostasse da ideia de mais gente saber o que ele ia enfrentar.

Do lado de fora do portão, a selva era encoberta por sombras pesadas. O céu se tingia de lilás e azul-claro. Percorremos em silêncio a trilha de pneus. Nossos passos pareciam mais barulhentos ao anoitecer, e senti que estávamos mais expostos, estranhos em uma terra desconhecida, à mercê de olhos escondidos.

Chegamos ao pico da encosta e vimos o domo imenso e arruinado contra o pôr do sol vermelho e rosa. Longe, nuvens altas salpicavam o céu. Vi uma luz pálida no domo, a luz do Crio refletindo nas paredes internas, mas, quando descemos a encosta do outro lado, tudo que víamos era o exterior escuro e próximo.

A luz do dia desapareceu, e o mundo perdeu a cor. Arlo e o guarda acenderam as luzes que levavam presas à cabeça.

As aves silenciaram. O som dos animais era menos frequente, vozes solitárias buscando outras, e um ou outro ruído de alguma coisa se movendo entre a vegetação.

Chegamos à entrada. Arlo destrancou o portão, que se abriu rangendo. Andamos pelo túnel para a cidade silenciosa. Além do teto destruído, o céu ficara roxo. Os prédios também eram escuros, envoltos por sombras. Coisas fugiam correndo, assustadas com a nossa presença. Uma coruja piou, e o som ecoou no espaço cavernoso.

O brilho distante do Crio me fez lembrar a experiência de me aproximar do crânio. Andamos por ruas desertas, viramos em uma esquina e lá estava: uma torre solitária de luz suave, como uma aeronave alienígena do futuro pousada entre ruínas muito antigas.

Paramos diante da porta de vidro, e Arlo pegou uma chave-cartão. Palavras de aparência oficial haviam sido escritas no vidro com letras foscas.

Criogenia e serviços de extensão do Éden Sul

A porta se abriu com um chiado.

Entramos em um corredor limpo com paredes brancas e carpete azul-celeste. Havia uma fonte pequena de pedra e arte nas paredes, pinturas feitas com cores relaxantes. A fonte estava desligada.

Percorremos o corredor, nossos passos silenciosos sobre o carpete, tudo tão quieto que até nossa respiração parecia ser barulhenta demais. O corredor terminava em uma área de recepção com uma mesa de tampo de monitor e sofás pretos. A parede atrás da mesa era uma janela imensa, e através dela era possível ver os casulos.

A luz era suave e branco-azulada. As paredes da imensa sala central se curvavam nas voltas do formato de hélice, dois ovais largos com um centro estreito, como um número oito. No meio, passarelas atravessavam os andares. Eram dez, seis acima de nós, as outras no subsolo. Cada andar tinha uma abertura central com uma plataforma larga que se estendia por todo o seu perímetro. As portas dos casulos circulares eram incrustadas nas paredes. O contorno de cada porta era iluminado por um colar de lâmpadas azuis. A cada grupo de dez casulos, uma pequena estação de trabalho se projetava da parede, com uma tela de monitor e um teclado inclinado. As estações de trabalho estavam escuras.

Em vários pontos das plataformas, poços de elevador e escadas de metal ligavam os andares. Carrinhos estavam parados nas passarelas centrais, todos com assentos frontais e uma cama côncava atrás para transporte de um casulo. Garras em correias de aço pendiam das vigas de metal que ligavam gigantescas claraboias triangulares.

Sanguessuga tocou o vidro. Sua respiração embaçou a superfície transparente. Os dedos tremiam.

– Ele está no sexto andar.

– Espere aqui – instruiu Arlo ao nosso guarda.

Havia uma porta dupla de vidro à nossa esquerda. Elas se abriram com um ruído e uma explosão de ar frio nos envolveu, me fazendo tremer. Chegamos à plataforma do quarto andar. Havia um ruído vago de ar em movimento e máquinas ligadas. Era como uma versão gigante de quando eu abria a porta da geladeira no nosso apartamento no Centro. Os casulos azuis se enfileiravam na parede de um lado e do outro de onde estávamos, e na parede do outro lado do espaço central. Sanguessuga se dirigiu ao elevador de porta prateada mais próximo.

– Temos que subir pela escada – avisou Arlo. – A energia está desligada para tudo que não é essencial.

Havia uma escada de metal no canto, onde a passarela encontrava a plataforma. Subimos dois andares, nossos passos ecoando no espaço vazio.

– Ele está do outro lado. – A voz de Sanguessuga era um sussurro tenso. Ele seguia pela passarela em direção à parede mais afastada.

Havia plaquinhas prateadas com números sobre a porta de cada casulo. Sanguessuga andava devagar, lendo as placas. Percebi que as portas eram meio transparentes, só o suficiente para deixar ver a sombra do topo de uma cabeça e, ainda mais apagada, a dos ombros. Era perturbador pensar que havia alguém ali, um Crio ou um doente terminal que havia escolhido os Serviços de Extensão na esperança de uma cura no futuro, todos confiando no Éden. Eles nem imaginavam o que havia acontecido desde então. Não haveria curas, ninguém acordaria em um lugar melhor. Em vez disso, todos estavam congelados dentro de uma ruína.

Enquanto andávamos, eu olhava em volta, para todos aqueles anéis azuis de luz e silhuetas acima e abaixo. Pisava com cuidado, quase na ponta dos pés, como se evitasse despertar os fantasmas.

Sanguessuga parou e apontou uma porta. Além dela, a sombra de um corpo.

– Aqui – disse ele.

– Tudo bem, um segundo. – Arlo se aproximou da parede. Ele se ajoelhou perto da porta do casulo e abriu um pequeno painel de metal. Dentro dele havia uma trava vermelha retangular. – Temos que usar o sistema manual de abertura. – Ele girou a trava. As luzes azuis em torno da porta do casulo começaram a piscar, uma de cada vez, como uma contagem regressiva. Quando todas apagaram, houve um chiado alto e a porta destravou. Uma nuvem de ar gelado escapou do casulo.

Sanguessuga segurou a beirada da porta e a puxou. Parecia pesada. Atrás dela havia um painel circular de plástico transparente com uma alça de aço no centro. Do outro lado era possível ver claramente uma cabeça com cabelo castanho. O interior do casulo era iluminado por um suave brilho lilás.

Arlo destravou três alavancas vermelhas em torno do painel transparente.

– Tudo bem – disse ele.

Sanguessuga agarrou a alça com as duas mãos e puxou. O casulo deslizou para fora correndo sobre rodas, um cilindro longo e transparente. Sanguessuga deu um passo para o lado e apoiou as mãos trêmulas no cilindro.

– Isaac – disse em voz baixa.

Parei do outro lado do tubo e olhei para o rosto delicado lá dentro, um garoto novo com cabelo castanho e sardas como as de Sanguessuga. Os olhos estavam fechados, cílios e lábios salpicados de gelo, a pele cinzenta. Ele vestia um camisolão branco como os dos hospitais, e repousava sobre uma superfície plástica com um travesseiro pequeno. A expressão era serena, como se dormisse tranquilamente.

Ouvi Sanguessuga fungar. Ele deslizou as mãos pelos lados do casulo. Quando olhou para nós, vi as lágrimas de seu olho bom.

– Podem me dar um minuto?

– Sim – respondi. Arlo e eu voltamos para a plataforma.

– Coitado – disse Arlo. – Olha só, Victoria quer que eu faça a leitura dos medidores de energia. A gente se encontra na recepção quando ele terminar. Pode ser?

– É claro.

Alo consultou o relógio.

– Não precisa apressar o garoto, mas temos que sair em cerca de dez minutos. – E começou a descer a escada.

Eu ouvia a voz baixa de Sanguessuga conversando com Isaac. Apoie-me à grade, olhando para baixo e para todos os casulos. Era perturbador ficar ali. Senti meu coração bater mais depressa. E era triste, inútil. Aquelas pessoas haviam tentado fugir da morte, mas acabaram ali presas, suspensas na vida. Seria esse um destino melhor do que viver iluminado?

– Owen, vem cá.

Olhei para Sanguessuga. Ele olhava para mim e ouvi a voz dele, embora a boca não se movesse.

Confuso, me aproximei dele. Sanguessuga apontou um lado do casulo. Havia um pequeno console ali, e eu vi um dispositivo de armazenamento encaixado em uma porta.

– Estou exibindo os registros do meu diário – explicou Sanguessuga. – No Éden Oeste eles diziam que os Crios conseguem perceber os sons em um nível subconsciente. – Sanguessuga olhou para o rosto miúdo de Isaac. – Só quero que ele saiba o que andei fazendo. – A voz gravada reverberava em tons abafados no interior do casulo.

Um tremor sacudiu o corpo de Sanguessuga. Ele suspirou, os ombros caídos.

– Isso é horrível – disse com a voz embargada. – É horrível de verdade.

Parei ao lado dele.
- Sinto muito - falei.
Sanguessuga assentiu:
- Obrigado, mas... - Ele olhou para trás. - Arlo voltou para a recepção?
- Voltou.
Ele baixou ainda mais a voz:
- Preciso fazer mais uma coisa.
- Que coisa?
Sanguessuga mordeu o lábio.
- Arlo não sabe. Ninguém sabe... só eu.
Senti uma onda de aflição e meu coração disparou de novo.
- Do que está falando? - Sanguessuga me olhava muito sério.
- O que é?
Ele respirou fundo.
- Já volto - disse a Isaac, e virou sem interromper a execução do diário. - Vem comigo.
Sanguessuga começou a andar pela plataforma, atravessou a passarela e continuou lendo os números sobre os casulos. Ele parou diante de outra porta e se abaixou. Abriu o painel e virou a alavanca vermelha. As luzes em torno da porta começaram a piscar e apagar.
- O que está fazendo? - perguntei. O nervosismo me dominava.
- Você vai ver.
As luzes azuis apagaram. O casulo chiou. Sanguessuga abriu a porta. O casulo deslizou para o lado de fora.
Ele se colocou ao lado do casulo e olhou para mim.
- Olha - disse.
Eu não me mexi.
- O que é isso? - perguntei, mas meu coração galopava sem eu nem saber por quê. Talvez por causa do olhar de Sanguessuga para mim. Era estranho, como se ele estivesse apavorado, triste ou alguma coisa assim... mas também podia ser por causa daquela sensação horrível e cada vez mais forte. Uma apreensão, medo de alguma coisa que se aproximava como que cercada de névoa.
- Olha - repetiu Sanguessuga. - Vai logo.

Eu me aproximei prendendo a respiração.

Dentro do casulo havia uma criança. Uma menina.

Cabelo vermelho e liso, traços claros, vestido branco. Era alguns anos mais nova que nós. Devia ter 12... sim, 12... e seu corpo era listrado de preto, as veias manchadas. Algumas explodiram formando poças de tinta sob a pele transparente.

– O nome dela é Elissa – disse Sanguessuga.

Elissa.

– Ela é Crio? – perguntou. Minha voz era rouca. Os dedos tremiam. Eu sabia alguma coisa. Tinha alguma coisa...

– Mais ou menos. Morreu de sangue preto. Paul não conseguiu salvá-la a tempo, mas, quando identificou seu DNA como potencialmente compatível com o genoma Atlante, ele ordenou que fosse crionizada, caso precisassem dela para estudos no futuro.

– Como sabe disso?

– Li uma parte das informações no registro que Victoria tem. Outra parte eu sabia desde o Éden Oeste.

Continuei olhando para ela, as veias pretas, o nariz pequeno, a base quadrada do queixo. Elissa...

– Você se lembra dela?

Levantei a cabeça. Os olhos de Sanguessuga estavam cravados em mim.

– Quê? – Meu coração ameaçava pular do peito, parecia querer fugir.

Como se soubesse, ele já sabia...

– Quando Paul e sua equipe a encontraram, havia uma pequena esperança de que ela pudesse sobreviver à praga, mas logo eles descobriram que os pulmões de Elissa haviam sido atingidos com gravidade. Ela sempre teve pulmões fracos por causa de um acidente que sofreu quando era menor. Inalação de fumaça.

Apoiei as mãos ao casulo frio. Senti que ficava meio tonto. Essa menina...

– Fumaça? – perguntei com voz fraca.

– Escuta, Owen, vou dizer algumas coisas, e quero que pense nisso tudo por um minuto sem se apavorar...

– Que coisas? – sussurrei. A fumaça, as cinzas, a praga, a...

– Victoria não sabe. Ninguém sabe, e acho que não devemos contar a ninguém.

– Fala logo. – Engoli a saliva e senti gosto de metal. O cabelo vermelho, as linhas da doença... – Eu... conheço essa menina?

Sanguessuga ainda me encarava. E assentiu.

– Sim. Ela morava no Centro. Morreu em 2061, quando houve o surto de sangue preto.

– Espera... 2061? Está errado, a praga foi...

– Não tem nada errado. E tem mais, Owen. Os pulmões dela adoeceram no Incêndio Trienal. No Incêndio Trienal que aconteceu nove anos antes da praga. Em 2052.

– Não – protestei. Mas, por dentro, começava a sentir tudo desmoronar, o mundo fora e dentro da minha cabeça, nada mais era estável, tudo desabava... – O Incêndio Trienal aconteceu quando eu tinha 3 anos. Foi... há alguns anos.

– Aconteceu quando você era criança, mas não foi há poucos anos. Estamos em 2086. O Incêndio Trienal aconteceu há trinta e quatro anos.

– Como assim? Foi só... Foram seis, foi... – Parei.

Sanguessuga continuava me encarando.

– Fica comigo, Owen. Não surta, tenta juntar as peças na sua cabeça. Parte deles deve estar flutuando aí dentro. Você falou sobre sonhos...

– Quem é ela? – gritei. Olhei para a menina no casulo. Elissa. Morta pela praga, inalação de fumaça...

Quando a perdi de vista.

Ah, não.

O pensamento havia se desprendido do turbilhão em minha cabeça. E havia mais.

Eu devia ter cuidado dela, mas ela fugiu. Adorava correr. Ela...

Olhei para Sanguessuga. Eu não queria, não podia...

Mas de repente estava lá.

– Ela é minha irmã.

30

Minha mãe havia levado a gente para ver o pós-evento. O sonho me inundava, não, a lembrança, a que havia permanecido em minha cabeça o tempo todo, a que se revolvia incansavelmente em meus sonhos... pegando outras informações e acrescentando-as ao pacote, fazendo colagens, tentando me mostrar a verdade, e agora ela varria o mundo e eu perdia a noção de mim mesmo e de tudo no meio da tempestade de entendimento.

Minha mãe levou a gente às elevações na manhã seguinte ao Incêndio Trienal, fomos ver a caldeira fumegante, os oceanos de cinzas e as árvores queimadas que parecem guardiões sombrios. O céu é um rodamoinho de nuvens turbulentas, e as cinzas e o céu parecem ser uma coisa só. É muito diferente da noite anterior, quando as chamas e a escuridão me assustavam. Minha mãe achou que seria assustador, por isso não acordamos Elissa, que só tem 3 anos. Mas hoje é seguro, e ela veio com a gente porque nosso pai está trabalhando.

Estamos lá, minha mãe vê uma amiga. Elissa está brincando com pedrinhas, sentada tranquilamente, e minha mãe diz para eu ficar de olho nela. E vai conversar com a amiga. Elissa está ocupada desenhando carinhas felizes com os dedos nas cinzas, fazendo curvas em forma de S simbolizando o cabelo em volta das carinhas. Ela sempre se desenha. Eu olho para a paisagem de cinzas e percebo alguma coisa se movendo pelo mano cinza. É uma ratazana, e ela deixa rastros de patas e da cauda no cobertor macio e claro, e penso que é espantoso que essa criatura tenha sobrevivido à noite, e agora esteja ali, explorando a nova casa, sem gemer, ranger dentes ou lamentar a perda do que tinha antes, como nós, humanos, sempre fazemos, mas se dedicando a viver a vida com ela é agora.

Ela move o focinho de um lado para o outro...

Mas minha mãe grita OWEN!, e eu a vejo correndo em minha direção, o rosto tomado pelo pânico, e olho em volta porque entendo num instante. Elissa desapareceu.
Onde?
A trilha, aquela desce em zigue-zague do patamar até a planície. Olho lá embaixo e vejo um lampejo de pijama branco, aquele com estampa de sapinhos, o pijama que ela não havia tirado de manhã e pelo qual fizera um tremendo escândalo, até minha mãe concordar e se contentar em calçar nela as botas, e só vejo um lampejo dele porque Elissa caiu nas cinzas, no que mais tarde chamaríamos de buraco sugador, onde as cinzas encobriam uma espécie de grade de troncos queimados, escondendo um espaço vazio lá embaixo deles.
Descemos correndo. Víamos um ombro e um braço de Elissa. Ela estava caída de lado entre os troncos, e alguns fragmentos pretos ainda brilhavam incandescentes na área inferior. Elas estalavam e crepitavam, e ali embaixo o mundo era turvo por causa das ondas de calor. O buraco aberto por Elissa é um recipiente de resto de raiva. A fumaça preta que sobe sugere que ela não pode ter ar ali dentro. De jeito nenhum.
Minha mãe corre para Elissa, mas também cai no buraco, e ela afunda até a cintura e sofre queimaduras nas pernas, faixas que ainda estarão lá marcando a pele muitos anos mais tarde.
– Ela nunca foi embora –

Memórias desfilavam em espasmos.

Adultos chegam correndo e puxam minha mãe do buraco, depois formam uma corrente e conseguem segurar Elissa pelo braço e, quando a puxam, vemos as marcas de queimado no pijama, as cinzas em seu rosto, o horrível inchaço dos olhos, do nariz e da garganta, que se fecharam em uma desesperada tentativa de defesa. Não conseguimos soltá-la porque um braço está preso, e finalmente conseguimos, e alguma coisa faz um barulho oco, um "pop" quando a puxamos, e notamos que a mão de Elissa ainda segura o crocodilo de pelúcia. Sr. Dentes, como ela o chamava, e ele perdeu uma perna

no buraco sugador, e também está queimado, mas o importante é que ela sobreviveu...
Por enquanto. Nos próximos dias vamos descobrir que seus pulmões foram escaldados e nunca mais voltarão ao normal. Ela vai precisar de bolsas de nebulização e de um respirador, como o pai dela... Não é só seu pai que fica sentado no sofá, assistindo aos jogos de futebol da Federação, Elissa também está lá, os dois tossem, e vocês todos comem pizza. Sua mãe também está lá, a mãe que nunca foi embora...

Minha mãe e Elissa preenchiam minha memória, voltavam como se houvessem sido apagadas, as imagens que eu acreditava serem reais agora embaralhadas, incompletas. Elissa, minha mãe...
– Pronto, meu bem, pronto – falou uma voz de algum lugar distante, na superfície.

Mãe...
Elissa está bem e o tempo passa tranquilo, em sua maioria, mas nove anos mais tarde, quando a praga do sangue preto eclode, ela cai logo no início e com gravidade. Seus pulmões são muito fracos. Eu resisto, sou mais velho, e sobrevivo por tempo suficiente para ver a chegada da equipe da Saúde Mundial. Quem também chega é uma equipe da Corporação Éden. Todas as tentativas para salvar Elissa são frustradas. É tarde demais. E eu estou doente, muito doente, na cama, tremendo de febre, com minha mãe debruçada sobre mim, me confortando.

Sinto o dedo em meu rosto. Olho para cima, minha mãe está ao meu lado e começa a desenhar o círculo em sentido horário.
Mas ainda tem mais...

O círculo desenhado por minha mãe. Ela senta em minha cama. Olho para baixo e vejo que estou vestido com um camisolão, e todas as minhas veias estão entupidas com a pasta negra da praga. Todos os esforços foram feitos...

... sua cicatriz não é de uma hérnia, é da remoção do baço por causa da praga, e como já estava aberto, a incisão foi usada para a instalação dos tubos e monitores Crio, você sabe...

Eles me dizem que estou morrendo. É só uma questão de tempo, mas existe uma possível solução. Eles me oferecem a oportunidade de dormir agora, ser curado mais tarde, e o homem parado ao pé da cama garante que vou acordar intacto. O nome dele é Paul, um homem de olhos generosos... antes dos circuitos e dos óculos.

– Você ainda será você – diz ele –, mas melhor. Curado. E um futuro especial o espera.

Parado na porta, meu pai ainda não entende por que eles fazem essa oferta, e Paul explica?

– Porque Owen é especial, e é isso ou a morte.

Uma escolha terrível, meu pai vai perder o filho de qualquer jeito. Já perdeu a filha, mas eu, pelo menos, vou sobreviver.

Meu pai se inclina sobre a cama, passa a mão por minha testa suada e afasta meu cabelo, e ele tosse, porque a emoção o embarga e isso dificulta a respiração. Com um sussurro rouco, ele diz:

– Adeus, Owen. Amo você, filho. Você vai ficar bem.

Assinto, mas não consigo falar. Meus pulmões são inundados.

Minha mãe aumenta a pressão do dedo em meu rosto e diz que tudo vai ficar bem. Sentada ali ao meu lado, ela sorri com os olhos lacrimejantes e diz:

– Não se preocupe, Owen. Não se preocupe.

– Não se preocupe.

Agora ao meu lado:

– A mamãe está aqui.

Pisquei e saí dali, da tempestade de lembranças, voltei ao casulo e à menina, a menina de veias pretas, minha irmã Elissa morta e preservada em um leito branco.

O círculo é completado em meu rosto, a mão de minha mãe agora afaga minhas costas.

– Eu sei que é difícil. Mas quero que você saiba que nunca foi essa nossa intenção.

– O quê? – murmurei. Olhei para a curva dos olhos e dos cílios salpicados de gelo. Elissa. Elissa, que odiava quando eu roubava as bordas de sua fatia de pizza...

– Você não devia ver isso.

Desviei os olhos de Elissa. Olhei para o outro lado do casulo e vi Sanguessuga olhando para mim.

Notei um brilho de metal. Olhei para a esquerda.

E vi a arma apontada para Sanguessuga.

Minha mãe empunhava a arma.

Mas as lembranças em minha cabeça, as verdades que se recompuseram, que não foram apagadas, haviam me mostrado algo mais.

– Você não é minha mãe – concluí com voz fraca –, é?

31

—Não sou? – retrucou minha mãe.
– Não.

Não era. Quem quer que fosse essa mulher, ela conhecia minha história, conhecia o jeito da minha mãe, e eu acreditei que ela era, mas... não. Agora podia ver minha mãe de verdade sentada ao meu lado tanto tempo atrás, a mãe que havia sido substituída de algumas memórias e removida de outras. Outra mulher de outro tempo...

Outro tempo.

Os espaços iam sendo preenchidos, memórias que não perdi: tardes na escola, noites em que meu pai trabalhava até tarde, e as verdades em que passei a acreditar, que aceitei como fatos: "Você nunca teve uma irmã, sua mãe foi embora quando você tinha 7 anos..." Essas coisas dançavam na periferia da minha mente como fantasmas que haviam sido exorcizados e ainda gritavam, embora impotentes. Eu tinha uma irmã. Tinha mãe. Morei no Centro, e elas também moravam lá.

E mais. Todas essas lembranças, verdadeiras ou falsas ou qualquer coisa entre um extremo e outro, tudo havia acontecido não há alguns anos, mas, como Sanguessuga dissera, as datas... O incêndio em 2052, o sangue preto em 2061, e desde então, por vinte e cinco anos...

Eu havia estado no Crio. O que significava que meu pai... minha verdadeira mãe... o que havia acontecido com eles? Ainda estavam vivos? E todas as minhas lembranças deles... eram reais ou falsas?

Victoria havia chamado de manipulação seletiva.

"Eles podem mudar suas lembranças, modificá-las de acordo com as necessidades deles", havia contado Sete.

Mas nem todas as lembranças desapareceram. A cena terrível de Elissa caindo no buraco sugador havia ficado, sobrevivido em minha consciência como... meu sonho Crio. A única coisa em que eu havia pensado, saber que minha irmã morrera, enquanto eu seria salvo, a culpa, a sensação de fracasso, tudo havia criado uma marca indelével que nenhuma manipulação poderia remover completamente. E talvez isso houvesse me moldado: o Owen do acampamento que era fraco, inseguro, hesitante... Quanto disso tudo era efeito de décadas de Crio repetindo aquele sonho devastador?

– Quem é você? – perguntei à mulher ao meu lado. Ela agora se vestia inteiramente de preto e calçava botas pesadas.

– O nome dela é Francine. – A voz retumbou pelo complexo Crio. A voz de Paul.

– Parece que Emiliano concluiu o upload do novo sistema operacional – disse Francine, olhando para a recepção por onde havíamos entrado.

Atrás de Sanguessuga, a tela do terminal de controle mais próximo ganhou vida. Todas as telas se iluminavam no complexo. O rosto de Paul aparecia em cada uma delas, centenas de Pauls em todas as direções. Ele sorria, havia tirado os óculos, e seus olhos brilhavam. Um ainda era azul e brilhante, mas o outro, o que Lilly havia acertado com o crânio, agora era branco e leitoso. Ele usava fones de ouvido e parecia estar sentado em uma cabine de comando. Um dos helicópteros.

– Olá, Owen. Carey. O plano não era bem esse – comentou Paul. – Era para acontecer no festival hoje à noite, mas aqui estamos nós, e, sério, estou gostando mais assim. Carey, estou impressionado. Você aprendeu mais do que eu imaginava nesses últimos dois anos.

Sanguessuga olhava para mim.

– Desculpa. Não esperava que acreditasse em mim. Nunca confiou em mim, então quis ter uma prova antes de falar...

Quase gritei com ele, mas lutei contra o impulso, porque ele estava certo. Se tentasse me contar tudo isso sem me dar provas, eu nunca teria acreditado. Ainda não sabia se acreditava. Não... eu acreditava.

– E, Owen – disse Paul –, Francine pode não ser sua mãe de verdade, mas ela passou muitas, muitas horas com você enquanto estava no Crio em Éden Oeste. Ela era uma das principais médicas da minha equipe. De vez em quando o trazíamos de volta até bem perto da consciência para você poder conhecê-la, ouvir sua voz e sentir seu toque, para que ela pudesse criar uma ligação com você.

Vi memórias vagas disso, de Francine ao meu lado vestindo jaleco branco enquanto outros médicos se moviam à nossa volta, monitorando meu estado geral e fazendo exames. Meus técnicos... essa ideia havia sido gerada pelos funcionários do laboratório Crio? Todas essas coisas...

– É claro que, para isso, tivemos que remover as lembranças mais recentes que você tinha de sua mãe, e depois construir uma barreira emocional para impedir que elas voltassem. Por isso implantamos a ideia de que ela havia ido embora. E substituímos sua mãe por Francine nas lembranças mais antigas. Tudo isso foi relativamente fácil. Quanto a Elissa, o problema com a manipulação seletiva é que o cérebro é teimoso. Ele se apega a certas chaves, como se elas abrissem portas de quartos de memória. Ninguém lembra tudo o tempo todo. Descobrimos que não havia um jeito de substituir efetivamente sua mãe sem remover sua irmã também. Ela era a chave, o pensamento central para toda a coleção das suas lembranças da infância. Ela coloria tudo, provavelmente por causa da culpa que você sentia por seu estado de saúde e por sua morte. Então, removê-la era essencial para apagar todas as outras coisas que tinham que ser removidas. E, com isso, libertamos você de um terrível sofrimento.

"Foram várias tentativas e muitos erros, mas tínhamos muito tempo para tentar, antes de o acordar e o colocar no trem-bala para o acampamento. Você se lembra de ter acordado de um cochilo pouco antes de chegar ao Éden Oeste? Foi um cochilo bem longo."

Eu não podia ficar ali ouvindo essas coisas. Não podia... Todas as ideias sobre minha mãe... como eu via minha vida antes e depois de ela ter ido embora, a ideia como uma muralha isolando áreas da minha mente... Tudo havia sido falso.

– Por que fez isso comigo? – consegui perguntar.

– Salvar sua vida? – perguntou Paul. – Para você poder cumprir seu destino, é evidente. Quanto a alterar suas lembranças, bom... Deve lembrar o que eu disse no Éden; você precisa ter uma visão de como as coisas vão acontecer. Todo esse trabalho que fiz na sua cabeça foi para este momento. Foi uma apólice de seguro. Trabalhando com Carey, aprendi que pode ser útil ter uma carta na manga para pôr as coisas no lugar, controlar vocês, se em algum momento se tornarem resistentes aos planos. Afinal, eu sabia que mudariam muito, que iam adquirir muito conhecimento e muito poder, e adolescentes são muito inconstantes. Queria garantir que ainda poderia convencê-los, se fosse necessário.

"Mandei Francine se infiltrar em Desenna logo depois de vocês fugirem de Éden Oeste. Emiliano é um dos nossos agentes lá, um dos muitos que preferem nosso jeito de pensar ao de Victoria. Providenciamos uma identidade e um trabalho para ela. E agora estamos todos aqui, juntos novamente. Foi uma excelente ideia, tenho que reconhecer, uma precaução brilhante, principalmente porque, na época, eu ainda não tinha total conhecimento da sua importância.

Não podia ouvir isso. Minha irmã, morta... Eu tinha uma irmã... e meus pais. Queria perguntar a Paul o que havia acontecido com eles. Ele devia saber, e provavelmente sabia que eu sabia disso. Talvez estivesse esperando eu começar a perguntar, mas nada do que ele dizia era confiável.

De repente uma ideia me ocorreu, outra lembrança, uma coisa tão ridícula que me fez rir.

– Você disse que nunca mentiu para mim.

– Eu sei. – Paul deu de ombros. – Que feio, não é?

– Filho da mãe! – fritou Sanguessuga.

– Carey, que linguajar é esse – censurou-o Paul.

– Não vamos com você! – Sanguessuga continuou furioso.

Paul fez uma careta que eu me lembrava de ter visto no Éden, uma cara de desgosto, como se a desobediência de alguém fosse uma nota desafinada.

– Ah, isso é verdade – disse ele. – Não vão. – E assentiu devagar.

– Desculpe – disse Francine.

Houve uma terrível explosão de som quando ela apertou o gatilho, e Sanguessuga foi jogado para trás e caiu no chão.

32

— O que está fazendo? – gritei, desesperado. Caí para a frente sobre o casulo Crio, sobre minha irmã, e vi Sanguessuga caído no chão. O peito dele sofria, subia e descia com movimentos bruscos. Ele tossiu, era uma tosse úmida, sufocante. O sangue se espalhava por sua camisa.

– Carey não é mais necessário – disse Paul, sem grande preocupação. – Mas você, Owen. Bom, é como eu disse, você é a chave.

Minhas pernas cederam. Era demais. Escorreguei de cima do casulo e caí de joelhos, tremendo.

– Estaremos no ponto de encontro às dez horas – ouvi Paul anunciar. – Você tem o objeto?

Minha mãe... não, Francine! Não era minha mãe! Ela olhou para a tela. Percebi que tinha nas mãos um pacote pesado, que agora mostrava a Paul. Quando ela o virou para mim, vi uma luz pálida brilhando lá dentro.

O crânio de Sete.

– Tenho. Ainda quer que levemos o presente para Victoria?

De repente Paul exibia o maior sorriso que já vi, os olhos biônicos brilhando intensamente.

– Sim. Quero mostrar a ela o que pode ser viver realmente iluminado.

As telas apagaram.

– Prontos?

A voz distante era de Emiliano. Passos ecoaram na escada.

Olhei por baixo do casulo Crio e vi Sanguessuga tremendo. O sangue jorrava. Vi Emiliano chegar e se abaixar para arrancar o sextante do pescoço de Sanguessuga, depois virá-lo e puxar o bloco de desenho de seu bolso.

– Agora você tem que levantar, Owen – falou Francine.

– Não – gemi.

Eu não ia levantar. Não ia fazer nada.

Alguém me segurou. Os braços fortes de Emiliano me tiraram do chão. Ele me jogou sobre um ombro. Eu queria reagir, mas nada em mim funcionava, tudo estava fora de lugar. Era como se estivesse destruído, não passava de um objeto, uma concha vazia, uma implosão. Queria morrer. Morrer seria melhor. Tinha que ser melhor.

– Implantou o código? – perguntou Francine.

– Sim – confirmou Emiliano. – Vai começar a qualquer momento.

Atravessamos a passarela. Com toda a força que consegui reunir, virei o rosto e vi a parte de trás da cabeça de minha irmã, Elissa, o casulo Crio... e depois a perdi de vista. Sanguessuga ainda estava caído, uma das mãos tentando agarrar o chão.

– Não podem deixar Sanguessuga lá – protestei, mas ninguém respondeu. Pouco depois eu também o perdi de vista.

Um som forte explodiu dentro do prédio. Uma buzina gigantesca. Durou alguns segundos, depois sentimos um sopro de ar.

– Queria poder ficar para ver – comentou Francine. – Investi muito tempo naquele programa de substituição de conhecimento. Queria saber se vai funcionar.

Senti que estávamos descendo a escada. Eu batia nas costas de Emiliano como um saco imprestável de carne. Uma mentira, toda a minha vida era uma mentira...

O chiado invadia tudo, e havia um ruído de engrenagens, como o de uma máquina entrando em funcionamento. O que eles fizeram? Qual era o presente para Victoria? Mas não importava. Nada disso tinha importância.

Minha mãe, Elissa, meu pai...

Passamos de novo pela porta de vidro, pela área de recepção. Vi dois corpos de cabeça para baixo. Arlo no centro de uma poça preta que crescia no tapete, e o guarda apoiado na parede, o pescoço torcido em um ângulo absurdo. Também vi dois pés de sandálias. Olhei para o lado.

– Ei, menino voador. – Era Sete. Ela estava amarrada à mesa com as mãos presas às costas. Um lado de seu rosto estava inchado e vermelho, mas vi que seus olhos reviravam. Ela havia suado Luz outra vez. Quando saiu da Tática, Sete parecia furiosa. A droga era uma fuga, um jeito de lidar com as emoções? Provavelmente havia facilitado sua captura.

Quando Francine se aproximou de Sete, o brilho do crânio aumentou dentro da mochila. Francine a desamarrou da mesa e a segurou pelo ombro, apertando a arma contra suas costas.

– Vamos.

Sete cambaleou para a frente, os movimentos desajeitados. Se eu havia pensado em fugir, agora via que era impossível. Sete não ajudaria em nada.

E fugir para quê? Que propósito teria?

– Encontrei um barco – falou Emiliano quando percorríamos o corredor. – Deve facilitar a viagem para o covil oeste.

Francine empurrava Sete ao meu lado. Ela tropeçou, quase caiu.

– Você é imprestável – disse Francine.

Os maneirismos de minha mãe sumiram. Agora ela era só a cientista e espiã.

Atrás de nós, o barulho de máquinas aumentava. Paredes e chão começaram a tremer.

Chegamos à porta da frente e saímos para a noite úmida, escura exceto pelo brilho do crânio, e silenciosa, exceto por um ou outro pássaro. Ouvi um retumbar distante. Trovão. Pensei em minha mãe contando. Não essa mãe...

– O lago fica para lá – disse Emiliano, e deu um passo à direita. Mas um barulho o fez parar.

Ouvimos algo estranho, como uma inspiração coletiva e profunda à nossa volta...

Era o vento. O vento falando...

– *QiiFarr-eeschhh...*

Palavras ininteligíveis, e por um segundo me perguntei se era um truque da brisa entre janelas quebradas ou só minha mente perturbada inventando coisas. Mas não havia como confundir o rodamoinho do vento que começava a girar em torno de nós.

Vento que parecia ter uma intenção.

O crânio produziu uma luz forte e repentina, tão intensa que a mochila parecia transparente.

– Droga! – Francine girou o corpo e tirou a mochila do ombro com desespero, como se a luz a queimasse. – O que acontece com essa coisa?

A luz cresceu, ficou tão branca e ofuscante que cobriu tudo.

Tentei olhar para Sete em meio ao brilho. O que ela estava fazendo? Mas a luz refletia em seus olhos transtornados e ela sorria, atordoada. Se não era ela...

– *QiiFarr-eeschhh...*

Tudo ficou branco, como se o mundo fosse apagado à nossa volta. Eu mal conseguia enxergar o contorno de Francine, que protegia os olhos com a mão e virava de um lado para o outro.

Então vi uma nova silhueta surgindo do lado do prédio, caminhando com firmeza.

Com aquela luz forte e ofuscante, só conseguia identificar que era uma forma feminina...

A sereia?

Ou Rana, que de alguma forma se tornava real...

Ela levantou alguma coisa sobre a cabeça. Girou. Arremessou. E o objeto acertou a nuca de Francine.

– Ah! – Ela caiu.

A silhueta se movia feito uma sombra rápida.

Emiliano virou. Ele viu a figura e me soltou. Caí de costas, olhei para cima em um mar de luz e a vi atacar novamente, girando a arma. Emiliano girou e caiu no chão, um dente foi arrancado em um jato de sangue.

A silhueta pairava sobre mim. Só brilho.

A luz diminuiu. Minha visão era um borrão verde.

A mão segurou meu pulso.

– Owen. Venha.

Não era Rana.

– Levante.

Lilly. Lilly banhada pela luz do crânio.

Ela me pôs em pé. Na outra mão segurava a arma que Sanguessuga havia feito com a bola de bocha.

Fiquei olhando para ela, o cérebro sobrecarregado.

– Cadê o Sanguessuga? – perguntou Lilly.

– Lá dentro – balbuciei, balançando, e quase caí.

– Vamos – decidiu Lilly, me amparando. Com meus braços sobre seus ombros, ela me puxou e amarrou a bola de bocha ao passante do cinto do short. Depois pegou a mochila de Francine. O brilho do crânio ficou ainda mais forte.

– Quieto – disse ela.

A luz apagou.

– Como fez isso? – perguntei.

Lilly sorriu quase constrangida.

– Foi, foi fácil. O crânio é meu.

– Seu?

– É. Eu sou o Médium.

33

— Você – disse Sete. Ela estava em pé alguns metros longe de nós, inquieta. E suspirou. – Faz sentido.

Olhei para uma e depois para a outra.

– Como assim?

– Ela sabia – respondeu Lilly, olhando para Sete com frieza.

Sete balançou a cabeça, a Luz fez o movimento parecer exagerado.

– Não, não *sabia*, mas... sim, temia. Sempre temi. Quando Victoria me acordou, ela disse que eu tinha cem por cento de compatibilidade com o DNA Atlante... – E estalou os dedos. – Bem próximo.

– Mas você disse que viu o mundo dentro do crânio – lembrei.

– E que o sentiu.

– Eu achei que tinha visto. Tive aquela visão do topo da pirâmide, os Três sendo sacrificados. E pensei que era tudo, mas ontem você saiu do crânio e começou a falar sobre ter visto a Terra e tudo aquilo... Nunca vi nada disso.

Lembrei como ela havia aparecido dentro do crânio, em como a vi ali em pé, mas de olhos fechados.

– Só podia ser você – continuou Sete, e olhou feio para Lilly. – Eu pressenti, depois de como você se comportou no templo. Fiz mal. – E caiu no chão, sentada sobre os tornozelos.

– O que está fazendo? – perguntou Lilly, irritada.

– Que importância tem isso agora? – resmungou Sete.

Mais peças se encaixaram: a estranha preocupação de Sete na Tática, quando soube que Lilly não iria com a gente, como essa notícia a incomodou. Ela ter permitido que eu descrevesse o que tinha acontecido dentro do crânio.

– Por que não me contou nada disso? – perguntei.

Sete deu de ombros.

– Eu tinha esperança de que isso mudasse. – Ela não pronunciava as palavras completamente. – Quero dizer, eu era compatível o bastante para ter sido acordada, ter guelras e ser tratada como uma deusa, compatível o bastante para abrir elos de sangue e ter visões de morte. Achei que era suficiente. Isto é, como poderia não ser? E imaginei que mais poderia acontecer, talvez, quando a gente saísse daqui, e se não acontecesse, bom... pelo menos estaria fora daqui.

– E aquela história toda comigo foi uma representação? – quis saber.

Ela me encarou, e mesmo com o efeito da Luz em seus olhos, era um olhar triste.

– Não foi fingimento, menino voador. Não o que senti por você. Quero dizer, é claro, aquela história de sairmos daqui voando como deuses tornava tudo muito mais legal, mas... Bom, acredite no que quiser. – E olhou para o chão, balançando a cabeça. – Agora não importa. Sou só um fantasma. Todos nós somos fantasmas.

– Ah, para. Você... – Lilly mordeu o lábio e olhou para mim. – E o Sanguessuga?

– Ficou nos casulos Crio – respondi. – Minha... – Olhei para Francine no chão. – Ela não é minha mãe. Trabalha para Paul.

– Ah, não – murmurou Lilly. – Owen...

– Depois – falei. – Paul disse que não precisavam mais do Sanguessuga, e atiraram nele.

Sete começou a rir. Ela sorria para o céu.

– Tem mais – quase cantou as palavras. – Adivinha quem não precisa de quem?

– Do que está falando? – irritei-me com ela.

Sete continuava mexendo a cabeça no ritmo da música que tocava em sua cabeça cheia de Luz, mas não respondeu.

– Ai! – Lilly parecia prestes a explodir. – A gente decifra isso depois. – E se abaixou, pegou a arma da mão de Francine e aproximou o cabo do rosto de Sete. – Consegue segurar esta coisa sem fazer nenhuma besteira?

Sete olhou para a arma.

– Posso atirar neles?

Lilly revirou os olhos.

– Nem ligo. Só não deixa os caras irem embora.

– Tudo bem – concordou Sete em voz baixa.

Lilly pegou sua faca de Nômade e cortou as cordas que prendiam Sete, depois entregou a arma a ela.

– A gente já volta.

Mais um trovão ecoou pelo domo. Ouvi o ruído repetitivo, crescente. Chuva no telhado.

Lilly e eu entramos novamente. Eu mal conseguia obrigar meu corpo a se mover. Tinha que sufocar tudo que conhecia bem, todos os pensamentos que invadiam minha cabeça, tentavam me fazer desmoronar, precisava me concentrar apenas no que viria a seguir, tinha que ir buscar Sanguessuga...

Mas agora era Lilly ali comigo. Mais confusão. Mais uma coisa que não fazia sentido. Parei de correr. Fiquei ali balançando no corredor, as paredes gemendo com toda a atividade.

– Espera – falei. – Você me pediu para deixar...

– Owen, mais tarde, vem...

– Não! Todo mundo mentiu para mim... sempre! Você também!

Lilly parou e olhou para mim com ar sério.

– Olha só, eu não tinha certeza. Com toda honestidade, eu não tinha certeza até alguns minutos atrás. Sentia alguma coisa desde o instante em que chegamos aqui, ouvia aquela música, mas tinha a Sete, e ela parecia ser a legítima, apesar de ser irritante. Mas depois fomos ao templo...

– Você estava lá. Era você aquela sombra comigo no crânio, não era?

– Sim. Mas depois de isso acontecer, ainda pensei que podia ser só alguma coisa esquisita com aquele crânio. Ele sugou você, não a Médium!

– É verdade.

– Por isso me despedi de você, caso estivesse errada, mas também porque eu precisava ficar sozinha, sem ninguém, para poder decifrar tudo isso. Na boa? Sabia que não acreditar em mim se eu falasse sobre Sete sem ter provas. E ela já havia falado em arrancar meu coração uma vez... – Lilly suspirou. – Mas disse a verdade quando falei que não suportaria me despedir de você. Então, se eu estivesse errada, você tinha que ir embora do mesmo jeito, e se eu estivesse certa, bom, poderia surpreender você com as provas, se as encontrasse. – Então... – Lilly deu de ombros. – Tá-dá! – E apontou para o próprio pescoço. – E como se não bastasse tudo isso, não tenho mais guelras. Sumiram hoje de manhã.

Eu só olhava para ela e sentia a tontura. Meus pensamentos eram como uma colmeia, e não dava para me concentrar em cada um. Não conseguia decidir se queria gritar com ela, abraçá-la ou as duas coisas.

Ela viu a confusão em meu rosto.

– O que aconteceu aqui dentro?

– Eu vou te mostrar – falei, e um forte tremor me sacudiu quando pensei que, para ir buscar Sanguessuga, eu teria que chegar perto daquele casulo Crio novamente.

Tudo começou a girar.

– Ei! – Lilly me segurou pelo ombro. – Apoia em mim. – E passou meu braço sobre seus ombros, depois seguiu em frente pela área da recepção.

Chegamos à plataforma. Havia fumaça por todos os lados, nuvens imensas. A umidade que caía das vigas deixava o chão escorregadio, poças começavam a se formar. A temperatura subia depressa. Luzes amarelas rodavam em todos os andares, e as estações de trabalho piscavam, colunas de dados desfilavam pelas telas.

– O que está acontecendo? – perguntou Lilly quando subimos a escada.

– Eles carregaram algum tipo de programa.

– Vão matar todo mundo?

– Não sei. Paul estava em um helicóptero... – Tentei organizar o que ouvi. – Eles vão se encontrar perto daqui, disseram alguma coisa sobre uma surpresa, mas o que importa é que estão a caminho.

– Começamos a atravessar a passarela. – Por aqui.

Sanguessuga ainda estava lá, caído no chão. Havia virado de lado em uma poça de sangue. Ele tossiu quando chegamos mais perto. Pelo menos ainda estava vivo. No meio da confusão eu quase não ouvia mais as fitas que ele havia gravado para Isaac.

O tubo Crio ainda estava aberto sobre ele. Havia luzes piscando dentro do vidro. Quando corremos para perto dele, senti mais ondas em meu cérebro. Não queria olhar para lá de novo, não queria saber o que sabia agora, o que tinha que enfrentar sobre tudo.

Lilly caiu de joelhos ao lado de Sanguessuga. Fiquei em pé do outro lado. Meus olhos se desviaram de Sanguessuga para o perfil de Elissa... Não! De volta para Sanguessuga.

– Ah, cara – falou Lilly. – Havia sangue por todos os lados. Uma poça em torno dele. A fonte parecia ser seu peito ou o ombro, talvez a barriga... a camisa inteira estava encharcada, e não dava para saber.

– Carey – chamou ela. – Está me ouvindo?

Os olhos dele estavam fechados, o rosto não tinha tônus.

– Temos que levá-lo de volta a Desenna. – Lilly levantou e olhou dentro do tubo Crio. – Não veio aqui para ver o irmão de Sanguessuga?

Cheguei perto do tubo novamente. Toquei o vidro. Agora estava morno, o interior embaçado por causa da condensação. Olhei novamente lá dentro. Luzes alaranjadas piscavam numa sequência que subia e descia pelas laterais do casulo, e o azul do congelamento havia desaparecido, mas Elissa ainda estava lá, a pequena Elissa.

Mais lembranças.

Gostamos de brincar de esconde-esconde no apartamento, mas é muito pequeno. Só tem quatro cômodos e quase não há espaço neles para alguém se esconder. O esconderijo favorito de Elissa é embaixo da mesa da sala de jantar, e consigo achá-la quase imediatamente, mas finjo que não e brincamos até ela começar a tossir...

– Owen?

– Esta é minha irmã – respondi, sufocando com as palavras. – Sou um Crio, Lilly. Paul mentiu para mim. Ele inventou tudo.

– Meu Deus. Uma vez Sanguessuga me falou que estava preocupado com você... com o que você pensava do mundo. Ele não explicou sobre o que estava falando. Mas... ah, Owen.

– Foi uma mentira, tudo mentira. – Agora os pensamentos afloravam. – Tive sangue preto, e eles me crionizaram. A praga a matou. Elissa. Minha irmã. Paul modificou minhas lembranças, me reprogramou. Ele disse que foi uma apólice de seguro. Nada que pensei esse tempo todo foi real. Nada do que quis foi verdade. Não sou nem quem eu sou, ou... – Lutava contra as ondas em minha cabeça, mas as ondas se sucediam, me encobriam. Caí sobre o tubo, os braços em torno dele. A mão de Lilly afagou minhas costas.

– Sinto muito – falou ela, baixo. – Sinto muito, de verdade.

Apoiei o rosto no vidro morno. E chorei.

O sentimento transbordava de mim como pequenos espasmos, esquentava meus olhos, oprimia a garganta. Olhei para o rosto imóvel de Elissa, um rosto parecido com o meu, com o da minha verdadeira mãe, uma compatibilidade, um código genético perdido agora restaurado em mim... As duas voltavam ao lugar que era delas, às lembranças das quais haviam sido removidas, preenchiam o espaço no sofá entre mim e meu pai enquanto assistíamos ao futebol há muito tempo... minha visão era turva, encoberta pelas lágrimas.

– Owen – chamou-me Lilly em meio ao ruído das máquinas. A mão dela ainda estava em minhas costas. – Temos que ir. Sei que é difícil, mas temos que seguir em frente.

Ouvi a vibração e o ruído do equipamento do laboratório Crio através do vidro do casulo de Elissa, seu caixão. Ouvi Lilly, mas não me mexi. As lágrimas eram como energia vertendo de mim, um alívio, o último que eu ainda podia ter, e elas me esgotavam. Essa concha havia sido aberta, mudada... o que eu era?

Ela puxou a minha camisa.

– Temos que pegar Sanguessuga e sair daqui. Paul vai chegar. A gente precisa se mexer.

– Eu... – comecei, mas não conseguia levantar de cima do tubo. Mais pensamentos se atropelavam. Se Paul havia apagado tudo isso sem me contar, o que mais havia modificado? O que mais esperava para revelar quando fosse conveniente? Eu era mesmo do Centro Yellowstone? Meu nome era Owen? Ou as antigas lembranças eram reais, e as novas eram falsas? Nunca houve uma Elissa, essa menina era falsa e meu passado de filho único era real? Paul a havia plantado para ser revelada agora? Qual era a verdade? Tinha alguma coisa verdadeira nisso?

– Não posso – solucei. – Não posso.

– Owen...

Mas não. Não. Caí de joelhos. Segurei a cabeça entre as mãos. Não conseguia fazer nada. Não havia por que seguir em frente. Não mais.

Você é Owen, do Centro. Tinha uma irmã e foi crionizado...

Ela gosta de pular em cima de mim quando estou lendo na cama, mas meu pai manda parar porque as paredes tremem demais, e não é educado com os vizinhos...

Não, camas vazias, só você e o papai, um meio vazio, eles não estavam lá, nunca estiveram...

Estavam lá.

Longe, além dos meus olhos fechados, ouvi um forte chiado.

– Owen. – Lilly falava mais sério que nunca. – Temos que ir. Agora. – E puxou meu braço. – Ei!

– Não posso – murmurei. Era demais.

Mais chiados assustadores à nossa volta. Nuvens densas de vapor.

– Não faz isso. – Lilly me segurou pelo ombro. – A gente tem que ir...

Mas eu a empurrei e caí para trás, caí sobre o traseiro e os cotovelos.

– Não, não posso! – Lágrimas transbordavam de mim e eu não sabia como fazer parar. – Não sei nem quem sou, quem era, nada!

O rosto de Lilly ficou sombrio.

– Sim, você sabe! – Ela se atirou sobre mim, as pernas envolvendo minha cintura. Parecia furiosa, o rosto vermelho.

– Não sei dizer, eu... – Tudo dentro de mim era como prateleiras caindo, derrubando os objetos que sustentavam, espalhando-os pelo chão, como quando aconteceu aquele terremoto no Centro...

Não havia nenhum Centro... Era...

Lilly me estapeou. Senti o rosto arder.

– Para com isso! Escuta! – Ela gritava mais alto que o ruído à nossa volta. – Você é Owen! – E bateu com o dedo em meu peito. – Este é VOCÊ! E eu sei que é, e você tem que levantar e correr comigo! Você PRECISA fazer o que eu digo!

– Não consigo, é... – Mais pensamentos em todas as direções. – Como vou saber que você é real?

Lilly gritou, um grito raivoso, animal. Depois baixou a cabeça e beijou minha boca. Nossos dentes se chocaram. Senti sua testa molhada de suor escorregar sobre a minha. O nariz dela esmagava o meu. Quando finalmente levantou, ela puxou meu lábio com os dentes, e puxou com tanta força que senti a pele rasgar. – E agora, acha que sou real? Sentiu isso?

Eu assenti.

– Este é você! E esta aqui sou eu. Agora você vai levantar, Owen, e vai me ajudar a carregar Sanguessuga, e vamos sair daqui, ou vamos morrer, porque prefiro te matar a te deixar aqui. Entendeu?

Os olhos dela eram escuros, cheios de sombras, uma tempestade encobrindo seu céu normalmente azul. Todo o tronco arfava com a respiração pesada. E o brilho do crânio na mochila em suas costas criava uma aura de luz em torno dela.

E por um momento o ciclone dentro de mim, a ventania de dúvidas, tudo cessou; e além de toda essa tormenta, eu entendi uma coisa muito clara, muito verdadeira, como se houvesse aberto uma espécie de portão para uma paisagem de espaço infinito, e eu não fosse nada, e nós fôssemos tudo, e no meio de tudo isso eu sabia de uma coisa:

– Eu te amo – sussurrei.

Lilly ficou olhando para mim. Suas pálpebras tremeram. Lágrimas começaram a correr por suas faces. O rosto se contorceu numa careta como se ela me odiasse nesse momento, como se quisesse me matar. E pensei se ela ia mesmo me matar, porque não tinha certeza de mais nada, quando a vi se inclinar para a frente lentamente, a respiração desesperada molhando ainda mais meu rosto já molhado, até a ponta de seu nariz tocar o meu e os olhos mergulharem nos meus, e ela cochichar:

– Se me ama de verdade, vem comigo. Sai daqui vivo. Porque se quiser ficar aqui e morrer, o que acabou de dizer é uma mentira, e vou odiar você para sempre, por toda a eternidade. – Ela me encarava como uma leoa estudando a presa. Seus olhos me desafiavam a desobedecer. Em seguida ela ficou em pé.

Senti as palavras. Bebi cada uma delas. Deixei que me rasgassem, pusessem todas as coisas no lugar dentro de mim e me aquietassem...

– Tudo bem. – E levantei.

Balancei a cabeça. Depois percebi o que havia acontecido à nossa volta. As portas do Crio estavam abertas, e todos os tubos, centenas deles, deslizaram para fora. Filas de caixões transparentes, de corpos.

– Vem me ajudar a pegar o Sanguessuga – disse Lilly.

Eu me aproximava dela, quando outra série de chiados e estalos ensurdecedores me fez parar.

A tampa do tubo Crio de Elissa abriu. Todas as tampas no complexo, todos os tubos abertos, os corpos expostos para apodrecer no ar úmido e atrair moscas e abutres, acho. Talvez fosse essa a intenção de Paul. Castigar Victoria mostrando a ela como era fácil, para ele, matar aquelas pessoas que ela tentava manter vivas.

– Não quero deixá-la assim – falei, voltando para perto de... sim, ela era minha irmã. Eu sabia disso. Fato sólido, peça encaixada. Era o rosto dela.

Nós dois gostamos de sanduíche de geleia e pasta de amendoim, mas ela é esquisita. Ela come as cascas e deixa o miolo.

– Owen... – Lilly parecia preocupada.

– Eu sei que temos que ir. – E sabia o que tinha que fazer.

Eu falo para ela que essa é a melhor parte, mas ela diz que o miolo é muito mole, muito pesado.

Abaixo e encosto o polegar no rosto dela. Ainda está muito frio, meio congelado.

Vamos juntos para a escola, mamãe alguns passos atrás de nós, e Elissa gosta de me seguir, anda sobre a beirada estreita de concreto do aqueduto de esgoto, e isso me irrita, é sempre muito irritante, porque ela é pequena e me atrasa, mas, principalmente, porque não suporto a ideia de ela cair, se machucar.

Desenho um círculo em sentido horário.

Dorme antes de mim todas as noites, seu rostinho verde refletindo a luz do gerador, as bochechas paradas, e torço apenas para que ela passe a noite sem ter nenhum ataque de tosse. Eles me acordam e me deixam triste. Eu a amo. Minha irmã, sempre a amei.

Inclino o corpo, fecho os olhos e beijo sua testa. Está úmida. Tem cheiro de sabonete e orvalho, como o banheiro do Acampamento Éden. Como as cavernas do Centro em uma primavera muito tempo atrás.

– Adeus, irmã – sussurrei.

– Ah, não – cochichou Lilly atrás de mim.

Os olhos de Elissa estavam abertos.

34

Ela está viva. Foi a primeira coisa que pensei. Ela voltou.
Seus lindos olhos castanhos...
Mas os olhos dela eram escuros, o branco encoberto por uma fina camada cinzenta, fluido congelado, uma mistura do sangue preto coagulado e seco. As pálpebras piscando, os olhos se movendo de um lado para o outro... Tremores começaram a percorrer seus braços e pernas. Espasmos. Movimento.

Havia mais movimento. Levantei o olhar. Uma cabeça se erguia do casulo Crio vizinho. Uma mulher, cabelo loiro e embaraçado e rosto pálido, se movia desconjuntada, ainda descongelando, mas despertava...

Não. Levantava.

Outra cabeça, outro corpo, todos eles, cada corpo acima e abaixo. Em todas as direções, centenas de corpos levantavam do sono do congelamento.

– O que ele fez? – perguntou Lilly com voz rouca.

– É um programa – respondi. Francine havia falado em programa. Substituição de conhecimento.

Elissa começou a sentar.

Olhei para ela sem acreditar no que via. Seu peito não se movia. Ela não fazia nenhum barulho, exceto o ruído do alongamento dos membros e tecidos que se moviam ainda meio congelados.

Todos os Crios sentavam. Pescoços viravam com um barulho pavoroso.

A cabeça dela virou em minha direção. Os olhos cinzentos e leitosos. Um tremor e a testa se moveu, a boca sofreu um espasmo, como sistemas retornando depois de uma queda, os técnicos manipulando seletores.

Seus braços se ergueram. Ela estendeu para mim as mãos de unhas compridas e veias pretas, as riscas subindo pelos braços como uma tatuagem de galhos soltos. Os dedos tocaram meu rosto.

E começaram a arranhar. Cavar. A outra mão agarrou meu braço. E me puxou para perto.

Eu não conseguia lutar, não sabia... ela estava viva? Não, havia morrido. Isso era operação, função, mas não era vida.

Mãos no meu pescoço. Fechando. Apertando. E agora ela se inclinava para mim com a boca aberta e fazia um barulho estranho de aspiração com a garganta, o ar passando por lugares que haviam estado fechados durante muito tempo, não uma respiração, mas física, mas o som era de uma inspiração ávida, profunda.

Dentes se aproximando da minha garganta. Minha irmã. Em Yellowstone, eu a deixei escapar do alcance dos meus olhos. Ela caiu naquele buraco sugador. Agora respira com pulmões que foram arruinados por minha culpa, e voltava para acertar as contas...

Não! Eu tinha que me apegar à realidade. Fechei os olhos e a empurrei. Suas unhas rasgaram a gola da minha camiseta quando me soltei. Ela fechou os dentes tentando me morder, abocanhou o ar onde eu estava pouco antes. Um pouco do sangue preto descongelado escorria pelo canto de sua boca, pingava no vestido branco. "Essa não é minha irmã", disse a mim mesmo. "Essa é uma máquina e foi programada para matar." Queria não ter visto, nunca saber disso, mas já sabia que essa imagem me assombraria para sempre.

Os braços trêmulos agarraram um lado do casulo, e ela começou a levantar o corpo.

Todos estavam saindo. Victoria podia libertar pessoas pela morte. Mas agora Paul conseguia levantar os mortos.

– Temos que ir – falei. Virei, abaixei e segurei um braço de Sanguessuga. Lilly pegou o outro. Felizmente ele era pequeno, e nós o seguramos entre nós, um braço sem vida sobre os ombros de cada um, e corremos para a escada.

Havia pancadas e estalos vindo de todos os lados. Nas nuvens úmidas de vapor, fumaça penetrada por raios de luz alaranjada, contornos de corpos saíam de seus casulos, muitos tropeçando sobre pernas instáveis e caindo, provocando um barulho molhado, como o de carne derrubada sobre a mesa. Corpos meio descongelados reanimados e libertados. E apesar de escorregarem e patinarem, de se chocarem contra as paredes, vi que todos orientavam lentamente o olhar para as escadas. Cada um ineficiente sozinho, mas juntos eles formavam uma onda que vinha de todas as direções, e nossa vantagem era pequena.

Chegamos à escada.

— Eu seguro — falei, puxando Sanguessuga para mim. Ela correu na minha frente. Olhei para trás e vi uma multidão atravessando a passarela em nossa direção, e na frente do grupo, pequena, frágil e vertendo doença, Elissa. Não era Elissa, disse a mim mesmo de novo... Tentando desesperadamente acreditar nisso enquanto mais lembranças invadiam minha cabeça, mais visões lindas da irmã que perdi.

Carreguei Sanguessuga escada abaixo. Lilly segurou o braço dele de novo e nós corremos para a porta de vidro.

Deslizar e arrastar de pés descongelando, bater de mãos nas paredes. E aquelas inspirações guturais e horríveis, o sugar do ar, os corpos mortos respirando.

Saímos e fechamos a porta.

— Tem tranca? — Lilly examinava a porta.

Plaft. O primeiro Crio caminhava diretamente de encontro ao vidro como se nem soubesse que ele estava ali. Uma mulher de meia-idade, ossos embaixo da camisola de hospital, olhos vermelhos e vagos e bolhas sobre a pele. Ela recuou, andou contra o vidro outra vez, depois começou a bater com a cabeça nele. Mais forte, mais forte.

— Uma fechadura não vai ajudar — falei.

Mais Crios se aproximavam do vidro. Batiam nele. Tentavam andar através dele. Uma sucessão retumbante de baques deixando marcas vermelhas no vidro.

Quando corríamos pelo corredor, eu ouvi o estalo da primeira rachadura. Depois um estrondo quando o vidro cedeu.

Saímos do laboratório. Havia um rugido ecoando à nossa volta. A chuva caía pelo buraco no telhado. Cachoeiras em todos os lugares.

— Droga — disse Lilly. Segui a direção de seu olhar. Francine e Emiliano haviam desaparecido. Sete também. — Eu devia saber que ela era imprestável!

— Não faz mal — respondi. — Temos que voltar à cidade. Avisar Victoria. Eles nem imaginam.

– Tem razão. – Lilly correu para um lado do prédio e voltou com sua bolsa vermelha. – Pode levar isto aqui?

– Peguei.

Nos assustamos com um estrondo atrás de nós. Virei e vi os Crios na porta. Um homem alto e velho coberto de feridas, um menino e uma adolescente, todos recuando e andando contra o vidro, todos ainda com a pele azul em alguns pontos e olhos vagos, mas cravados em nós.

Corremos pela cidade e para a floresta escura. A chuva era torrencial, nos encharcou instantaneamente. Tropeçávamos na trilha escura, irregular, correndo no meio daquela confusão de chuva e lodo. Mesmo carregando Sanguessuga, éramos mais rápidos que a horda cambaleante em descongelamento, e logo deixamos de ouvir os passos pesados, arrastados. Por um tempo foi só a chuva caindo nas folhas da floresta, e logo começamos a ouvir o som dos tambores na praça, sinal de que a abertura do festival prosseguia normalmente.

Senti a umidade no peito. Olhei para baixo e vi que o sangue de Sanguessuga encharcava minha camiseta.

– Vai ficar tudo bem – falei para ele.

– Nnn... – gemeu ele, fraco.

Chegamos ao topo da colina entre Éden Sul e Desenna. Olhei para trás, para o domo, e pelo teto rachado vi a luz alaranjada do Crio refletida nas paredes internas.

Lá na frente, víamos a linha do horizonte da cidade castigada pela chuva, iluminada por tochas e lamparinas tremulantes. Os tambores eram altos, retumbavam fortes, acompanhando notas fracas de uma música...

E então tudo explodiu.

Uma enorme labareda de fogo...

Um... dois... Minha mãe vai contando os trovões. Elissa fica com medo quando ela faz isso.

A força das explosões nos alcançou e derrubou.

Por um instante fiquei perdido, surdo, sem respirar, mas em seguida recuperei a noção das coisas e levantei a tempo de ver uma fileira de luzes brancas cercando a parte de trás do complexo central, que agora queimava. Helicópteros. Eles subiram. Raios atingiram dois deles, mas havia cinco, pelo menos.

– Mudança de planos – falei. – Vamos para a nave. Vamos sair daqui.

– Ela ainda está na pirâmide? – perguntou Lilly. – Aquela que acabou de ser atingida pelos foguetes?

– Sim. – Olhei para a frente. A pirâmide estava cercada de fumaça e chamas. – Mas temos que tentar. – Havia uma coisa de que eu ainda tinha certeza, e era como voar. Se a nave houvesse desaparecido, então... Eu não queria nem pensar nisso.

– Tudo bem – disse Lilly. Ela olhou para trás. Eu também ouvi. O arrastar de pés no chão molhado.

Corremos para a cidade. A música havia sido substituída por gritos confusos.

Os helicópteros voltaram para uma nova investida, disparando novamente raios de luz que desciam para o centro de Desenna e provocaram novas colunas de fumaça e fogo, mais explosões retumbantes.

As aeronaves se afastaram em seguida, desapareceram entre as árvores. Dessa vez não houve chuva de raios para abatê-los.

Continuamos andando pela escuridão úmida, agora sufocante por causa das ondas de fumaça ardida. Chegamos ao portão. Estava destruído. Restavam apenas pilhas de escombros e metal retorcido.

Parece que abriram caminho para a entrada do exército Crio – disse Lilly.

Passamos pela área de escombros molhados, e andávamos devagar por causa de Sanguessuga. Na floresta ele havia tentado arrastar os pés para ajudar a gente, mas agora as pernas estavam imóveis, flácidas. Vi que o rosto dele estava assustadoramente pálido.

– Ainda escuta a gente?

Ele tossiu fraco.

– Vamos carregá-lo – disse Lilly, passando os braços por baixo dos dele. Eu segurei as pernas e continuamos andando meio desajeitados pelos escombros. Era difícil. Eu escorreguei, bati com o tornozelo em algum lugar, esfolei o braço em um pedaço de pedra. Quando ultrapassamos a área de desastre, minha cãibra começava a formar o nó de dor.

Não era de uma hérnia. Era da remoção do baço. Minha vida toda é uma mentira...

Varri os pensamentos da cabeça. Depois. Lidaria com isso mais tarde, e seria terrível, mas agora...

– Aí vêm eles – anunciou Lilly, olhando para trás.

Virei e vi as primeiras formas cinzentas, cabelos encharcados e camisolas brancas agora sujas de barro, surgindo das sombras. Pusemos novamente um braço de Sanguessuga sobre os ombros de cada um de nós e corremos pelas ruas para a praça, enfrentando uma maré de pessoas apavoradas que corriam para suas casas. Queria prevenir aquela gente sobre o que se aproximava, mas não tinha voz ou força para isso. Elas teriam que descobrir sozinhas.

A praça central era a imagem do caos. Edifícios dos dois lados haviam sido atingidos pelo ataque com foguetes, e as áreas dos bares e cafés eram cenários de carnificina e chamas. Pessoas corriam de todas as direções como moléculas frenéticas, muitas em túnicas cerimoniais, o rosto pintado de verde, cobalto e branco, maquiados para uma alegre celebração da vida iluminada, mas agora respingados de sangue e pó.

– Os Três! – gritou alguém quando passamos, como se voltássemos trazendo a esperança, não um violento ataque de horror.

Olhei para o céu.

– Não tem mais helicópteros.

Lilly olhou para trás, para o portão.

– Estão só esperando – disse ofegante. – Sentaram para assistir ao espetáculo.

Contornamos uma pilha de tijolos caídos. Havia pessoas presas, gritaria, médicos no local...

Minha mãe era médica. Não! Aquela não era ela. Minha mãe de verdade era médica?

Chegamos à porta da pirâmide. Havia guardas de olhos arregalados observando o céu.

– Cuidem da praça! – ordenou Lilly a eles. – E preparem-se! Eles estão vindo do Crio!

Os guardas olharam para nós com a confusão estampada no rosto já abatido, mas passamos por eles correndo, entramos e subimos a escada estreita. No topo, fomos parados por soldados que vasculhavam uma pilha de escombros. O corredor que levava à Tática estava bloqueado. Fumaça negra escapava pelas frestas.

– Eles foram atingidos? – perguntei.

Um soldado olhou para mim.

– Ataque direto na segunda passagem. Não conseguimos chegar lá. E não temos notícia nenhuma...

Lilly olhou para trás de mim. A escada para o topo da pirâmide estava desimpedida. Assenti para ela e subimos correndo.

Minhas pernas protestavam contra o peso extra de Sanguessuga. Chegamos ao corredor aberto, passamos por todas as marcas de mãos ensanguentadas, subimos o último lance de escada e chegamos à plataforma.

A cidade se descortinava lá embaixo, um inferno de fogo, fumaça e chuva. Nuvens nos envolviam pelas costas sopradas pela brisa salgada do mar, e o ar denso nos fazia tossir. Um trovão retumbou lá em cima. O povo se desesperava na cidade, uma maré de vozes alteradas entrecortadas por gritos.

O canto esquerdo da plataforma havia desaparecido, como se uma mordida gigantesca o houvesse arrancado. A cratera se estendia até a pedra do sacrifício, que também havia sofrido os efeitos da explosão e agora estava reduzida à metade.

O outro lado da plataforma, onde deixamos a nave...

Estava inteiro. A nave estava lá com sua luz azul brilhando serena. Havia suprimentos estocados na proa, tudo pronto para nossa partida ao amanhecer. A parte do telhado que havia desmoronado terminava menos de um metro distante da popa da nave.

– Não queria dizer que temos sorte – falou Lilly –, mas... isso é muita sorte. – A voz dela tremia, como se agora, depois de tudo, pudesse chorar diante do que via.

Deixamos Sanguessuga na nave com nossas bolsas. Depois ouvimos um barulho diferente, uma onda de gritos chocados lá embaixo. Olhei pela beirada do que restava da plataforma. Os Crios invadiam a praça, moviam-se mais depressa agora que tinham o corpo quente, atacavam sem hesitação, sem medo, sem pensar. De vez em quando meu olhar registrava um momento específico do caos, e havia sangue, rasgar de tecidos, luta, e eu preferia não ter visto. Mas era evidente que a onda de Crios tratava as pessoas como meros obstáculos. A movimentação tinha um objetivo. A onda vinha para cá. Paul os havia orientado diretamente para Victoria.

– Hora de voar. – Fiz a verificação da nave. Havia poças no chão, mas o mastro estava inteiro, o vértice tinha carga total, e finalmente eu me sentia como se pisasse em alguma coisa concreta, e sim, isso era o que eu era. Eu sabia voar. Podíamos sair dali.

Os gritos eram cada vez piores lá embaixo. Ouvi tiros na entrada da pirâmide, onde estavam os guardas, depois o estrondo de vidro quebrando.

Examinei as velas e vi que haviam sido remendadas.

– Tudo pronto. Graças a Victoria.

– Cedo demais para me agradecer.

Viramos e vimos Victoria subindo a escada com a ajuda de Mica. Ela vestia o traje cerimonial: manto vermelho, rosto verde, coroa dourada de sol sobre a cabeça. Estava mancando, e uma das mãos apertava o peito. Mica a guiou pela plataforma até onde o grande trono do sacrifício havia tombado. Ele a soltou por um momento. Victoria cambaleou enquanto Mica levantava o trono, e em seguida ele a sentou na cadeira imponente.

Ela ficou ali sentada e ofegante, recuperando o fôlego, os olhos registrando lentamente o fogo, a fumaça, as ruínas.

Ouvimos tiros abafados dentro da pirâmide. Mica caminhou para o alto da escada, empunhou o rifle que levava pendurado no ombro e ficou olhando para a porta.

– Foi Paul, não foi? – perguntou Victoria com voz fraca.

– Sim – confirmei.

Ela assentiu devagar.

– O clima é propício. – Ela riu, mas a risada foi interrompida por um ataque de tosse carregada. – Ele acha que está provando alguma coisa, mostrando quanto controle é possível se "você tiver visão". É o que ele diria. – A tosse parecia rasgá-la por dentro. – Provavelmente ele pensa que estou lamentando a perda de meu reino, que estou aqui sentada chorando enquanto vejo tudo acabar em sangue e fogo.

– Sinto muito – falei. E descobri que realmente lamentava por ela. Comparada a Paul, Victoria era infinitamente mais humana.

– Não lamente – respondeu ela. – Sempre acabou desse jeito. Cada civilização foi só uma tentativa, um palpite melhor, considerando o momento, a ecologia, o clima. E todas são imperfeitas, tiros no escuro, e todas acabam com uma inundação. A onda que engole um povo nasce de seus desejos mais sombrios. E desta vez não é diferente. – Ela suspirou. – Só nos resta torcer para que nosso pequeno passo colabore para a próxima tentativa se aproximar mais do divino. E para um dia a humanidade se tornar alguma coisa melhor do que ela mesma.

Os olhos de Victoria se voltaram para mim. Pingos da chuva manchavam sua maquiagem verde.

– Sua mãe me encontrou na câmara. Ela levou o crânio e deixou uma faca em minhas costas. Muito esperta. Paul sempre foi o mais esperto. Mica me encontrou pouco antes do ataque. Se eu estivesse na Tática, acho que já teria morrido. – Ela tossiu, cobriu a boca com a mão, depois olhou para os dedos. E mostrou para nós a palma aberta e coberta de vermelho. – Engraçado – disse. A água lavava o sangue e deixava rastros vermelhos em seu braço.

– Recuperamos o crânio – contei.

Mais tiros. Vidros quebrando perto de nós.

– Mãe – falou Mica. – Temos que ir.

Victoria o ignorou.

– Você tem o crânio – disse. E tossiu. Mais sangue. – Que sorte. E sabem o que aconteceu com a querida Sete? Na última vez que a vi ela estava na Tática, de mau humor porque você havia ido embora, afogando as mágoas em Luz.

– Estou aqui, Mãe.

Sete subia a escada com dificuldade. Vi que seu rosto estava muito machucado, provavelmente por Francine e Emiliano, e havia cortes em seus braços e um hematoma escuro no pescoço, talvez deixado pelas unhas dos Crios, mas, mesmo assim, ela havia vestido a roupa branca da Helíade. E tinha uma tiara na cabeça, e até se cobrira com o pó brilhante, de forma que brilhava à luz do fogo como uma estrela caída na Terra. Ela passou por Mica e atravessou a plataforma com passos trôpegos, as pernas instáveis, como se fossem de borracha.

– Olha – disse ela. – Estou vestida para o grande evento! Apesar de não fazer parte dele. Tanto trabalho, e agora sou excluída do *grand finale*. – Olhei bem para ela e vi que os olhos giravam mais que antes, como se ela houvesse usado ainda mais Luz.

E senti pena dela, apesar da tempestade em minha cabeça. Lembrei a história de Sete, como ela havia sido arrancada da vida, como não tinha um lugar no tempo. Um sentimento que eu agora conhecia muito bem. Talvez pudéssemos levá-la na nave. Lilly se oporia. E com razão. Mesmo assim...

Sete balançou, e quando ela estendeu os braços no ar para se equilibrar, vi que segurava a enorme faca de obsidiana. Ela recuperou o equilíbrio e começou a desenhar pequenos círculos no ar com a faca. O sangue e a água que escorriam por seus braços pálidos e pelo pescoço se misturaram ao pó brilhante formando rastros cintilantes.

Estranhamente fascinados, ficamos olhando quando ela caminhou até a beirada da cratera aberta pela explosão, e parecia certo de que ela simplesmente continuaria andando para o vazio. Sete se inclinava...

– Tem muito do divino à mostra aqui esta noite – falou ela com um tom sombrio. Depois virou e se aproximou do trono cerimonial de Victoria, se debruçando sobre ele meio atordoada, e ficou ali quase como se ela e Victoria fossem uma equipe.

– Fico feliz por estar aqui, Sete – declarou Victoria.

– Eu sei, Amada Mãe, mas tenho uma surpresa para você.

Victoria tossiu e, mesmo com dor, falou como se estivesse irritada:

– Que surpresa?

Sete levantou a faca, a ponta tremulando, pingando gotas de água, e por um momento Victoria se encolheu e Mica ficou tenso, mas Sete apontou a lâmina para nós.

– Ela é o Médium.

Victoria não se mexeu, mas seus olhos expressaram surpresa genuína.

– Francamente. – Ela tentou levantar a cabeça e encarar Sete, mas o movimento causou dor. – Você...

– Sou só uma garota que morreu há muito tempo – interrompeu-a Sete. E riu. – Eu nunca nem estive aqui. – Ela balançou como se fosse cair. A faca traçava arcos instáveis.

Tiros. Agora estavam bem próximos. Mica gritou para o corredor das marcas de mãos ensanguentadas.

– Guardem essa posição! – Gritos e mais tiros abafados, mas próximos. – Mãe, depressa.

Victoria o ignorou novamente. Ela olhava para nós.

– Então, vocês três aí, vocês são os Três.

– Sim – confirmei. – E posso levar todo mundo na nave, pelo menos até estarmos longe daqueles helicópteros...

– Não vai ser necessário – disse Victoria.

– Por quê?

– Ela vai te matar – falou Sete, sem rodeios. – Não entendeu? – e riu alto, uma risada aguda. – Ela planeja matar todos nós há muito tempo. Não é, oh, Mãe Benevolente?

Os olhos de Victoria estavam fixos em nós. Ela deu de ombros.

– Bom, não antes de voarem para longe daqui e estarem bem longe dos olhos do meu povo. Ia esperar até se afastarem uns cinquenta quilômetros para o sul antes de mandar os drones para derrubar vocês.

– Espera aí, o quê? – reagi. – Por quê?

– É tão óbvio – disse Sete. – Mãe, a grande diretora em ação.

– Acho que aquele garoto contou – disse Victoria a Sete. – Você o dominou, e ele conseguiu essa informação para você.

– Nico – disse Sete. E desenhou um coração no ar com a ponta da faca. – Querido Nico.

– Está morto, tenho certeza – disse Victoria. – Lá na Tática.

Sete interrompeu o desenho.

– Ah, bom... – E virou os olhos enormes para mim. – Regra número seis: se não há deuses, Paul não encontra a Atlântida.

"Acho que não sabe o que a Mãe está pensando", dissera ela.

– Infelizmente é verdade – disse Victoria. – Vocês teriam voado para longe da minha história, contentado meu povo, e eu teria posto fim na ameaça que representam para o mundo. Sem vocês, Paul jamais vai conseguir encontrar o Pincel.

Eu me sentia vazio. Depois de tudo isso... Estávamos mortos, sempre estivemos. O tempo todo.

– Mas não sei se ele precisa de nós – disse Lilly. Notei que ela tirava a mochila do ombro lentamente. Para pegar o crânio e acender sua luz... falava para ganhar tempo... – eles atiraram em Sanguessuga, embora ele seja um de nós.

Houve uma longa sucessão de baques, e agora o estilhaçar de vidro. Gritos antes abafados agora eram próximos. Tiros. Mica disparou três rajadas para o corredor.

– Temos que ir, Mãe! – gritou ele.

– Tudo bem, tudo bem. Owen, Lilly, lamento, mas chegou a hora de se oferecerem para o sacrifício, para o bem de todos os outros. – Ela fez um gesto para Mica.

Ele apontou o rifle para nós.

– Lilly! – Ela ainda não havia tirado o crânio da mochila, e eu mergulhei e a puxei comigo para dentro da nave.

Quando caí, ouvi Lilly gritar:

– Vida iluminada!

Escutei um barulho, um baque seguido por uma exclamação sufocada, e depois os tiros. Fiquei tenso, esperei que as balas atingissem a nave, mas não foi o que aconteceu.

Lilly e eu espiamos por cima da lateral da nave e vimos Mica atirando para o outro lado da plataforma, e Sete cambaleando para trás, se afastando do trono cerimonial, as mãos vazias e levantadas. O vestido se tingia de vermelho.

A faca cerimonial estava cravada no peito de Victoria.

Sete cambaleava para a beirada da cratera.

– Sete! – gritei, mas vi pelo canto dos olhos que Mica apontava a arma para nós.

– Vai lá! – disse Lilly. Ela segurava o crânio cintilante com as duas mãos e pulou para fora da nave sussurrando uma melodia muito antiga: – *Qii-Farr-saaan...*

Luz branca explodiu do crânio e de Lilly, como se transbordasse de seus olhos e da boca. O vento castigava Mica, que continuava atirando, sem pontaria. Lilly caminhava na direção dele, o cabelo voando em torno dela. Mica recuou cambaleando, o vento ganhou força, a luz cegava.

Virei e vi que Sete estava na beirada da plataforma, os dedos dos pés sobre o abismo.

– Cuidado! – gritei, e corri em sua direção.

Ela balançou, olhou para o próprio peito, para o sangue que encharcava o vestido, depois para a praça lá embaixo. E olhou para mim.

– Claire.

– Quê?

– Meu nome. É só Claire. – E sorriu para mim. – Hora de voar.

Aproximei-me um pouco mais e estendi a mão.

– Sim, está na hora. Vem.

Sete balançou a cabeça de um jeito triste.

– Não com você. Terceira opção.

– Terceira... – Eu não sabia... mas entendi.

O sorriso dela desapareceu, os olhos mergulharam nos meus.

– Tchau, menino voador. – Ela abriu os braços.

– Espera! – Pulei para agarrá-la. Meus dedos tocaram o vestido, mas ela deu um passo para fora da plataforma e mergulhou no vazio.

Olhei para o espaço onde ela havia estado. Longe, ouvi o som pesado do impacto.

– Volta!

– Virei. Mica atirava de algum lugar da escada, alguns degraus abaixo da plataforma. Lilly apontava sua luz para lá. Ouvi mais tiros, grunhidos, e um grito aterrorizado.

– Eles estão aqui! – gritou Lilly. – Temos que ir!

Comecei a caminhar para a nave, mas olhei para Victoria caída na cadeira. As mãos dela tentavam segurar o próprio pescoço. Os olhos estavam arregalados e me olhavam, e a boca se movia como se ela tentasse dizer alguma coisa, mas só produzia sons estrangulados...

Olhei para Lilly. Ela parecia conter a horda. Corri para Victoria. Ela havia conseguido arrancar uma corrente do pescoço. Um colar com um pingente de metal que parecia ser muito antigo. Estendi a mão além do cabo da faca gigantesca, puxei o pingente dos dedos dela e o abri. Dentro dele havia duas cápsulas de Luz. Victoria olhava para mim. Joguei as cápsulas na minha mão.

Mas, antes, precisávamos de informação.

– O que sabe sobre as Estrelas Ascendentes? – gritei para ela. – O que Paul está fazendo?

– Eu... – Ela engasgou. A boca continuava se movendo, mas havia sangue escorrendo pelos cantos e nenhum som saindo dela. Victoria olhou para cima, para o céu. Tossiu mais sangue.

– Owen! – Lilly corria para a nave. – Depressa!

Vi os corpos subindo a escada aos solavancos, se arrastando. Mulheres, homens, crianças, velhos e jovens, alguns com sangue em torno da boca, outros crivados de balas que não faziam o efeito esperado. Eles lutavam implacáveis contra o vento e a luz.

Virei e vi que Victoria estendia a mão para mim, os dedos tocavam minha mão, tentavam pegar as cápsulas. Seus dedos...

Aproximei a Luz dos lábios trêmulos.

– Precisamos de mais uma coisa – falei. Segurei o cabo molhado da faca cerimonial com as duas mãos e puxei. Ela se soltou com um barulho horrível. Victoria gemeu. Depois olhou para a faca e para mim.

– Hora de se oferecer – avisei. Segurei sua mão direita e a empurrei contra o braço da cadeira.

Quando abaixei a faca, ela tremeu em minha mão e pensei que não conseguiria, mas lembrei o que Sanguessuga havia dito: Paul nunca hesitaria em nos matar, tirar nossas lembranças, apagar minha irmã, depois levantá-la dos mortos e mandá-la atrás de mim. Victoria não hesitaria em nos matar para salvar seu povo...

E depois de tudo que passamos... eu também não hesitaria.

Desci a faca sobre a base do dedo mínimo de Victoria, a lâmina serrilhada e pesada marcando a pele. Olhei para ela, vi que seus olhos estavam arregalados, as pupilas começando a girar, mas senti que o braço desistia de resistir. Ela fechou os olhos.

Aumentei a pressão da lâmina e serrei, movi a faca para a frente e para trás. O som era horrível. Um gemido alto escapou dos lábios de Victoria.

Terminei o serviço e joguei a faca longe, resistia à vontade de vomitar. O dedo estava lá, meio dobrado, sujo de sangue e ainda sangrando, e nele estava o código de barras de que poderíamos precisar. Guardei o dedo no bolso.

Olhei para Victoria pela última vez.

– Vida iluminada – falei, e corri para a nave. – Vamos! – gritei. Lilly estava quase embarcando. Ela inclinou os ombros, a luz e o vento se extinguiam. Quando ela embarcou, com um pulo, pisei fundos nos pedais. Os Crios chegaram à plataforma, e nós começamos a subir.

Mas eles eram rápidos, bem mais do que antes. Mãos agarravam as laterais da nave e a puxaram para baixo. Mãos destruídas, a pele rasgada depois de quebrar tantos vidros e corpos.

Segurei as cordas da vela, pisei novamente nos pedais e viramos à direita com um solavanco, nos afastamos da beirada da pirâmide. A nave balançou e fomos puxados de volta para a esquerda. Era um menino de uns 12 anos. Ele havia apoiado os cotovelos sobre a beirada da nave e estava ali pendurado. Seus olhos eram leitosos, mas azuis, e o rosto um dia havia sido delicado com a moldura de cabelo negro e ondulado. Os dentes sujos de sangue estavam à mostra, me ameaçavam. A mão estendida agarrou minha camiseta.

Eu me afastei e chutei com toda a força que tinha, esmagando seu rosto. Ele caiu. Enquanto o menino despencava, me perguntei se ele teria sido um candidato. Tinha os genes amaldiçoados, como eu? Alguém havia prometido que ele acordaria em um futuro melhor, que ajudaria a salvar o mundo?

Ouvi um grito. Olhei para trás, para a plataforma, e vi a horda cercando Victoria.

Mais corpos subiam a escada e chegavam ao que talvez fosse seu destino final. A programação parecia acabar ali, e com exceção daqueles que cercavam Victoria, os outros só andavam de um lado para o outro atordoados, batendo uns nos outros.

Subimos um pouco mais, apesar do vento e da chuva. Camadas de fumaça prejudicavam a visibilidade, mas olhei para baixo mais uma vez e vi um último rosto iluminado pelo fogo que ardia na cidade, um rostinho no telhado da pirâmide. Elissa.

Minha irmã, vazia e destruída pela praga, morta, mas reerguida, em minha cabeça e também em um mundo sombrio, cheio de horrores, os horrores de deuses como Paul.

Um vento com cheiro de fogo e morte encheu as velas, e começamos a nos afastar mais depressa. Olhei para trás, tentei enxergar alguma coisa em meio à chuva, vi Elissa desaparecer, se perder em meio aos corpos que se arrastavam e a fumaça, perdida novamente para mim.

Passamos sobre as muralhas da cidade, atravessamos a tempestade, saímos de Desenna e sobrevoamos a floresta escura. Eu guiava a nave para fora da tempestade, ganhava velocidade ao longo do litoral. Lá embaixo, as ondas desenhavam lindas pinceladas de espuma na areia luminosa, e acima um universo de estrelas brilhava.

– Ei. – A mão de Lilly tocou meu ombro, e finalmente senti que começava a desabar.

– Assim – falei, mostrando como comandar os pedais e as cordas das velas.

– Eu estava prestando atenção – respondeu Lilly. – Já deu para entender. Para o sul, certo?

– Certo. E se os helicópteros aparecerem...

– Eu aviso.

Havia chegado a hora. Tudo que vi, tudo que eu agora sabia começaria a ser absorvido. Desabei no convés e esperei a ficha cair.

35

Minha mãe e minha irmã não gostam de futebol como eu e meu pai gostamos, mas elas sabem que o jogo faz parte do ritual da terça à noite. Meu pai vai chegar mais tarde do trabalho, minha mãe também vai demorar para sair do revendedor de roupas, por isso Elissa e eu temos que preparar a pizza. Discutimos para ver quem vai sovar a massa, mas eu sou mais velho e ganho a briga. Não tem muito espaço na cozinha do apartamento, por isso trabalho no chão.

Enquanto trabalho, sinto alguma coisa cair em cima de mim. Olho para cima e vejo Elissa jogando farinha na minha cabeça.

– Você parece um velho!

Ela ri, mas logo começa a tossir.

Sei que é hora de interromper a diversão para ir buscar o inalador. Corro até a mesa, volto com o equipamento e a ponho sentada sobre uma banqueta. O rosto de Elissa está coberto de farinha. Eu a ajudo com a inalação e massageio suas costas.

– Inspira... – digo – e expira.

– Respira.

– Vai, respira.

Mudei de posição ao ouvir a voz de Lilly. Estava meio acordado, de olhos fechados, deixando as lembranças recuperarem seus lugares em meu cérebro. Havia lacunas, peças que eu ia recuperando como latas de conserva em prateleiras vazias de outros produtos em um supermercado, mas já era alguma coisa.

Sentei. Tudo doía, meu corpo estava endurecido. Retângulos de luz pálida e acinzentada pintavam paredes marrons. Estávamos em um quarto. O dia começava a amanhecer. A luz entrava por um espaço vazio onde um dia existiu a porta de vidro de uma varanda.

Aterrissamos no telhado de um hotel abandonado pouco antes do amanhecer. Descemos para a varanda desse quarto no último andar. Fora uma suíte cem anos antes. A cama era enorme, a banheira era gigantesca, a mobília era luxuosa. O encanamento não funcionava, pedaços de massa haviam caído das paredes e a cama parecia úmida e infestada de insetos.

Dormimos no chão, que era coberto com a areia de anos de tempestades. Era quase como dormir na praia. Dormimos bem por algum tempo.

Mas agora Lilly estava na varanda com Sanguessuga. Levantei devagar. A noite anterior parecia distante, turva, e ainda havia muito trabalho a ser feito dentro da minha cabeça. Eu tinha a sensação de que precisaria de semanas, anos, talvez o resto da minha vida para me recuperar. Mas, nesse momento, Sanguessuga precisava da nossa ajuda.

Passei pelo vão sem porta. Era difícil dizer em que andar estávamos, o restante do prédio estava submerso. As ondas dançavam no quarto abaixo do nosso com um ruído suave. Nossa varanda estava em cima do mar. A costa havia ficado alguns metros para trás. Era surpreendente que este prédio continuasse em pé.

Sanguessuga estava reclinado em uma espreguiçadeira. Havia mais duas caídas e empilhadas em um canto do deque, seguras por uma corrente enferrujada e um cadeado, e as almofadas de espuma de uma delas estavam enroscadas atrás das cadeiras. Quando nos aproximamos na noite anterior, Sanguessuga havia pedido para pararmos ali, porque ele queria olhar as estrelas.

Não discutimos. Não havia mais nada que pudéssemos fazer por ele. Todos nós sabíamos.

Desviramos uma cadeira, torcemos a almofada, e Sanguessuga ficou ali deitado. Nós o enrolamos com um cobertor felpudo e cor de rosa que pegamos no Walmart. Seu corpo todo tremia, braços, pernas... perda de sangue ou doença criogênica, provavelmente as duas. Depois de um tempo ele disse que devíamos descansar um pouco, e foi o que fizemos.

Ele ainda tremia agora, e sua respiração era superficial.

Lilly pôs as mãos sobre o peito de Sanguessuga.

– Devagar – disse. – Tenta respirar de verdade uma vez.

Tive a impressão de que ele assentiu, e fechou os olhos para tentar. O barulho lembrava o do vento passando por uma fresta de porta.

– Vai ficar tudo bem – falei, mesmo sabendo que mentia, me perguntando por que as pessoas sempre mentem em momentos como esse. Tentei puxar o cobertor mais para cima, cobrir seus ombros, mas ele estava preso, colado ao sangue seco. Havia uma poça salpicada de areia no chão.

A mão de Sanguessuga agarrou a minha. Os dedos frios envolveram meu pulso. Olhei para ele, para os olhos castanhos, agora vermelhos, para as sardas escuras sobre a pele pálida.

– P... Paul explicou por quê?

Por que haviam atirado nele? Como era possível que não precisassem mais de Sanguessuga, se ele era um dos Três? Balancei a cabeça. E odiei tudo isso.

– Não. Eles pegaram o sextante e seus desenhos, mas... não.

Outro tremor sacudiu seu corpo, e ele pareceu assentir.

– Não teria feito diferença. A doença criogênica ia me levar de qualquer jeito. Era só uma questão de tempo... estou feliz por ter encontrado Isaac. Em meu sonho Crio a gente jogava banco imobiliário. Jogávamos durante horas quando queríamos ficar longe do nosso pai.

Lembrei que ele liderava os jogos na nossa cabana.

– Sinto muito – murmurei. – Por tudo.

– Não precisa. Eu devia ter contado mais, devia ter contato tudo desde o começo lá no acampamento. Não tínhamos que ser inimigos, podíamos ter sido parceiros, podíamos ter saído mais cedo e ido mais longe, e...

– Nós fomos parceiros – declarei. – Você me salvou ontem à noite.

– Você me salvou primeiro.

– Então estamos quites. – E segurei a mão dele. – Amigos?

Sanguessuga riu. Tive a impressão de que rir causava dor.

– É claro. – A outra mão cobriu a minha. Nossos olhos se encontraram. – Você tem que fazer aquela gente parar.

– Nós vamos fazer – garanti com um nó na garganta –, mas precisamos saber aonde ir. Onde está o próximo marcador.

Sanguessuga assentiu.

– Sul – respondeu. – Se você... Papel...

Ele tremia muito. A boca ainda se movia, mas as palavras desapareceram.

– Vou procurar – disse Lilly, e entrou no quarto.

Sanguessuga começou a bater com a mão na perna.

– Caneta...

Peguei a caneta no bolso dele e a coloquei em sua mão.

– Pronto.

Lilly voltou com um bloco úmido e manchado de papel timbrado. No alto das folhas havia uma inscrição dourada, *La Tortuga de Oro,* e o desenho de uma tartaruga entre as ondas.

Segurei o bloco para Sanguessuga. Ele respirou fundo, soprou ao r devagar e tentou desenhar. Riscou o que aprecia ser uma linha costeira, mas a mão tremeu mais forte e a caneta fez uns riscos aleatórios.

– Droga! – gritou. Tentou de novo, mais tremores. Rabiscos no lugar da arte complexa de antes. Sanguessuga jogou o papel longe e arremessou a caneta por cima do balcão da varanda. Ele olhou para o céu com desespero, piscava para conter as lágrimas, parecia se sentir traído e...

E parou de respirar. Os olhos reviraram nas órbitas. Ele desabou. Apoiei a mão sobre seu peito. Imóvel.

– Não – murmurei. Não era justo. Sanguessuga não merecia esse destino. Como ele podia merecer alguma coisa do que havia acontecido? E agora que nos deixava, que chance tínhamos?

Lilly se debruçou sobre ele e, chorando, beijou sua testa. Quando levantou, ela respirou fundo e começou a cantar. Sua voz ganhou vida na nota pura que eu havia escutado dentro do crânio, a canção do Médium, essa melodia alta, cadenciada, mas Lilly conhecia mais trechos do que eu havia ouvido, elevações e modulações, uma melodia de tempos muito antigos, do mar, do vento...

E de luz.

O brilho branco começou a iluminar o horizonte, iluminando camadas de névoa. Olhei para cima e vi a luminosidade crescer. O horizonte toado pelo branco sobrenatural...

E então ela apareceu.

A sereia se transformou em um ser perto de nós, pairando logo além do balcão da varanda. Lilly ainda cantava de olhos fechados, balançando.

"Owen", disse a sereia. Ela estendeu a mão como se quisesse segurar a minha.

Mas eu não respondi. Muita realidade havia se desfeito para mim, eu já considerava a possibilidade de a sereia nunca ter sido real, de ter sido só uma parte do dano causado à minha mente. O fato de ela voltar agora só me fazia repensar tudo de novo...

"Você me perguntou o que sou", disse a sereia.

Perguntei.

"Mas, no fundo, você sabe o que sou."

Sabia? Considerei a canção, a luz no horizonte.

"Você é... a Terra. Não é?"

"Sim, eu sou a Terra viva. Sou o vínculo de Qi e An."

Então, você é como um deus?"

A Terra quase sorriu.

"Sou anterior aos deuses. Haverá um tempo para as perguntas. Agora, preciso que segure minha mão, antes que o Navegador parta."

Segurei a mão dela. Não esperava sentir nada, mas era um contato sólido, firme. Com a outra mão ela tocou a testa de Sanguessuga, apenas dois dedos.

E eu senti uma estranha abertura em mim, uma ampliação de conhecimento, como se recebesse informações, como um sistema carregado com dados. Vi mapas. Vi dois litorais onde havia um, vi direções de bússola se sobrepondo... Eu via os pensamentos de Sanguessuga, a Terra os transferia para mim.

E vi o caminho para o Marcador no alto dos Andes.

A Terra afastou a mão.

"Ponto. Agora pode fazer a jornada. Vejo você quando chegar lá."

"Chegar? Onde"

"No reino branco." A Terra sumiu. Lilly parou de cantar. Ela olhava para mim.

– Eu a vi. A sereia. Era ela, não era?

– Sim – confirmei. – Ela é a Terra. E me ajudou a ver como chegar ao marcador. Ela me deu os conhecimentos de Sanguessuga.

Lilly levantou as sobrancelhas.

– A Terra? E ela falou com você? E te deu os conhecimentos de Navegador que eram de Sanguessuga? Não ouvi nada disso... e você também esteve dentro do meu crânio, embora seja o Aeronauta. Sabe explicar tudo isso?

– Ainda não – respondi. Lilly ainda olhava para mim com ar preocupado. – Que é?

– Tinha mais alguma coisa no templo. Outra parte da inscrição. Sete conseguiu ler parte dela, mas não tudo. Lembra aqueles outros símbolos?

– Sim. Você conseguiu ler aquilo?

Lilly assentiu.

– E o que era? – perguntei.

Ela tirou um pedaço de papel do bolso.

– Anotei tudo assim que voltei. – E desdobrou o papel. – A Inscrição era: "E quando os Três forem realmente revelados, eles retornarão para se defender contra os mestres. Mas essa jornada já não foi feita antes? Muitas e muitas vezes o ciclo se repete, e nós devemos ter cuidado com a paciência da Terra, porque, se falhamos com ela com muita frequência, ela pode traçar os próprios planos." – Lilly olhou para mim. – O que acha que isso significa?

Balancei a cabeça.

– Não sei... Acha que sou parte dos planos da Terra?

– Talvez. Parece que todo mundo tem um plano.

– Que bom.

– É. – Lilly olhou para Sanguessuga. – Tchau, Carey – disse. E tocou a mão dele, que descansava sobre o ventre.

Eu cobri a mão dela com a minha. Queria dizer alguma coisa, mas não conseguia pensar em nada. Talvez não houvesse nada a dizer.

Gaivotas grasnavam à nossa volta. O vento empurrava ondas espumantes que começavam a bater com mais força contra o prédio, salpicando em nós a água salgada que tinha cheiro de óleo.

Os primeiros raios de sol venceram a névoa, e quando as ondas batiam no prédio, o sol e o óleo criavam arco-íris brilhantes. Era um lindo dia na terra em ruínas.

Depois de um minuto, Lilly perguntou:
– Vamos deixar Sanguessuga aqui?
– Não – respondi. Eu não sabia o que devíamos fazer, mas lembrei uma coisa que Sete falou: – Vamos dar Sanguessuga para o mar. Para Chaac, ou sei lá.

Lilly assentiu. E olhou para a trave enferrujada nas correntes que prendiam as pernas da espreguiçadeira. – Aposto que consigo abrir aquilo com minha faca. – E entrou no quarto.

Olhei para Sanguessuga. Não havia mais tremor, os traços pareciam plastificados, vazios da energia da vida. Eu quase esperava que ele se movesse de novo, que fosse reanimado como o horror do laboratório Crio, mas isso não era obra de Paul. Isso era natural. Só a morte. Triste, mas misericordiosa, se comparada ao que tínhamos visto.

Lilly conseguiu abrir o cadeado. Usamos uma parte da corrente para amarrar Sanguessuga na espreguiçadeira. Depois empurramos a cadeira até o balcão e a levantamos, inclinando a parte da frente até os pés tocarem a água. Então soltamos. A cadeira flutuou por um momento, balançando sobre as ondas, depois começou a afundar na água cinzenta. Primeiro o tronco de Sanguessuga, depois a cabeça, e finalmente os pés desapareceram.

Vimos sua sombra por um instante, como se fosse uma criatura das profundezas, depois nada. Sumiu.

Ficamos olhando as ondas por um minuto de mãos dadas. Ouvi Lilly chorar. Depois de um momento, ela virou e entrou. E voltou segurando o pequeno pendrive prateado. As mensagens dos pais dela.

– Não quero ver isso de novo. Minhas lembranças bastam. – E jogou o disco no mar. O brilho atraiu uma gaivota, que mergulhou.

Levantei o braço e olhei para o bracelete de couro que havia feito para meu pai. Quando eu não sabia... Algum dia eu saberia se meus pais estavam vivos, ou quando haviam morrido?

Tirei o bracelete. Pensei em jogá-lo no mar também, mas parei.

– Hum – falei. Examinei a pulseira por um instante, depois a ofereci a Lilly. – Não tem nenhuma história romântica por trás disto. Fiz a pulseira para o meu pai. Ia jogá-la na água porque ela me faz lembrar o que eu não sei. Mas... seria diferente se você a usasse.

– Quero ver aonde isso vai levar – disse Lilly, mas pegou o bracelete e o girou entre os dedos.

– Bom, é que... talvez você possa ser minha memória. Você é tudo de bom que eu quero lembrar, tudo que tenho e que não foi destruído. Não estou pronto para esquecer meus pais, minha irmã, mas... pode usar a pulseira?

Lilly sorriu. Depois pôs a pulseira e a prendeu com o botão de pressão.

– Eu serei sua memória, Owen Parker – disse, e me beijou na boca. Em seguida apontou para o símbolo, o sinal de Atlântida que eu havia gravado no couro. – E também serei sua parceira na jornada até lá. E se prometer que não vai deixar nenhuma loira de pernas compridas atravessar nosso caminho, prometo que conto quando ouvir música estranha de crânios e coisas desse tipo.

– Combinado – respondi.

Nós nos abraçamos, deixamos a respiração alinhar com a do outro. Dava uma sensação de segurança estar assim tão perto dela. Depois nos afastamos e ficamos olhando o mar por um tempo.

Quando o sol começou sua queimada diária, decolamos do telhado do prédio submerso. No início a nave parecia leve demais, e tive que ajustar os comandos. Também era muito quieto sem nosso terço, Carey de Inland Haven, "para você é sanguessuga, mamífero!", outro que viveria em nossa jornada, e a lista só aumentava. Sanguessuga, que me libertou de uma vida de mentiras, e a quem eu só podia retribuir terminando tudo isso.

Examinei os mapas em minha cabeça me perguntando mais uma vez por que conseguia fazer tudo isso, quem eu realmente era, o que a Terra havia tentado me dizer... mas descobriríamos.

– Algum sinal do Éden? – perguntou Lilly.

Estudei o céu.

– Ainda não. Mas tenho certeza de que vai haver.

Peguei uma corrente de vento e partimos para o sul, voamos sobre a sombra da floresta e o mar roxo. Quando o sol subiu no céu, paramos à sombra de um bosque de palmeiras que havia brotado em meio aos destroços na costa, e à noite decolamos novamente, e viajamos até Vênus aparecer e guiar seu rebanho de estrelas no céu da noite.

Voamos e voamos, Lilly e eu nos revezando no comando e nas horas de sono, e paramos para comer e nos esconder do sol, e às vezes até brincávamos de gato e rato com a crista das ondas iluminadas pelo luar.

A noite se tornou dia, voltou a ser noite, e nós quase não falávamos, silenciosos com nossas lembranças, com o medo, mas não havia distância. Só nós a caminho do sul, sempre para o sul, para os Andes, e para o começo do fim.

QUER SABER MAIS SOBRE A LEYA?

Fique por dentro de nossos títulos, autores e lançamentos.

Curta a página da LeYa no Facebook, faça seu cadastro na aba *mailing* e tenha acesso a conteúdo exclusivo de nossos livros, capítulos antecipados, promoções e sorteios.

A LeYa também está presente no Twitter, Google+ e Skoob.

www.leya.com.br

 facebook.com/leyabrasil

 @leyabrasil

 google.com/+LeYaBrasilSãoPaulo

 skoob.com.br/leya

1ª edição   Julho de 2016
papel de miolo   Pólen Soft 70 g/m²
papel de capa   Cartão supremo 250 g/m²
tipografia   Minion e Tiffany
gráfica   Lis Gráfica

– Ainda não. Mas tenho certeza de que vai haver.

Peguei uma corrente de vento e partimos para o sul, voamos sobre a sombra da floresta e o mar roxo. Quando o sol subiu no céu, paramos à sombra de um bosque de palmeiras que havia brotado em meio aos destroços na costa, e à noite decolamos novamente, e viajamos até Vênus aparecer e guiar seu rebanho de estrelas no céu da noite.

Voamos e voamos, Lilly e eu nos revezando no comando e nas horas de sono, e paramos para comer e nos esconder do sol, e às vezes até brincávamos de gato e rato com a crista das ondas iluminadas pelo luar.

A noite se tornou dia, voltou a ser noite, e nós quase não falávamos, silenciosos com nossas lembranças, com o medo, mas não havia distância. Só nós a caminho do sul, sempre para o sul, para os Andes, e para o começo do fim.

QUER SABER MAIS SOBRE A LEYA?

Fique por dentro de nossos títulos, autores e lançamentos.

Curta a página da LeYa no Facebook, faça seu cadastro na aba *mailing* e tenha acesso a conteúdo exclusivo de nossos livros, capítulos antecipados, promoções e sorteios.

A LeYa também está presente no Twitter, Google+ e Skoob.

www.leya.com.br

 facebook.com/leyabrasil

 @leyabrasil

 google.com/+LeYaBrasilSãoPaulo

 skoob.com.br/leya

1ª edição	Julho de 2016
papel de miolo	Pólen Soft 70 g/m²
papel de capa	Cartão supremo 250 g/m²
tipografia	Minion e Tiffany
gráfica	Lis Gráfica